Horst Ehmke

Der Euro-Coup

Roman

W0377223

Ullstein

Der Ullstein Taschenbuchverlag ist ein Unternehmen der Econ Ullstein List
Verlag GmbH & Co. KG, München
2. Auflage 2001
© Eichborn GmbH & Co. Verlag KG, Frankfurt am Main, Mai 1999
Umschlagkonzept: Lohmüller Werbeagentur GmbH & Co. KG, Berlin
Umschlaggestaltung: DYADEsign, Düsseldorf
Titelabbildung: Mauritius, Mittenwald
Druck und Bindearbeiten: Clausen & Bosse, Leck
Printed in Germany
ISBN 3-548-25148-X

Der Januarmorgen hatte ganz normal begonnen. In aller Herrgottsfrühe waren die türkischen Putzfrauen, mit dicken Mänteln und Kopftüchern gegen die Kälte geschützt, etwas mürrisch in der Firma Klinger eingetroffen. Sie zogen die leuchtend blauen Overalls mit dem großen roten Firmenemblem an und setzten sich dann in die Busse. Die Reinigungskolonne war für die neun Stockwerke der GAMMA-Bank in Gruppen aufgeteilt. Jeder Gruppe stand eine deutsche Rentnerin oder ein deutscher Rentner vor. Die besserten mit diesem Billiglohnjob ihre Rente auf und füllten nun in den Bussen die Anwesenheitslisten aus. Es war noch dunkel. Langsam löste sich die Morgenstarre in ersten, leisen Gesprächen.

Um 5.45 Uhr gab Neißler, der Chef der Reinigungskolonne, ein hagerer Typ mit Halbglatze, das Signal zur Abfahrt. Die Fahrt über die leeren Straßen des frühmorgendlichen Frankfurts war ereignislos. Schnee und Glatteis, das am Neujahrsabend für mehrere schwere Unfälle gesorgt hatte, waren inzwischen wieder abgeschmolzen. Der übernächtigte Pförtner am Haupttor der GAMMA-Bank ließ die zwei Firmenbusse in den vorderen Innenhof des aus den 70er Jahren stammenden, sandsteinverkleideten Bankgebäudes. Im schwachen Licht der Hofbeleuchtung sammelte Neißler die Anwesenheitslisten ein und übergab sie ordnungsgemäß einem Mann vom Sicherheitsdienst. Dann fuhr er mit der Gruppe für die Chefetage in dem ächzenden Lastenaufzug hoch ins oberste Stockwerk. Pflichtbewußt öffnete er selbst die Türen zu dieser Etage und kontrollierte, ob alles in Ordnung war. Die Nachtbeleuchtung tauchte die Gänge in ein trübes Licht. Vor ihm lagen die Räume in erwartungsvoller Stille, während hinter ihm die Leute aus der Putzkolonne zum Leben erwachten, mit den Eimern klapperten und sich lautstark unterhielten.

Die Frauen holten sich Putzmittel, Besen und Staubsauger aus dem kleinen Kabuff am Ende des Ganges und begannen mit den Räumen, die Neißler bereits geöffnet hatte. Dann schloß er die Tür zum Büro des Leiters der Devisenabteilung auf. Hinter ihm drängten sich drei ältere Frauen mit dunklen Kopftüchern in den Raum. Kaum hatten sie das Licht angeknipst, schrien sie entsetzt auf.

Ernst Leder lag tot auf dem hellgrauen Webteppich, der riesige Blutflecken aufwies. Der Chefsessel war vom Schreibtisch zurückgerollt, auf der Glasplatte standen ein zugeklappter Laptop, die silbergerahmte Fotografie von Frau Leder und ein schwarzer Designer-Tischkalender. Links neben dem Computer lagen ein teurer Füllfederhalter und einige Billigkugelschreiber. Rechts davon waren Schriftstücke unter einer Unterschriftenmappe aufgestapelt.

Leder war offensichtlich durch einen Kopfschuß aus nächster Nähe getötet worden. Die obere Partie der dritten Zähne hatte sich vom Druck des Schusses gelöst und hing quer zwischen seinen Lippen heraus. Rechts neben der Leiche lag ein mattglänzender Revolver.

*

Karl Stockmann, ehemaliger deutscher Innenminister und nunmehr seit einem Jahr Präsident der Europäischen Kommission in Brüssel, hatte sich in seinem Domizil am Square du Bois gut eingewöhnt. Er mochte das Haus, das die NATO ihm vermietete, da ihr belgischer Generalsekretär in Brüssel in seinem eigenen Haus wohnte. So war Stockmann auch in den Genuß der bescheidenen Sicherheitsvorkehrungen für das NATO-Gebäude gekommen, die ihn allerdings nicht daran hinderten, morgens zum Bois de la Cambre hinüberzulaufen und einige Runden zu drehen.

An diesem kalten Januarmorgen erwachte er ungewöhnlich früh. Draußen war es noch dunkel, und die gedämpften Geräusche auf dem Platz vor seinem Fenster deuteten darauf hin, daß es in der Nacht geschneit hatte. Heute war der Tag des Neujahrsempfang, zu dem die

Kommission schon für 10.30 Uhr ins Chateau Val Duchesse eingeladen hatte. Der diesjährige Empfang war eine Premiere. Auf Stockmanns Vorschlag hin hatte die Kommission weit mehr Gäste als den bisherigen Kreis der Botschafter und Europa-Beamten eingeladen und das Ereignis außerdem um ein Buffet bereichert.

Es war nicht seine politische Arbeit, die ihn aus dem Schlaf gerissen hatte. Vielmehr hatte Karl Stockmann wieder einmal von seiner langjährigen Lebensgefährtin Monika Burkhardt geträumt, zum Aufwachen schlecht geträumt. Die Berliner Galeristin mit den grünen Augen und dem kastanienbraunen Haar ging ihm nicht aus dem Sinn.

Stockmann setzte sich auf den Bettrand und fuhr sich mit der Hand durch die Locken, in denen noch immer kein graues Haar zu sehen war. Auch wenn er Monika zu verstehen suchte, spürte er doch eine große Enttäuschung, daß sie nicht bei ihm geblieben war. Aber die Politik fesselte ihn zu sehr, als daß er sie hätte aufgeben können. Nicht einmal für Chichi.

Er schaute zum Fenster. Nach dem nächtlichen Schneefall war jetzt die Sonne zu ahnen. Die Luft draußen war klar und frisch. Rasch schlüpfte er in den schwarzen Jogginganzug, steckte die Hausschlüssel in die kleine, speziell dafür vorgesehene Tasche in der rechten Seitennaht der Hose, ging ins Erdgeschoß und trat hinaus in die Kälte.

Stockmann, ein sportlicher Mittvierziger, lief durch den in Weiß erstarrten Park. Sein Atem kam in großen Wolken, und die Feuchtigkeit gefror zu kleinen Eiskristallen, die sich im Kragen seines Jogginganzugs festsetzten.

Vor einem guten Jahr war er auf Vorschlag des Bundeskanzlers zum Europäischen Kommissionspräsidenten bestellt worden. An einem ähnlich klaren Wintertag zwischen Weihnachten 2002 und Neujahr 2003 war er mutterseelenallein nach Brüssel gefahren, um sich in der Stadt, die er bisher nur von dienstlichen Besuchen kannte, vor Amtsantritt einmal näher umzusehen. Er hatte sich einen Mietwagen genommen und war nach vielen Jahren, in denen er im Dienstwagen chauffiert worden war, zum ersten Mal wieder selbst am Steuer gewesen.

Während er sich beim Laufen auf das Ausatmen konzentrierte, erinnerte sich Stockmann an die aufregende Fahrt über den glitzernden Asphalt durch den Abendverkehr von Brüssel.

Im Autoradio hatte Popmusik gedudelt, und als ein alter Rock-'n'-Roll-Song kam, drehte er lauter und fühlte sich wie ein Junge, der das Auto seines Vaters für eine Spritztour geklaut hat. Er lehnte sich zurück, gab Gas und brauste auf den Boulevards entlang, die die Innenstadt umgaben. Er war erfüllt von dem Gefühl, eine neue Stadt zu erobern.

Wenig später umrundete er den Parc Royal mit seinem hellen, klassizistischen Stadtpalais. Er wollte aussteigen, um hier ein paar Schritte zu Fuß zu gehen. Als er endlich einen Parkplatz fand, streifte er beim Einfahren in die knappe Lücke prompt den vor ihm heraussetzenden Wagen, einen nachtschwarzen Rolls Royce.

Der alte vornehme Herr im Fond des Wagens strich sich über seinen weißen Backenbart, ließ das Fenster herunter und bat ihn um seine Karte. Lange studierte er den Namen, dann schaute er hoch und blickte auf Stockmann, der mit schuldbewußter Miene am Wagen stand.

»Stockmann, Stockmann ... Sie sind nicht etwa unser neuer Präsident?«

Verlegen mußte Stockmann zugeben, daß er es sei.

Der alte Herr stieg eilends aus dem Wagen und stellte sich als Willem van Houtten vor.

Da war es an Stockmann, erstaunt zu sein. »Bankhaus Van Houtten?«

Um die dünnen Lippen des älteren Herrn spielte ein leises Lächeln, als er nickte. Er lud Stockmann ein, da er sowieso schon vor seinem Haus parke, doch auf ihr »Zusammentreffen« einen Drink zu nehmen.

Die nächste Stunde hatte Karl Stockmann in der angenehmen Atmosphäre des mit viel Geld stilvoll eingerichteten Stadtpalais verbracht. So hatte er noch vor seinem Amtsantritt den renommierten Bankier und dessen junge, blonde Gattin kennengelernt. Van Houtten, der in einem Familienschlößchen in Lasne gewohnt hatte, war auf Bitten seiner Frau, die in der Stadt wohnen wollte, erst vor kurzem ins Stadtpalais gezogen.

Stockmann drehte wie jeden Morgen zwanzig Minuten lang seine Runden. Dann rannte er verschwitzt die Treppen hoch, duschte, zog sich an – den extra für Brüssel gekauften, feierlich-dunkelblauen Empfangsanzug – und machte sich Kaffee und Toast. Er sah sich die Frühnachrichten im Fernsehen an und schaute dabei die internationale Presse durch. Dann fuhr er in sein Büro in dem – inzwischen asbestsanierten – Berlaymont-Hochhaus, dem alten Europa-Wahrzeichen Brüssels am Place Schumann.

Von seinem Fenster aus hatte der Kommissionspräsident einen weiten, wenn auch nicht unbedingt schönen Blick über die Stadt. Er konnte auf den riesigen, mit rosafarbenem portugiesischen Granit verkleideten Justus-Lipsius-Bürokomplex des Europäischen Rats hinuntersehen, seitlich davon türmte sich in Glas, Beton und Stein der neue Parlamentskomplex auf dem Espace Léopold. Stockmanns Büro war in einem sachlichen, modernen Bürostil eingerichtet, aufgelockert durch einige persönliche antike Stücke. Auf dem ausladenden Schreibtisch aus poliertem Nußholz, einem französischen Prachtstück aus dem 18. Jahrhundert, stand ein goldgerahmtes Foto von Monika Burkhardt mit offenem Haar, hinter ihr die zerklüftete Küste der Bretagne, wo sie in besseren Tagen zusammen Urlaub gemacht hatten.

*

Der Chef der Putzkolonne in der GAMMA-Bank warf einen Blick auf den Toten, trat einen Schritt näher und murmelte mehr zu sich selbst als zu den aufgelösten Putzfrauen: »Wollte wohl nicht mehr, der alte Knabe.« Dann drängte er die Frauen ruhig, aber bestimmt aus dem Raum und schloß die Tür wieder zu. Vom Vorzimmer des Büros aus rief Neißler über das Haustelefon den Chef des Sicherheitsdienstes an und bat ihn hochzukommen. Seine Stimme war ruhig und zitterte auch nicht, als er die Schußwunden beschrieb, während er die Tür für den Sicherheitschef wieder aufschloß. Der allerdings wurde beim Anblick der Leiche grün im Gesicht, wohl, weil er kritische Fragen auf sich und seine Wachmannschaft zukommen sah. Er verständigte zuerst seinen Vorgesetzten bei der Bank, dann die Frankfurter Kripo.

»Herr Dr. Leder hätte sich auf keinen Fall das Leben genommen. So ein Mensch war er nicht.« Die Sekretärin Leders, vom Sicherheitsdienst auf Bitten der Kripo aus dem Bett geklingelt, war sich absolut sicher. Ihr Make-up war trotz der frühen Stunde und der entsetzlichen Umstände perfekt, nur das leise Zucken der dunkelrot geschminkten Lippen verriet ihre nervliche Anspannung.

Ihre Menschenkenntnis sollte ihr recht geben. Die Kripobeamten mußten bald ihren ersten, oberflächlichen Eindruck, Leder habe Selbstmord begangen, korrigieren. Die Sekretärin bestätigte, der Revolver habe ihrem Chef gehört. Er habe ihn immer in seinem Schreibtisch aufbewahrt. Zugleich wies sie die ermittelnden Beamten darauf hin, daß Leder Linkshänder gewesen sei. Der Chef der Devisenabteilung war aber durch einen an der rechten Schläfe aufgesetzten Schuß getötet worden.

Kommissar Bethge, Mitte Fünfzig, ein erfahrener, bedächtiger Beamter von untersetzter Statur mit grau-blauen Augen und weißem Bürstenhaarschnitt, schaute sich die Wunde genauer an. »Der Schußkanal paßt so oder so nicht, selbst wenn er die Waffe vor Aufregung mit der rechten Hand gehalten hat«, brummte er.

Ein Kripobeamter im roten Sakko nickte und nahm das Einschußloch noch einmal genauer in Augenschein. »Der Mörder taucht bei Leder im Büro auf, sie streiten sich, Leder holt den Revolver aus der Schublade, der Mörder reißt ihn ihm aus der Hand, erschießt ihn und sperrt dann das Büro von außen ab. So könnte es sich abgespielt haben.« Er schaute zu Kommissar Bethge, der zur Tür getreten war und dort das Schloß untersuchte. »Ja, so ähnlich könnte es gewesen sein. Dann müssen wir annehmen, daß der Täter in der Bank arbeitet oder zumindest ungehindert im Gebäude ein und aus gehen kann.«

Folglich ließ Bethge zunächst das gesamte Bankpersonal, einschließlich der Pförtner und des Werkschutzes, vernehmen. Die Verhöre ergaben aber keine weiterführenden Hinweise. Die Sekretärin Leders konnte lediglich berichten, dieser habe oft bis in die Nacht gearbeitet. Ihres Wissens nach hatte er keinen privaten Kontakt zu anderen Mitarbeitern der Bank, nichts, was über ein freundlich-kollegiales Verhältnis hinausging. In der Tatnacht habe er sie um 18.30 Uhr nach Hause geschickt.

Die spätere Obduktion bestätigte, daß ein Selbstmord in der Tat ausgeschlossen werden konnte. Da die Leiche schon wenige Stunden nach dem Mord gefunden worden war, konnte die Tatzeit ziemlich präzise bestimmt werden: Mitternacht. Sowohl die Tötungsart wie auch das Fehlen jeglicher Anzeichen eines Kampfes deuteten nach Meinung des Gerichtsmediziners auf einen professionell ausgeführten Mord hin. Vorerst wurde der Öffentlichkeit nur der Leichenfund und der Mordverdacht mitgeteilt.

*

Im Schlößchen Val Duchesse, Teil einer alten Klosteranlage, um 1780 im Stil Ludwig des XVI. gebaut, war der große Saal mit kugelförmigen Zierbäumen und prächtigen Blumengebinden geschmückt. Im Vorraum hingen die blau-gelbe Europa-Fahne und die Fahnen der Mitgliedstaaten der Europäischen Union. Auf dem Sims über dem steinernen Kamin stand ein Bild des belgischen Königspaars. Vorne im Saal waren, vor einem Rednerpult mit Mikrophon, drei Stuhlreihen für ältere und behinderte Herrschaften aufgestellt worden. Das Gros der über sechshundert Gäste sollte sich die kurzen Reden im Stehen anhören und sich dann den Köstlichkeiten des Buffets zuwenden, das entlang der Wände aufgebaut, aber noch mit blütenweißen Tischtüchern abgedeckt war.

Auf der Rednerliste standen Karl Stockmann und sein französischer

Kollege Jacques Chapelle, der Kommissar für Wirtschaft, Finanzen und Währungsangelegenheiten. Stockmann und Chapelle hatten sich abgesprochen, der Präsident würde zuerst die Gäste begrüßen und kurz über die Arbeit der Kommission berichten. Chapelle würde fünf Minuten zum »Einjährigen« von Karl Stockmann sprechen. Die beiden etwa gleichaltrigen Politiker hatten sich in ihrer Studienzeit in einem internationalen Seminar der Harvard-Business-School kennengelernt, seitdem Kontakt gehalten und sich vor einem Jahr in Brüssel wiedergetroffen. Sie hatten bei vielen Kommissionsentscheidungen eng zusammengearbeitet und einander dabei fachlich wie persönlich schätzengelernt.

Als die beiden an das Pult traten, ließ freundlicher Beifall das Stimmengewirr der Gäste verstummen.

Im Saal war so ziemlich alles vertreten, was in Brüssel Rang und Namen, Einfluß und Beziehungen hatte. Auf Karl Stockmann machte der Empfang den Eindruck einer Mischung aus Honoratiorenversammlung und Volksauflauf. Allein für die Begrüßung der Ehrengäste brauchte er über fünf Minuten. Es galt, niemanden zu vergessen, die Vertreter der belgischen Regierung, der Stadt und Region Brüssel, der flämischen und der wallonischen Region, der Parlamente, Regierungen und Verwaltungen dieser Gebietskörperschaften, aber auch die Vertreter der deutschen Minderheit in Belgien. Dann kamen die Europa-Botschafter der Mitgliedstaaten und die bilateralen Botschafter von Nicht-Mitgliedstaaten an die Reihe. Es folgten die Europa-Honoratioren: der spanische Präsident des Europäischen Parlaments und dessen Fraktionsvorsitzende, der britische Generalsekretär des Europäischen Rates, der Präsident der Europäischen Zentralbank in Frankfurt, die Kollegen Europa-Kommissare und die Spitzenbeamten von Rat und Kommission. Dem folgten Vertreter von Kirchen, Gewerkschaften und Verbänden sowie einzelne herausragende Persönlichkeiten aus Kultur und Wirtschaft. Schließlich die Presse.

Mittendrin schaute Stockmann mehrmals von seiner langen Liste auf, und jedes Mal fiel ihm eine kompakte Brünette im roten Kostüm auf, die sich trotz seiner Bemühungen am Rednerpult munter mit anderen Gäste unterhielt. Als sie bei der Begrüßung des britischen Generalsekretärs schallend losprustete und gleichzeitig nach vorne hinter die Stuhlreihen trat, erkannte er sie: Es war Simone van Driesche, die Gattin seines eher unscheinbaren Pressesprechers. Das Paar lebte seines Wissens getrennt, und Frau van Driesche war in den letzten Monaten bei öffentlichen Anlässen nicht erschienen.

Auch andere Gäste hatten die Irritation Stockmanns über das Gekichere im Publikum bemerkt und murrten leise.

Stockmann brachte seine lange Liste ohne weitere Unterbrechungen zu Ende, dann kam er endlich zu dem, was ihm eigentlich am Herzen lag. Wie mit Chapelle abgesprochen, wollte Stockmann den Neujahrsempfang dazu nutzen, auch ein paar kritische Worte an die versammelten Europa-Diplomaten und -Bürokraten zu richten. Vor allem die geplante Erweiterung der Union um die mittel- und osteuropäischen Staaten hatte in den Mitgliedstaaten nicht die Resonanz gefunden, die für einen zügigen Erweiterungsprozeß erforderlich gewesen wäre. Die Europäische Kommission hatte in den Jahren seit der Einführung des Euros erkennen müssen, daß man dabei die Schwierigkeiten nicht nur in den beitrittswilligen Ländern, sondern auch in der »alten Union« erheblich unterschätzt hatte.

»Es ist natürlich«, erläuterte Stockmann, »daß in der Union alle Mitglieder ihre Interessen und ihre ›Anteile‹ verteidigen. Um das Ziel der Erweiterung überhaupt zu erreichen, müssen wir aber anstelle des Chors der Besitzstandswahrung gemeinsam das Lied vom Teilen anstimmen. Die bereits erzielten Fortschritte sind zu gering, der Erweiterungsprozeß verläuft zu langsam.«

Stockmann hatte bei diesen Worten den Kopf gehoben und schaute nun herausfordernd in die Versammlung. Doch der Beifall fiel recht verhalten aus. Allerdings bemerkte er, wie links von ihm eine dunkelhaarige Frau klatschte. Er wandte den Kopf in ihre Richtung und nickte dankend. Für einen Moment trafen sich ihre Blicke.

Man müsse sich darüber klar sein, fuhr Stockmann fort, daß Tempo und Erfolg der Erweiterung wichtige Elemente der Antwort auf die sogenannte ›finale‹ Europafrage seien. Der Kommissionspräsident betonte, daß er diese Vokabel ganz und gar nicht möge, aber sie mache deutlich, was gemeint sei: Die Frage nach dem Ziel der europäischen Integration, nach der endgültigen politischen Gestalt, die Europa schließlich annehmen solle. Mit einer Geste ins Publikum gab er diese Frage an die Gäste weiter. Noch ein paar Minuten konnte er das Interesse für diese Fragen, die ihm so wichtig waren, aufrechterhalten. Er schaute zu Chapelle, der ihm von der Seite kaum merklich zunickte.

»Die einen fordern einen Staatenbund, andere einen Bundesstaat, wieder andere ein Mittelding. Ich muß gestehen, daß ich das für juristische Scholastik halte.« Er verzog leicht den Mund. Dann ergriff er mit beiden Händen das Rednerpult und redete engagiert weiter, ohne einen Blick auf seine Notizen zu werfen. Die Europäische Union existiere überhaupt nur, weil das Zeitalter der souveränen Nationalstaaten zu Ende gehe. Die Anwendung der Begrifflichkeit der nationalstaatlichen Welt auf die post-nationalstaatliche Europäische Union könne daher nur zu Fehlkonstruktionen führen.

Hier wurde er von verhaltenem Beifall unterbrochen, den die Schwarzhaarige mit einem zustimmenden Nicken unterstrich. Stockmann setzte zum Schluß-Statement an: »Man muß die politische Einheit Europas fest im Auge behalten, die jeweils nächsten Aufgaben aber pragmatisch, mit *common sense* angehen. Nicht selten sind Praxis und Geschichte klüger als die Systembastler.«

Stockmann war ein von Stimme wie Rhetorik her eindrucksvoller Redner. Im Bundestag wegen seiner Schärfe gefürchtet, bevorzugte er in Brüssel das verbale Understatement, das er allerdings durch kräftige Gesten zu akzentuieren pflegte.

So bedachten die Gäste den Präsidenten mit großem Applaus und hätten seine für Brüssel ungewohnt klaren und kritischen Worte sicher sofort über dem Buffet zu diskutieren begonnen, wenn sich nicht Kommissar Chapelle mit seiner ebenso kräftigen wie angenehmen Stimme Gehör verschafft hätte.

Mit dem für ihn typischen feinen Lächeln begann er. »Ihr Beifall zeigt mir, daß eine langatmige Laudatio auf den neuen Präsidenten der Europäischen Kommission an dieser Stelle unnötig ist. Sie alle kennen den Brüsseler Sprachnebel, der hier in dem vielfältigen diplomatischen Tauziehen wie nirgends sonst aufsteigt. Karl Stockmanns Vorliebe für klare Worte haben wir daher im letzten Jahr schnell schätzengelernt.«

Das Publikum klatschte, und Chapelle wandte sich in Richtung Stockmann und schloß sich dem Applaus an. Dann erklärte er, wie Karl Stockmann wegen seiner Erfolge im Kampf gegen das organisierte Verbrechen der Ruf eines harten Mannes nach Brüssel vorausgeeilt sei. Er und seine Kommissionskollegen hätten ihn mit um so größerer Freude als guten Zuhörer und einen ebenso selbstkritischen wie lernbegierigen Gesprächspartner kennengelernt. Seine Offenheit und Beliebtheit wären schon nach einem Jahr Brüssel geradezu sprichwörtlich.

Wieder ertönte starker Beifall. Chapelle wartete geduldig. »Meine Damen und Herren, ich möchte Sie bitten im neuen Jahr an dem großen europäischen Einigungswerk mit aller Energie weiterzuarbeiten – und sich dafür nun mit Speis und Trank zu stärken.«

Während der kurzen Rede hatten die Kellner die weiße Tücher vom Buffet gezogen. Die aufgehäuften Köstlichkeiten und deren farbliche Opulenz machten den Stilleben flämischer Meister alle Ehre. Die Hummer von der Bretagne-Küste ragten mit ihren rote Scheren dekorativ aus einem Bett von Rucolablättern.

Der Kommissionspräsident hatte sich inzwischen unter die schlürfenden und kauenden Gäste gemischt. Die Stimmung war gut und wurde bei steigendem Bier- und Weingenuß immer besser. Es bereitete ihm großes Vergnügen, sich bei solchen Anlässen umzuschauen. Leider wurde er zunächst vom spanischen Parlamentspräsidenten Jorge Gutierrez mit Beschlag belegt. Lebhaft gestikulierend trug er seinen Wunsch vor, nach dem Empfang noch in kleiner Runde ein Stündchen zu plaudern. »Gerne«, antwortete Stockmann höflich, wenn auch wahrheitswidrig. Er winkte einen Mitarbeiter zu sich und gab ihm den

Auftrag, das Bibliothekszimmer des Schlößchens bis etwa 16 Uhr zu reservieren. Während er durch die Gästeschar wanderte, lud er einige weitere Damen und Herren zu dem kleinen Umtrunk ein. So den niederländischen Botschafter van Loon, einen ebenso hellsichtigen wie kritischen Freund der Bundesrepublik. Dann die deutsche Kommissarin und ihre österreichischen, portugiesischen und irischen Kollegen. Schließlich seinen alten Freund Peter Hanisch und zwei oder drei weitere deutsche Europa-Parlamentarier, die er aus der gemeinsamen Zeit im Bundestag kannte. Insgesamt etwa ein Dutzend Personen. Der britische Generalsekretär des Rates, der zu einem wichtigen Bindeglied zwischen Brüssel und den Regierungen der Mitgliedstaaten geworden war, und der Präsident der Europäischen Zentralbank waren leider verhindert. Sie hatten eine Luncheon-Vereinbarung mit Kommissar Chapelle.

Schließlich entdeckte Stockmann das weiße Haar seines Brüsseler Freundes der ersten Stunde. »Was macht die Gesundheit, wie geht es Ihrer verehrten Gattin, wie laufen die Geschäfte, und – vor allem – was macht der Rolls Royce?«

»Danke, danke, dem Wagen und mir geht es gut.« Wie immer bei solchen Gelegenheiten lächelte van Houtten den jungen Stockmann verschmitzt an. »Meiner Frau natürlich noch weit besser als mir. Und die Geschäfte laufen im Zeichen des Euro allerbestens.« Er machte eine kleine Kunstpause, um dann fortzufahren: »Und Sie entwickeln sich, wie ich höre und sehe, langsam zum Präzeptor Europas!«

»Oh nein«, wehrte Karl Stockmann ab, obwohl ihn die halb-spaßige, halb-ernste Art des alte Herrn einmal mehr amüsierte. Der Bankier nahm ihn am Arm und zog ihn etwas aus dem Gedränge, wo weitere Gäste darauf warteten, vom Kommissionspräsidenten begrüßt zu werden. Van Houtten fragte Stockmann leise: »Freitag in zwei Wochen veranstaltet meine Frau wieder eines ihrer berühmten Diners. Würden Sie mir die Freude machen, uns die Ehre zu geben?«

Stockmann nickte: »Aber sicher, die Ehre ist ganz auf meiner Seite. Ich freue mich.«

Daraufhin trat van Houtten etwas zurück und blickte Stockmann an. »Immer noch Junggeselle, nicht? Sie sind allerdings – schon der geraden Zahl der Gäste wegen – verpflichtet, sich von weiblicher Schönheit begleiten zu lassen.«

»Ob ich das versprechen kann, weiß ich noch nicht«, lachte Stockmann, begann aber gleich, sich umzuschauen. Er ließ die Augen über die Menge gleiten und suchte nach der schwarzhaarigen Frau, die ihm vorhin bei seiner Ansprache so formvollendet Beifall gezollt hatte. Es war ihm, als hätte er sie schon vorher einmal gesehen.

Sein Blick fiel genau in dem Moment auf das rote Kostüm, als Simone van Driesche sich in seine Richtung drehte. Sie fing seinen suchenden Blick auf, lächelte ihn an und kam direkt auf ihn zu.

Das enganliegende Jackett der sinnlichen Brünetten war noch offenherziger, als er es aus der Ferne hatte erkennen können. Sie schritt mit wogenden Hüften durch die Menge, die ihr auch sofort den Weg freigab. Eigentlich sah es mehr danach aus, als ob sie Anlauf nähme, um ihm um den Hals zu fallen. Simone van Driesche packte seine beiden Hände und wollte ihn mit geöffneten Lippen auf die Wange küssen. Stockmann wich zurück, drückte kurz die weichen Hände mit den langen, rotlackierten Nägeln und löste dann entschieden ihren Griff. Die Gäste im näheren Umkreis schauten zu, die älteren Damen indigniert, die Herren gespannt.

Simone van Driesche legte den Kopf schief. »So zurückhaltend, Herr Kommissionspräsident? Da haben Sie aber vorhin Herrn van Houtten viel freundlicher begrüßt. Darf ich Sie fragen: Stehen Sie auf ältere Herren?«

Stockmann setzte eine genervte Miene auf. »Meine Verehrteste, das werde ich Ihnen nun bestimmt nicht verraten.«

Sie zog die vollen knallroten Lippen zusammen und deutete einen Schmollmund an. »Oh, da werde ich Ihren hohen Ansprüchen sicher nicht gerecht.« Sie trat näher zu ihm heran, hob aber gleichzeitig die Stimme. »Vielleicht, Herr Präsident, sind Ihre hohen Ansprüche schuld daran, daß Sie noch immer Junggeselle sind und auf dem Weg, ein echter Hagestolz zu werden?«

»Tja, das halte ich durchaus für möglich«, antwortete Stockmann kühl. Als er gerade das Weite suchen wollte, entdeckte er die Schwarzhaarige. Sie hatte den Schlagabtausch beobachtet, und als sie sich jetzt anschauten, rollte sie die Augen in Richtung der abziehenden van Driesche und lächelte ihm aufmunternd zu. Ihr elegantes Kostüm aus dunkelgrüner Naturseide schillerte bei jeder Bewegung. Sie gehörte offenbar zu der kleinen Delegation, die beim Präsidenten der Europäischen Zentralbank stand. Dieser begrüßte Stockmann und stellte ihm seine Begleiterin vor, Nadine LaTour, Mitarbeiterin eines der Direktoriums-Mitglieder der EZB. Nun erinnerte sich Stockmann, daß die Frau ihm schon bei einer früheren Besprechung als intelligent und selbstbewußt aufgefallen war. Da der Präsident verhindert war, lud Stockmann kurz entschlossen Nadine LaTour zum anschließenden Umtrunk ein. Sie nahm seine Einladung an.

»Haben Sie sich in Brüssel gut eingelebt?« fragte sie förmlich.

»Danke, ja. In einem Jahr kann man sich schon umstellen. Und wie geht es Ihnen in Frankfurt?«

»Der Job ist faszinierend. Ich habe in einer Londoner Geschäftsbank angefangen, bin dann ins Europäische Währungsinstitut nach Frankfurt gegangen und von dort in die EZB übernommen worden. Und Frankfurt ist attraktiver als sein Ruf.« Sie zwinkerte Stockmann, nun gar nicht mehr förmlich, aufmunternd zu.

»Da haben Sie sicher recht, vor allem für eine so ungemein attraktive Frau.«

Nadine LaTour warf den Kopf zurück. Er konnte den Blick kaum von ihren dunkelorange geschminkten Lippen wenden und ihm wurde bewußt, wie sehr ihm diese Frau gefiel. Ein intelligentes und apartes Gesicht. Ebenso wache wie warme haselnußbraune Augen. Der schlanke Hals und ihr schöner Nacken bildeten Kontrapunkte zu den langen, wohlgeformten Beinen. Das blauschwarz glänzende Haar war zu einer klassischen Frisur geschnitten, und die vollen Locken fielen auf die olivfarben schimmernde Haut. Stockmanns Augen schweiften mehr als einmal über seine Gesprächspartnerin.

Um das Gespräch in andere Bahnen zu lenken, fragte Stockmann unvermittelt: »Und was macht unser Euro?«

Nadine LaTour antwortete mit betonter Ernsthaftigkeit und hielt ihm gleich eine kleine Vorlesung. »Der Euro ist auf bestem Wege«, war ihr abschließendes Fazit.

Diese Frau war nicht nur finanzpolitisch beschlagen, sondern auch allgemeinpolitisch interessiert – so ganz anders als seine ehemalige Lebensgefährtin. Diese hatte während ihrer Beziehung zunehmend unter seinem politischen Engagement gelitten. Seiner Meinung nach hatten die Unterschiede zwischen ihnen die Liebesbeziehung immer bereichert. Aber als die Politik ihr ganzes Zusammenleben zu dominieren drohte, hatte Monika sich endgültig von ihm getrennt. Nur der Gedanke an Chichi hielt Stockmann davon ab, mit Nadine LaTour auf der Stelle einen regelrechten Flirt anzufangen.

*

Im Mordfall Leder kam die Kripo trotz eingehender Vernehmungen aller Beschäftigten der GAMMA-Bank keinen Schritt weiter. Ihre Arbeit konzentrierte sich deshalb auf den Laptop von Leder, der von der Polizei beschlagnahmt worden war, und auf die Tatsache, daß nach Angaben der Sekretärin in der Tatnacht die Druckerkartusche für den Laserprinter im Büro ausgewechselt worden war. Eine Untersuchung der Bestände an Papier zeigte, daß Leder – oder dessen Mörder – offenbar vor oder nach der Tat Ausdrucke im Umfang von an die 200 Seiten gemacht hatte. Dabei war die Kartusche aufgebraucht, eine neue aus dem Schrank geholt und die alte zum Recycling wieder hineingestellt worden.

Auf den Kartuschen, dem Laserprinter wie auch auf dem Computer wurden nur die Fingerabdrücke Leders gefunden. Der Täter hatte wohl Handschuhe getragen: Auch auf dem Revolver gab es keine fremden Fingerabdrücke.

Nach einigen frustrierenden Versuchen von Bethges Leuten, das Paßwort von Leders Computer zu knacken, bat der Kommissar das hessische Landeskriminalamt um Unterstützung durch Computerexperten. Von dort wurde auch das Bundeskriminalamt in Wiesbaden eingeschaltet. Das betraute den Leitenden Kriminaldirektor Wolfgang Döpfner mit dem Fall. Döpfner konnte auf eine lange und erfolgreiche Karriere beim deutschen Bundeskriminalamt zurückblicken und fungierte inzwischen als Verbindungsmann zu Europol. Nicht nur seine glückliche Beziehung zu der polnischen Kriminalbeamtin Jadwiga Kosziuško, sondern vor allem sein Einsatz gegen das international organisierte Verbrechen hatte in ihm das Interesse für europäische Aufgaben des Polizeiapparats geweckt.

Kriminaldirektor Döpfner traf am frühen Nachmittag in Frankfurt im Polizeipräsidium ein. Zuvor war er zur GAMMA-Bank gefahren, hatte sich mit dem Tatort vertraut gemacht und über den Stand der Ermittlungen informieren lassen. Nun stieß er zur Sitzung seines Kollegen Bethge mit den Computerspezialisten.

Die Computerleute des Landeskriminalamtes hatten das Paßwort innerhalb von Minuten geknackt. Unvorsichtigerweise hatte sich Leder bei seinem tragbaren Computer nicht an die üblichen Sicherheitsbestimmungen gehalten und ein Paßwort aus sieben Buchstaben, zudem noch seinen eigenen Spitznamen, »Sternie«, gewählt.

»Als wir dann das Paßwort hatten, war es einfach. Wir haben die letzten Printjobs aufgerufen und noch einmal ausgedruckt. Die Ausdrucke befinden sich bei den Akten. Diese Papiere betreffen allesamt große internationale Lira-Geschäfte aus dem Frühjahr 1998. Dabei sind über die GAMMA-Bank Lira im Gegenwert von fast 200 Millionen Euro verkauft worden.« Der junge, schon fast glatzköpfige Mann in engsitzenden schwarzen Lederhosen las die Ergebnisse direkt vom Bildschirm des Laptops ab. Jetzt schaute er über den Rand seiner Titan-Brille zum ersten Mal sein Publikum an: »Wir vermuten eine große Geldwäsche-Sache. Wird aber noch überprüft. Das wär erst einmal alles.«

Kommissar Bethge nickte dem Mitarbeiter zu, der daraufhin den Computer zuklappte und die Versammlung verließ. Eine schwarzhaarige Frau in einem Lara-Croft-T-Shirt ergriff das Wort: »Ich bin von dem Computerteam, das sich genauer mit dem Laptop Leders und den Computeraktivitäten in der Mordnacht beschäftigt hat.« Sie drehte sich zu Döpfner um, der hilflos durch die vor ihm liegenden Akten blätterte. »Sie waren schon am Tatort, Herr Kriminaldirektor?« fragte die junge Frau.

»Döpfner genügt vollauf«, sagte Döpfner und nickte. »Ja, ich war vorhin kurz in der Bank.«

»Der Laptop, den wir untersucht haben, lag am Tatort ausgeschaltet auf dem Schreibtisch. Er wurde beschlagnahmt.« Sie deutete auf die Blätter. »In den Akten ist der Ausdruck eines elektronischen Überweisungsformulars, von dem wir glauben, daß es auf dem Bildschirm aufgerufen war, bevor der Computer einfach abgeschaltet wurde. Die interne Uhr des Computers hat das Aufrufen dieser Überweisung aus der Datenbank um 22.57 registriert. Jemand hatte dann um 0.02 die OFF-Taste gedrückt, ohne das Programm sachgemäß zu verlassen. Leder hat sich auch nicht aus dem internen Netz der Bank ausgeloggt, sondern das Ausloggen geschah automatisch durch das Abschalten des Laptops.«

Döpfner nickte und strich sich mit dem Zeigefinger die Nase entlang.

Die Schwarzhaarige fuhr fort: »Die Überweisung auf dem Monitor ist nach unseren Erkenntnissen verfälscht worden. Es handelt sich um eine Überweisung auf das Konto einer in Hamburg ansässigen US-Firma bei der Van-Houtten-Bank in Brüssel. Offensichtlich ging es dabei um einen Dollar-Verkauf, den die GAMMA-Bank für die Firma getätigt hat. Der Vorgang liegt über ein Jahr zurück, und ...«

Bethge unterbrach die Mitarbeiterin: »Können Sie sagen, wann genau die Überweisung getätigt wurde?«

Die Frau nickte: »Aber sicher, ist ja alles datiert. Die Überweisung über 7,5 Millionen Euro ging am 12. Januar 2003 an die Van-Houtten-Bank raus.«

Bethge machte sich Notizen und brummte dabei: »Die großen Lira-Spekulationen waren doch schon 1998.«

Die Frau lächelte und fuhr fort: »Wirklich interessant ist aber nicht das Datum der Überweisung, sondern der gesamte Vorgang. Ursprünglich waren nämlich unter der Vorgangsnummer 1556803 nur 750.000 Euro angewiesen worden. Dieser Wert wurde dann kurioserweise im Back-Office der Bank verändert, wir vermuten von einem damaligen Angestellten namens Karl Spalcke. Als die Überweisung aus dem Back-Office kam, lautete sie auf 7,5 Millionen Euro.«

Sie tippte auf einen schmalen roten Ordner, der vor ihr lag. »Das hier sind die Unterlagen einer internen Untersuchung innerhalb der GAMMA-Bank. Danach hat dieser Spalcke ein Versehen seinerseits nicht ausgeschlossen. Allerdings sagte er, eine Störung in seinem Computer sei die wahrscheinlichste Fehlerquelle, da ihm bei solchen Beträgen wohl kaum Flüchtigkeitsfehler unterlaufen würden.«

Sie schaute kurz in die Runde. »Ich habe diesen Spalcke durch unseren Computer laufen lassen. Keine Vorstrafen, keine Schufa-Registrierung, absolut makelloser Ruf. Er hat nach dem Vorfall die GAMMA-Bank verlassen und ist nach Kanada ausgewandert. Die Bank ist damals nicht gegen ihn vorgegangen, weil einer der beiden zuständigen Bankdirektoren, nämlich Direktor Saager, die Überweisung freigegeben hat. Bei einer solchen Summe muß die Freigabe von ganz oben genehmigt werden.«

Döpfner faßte unbewußt an seine Geheimratsecken und fragte seinen Kollegen Bethge: »Sie haben doch diesen Saager schon wegen des Mordes befragt? Wurde er auch zu dieser Sache verhört?«

Bethge schüttelte den Kopf. »Noch nicht. Nach dem internen Untersuchungsbericht hat Direktor Saager aber vehement bestritten, sein Okay gegeben zu haben. Nach seiner Aussage ist die Freigabe manipuliert worden. Sein Kollege, Direktor Lutz, wußte anscheinend überhaupt nichts von dem Vorgang.«

Döpfner fragte weiter: »Hätte sich ein Unbefugter, vielleicht dieser Spalcke, Zugriff zum Computer der Chefetage verschaffen können? Hätte jemand den Zugriffs-Code knacken können oder so etwas?«

Die junge Frau überlegte kurz. »Ich denke, theoretisch wäre es möglich. Aber bei den internen Untersuchungen ist man auch diesem Verdacht nachgegangen, und es konnte kein unbefugter Zugriff nachgewiesen werden. Inzwischen ist das auch nicht mehr möglich, ... selbst wenn wir irgendwie an den Computer von Saager herankämen.«

Bei diesen letzten Worten zuckte sie mit den Achseln. Döpfner fragte: »Nehmen Sie an, die Verfälschung der Überweisung war das Werk eines Täters, oder tippen Sie auf zwei Personen?«

»Ich würde sagen, eher auf zwei Personen«, lautete die Antwort, »und beide Bank-Insider.«

Kommissar Bethge schaute von seinen Notizen hoch. »Also gehen wir mal davon aus, daß sowohl der Mord wie auch diese dubiose Überweisung Insider-Jobs waren. Da liegt doch ein Zusammenhang der beiden Straftaten fast auf der Hand.« Er blickte in Richtung des Kriminaldirektors.

Döpfner strich sich über seine dunkelgrüne Seidenkrawatte und nickte: »Tja, das Motiv für die gefälschte Überweisung könnte Habgier gewesen sein, das Motiv für den Mord die Beseitigung eines Mittäters oder Mitwissers an einem illegalen Geschäft.« Er wandte sich der jungen Frau zu. »Was ist denn mit der Differenz von fast sieben Millionen Euro geschehen?«

Die Computer-Expertin fuhr sich durch ihr kurzes Haar: »Also, der Gesamtbetrag von 7,5 Millionen Euro ist ohne Probleme auf dem Konto der US-Firma bei der Van-Houtten-Bank in Brüssel eingegangen. Von dort wurde das Geld auf ein Bankkonto in New York überwiesen, und zwar unmittelbar nach dem Eingang des Geldes. Die GAMMA-Bank hat in den USA ermitteln lassen, aber von dem Geld war keine Spur mehr zu finden. Das New Yorker Konto war sofort aufgelöst worden, und die Adresse der Firma in Hamburg hat sich als Abbruchhaus entpuppt.«

Lakonisch fügte sie hinzu: »Die GAMMA-Bank hat die 6,75 Millionen Differenz dann als Verlust verbucht.«

Bethge fragte nach: »Meinen Sie, wir sollten uns noch einmal dahinterklemmen?«

Die Frau schüttelte den Kopf. »Nein, das sieht alles sehr gut recherchiert aus. Die GAMMA-Bank hatte ja ein großes Interesse, die 7,5 Millionen Euro wiederzufinden.«

»Da haben Sie recht«, gab Bethge zu. »Gute Arbeit. Gibt es sonst noch irgend etwas, das Ihrem Team aufgefallen ist?«

»Nein, eigentlich nicht.« Die Frau zögerte.

Bethge beugte sich vor. »Und uneigentlich?«

»Tja ...« Sie tippte auf den vor ihr liegenden Ordner. »Die Aussage von Spalcke, die ist uns aufgefallen. Computerstörung ...« Sie verzog verächtlich das Gesicht. »Also, so eine Störung gibt es bei Computern nicht, daß die Software von sich aus Beträge auf dem elektronischen Überweisungsformular verändert. Ich kann mir das nicht vorstellen, und meine Kollegen auch nicht.« Zur Verstärkung ihrer Worte legte sie beide Hände auf den Ordner.

»Und was bedeutet das dann?« fragte Döpfner.

»Na ja«, erwiderte die Frau. »Entweder war es tatsächlich ein Eingabefehler. Aber da gebe ich dem Spalcke recht: Bei so hohen Beträgen paßt man schon auf, vor allem im Back-Office, sollte man meinen. Oder aber jemand hat mit Absicht den Betrag manipuliert.« Ihre Augen blitzten.

Bethge nickte. »Lassen Sie uns den Bericht der GAMMA-Bank noch da, okay?«

»Ist schon bei den Akten.« Die Frau deutete auf den Papierwust vor Döpfner.

»Was? Ach so.« Döpfner fing an zu suchen, und Bethge verabschiedete die Computerexpertin, die daraufhin schnellen Schrittes den Raum verließ.

»Wollen Sie einen Kaffee, Herr Döpfner«, fragte Kommissar Bethge.

»Vielen Dank, aber ich brauche erst einmal etwas im Magen. Kommen Sie«, forderte Döpfner den Kollegen auf, »lassen Sie uns etwas essen gehen, ich lade Sie ein.«

Sie gingen in ein kleines, in der Nähe gelegenes Bistro. Es war den ganzen Tag nicht richtig hell geworden, und die Abenddämmerung brach schnell herein. Auf dem Weg sprach Kommissar Bethge Döpfner auf einen der spektakulärsten Fälle der letzten Jahre an, den berühmten »Global Players«-Fall*, in dem Döpfner in enger Abstimmung mit dem damaligen Innenminister Karl Stockmann den brutalen Mord an dessen Vorgänger aufgeklärt hatte.

»Sie waren doch auch maßgeblich an der Operation Buchprüfung beteiligt, als damals europaweit gegen das organisierte Verbrechen vorgegangen wurde.«

Döpfner nickte etwas verlegen. »Ja, das stimmt. Waren Sie damals schon in Frankfurt?«

Bethge nickte. »Ja, aber von den Global Players haben wir da nichts mitgekriegt. War ja alles unter Verschluß.«

»Aber Sie können sich ein bißchen vorstellen, wie schwierig sich so eine Operation gestaltet. Ich interessiere mich unter anderem wegen der Erfahrungen in diesem Fall für Europol. Das Verbrechen internationalisiert sich, also müssen die Polizei und der Justizapparat auch international agieren können.«

»Da haben Sie recht. Wir ermitteln noch keinen Tag in diesem Mordfall, aber die europäischen Verwicklungen zeichnen sich schon ab.«

»Sie haben in der kurzen Zeit schon erstaunlich viel herausgekriegt.« Döpfner nickte dem Kommissar anerkennend zu.

Bethge zuckte mit den Schultern. »Mal sehen.«

Dann deutete er auf ein kleines Café, aus dem einladender Kaffeegeruch strömte. »Hier ist das Bistro.«

---

* Horst Ehmke, Global Players – Kriminalroman, Frankfurt: Eichborn Verlag, 1998.

Die beiden Herren betraten das Café, setzten sich in eine leere Ecke hinten im Raum und bestellten einen Imbiß.

Döpfner war wieder bei dem Mordfall. Er starrte auf die marmorierte Tischplatte, dann hob er den Kopf. »Stört es Sie, wenn wir eine Arbeitsbesprechung über den Baguettes machen?«

Bethge schüttelte den Kopf mit den weißen Borsten. »Nein, nein, ganz im Gegenteil. Ich bin froh, wenn ich mal aus dem Präsidium rauskomme.«

Döpfner zupfte nachdenklich an seinem grünen Krawattenknoten. »Vielleicht ist es besser, wenn wir uns noch einmal das Bankpersonal vornehmen und auch Fragen zu der Überweisung stellen. Wenn es wirklich ein Insider-Job war, dann finden wir die Spur zur Lösung des Falls am ehesten in der Bank.«

»Gut. Ich gehe noch einmal alle bisherigen Vernehmungen durch und suche nach Ansatzpunkten fürs Weiterbohren.«

Er schaute erwartungsvoll zu dem nachdenklichen Döpfner hinüber und fragte: »Und wie wollen Sie jetzt vorgehen?«

Döpfner hatte das noch nicht ganz zu Ende gedacht, wollte aber den älteren Kollegen nicht abblitzen lassen. »Lassen Sie uns mal überlegen«, fing er an und biß herzhaft in sein Schinkenbaguette. »Entschuldigung«, murmelte er und schluckte. Bethge schlürfte seinen Kaffee und steckte sich bedächtig einen Stumpen an: »Stört Sie doch nicht, wenn ich rauche, oder?«

Döpfner lachte: »Ach was, krieg ich wenigstens ein bißchen Nikotin ab. Meine Freundin hätte Ihnen aber so einiges zu erzählen über Lungenkrebs und ...« Er fing einen vernichtenden Blick aus Bethges blauen Augen auf. »Also ...«

»Im Präsidium ist nämlich seit neuestem absolutes Rauchverbot. In allen Büros. Ohne Ausnahme.« Bethges Stimme klang bedrohlich.

»Die Ausdrucke aus dem Computer und die elektronische Überweisung auf dem Monitor«, lenkte Döpfner ab, »gehören irgendwie zusammen, und doch auch wieder nicht.«

Bethge kaute zufrieden an seiner Zigarre und war ganz Ohr.

»Bei den Ausdrucken geht es um den Verkauf von Lira im ersten Halbjahr 98, aber das Formular zeigt eine Überweisung über 750.000 Euro aus dem Jahr 2003. Das kommt mir vor wie ein kleines Geschäft verglichen mit den großen Lira-Verkäufen, die 1998 über die GAMMA-Bank gelaufen sind.«

»Persönlich würde ich diese kleine Überweisung durchaus zu schätzen wissen, aber Sie haben recht. Wo sehen Sie denn Zusammenhänge zwischen den beiden Vorgängen?« Bethge starrte auf die winzigen goldenen Sprenkel auf Döpfners grüner Krawatte, die im matten Licht des Bistros funkelten.

Döpfner fuhr sich über die Nase. »Die gefälschte Überweisung hilft uns vielleicht im Mordfall weiter. Aber Leder selbst war vermutlich hinter dem großen Verkaufsgeschäft her, das 1998 über die Bank gelaufen ist.«

»Und?« Bethge streifte die abgebrannte Asche in den gläsernen Aschenbecher.

»Sie haben mich vorhin gefragt, wie ich weiter vorgehen will. Also, ich denke, als nächstes werde ich mich hinter dieses große Geschäft klemmen und versuchen herauszufinden, wie das einzuordnen ist. Vielleicht ergibt sich daraus etwas zum Hintergrund der gefälschten Überweisung.«

»Und wie wollen Sie das anfangen?«

»Tja«, Döpfner legte den Zeigefinger an die Nase, »die Europäische Zentralbank wäre natürlich meine erste Anlaufstelle, aber ...«

Bethge nahm den Stumpen aus dem Mund und warf ein: »Die EZB existierte damals ja noch gar nicht. Man könnte doch einfach bei den Italienern nachfragen.«

Döpfner zögerte. »Ja, das naheliegendste ist es sicher, sich an die italienische Nationalbank zu wenden, die sollte als zuständige Notenbank am besten Bescheid wissen.« Er schwieg einen Moment, dann fuhr er fort. »Aber das könnte dort Unruhe auslösen. Der europäische Finanzmarkt ist ein fragiles Gebilde.«

Bethge runzelte die Stirn und schaute den Kriminaldirektor skeptisch an. »Ist das nicht alles ein Schuß ins Blaue. Mir kommt das sehr spekulativ vor.«

»Na, erinnern Sie sich mal zurück. Erste Hälfte 1998, das war kurz vor der Einführung des Euro, als die schwachen Währungen, die in den Euro wollten, angreifbar waren ...«

Bethge nahm verblüfft den Stumpen aus dem Mund. Döpfner fügte hinzu: »Das hat mir einer unserer Experten von Europol gesagt. Ich muß es aber noch genauer wissen.«

»Na, dann viel Glück in der großen Finanzwelt.« Kommissar Bethge drückte mit einer gekonnten Handbewegung den Stumpen aus. »Ich versuche es morgen lieber noch einmal mit dem Bankpersonal.«

*

Im prächtig ausgestatteten Bibliothekszimmer des Val Duchesse saßen die Damen und Herren bei einem guten Schluck Rotwein in angeregter Runde. Sie waren umgeben von ausgesuchten Exemplaren europäischer Buchkunst der letzten Jahrhunderte. Hinter Glas waren die in Leder gebundenen Wälzer in langen Regalen aufgereiht, die fast jeden Zentimeter Wand in dem geräumigen Zimmer bedeckten. Heute wurde der Raum allerdings kaum mehr zu Studienzwecken, sondern vor allem zu gesellschaftlichen Anlässen benutzt. Mehrere Sessel aus weichem Leder und zwei farbenprächtige Jugendstil-Sofas waren in einer Ecke zusammengeschoben worden, so daß sich eine kleine Runde angenehm unterhalten konnte. Zwischen den Sitzgelegenheiten standen mehrere kleine Holztischchen, wertvolle Intarsienarbeiten, auf denen Käse, Gebäck und roter Duero angeboten wurde.

Präsident Gutierrez, ein gestandener Konservativer, gratulierte Stockmann zu seiner kleinen Ansprache. Offensichtlich wollte er die informelle Plauderstunde dazu nutzen, mit dem Kommissionspräsidenten seine Ansichten zu diskutieren. Seine skeptische Haltung zur politischen Einheit Europas war allseits bekannt. Der beleibte Mann, dessen pechschwarzes Haar von vereinzelten grauen Strähnen durchzogen war, führte dann auch gleich die Debatte fort, die Stockmanns Ansprache auf dem Empfang ausgelöst hatte.

Kaum hatten alle ihr Glas in der Hand, begann er: »Ihr Engagement für die europäische Einheit in allen Ehren, Herr Präsident, aber die Probleme, die jetzt auf uns zukommen, lassen sich nicht einfach mit gutem Willen lösen. Für die europäische Integration hat man anfangs einen wirtschaftlich-funktionalistischen Ansatz gewählt. Das vorrangige Ziel war die Herstellung eines gemeinsamen Marktes. Die Integration war daher ganz überwiegend eine negative. Man hat vor allem nationale Regelungen aufgehoben, die dem gemeinsamen Markt entgegenstanden. Jetzt werden aber immer mehr positive Entscheidungen erforderlich.«

Der christdemokratische Fraktionsvorsitzende, ein pfiffiger Luxemburger mit schütteren blonden Locken, assistierte: »Und positive Entscheidungen lassen sich nicht aus der Logik des Marktes ableiten. Das sieht man schon an dem heißen Thema sogenannter sozialer und ökologischer Mindeststandards.«

»Und nicht nur das«, übernahm Gutierrez wieder. »Die Entscheidungen, die in der EU jetzt anstehen, berühren zentrale innenpolitische Interessen der Mitgliedstaaten. Gleichzeitig schreitet die Integration der EU-Staaten untereinander fort, und die Zahl der Mitgliedstaaten wächst. Hier muß der Übergang zu Mehrheitsentscheidungen eingeleitet werden.«

Stockmann nickte und schaute einen Moment nachdenklich in das fein geschliffene Glas in seiner Hand. Nadine LaTour saß neben ihm und folgte seinem Blick. Er schaute hoch und blickte in Runde. »Also, Sie haben sicher beide recht mit Ihren Bedenken. Aber vergessen Sie die NATO nicht. Durch die Bündelung der sicherheitspolitischen Interessen in der NATO besteht von vornherein ein Kern politischer Handlungsfähigkeit. Insbesondere, wenn sein europäischer Pfeiler gestärkt wird, kommt dem Bündnis auch für die weitere politische Entwicklung der Union eine immer größere Bedeutung zu.«

Einige Gesprächspartner raunten zustimmend. »In den zivilen Politikfeldern sind die Interessen aber nicht annähernd so gleich gerichtet«, warf Botschafter van Loon ein.

»Teils, teils.« Stockmann lehnte sich zurück. »Deswegen müssen in diesen Bereichen die Aufgaben zwischen Union und Mitgliedstaaten klar und sachgerecht verteilt werden.«

Die Runde diskutierte diese Frage noch eine Weile. Dann hatte Präsident Gutierrez anscheinend seine konträren Ansichten genügend zum Ausdruck gebracht und schlug vor, doch gemeinsam mit dem ausgezeichneten Rotwein auf das neue Jahr anzustoßen. Der Kellner wurde herbeigerufen und füllte die Gläser wieder auf. Alle prosteten sich fröhlich zu. Die Gläser von Stockmann und Nadine LaTour stießen mit einem leisen Klirren aneinander, wobei sich für einen kurzen Moment ihre Finger berührten.

Es entstand eine kleine Pause, dann ergriff der österreichische Kommissar das Wort und druckste leicht verlegen herum. »Herr Präsident, viele von uns fragen sich, warum Sie als erfolgreicher deutscher Innenminister und angeblicher Kronprinz des Bundeskanzlers bei diesen europäischen Ungewißheiten eigentlich nach Brüssel gegangen sind?«

Die Frage wurde mit »Oh« und »Ja, genau« kommentiert, und alle richteten ihre ungeteilte Aufmerksamkeit auf Stockmann. Der schmunzelte vor sich hin und ließ sich Zeit. »Na, erzählen Sie schon«, rief ihm Jorge Gutierrez schließlich zu: Stockmann schaute kurz in die Runde, und für einen Moment blieb sein Blick auf dem aufmerksamen Gesicht Nadine LaTours hängen, die auf die ledergebundenen Rücken der Bücher starrte.

»Ich erzähle Ihnen gerne, wie das gekommen ist, aber es ist keine aufregende Geschichte, da muß ich Sie enttäuschen.«

Ein paar Teilnehmer der Runde lachten leise auf. Stockmann fuhr fort: »Es war vor allem die Initiative des Bundeskanzlers. Er ist ein Bewunderer des früheren Kommissionspräsidenten Jacques Delors. Als sich die Frage eines deutschen Vorschlags für den Rest der Amtszeit stellte, hat er auf einer eindeutig politischen Lösung bestanden. Sonst könnten wir die Sache gleich lassen, meinte er. Ich will Ihnen das gerne gestehen: Als er mich gefragt hat, ob er mich für die restlichen zwei Jahre der amtierenden Kommission vorschlagen könne, habe ich mir erst einmal Bedenkzeit ausgebeten. Der Name Delors setzt schließlich sehr hohe Maßstäbe.«

»Aber der Kanzler hat dich vergewaltigt«, nahm Stockmanns alter Freund in der Runde, der knochige Peter Hanisch, den weiteren Bericht vorweg. Gutierrezs tiefer Baß setzte zu einem dröhnenden Gelächter an, in das alle einstimmten.

Stockmann blieb ernst. »Nein, nicht direkt. Der Kanzler hat mir nur zu bedenken gegeben, daß unsere Zukunft in Europa liegt. Da konnte ich nicht widersprechen. Zu meiner Überraschung bin ich dann auch noch Präsident geworden.«

»Der Kollege Stockmann hat in Brüssel offensichtlich diplomatische Fähigkeiten entwickelt, von denen wir im Bundestag nie etwas gemerkt haben«, spottete der massige Fritz Schnitzenhuber von der CSU.

Nach einem abschließenden Toast verabschiedete Stockmann die Gäste. Aus dem Augenwinkel konnte er erkennen, wie Nadine LaTour durch den steinernen Torbogen des Bibliothekszimmers verschwand und sich dabei wie zufällig noch einmal nach ihm umdrehte.

*

Karl Stockmann kam in gelöster Stimmung von dem gelungenen Neujahrsempfang nach Hause. Er schaltete den Fernseher an, holte eine Flasche Fino aus der Bar und machte es sich auf der weichen Ledercouch bequem. Wenn er dafür Zeit fand, gehörten die Spätnachrichten mit einem Schluck trockenem Sherry zu seinen Alltagsritualen in Brüssel.

Nach den Wetterbericht nahm Stockmann die Fernbedienung in die Hand, zappte ein Weile herum und blieb dann bei einem Dokumentarfilm über den albanischen Finanzskandal im Jahre 1997 hängen. Der Bericht konzentrierte sich auf das Schicksal der Menschen, die von betrügerischen Investmentgesellschaften um ihre gesamten Ersparnisse gebracht worden waren, immerhin fast ein Viertel der albanischen Bevölkerung.

Stockmann schenkte sich Sherry nach und starrte schläfrig auf den Bildschirm. Er verfolgte den Bericht nur mit halbem Ohr. Die Diskussion im Bibliothekszimmer ging ihm im Kopf herum, dazwischen tauchte das Bild von Nadine LaTour in seinen Gedanken auf. Allmählich spürte er die beruhigende Wirkung des Alkohols. Er wickelte die weiche Wolldecke enger um sich und versuchte, sich auf das Geschehen auf dem Bildschirm zu konzentrieren. Das Fernsehbild zeigte die bekannten Szenen: aufgebrachte Menschenmengen, brennende Straßensperren, weinende, schreiende Demonstranten, die mit Panzern zurückgedrängt wurden, Flüchtlingsströme, die an der italienischen Grenze abgewiesen wurden, dazwischen die kämpferischen Erklärungen des damaligen Präsidenten Berisha.

In einer Werbepause schaltete er kurz auf CNN. Am unteren Rand des Bildes liefen die aktuellen Börsenkurse. Der Euro, dem Stockmanns erster Blick galt, war wieder etwas gefallen. Eine junge Frau berichtete vom Parkett des New Yorker Stock Exchange, wo die leicht rückläufige Tendenz der europäischen Währung mit einer jahreszeitlich bedingten Konjunkturschwäche begründet wurde. Hinter ihr war die elektronische Tafel mit den aktuellen Aktienkursen zu sehen. Gelbe Lichter blinkten neben dem aktuellen Wechselkurs des Euros, der in diesem Moment wieder nach unten revidiert wurde.

Er schaltete zurück zu dem Sender mit dem Albanien-Bericht. Dort erklangen gerade die letzten Töne einer Bierwerbung. Dann war wieder die eintönige Stimme des Sprechers zu hören, der Bilder aus der albanischen Landwirtschaft mit komplizierten Berechnungen kommentierte. Seit 1997 wurden in weiten Teilen Albaniens Marihuana und Coca-Pflanzen angebaut, und die Mafia nutzte das Land als Drogenlieferant. Stockmann bemühte sich, dem Bericht zu folgen, doch der lange Tag zeigte seine Wirkung. Der Sherry verbreitete eine behagliche Wärme in ihm, und immer wieder fielen ihm die Augen zu.

Dann schob sich ein anderes Bild vor den sachlichen Sprecher.

Auf einer breiten Straße drängt sich eine Menschenmenge, Frauen ziehen Kleinkinder hinter sich her, Männer in Windjacken und Jeans halten Papiere hoch, auf denen das Siegel der albanischen Regierung zu erkennen ist. Stockmann befindet sich unter den Demonstranten, er läuft mit ihnen, spürt ihre Verzweiflung und Wut. Ein grauhaariger Mann zerreißt ein Sparbuch und läßt die Papierfetzen achtlos auf die Straße fallen. Eine Familie marschiert mit ausdruckslosen Gesichtern auf die Nationalbank zu. Einem kleinen Jungen mit einer Wollmütze laufen die Tränen übers Gesicht. Direkt neben ihm hält ein junger Mann ein Gewehr mit abgesägtem Lauf dicht an seinen Körper gepreßt.

Plötzlich entdeckt Stockmann links von sich eine Frau, die ihm vage bekannt vorkommt. Ein unheimliches Gefühl macht sich in ihm breit, aber er kann die Gestalt nicht einordnen. Der harte Zug um den Mund, das blonde gelockte Haar erinnern ihn an jemanden. Er setzt an, um der Frau näher zu kommen, bewegt sich aber kaum vom Fleck. Da sieht er über die Köpfe und Arme der Demonstranten hinweg, wie hinter den Barrikaden ein Mann mit weißem Helm und dunkler Kampfmontur sein Gewehr anlegt. Er hält den Atem an. Der Soldat scheint die Menge abzusuchen, und wie zufällig richtet sich der Gewehrlauf auf die unbekannte blonde Frau. Stockmann brüllt, daß man ihn vorbeilassen soll, und kämpft sich durch die dichten Menschenmassen. Die Frau merkt nicht, in welch tödlicher Gefahr sie schwebt. Mit entschlossenem Gesichtsausdruck schreitet sie langsam voran. Stockmann gestikuliert wild und versucht, sie auf sich aufmerksam zu machen. Auch andere neben ihm haben den Scharfschützen hinter den Barrikaden bemerkt. Eine Unruhe erfaßt die Menschenmenge. Frauen stellen sich schützend vor ihre Kinder, die Menschen drängen zum Straßenrand und ducken sich.

Durch den ohrenbetäubenden Lärm der Menschen hört Stockmann den donnernden Schuß. Ihm rinnt der kalte Schweiß über die Brust und ein fast körperliches Entsetzen durchströmt ihn. Die Frau ist getroffen. Ihr Gesicht ist zum Himmel gerichtet, und ein schwaches Rinnsal von

Blut fließt aus ihren geöffneten Lippen. Er ist nur noch wenige Meter von ihr entfernt, da bricht sie vor seinen Augen zusammen. Mit einem Schrei stürzt er nach vorn.

Stockmann spürte den feuchten Flaum des Teppichs und sah das umgekippte Sherryglas direkt vor sich auf dem Teppich liegen. Langsam richtete er sich auf. Er saß auf dem Boden vor der Couch, von der er offensichtlich heruntergefallen war. Fluchend befreite er sich aus der Wolldecke, in der er sich verknotet hatte. Dann nahm er mit zitternden Fingern das Glas vom Boden und stellte es auf den Tisch. Den Fernseher, auf dem das Testbild des belgischen Fernsehens lief, schaltete er aus.

In der Wohnung herrschte eine wohltuende Stille, die ihn beruhigte. Er atmete tief ein. Langsam zog er die Vorhänge auf und starrte eine Ewigkeit auf den Square du Bois, den die sanft herunterrieselnden Schneeflocken langsam in eine weiße Decke hüllten.

Im Badezimmer schaltete Stockmann das kleine Radio an und erwischte die Drei-Uhr-Nachrichten. Der Euro war erneut leicht gefallen. Seltsam aufgewühlt legte Stockmann sich ins Bett und versuchte, wenigstens noch für ein paar Stunden zu schlafen.

*

In Frankfurt war Kriminalkommissar Bethge nach dem Gespräch mit Döpfner zurück in sein Büro gegangen und hatte dort zum wiederholten Mal die Vernehmungsprotokolle der Bankangestellten studiert. Aber er konnte nicht den kleinsten Hinweis entdecken. Gegen zehn Uhr abends, nach zwei Pizzas und drei Kannen Hibiskus-Tee war er soweit, das allgemeine Rauchverbot erstmalig zu brechen. Bethge ging zum Kleiderständer, holte sich eine Zigarre aus der Jackentasche und durchsuchte genervt seinen Schreibtisch nach einem Feuerzeug. Er fand das rote Plastikding schließlich zwischen den Protokollen. Dabei fiel sein Blick auf die Aussage einer der beiden Wachmänner, die in der Mordnacht Dienst gehabt hatten. Bethge ließ sich langsam auf den Bürostuhl gleiten, die Zigarre unangezündet zwischen den Lippen. Der eine Wachmann, ein gewisser Schneider, hatte ausgesagt, in der Mordnacht von seinem Rundgang um die zwei Innenhöfe in der Chefetage etwa um 23.40 Uhr von seinem Kollegen Kuhlmann abgelöst worden zu sein. Bethge blätterte weiter. Im zweiten Absatz von Kuhlmanns Aussage fand der Kriminalkommissar die Art Unstimmigkeit, nach der er in den letzten Stunden verzweifelt gesucht hatte: Wachmann Kuhlmann hatte ausgesagt, daß er seinen Rundgang planmäßig um 23.30 Uhr angetreten habe.

Gleich am nächsten Morgen nahm sich Kommissar Bethge die beiden noch einmal vor. Der selbstsicher wirkende Schneider blieb nicht nur bei seiner Aussage, sondern ergänzte sie mit der Bemerkung, er erinnere sich genau, da Kuhlmann ihm noch langatmig die Gründe für seine Verspätung erklärt habe – »unter uns, eine pikante Frauengeschichte«. Als Bethge nachsetzte, wann etwa Kuhlmann seinen Rundgang begonnen habe, schätzte Schneider: »Etwa 23.50 Uhr. Ich war jedenfalls zwanzig Minuten später zu Hause als sonst.«

Den schmächtigen Kuhlmann konfrontierte Bethge mit der Behauptung, er habe in seiner ersten Vernehmung gelogen. Er gebe ihm noch diese eine Chance, sich zu korrigieren. Sonst werde er Ärger kriegen. Kuhlmann wand sich eine Weile und gab schließlich zu: »Ja, ich bin etwa zwanzig Minuten verspätet gestartet. Ich wollte das nicht sagen, weil ich Angst hatte, daß ich deswegen meinen Job verlieren würde.«

Bethge begann zu rechnen. Die nächtlichen Rundgänge um die zwei Innenhöfe begannen in der Chefetage jeweils zur halben Stunde und dauerten etwa 25 Minuten. Wenn Kuhlmann statt 23.30 Uhr erst um 23.50 Uhr gestartet war, mußte er um Mitternacht, also zur Tatzeit, noch im Flur des vorderen Innenhofes gewesen sein, an dem das Zimmer von Leder lag. Und da der Flurumgang um den Innenhof verglast war, hatte Kuhlmann zur Tatzeit den ganzen – nachts schwach erleuchteten – Umgang um den ersten Innenhof einsehen können.

Kuhlmann wurde währenddessen immer nervöser. Er hatte schon zweimal zur Zigarettenschachtel gegriffen, was ihm der protokollführende Beamte jeweils mit einem kräftigen Kopfschütteln und einem Blick in Richtung des Verbotsschilds untersagte.

Auch Kriminalkommissar Bethge kaute auf einer unangezündeten Zigarre und schaute den Mann vor ihm an. »Sie haben uns noch viel mehr verschwiegen, Kuhlmann. Nämlich alles, was Sie in der Mordnacht auf dem Flur der Chefetage gesehen haben. Mensch, dafür können Sie für einige Jahren hinter Gitter kommen.«

Der kleine Mann zerknüllte die Zigarettenschachtel in seinen Händen. Seine Stimme zitterte, als er sagte: »Ich … ich habe gesehen, wie Direktor Saager aus Leders Büro gekommen ist. Aber bringen Sie mich bitte nicht ins Gefängnis. Ich muß doch meine Familie versorgen. Der Herr Direktor kann doch kein Mörder sein.«

Bethge seufzte: »Kein Mörder sein! Was denken Sie sich denn? Daß die hohen Tiere alle eine reine Weste haben? Lesen Sie denn keine Zeitung?«

Kuhlmann zuckte ängstlich mit den Schultern. Dann machte er seine korrigierte Aussage. Saagers Räume lagen gegenüber Leders Büro auf der anderen Seite des Innenhofs. Der Kontrollgang hatte den Wachmann um 00.07 Uhr an Saagers Tür vorbeigeführt. Von dort hatte er gesehen, wie Saager aus Leders Büro trat. Einen Schuß hatte er nicht gehört. Die Türen, die den Flurumgang in vier Abschnitte teilten, waren aus schalldichtem Glas.

Als Kuhlmann das Protokoll unterschrieb, nickt ihm Bethge aufmunternd zu: »Ich werde mal sehen, daß ich ein gutes Wort für Sie einlege.« Der geknickte Wachmann schaute hoch und lächelte verkrampft. Kommissar Bethge ging in sein Büro und rief von dort sofort Döpfner an. Der arbeitete in dem ihm überlassenen Zimmer im Präsidium und kam schnell herüber, um Bethge zu gratulieren.

Die beiden Männer beschlossen, die neue Aussage von Kuhlmann zunächst für sich zu behalten. Erst einmal mußte das Alibi Saagers erneut überprüft werden. Der hatte angegeben, in jener Nacht noch in der Bank gearbeitet und stundenlang mit New York telefoniert zu haben – alleine in seinem Büro. Die Bank habe er gegen ein Uhr morgens verlassen, was der Pförtner bestätigte.

Döpfner ließ die Telefonaufzeichnungen prüfen. Saager hatte tatsächlich zwischen 23 und 1 Uhr Frankfurter Zeit, also zwischen 17 und 19 Uhr New Yorker Zeit, drei Telefonate mit der Fidelity & Trust Bank in New York City geführt, einer mittelgroßen, auf Devisenhandel spezialisierten Bank. 23.10 Uhr Anruf, 23.30 Uhr Rückruf, 00.10 Uhr erneuter Anruf. Das Rückrufgespräch hatte zwanzig Minuten gedauert. Zwischen 23.50 und 0.10 Uhr und nach 00.37 Uhr hatte Saager nicht telefoniert.

»Direktor Saager hat also kein Alibi für die Mordzeit. Um Mitternacht hat er nicht telefoniert.« Döpfner fuhr sich mit Zeige- und Mittelfinger langsam über die Stirn.

Bethge kaute nachdenklich auf einem buntgemusterten Kugelschreiber. Er schob Döpfner ein Papier zu. »Das ist heute morgen vom Computerteam gekommen. Die amerikanische Scheinfirma, die statt der 750.000 Euro siebeneinhalb Millionen eingesackt hat und dann spurlos verschwunden ist, hat anscheinend mit den großen Lira-Verkäufen der Bank von 1998 nichts zu tun gehabt.«

Döpfner blickte ihn nachdenklich an. »Aber es muß eine Verbindung zwischen Saager und dieser Falschüberweisung geben.«

Bethge nickte und setzte seine Leute daran. Schon am selben Nachmittag hatte das Ermittlungsteam den vorläufigen Bericht fertig: Auf ein treuhänderisches Anderkonto bei der GAMMA-Bank war wenige Tage nach der Falschüberweisung die Summe von 250.000 Euro eingezahlt worden. Der Kontoinhaber, ein angeblich in Frankfurt zugelassener Rechtsanwalt, schien aber so »virtuell« zu sein wie die durch die Falschüberweisung begünstigte amerikanische Firma. Dann stellten die Experten fest, daß es Bewegungen zwischen diesem vorgeblichen Anderkonto und den Konten Saagers gegeben hatte.

Döpfner und Bethge hielten den Mordverdacht gegen Saager jetzt für stark genug. Sie ordneten seine Observierung an.

*

Am Mordtag, nach der Vernehmung durch die Polizei, war Julius Saager in sein Büro gegangen und hatte panisch in seinem Terminkalender geblättert. Im Adressteil fand er, wonach er gesucht hatte. Er las eine Telefonnummer ab und wählte. Doch nachdem es zweimal geklingelt hatte, legte Saager abrupt wieder auf. Er klappte den Kalender zu, sein Blick schweifte vom Telefon durch das Fenster auf die Frankfurter City und wieder zurück.

Julius Saager war seit fünfzehn Jahren bei der GAMMA-Bank. Vor acht Jahren war er zum Direktor der Bank ernannt worden. Er hatte sich durch die Jahre den Ruf eines verläßlichen Finanzmannes erworben. Nur Insidern war bekannt, daß Saager mehrfach wegen Unregelmäßigkeiten in der Geschäftsabwicklung aufgefallen war. In einem Fall hatte er sogar eine interne Abmahnung hinnehmen müssen.

In den letzten Tagen des Jahres 2002, nur wenige Monate nach dieser Abmahnung, war Saager in die Sache verwickelt worden. Damals hatten die meisten Angestellten zwischen den Feiertagen Urlaub genommen, und auch der Platz von Saagers Sekretärin im Vorzimmer war leer. Er hatte in seinem Büro gearbeitet, als der Anruf aus dem Backoffice kam.

Saagers Finger umklammerten den Hörer des modernen blaugrünen Telefons und zitterten ein wenig. Vor knapp sechs Jahren, Ende 1996, war im Office, das die Devisenhändler der Bank kontrollierte, ein neuer Mitarbeiter eingestellt worden. Äußerlich hatte dieser Karl Spalcke einen absolut gediegenen Eindruck gemacht, fast schon zu perfekt, selbst für die hohen Erwartungen der Frankfurter Bankenwelt. Saager war keinerlei Tratsch zu Ohren gekommen über den dunkelhaarigen Mann mit dem Bartschatten, der seinem Gesicht einen etwas finsteren Ausdruck verlieh.

Obwohl es schon weit nach 18 Uhr war, saß die Sekretärin Spalckes im Vorzimmer und tippte geschäftig, als der Direktor der GAMMA-Bank an der Glaswand vorbei zur Tür trat. Sie schaute auf, öffnete eilfertig die Tür und begrüßte ihn, als ob sie ihn erwartet hätte. Dann kündigte sie durch die Sprechanlage seine Ankunft an.

Spalcke saß am Schreibtisch und starrte auf den Computer, obwohl Saager wartend vor ihm stand. Unter normalen Umständen wäre sein Verhalten eine glatte Unverschämtheit gewesen. Doch Spalcke wußte Dinge über Saager, die der nicht einmal seiner Frau erzählte. Vor ein paar Jahren hatte Saager sich von seiner eigenen Bank Geld »geborgt«, um Spielschulden zurückzuzahlen. Eine zugegebenermaßen nicht ganz legale Handlung, die ihm in der Vergangenheit aber immer glimpflich über lange Pechsträhnen am Roulette-Tisch hinweggeholfen hatte. In den meisten Fällen hatte er das Geld schon wenige Tage später wieder zurückzahlen können, ohne daß jemand etwas bemerkt hätte. Doch Karl Spalcke saß noch keinen Monat im Back-Office, da rief er ihn eines Tages an und machte ihm auf unmißverständliche Art klar, daß er die »Unregelmäßigkeiten« melden müsse, falls ihm Saager nicht anderweitig entgegenkomme.

Und seither hatte Spalcke ihn in der Hand. Aus den anfangs recht bescheidenen Beträgen, die er Saager abpreßte, wurden immer höhere Summen. Die Erpressungen hörten erst im Frühjahr 1998 auf, als Spalcke und Saager gemeinsam in einem großen Spekulations- und Geldwäsche-Coup mitmischten, wobei sich ihre Zusammenarbeit äußerst lukrativ gestaltete.

Trotzdem konnte sich Saager nicht an das ständige Wechselspiel von ausgesuchter Höflichkeit und fast abfälliger Mißachtung seiner Person gewöhnen. Heute war anscheinend wieder die Peitsche angesagt.

»Ich habe da eine Überweisung an die Van-Houtten-Bank in Brüssel. Müßten das nicht 7,5 Millionen sein?« Spalcke sprach zu seinem Monitor.

Saager trat näher. »Um was geht es?«

Spalcke schaute abrupt auf, als bemerke er den Bankdirektor erst in diesem Moment.

»Ah, Herr Direktor Saager.« Dann drehte er den Bildschirm. »Hier, schauen Sie sich die Überweisung selber an.«

Saager beugte sich zu dem Monitor, auf dem ein elektronisches Überweisungsformular für den ausländischen Zahlungsverkehr aufgerufen war. Soweit er sehen konnte, war vom Devisenhändler korrekt ein Gegenwert von 750.000 Euro eingegeben worden. Während Saager auf den Bildschirm starrte und herauszukriegen versuchte, um welchen Vorgang es hier ging, bewegte sich der Cursor um zwei Stellen nach links und wie von magischer Hand fügte sich eine weitere Null an den Betrag.

»Das kommt doch eher hin, meinen Sie nicht?«

Saager schaute hoch und starrte Spalcke ins Gesicht.

»Ich habe keine Ahnung, um was es hier geht.«

Spalcke blickte ihm direkt in die Augen. »Aber Sie werden diese Überweisung freigeben, Herr Direktor, wenn sie gleich auf Ihrem Tisch landet.«

»Ich ...«, Saager brach ab.

»Das ist doch kein Problem?« Spalcke drehte mit einem angedeuteten Lächeln den Bildschirm wieder zu sich her. Aus dem Augenwinkel konnte Saager erkennen, wie Spalcke die ENTER-Taste drückte. Er spürte den Blick des Mannes auf sich.

»Nein, ich ... ich denke nicht, daß es Probleme gibt«, hatte er leise geantwortet. Das war vor über einem Jahr gewesen.

*

Karl Stockmann wachte wie gerädert auf, als der Wecker ihn aus dem Schlaf riß. Nach dem Alptraum war er noch lange wachgelegen. Er ließ das Joggen an diesem Morgen ausfallen und ging gleich ins Büro. Sein persönlicher Referent, ein junger, aus Bozen stammender Italiener namens Giovanni Moser, begrüßte ihn schwungvoll. Stockmann antwortete einsilbig.

»Brauchen Sie vielleicht ein Aspirin, Herr Präsident?« fragte der Tiroler mit einem vielsagenden Blick auf die dunklen Ringe unter den Augen Stockmanns.

»Was? Nein, nicht nötig. Starker Kaffee wäre gut.« Er zwang sich zu einem schwachen Lächeln. Der Referent nickte verständnisvoll und verließ das Zimmer, um bei der Sekretärin nach frischem Kaffee anzufragen. Stockmann stellte die Aktentasche ab, und Moser rief ihm nach: »Die Zeitungen liegen schon auf dem Schreibtisch, Herr Präsident.«

Stockmann murmelte: »Danke«, setzte sich und blätterte lustlos durch die nach frischer Druckerschwärze riechenden Zeitungen. Als die Sekretärin den Kaffee brachte, war er gerade auf die Meldung über den Bankmord in Frankfurt gestoßen. Die Notiz erregte seine Aufmerksamkeit, obwohl sie nur kurz und auf einer der hinteren Seiten plaziert war. Offenbar war die deutsche Öffentlichkeit in bezug auf Bankaffären und -skandale inzwischen ziemlich abgestumpft.

Stockmann wurde etwas munterer, was nicht nur an dem ausgezeichneten Kaffee lag. Der Fall interessierte ihn, außerdem hatte er Leder flüchtig gekannt. Aber die Journalisten stocherten offensichtlich völlig im Nebel herum. Er rief den Leiter der Presseabteilung, Jan van Driesche, an und bat ihn zu veranlassen, daß alle Berichte der europäischen Presse über diesen Mord gesammelt und ihm vorgelegt würden.

Stockmann legte auf und betrachtete das graue Diensttelefon mit den vielen Tasten. Für einen Moment ging ihm das Bild der erschossenen Demonstrantin durch den Kopf. Er fuhr sich mit der Hand über die Stirn und überlegte, ob beim Mordfall Leder die Ermittlungsbehörden noch ebenso im dunkeln tappten wie die Presse. Plötzlich klingelte im Vorzimmer das Telefon, und er zuckte zusammen. Gleich darauf meldete ihm die Sekretärin, ein Herr Döpfner vom Bundeskriminalamt wolle ihn am Telefon sprechen. Stockmann griff sofort zum Apparat. »Stockmann hier, guten Morgen, Döpfner. Was für eine freudige Überraschung.«

»Guten Morgen, Herr Stockmann. Ich will Sie nicht lange stören, deshalb ganz kurz. Ich rufe aus Den Haag an. Ich arbeite inzwischen als Verbindungsmann zu Europol. Wir haben da ein Problem, bei dem Sie uns vielleicht weiterhelfen könnten. Ich würde gerne deswegen in den nächsten Tagen bei Ihnen in Brüssel vorbeikommen.«

»Ich kann mir schon denken, um was es geht. Den Frankfurter Bankmord. Aber das geht mich nichts mehr an.« Stockmann umkringelte mit dem Kuli die kurze Meldung in der Zeitung vor ihm.

»Oh doch«, drang Döpfners Stimme energisch aus dem Hörer. »Erstens haben Sie einen guten Riecher, zweitens hat der Fall offenbar eine europäische Dimension, und drittens sind Sie jetzt doch unser europäischer Oberkommissar.«

Stockmann lachte: »Damit wickeln Sie mich nicht ein. Aber ich müßte eigentlich Zeit haben. Melden Sie sich doch, wenn Sie soweit sind.« Er legte auf und wandte sich dem dicken Aktenstapel zu, der sich die letzten Tage auf seinem Schreibtisch angesammelt hatte.

*

Das Wiedersehen war herzlich. Beide Herren hatten den Eindruck, der andere sei älter geworden. Stockmann schien Döpfner wesentlich ruhiger geworden zu sein, und der wiederum stellte bei Döpfner erste Anzeichen von Geheimratsecken fest. Beide versicherten sich aber gegenseitig, sie hätten sich überhaupt nicht verändert.

»Warum der überraschende Wechsel nach Brüssel?« begann Döpfner. Sie hatten es sich in den dunkelblauen Sesseln in Stockmanns Büro gemütlich gemacht.

»Er ist nicht so überraschend. Ohne Europa läuft nichts mehr.« Stockmann schenkte Döpfner Kaffee aus der Meißner Porzellankanne ein. Döpfner bedankte sich mit einem Nicken und rührte Milch und Zucker dazu.

»Frau Burkhardt ist von dem Wechsel sicher wenig erbaut«, sagte er, während er mit einem kleinen Silberlöffel umrührte.

Stockmann zögerte einen Augenblick, fuhr sich mit der Hand

durchs Haar und antwortete dann: »Wir haben uns getrennt.« Er räusperte sich und stellte seine Tasse ab. »Frau Burkhardt hat schon immer unter meinem politischen Engagement gelitten. Nach meiner Ernennung zum Innenminister ist das noch schlimmer geworden. Und als dann damals auch noch ihre Freundin vor unseren Augen erschossen wurde, hat sie sich in Freundschaft von mir getrennt.« Er lächelte etwas gequält: »Nun bin ich endgültig mit der Politik verheiratet – bis der Tod uns scheidet.«

Döpfner tastete vorsichtig seine fliehende Haarlinie ab und murmelte ein kaum verständliches: »Tut mir leid.«

Stockmann half ihm aus der Verlegenheit: »Und Sie sind befördert und in die Zentrale nach Wiesbaden zurückgerufen worden?«

»Ja.« Döpfner nickte, immer noch etwas unsicher.

»Und was macht die polnische Kollegin, die es Ihnen so angetan hatte?« Stockmann lachte ihn aufmunternd an.

Döpfner lachte zurück. »Also, sie ist jetzt in Wiesbaden als Verbindungsfrau zur Warschauer Polizeizentrale tätig.«

Stockmann schaute ihn an. »Ach, Sie leben also zusammen?«

»Ja.«

»Wollen Sie heiraten?«

Döpfner schüttelte den Kopf. »Nein, wir halten es da ganz mit den altmodischen Werten der 68er. Wir brauchen keinen Trauschein.«

Stockmann deutete auf Döpfners dunkle Krawatte mit klassischem Paisley-Muster. »Und bei Ihren Krawatten haben Sie Ihr Faible fürs Außergewöhnliche auch aufgegeben, oder?«

»Nein, nein«, wehrte Döpfner ab. »Die hier trage ich nur in Ausnahmesituationen. Ich komme ja quasi inkognito zu Ihnen, und da wollte ich nicht gleich durch die Krawatte Aufsehen erregen.«

Dann kam Döpfner zum eigentlichen Thema des Besuches. Er setzte Stockmann über den Stand der Ermittlungen beim Frankfurter Bankmord ins Bild. Dabei trennte er scharf zwischen der gefälschten Überweisung und den großen Lira-Verkäufen kurz vor Einführung des Euro, über die er mehr erfahren wolle. »Wir, das heißt das Kriminalamt und Europol, wir wüßten gerne, in welchem Zusammenhang diese Verkäufe damals gestanden haben. Deswegen bin ich hier.«

»Da sind Sie bei mir an der falschen Stelle.« Stockmann sprach langsam und rührte klirrend in der Kaffeetasse.

»Vielleicht, vielleicht aber auch nicht«, antwortete Döpfner. »Unser Problem ist folgendes: Die Europäische Zentralbank existierte damals noch nicht, und wir können nicht alle nationalen Notenbanken abfragen. Das würde im übrigen auch nur den europäischen Bereich abdecken. Das naheliegendste wäre es, die italienische Nationalbank zu fragen, die als zuständige Notenbank am besten Bescheid wissen sollte. Aber das könnte dort Unruhe auslösen. Wir würden daher lieber inoffiziell an die gewünschte Information kommen.«

»Damit ich Sie recht verstehe, Döpfner«, Stockmann beugte sich vor. »Ich soll Ihnen heimlich, still und leise zu einer Recherche über die Lira-Bewegungen an den Finanzmärkten im ersten Halbjahr 98 verhelfen?«

»Das wäre für uns eine große Hilfe.«

Stockmann schaute kurz auf die Uhr. Dann wechselte er abrupt das Thema. »Sie scheinen sich ja ein bißchen auszukennen. Hat es eigentlich seit der Einführung des Euro größere illegale Aktivitäten gegeben? Irgend etwas Unvorhergesehenes? Mit so etwas müßten Sie ja bei Europol in Kontakt gekommen sein.« Stockmann sprach betont beiläufig und ließ Döpfner nicht aus den Augen.

Der nickte und lehnte sich in die Polster zurück: »Nun, die Einführung des Euro ist von einer Menge Kriminalität begleitet worden. Europol hat zum Beispiel in den Niederlanden einen im Zusammenhang mit der Umstellung auf den Euro stehenden großen Falschgeld-Deal aufgedeckt. Der Umtausch wurde auch benutzt, Schwarz- und sonstiges illegales Geld zu waschen. Zum Jahreswechsel 2001/2002 gab es sogar einen Tip, beim Druck der neuen Euro-Noten – also in einem der offiziellen beziehungsweise offiziösen Druckbetriebe – sei ein großer Coup mit ›Probedrucken‹ geplant. Die Sache ist bis heute nicht aufgeklärt worden, deshalb will ich das Land lieber nicht nennen. Und

Sie haben sicher in der Zeitung gelesen, daß es eine ganze Reihe von Überfällen auf Geldtransporte gab, die im Zusammenhang mit dem Umtausch standen.« Er überlegte. »Mit solchen Dingen mußte man rechnen. Diese Lira-Spekulation«, er blickte schnell zu Stockmann hinüber, »die scheint mir auch mit der Euro-Einführung in Verbindung zu stehen.«

Stockmann nahm das stirnrunzelnd zur Kenntnis. »Na gut, ich werde mal über Ihre Bitte nachdenken.« Dann stand er auf und beendete den kurzen Besuch. »Ich rufe Sie an, wenn ich mehr weiß.«

Döpfner verabschiedete sich.

Als der Kriminaldirektor gegangen war, beauftragte Stockmann Jan van Driesche, die Presseberichte über Lira-Bewegungen im ersten Halbjahr 98 zusammenzusuchen. Dann rief er kurz entschlossen Nadine LaTour in Frankfurt an und fragte sie, ob sie ihn am kommenden Freitag zu einem Abendessen beim Bankier van Houtten begleiten wolle. Nadine LaTour klang sehr erfreut, aber doch etwas überrascht. »Wie komme ich denn zu dieser Ehre, Herr Präsident?«

Stockmann stellte sich ihr charmantes Lächeln vor und antwortete halb ernst, halb ironisch. »Also, vor allem möchte ich bei dieser Gelegenheit etwas Fachliches mit Ihnen besprechen – falls Ihr Chef nichts dagegen hat.«

Für Stockmann war das nur eine *façon de parler* gewesen, aber Nadine LaTour antwortete gereizt: »Warum sollte er? Ich komme.«

*

Inzwischen beschatteten mehrere Zivilfahnder Saager rund um die Uhr. Der Verdächtige hatte sich an den ersten beiden Tagen mit einigen Frankfurter Bankern getroffen, aber das war schließlich sein Job. Am dritten Morgen flog er allerdings, ohne sein Büro und seine Familie verständigt zu haben, nach Genf. Auf dem Flugplatz Genf-Cointrin nahm er ein Taxi, das ihn in die westlichen Berge zu einem in einem schönen Kiefernwäldchen gelegenen »Club Solitude« brachte. Er verließ den Club aber bald wieder, offensichtlich verärgert und mit hochrotem Kopf, ließ sich von dem wartenden Taxi zum Flugplatz bringen und flog mit der nächsten Maschine nach Frankfurt zurück – mit einem der Fahnder an seinen Fersen.

Zwei Fahnder blieben in Genf und sahen sich den Club genauer an. Sie gaben sich als Angestellte einer Immobilienfirma aus, die in der Umgebung des Clubs Feriengrundstücke suchten. So kamen sie mit dem sonst eher zugeknöpften Clubpersonal ins Gespräch. Von ihm erfuhren sie, daß es sich beim »Club Solitude« um einen Herrenclub handelte. In ihm trafen sich, für einen Jahresbeitrag von 30.000 Schweizer Franken etwa drei Dutzend ältere Herren, unverheiratet oder Witwer, um zu essen, zu trinken, Zeitung zu lesen und gelegentlich etwas zu plaudern. Der Club besaß eine Bibliothek, ein großes Gästeapartment und mehrere Gästezimmer. Sie konnten von Clubmitgliedern gemietet werden. Das Ganze war eine Art »betreutes Leben« der Luxusklasse.

In dem großen Apartment wohnte seit einem dreiviertel Jahr ein Monsieur Ziegler, ein vornehmer graumelierter Herr, offenbar ein sehr vermögender Privatier. Nach Feststellung der Fahnder besaß er einen Schweizer Paß und war beim Einwohneramt ordnungsgemäß gemeldet. Europol und Interpol hatten nichts über ihn. Diesem Monsieur Ziegler hatte Saagers Besuch gegolten. Er war allerdings nicht weit gekommen. Wie die Hausdame, eine Mittfünfzigerin mit Dutt und strengen Gesichtszügen, berichtete, habe Monsieur Ziegler Herrn Saager in einer für den Club ganz ungehörigen Weise – nämlich lautstark – der Tür verwiesen.

Die Fahnder beobachteten, daß »Monsieur Z«, wie ihn das Personal nannte, viel telefonierte und viel spazierenging. Die Überprüfung seiner Telefongespräche ergab, daß er anscheinend mit Geschäftspartnern in New York und in Washington telefoniert hatte und regelmäßig Telefonate mit zwei Genfer Finanzleuten führte. Ihre Identität war leicht festzustellen. Der eine, ein Michael Spencer, war Berater der Genfer Niederlassung einer großen Bank aus Boston. Der andere, ein gewisser

Silvio Pestacosta, war Mitarbeiter eines in Genf ansässigen großen internationalen Risikofonds.

Als Döpfner den Observationsbericht las, ordnete er an, die Überwachung in Genf einzustellen. »Das sind Geschäftsleute. Die können wir nicht einfach beobachten, nur weil Saager dort aufgekreuzt ist – zumal wir die Schweizer Behörden bisher noch gar nicht offiziell unterrichtet haben. Wir müssen Saager jetzt direkt angehen, schließlich ermitteln wir schon seit über einer Woche.«

*

Hätte Döpfner weniger Skrupel gehabt, hätten die Fahnder anderntags, es war ein Samstagnachmittag, feststellen können, daß »Monsieur Z« die Herren Spencer und Pestacosta bei sich empfing. Und hätten sie außerdem – etwas außerhalb der Legalität – noch einen Lauschangriff gefahren, so wären sie Zeugen eines seltsamen Gesprächs geworden.

Ziegler hatte im Wohnzimmer seines Apartments den Kamin einheizen lassen. Seine Besucher würden zusammen kommen und der immer gut präparierte Spencer würde den unerfahrenen Pestacosta eingehend instruiert haben. Aber auch Ziegler war gut vorbereitet.

Kaum hatte er sich vor einem Dreivierteljahr in Genf niedergelassen, war ein alter amerikanischen »Bekannter« bei ihm aufgetaucht. In seinem schwer verständlichen Amerikanisch mit irischem Akzent hatte Sean O'Connor ihn um Beratung von »Freunden« bei Finanztransaktionen gebeten. Ziegler hatte es für klug gehalten, nicht nein zu sagen. Er hatte Respekt vor O'Connor, mehr als Respekt. Zieglers Frau war von einem Mafiakiller erschossen worden. Das hatte er nie vergessen. Ein Nein gab es für O'Connor nicht.

Nach seiner Zusage hatte man ihn mit Michael Spencer zusammengebracht, der formal Bankberater in Genf, in Wirklichkeit aber – daran gab es für Ziegler keinen Zweifel mehr – der *anchorman* seiner New Yorker Auftraggeber in Europa war. Er war hochintelligent, ein Finanz-As. Ziegler hatte Michael Spencer bisher nur ein einziges Mal persönlich getroffen und ihn sofort als skrupellos eingeschätzt. Ein blasser, blonder Mann um die vierzig. Spencer hatte einen maßgeschneiderten dunkelgrauen Anzug getragen, der seine fahle Gesichtsfarbe noch unterstrich. Bei ihrem Treffen hatte Spencer die Sonnenbrille nur einmal kurz abgenommen, so daß Ziegler nur einen kurzen Blick in die bläßlichblauen Augen werfen konnte. Das faltenlose, jungenhafte Gesicht mit den seltsam weichen Lippen war ihm jedoch eindrücklich in Erinnerung geblieben.

Der dritte im Bunde, der ungefähr dreißigjährige Silvio Pestacosta wurde von Spencer etwas von oben herab behandelt. Mit seiner schwarzen Lockenpracht und der aufgepumpt wirkenden Muskelmasse hatte er das Aussehen und Gehabe eines verzogenen Latin-Lovers, der sich selbst, vor allem in seiner Wirkung auf Frauen, für unwiderstehlich hält. Ziegler war sich nicht ganz im klaren, welche Rolle Pestacosta in ihrer Runde spielen sollte. Allerdings mußte er etwas vom Währungsgeschäft verstehen, sonst wäre er nie bei dem renommierten Global Millennial Hedgefonds angestellt worden, geschweige denn hätten die New Yorker Auftraggeber ihn zu der Aktion herangezogen. Aus den Andeutungen Spencers schloß Ziegler, daß Pestacostas Vorzüge in seiner Verbindung zu den Managern des Hedgefonds lagen. Der junge Mann selbst hatte Ziegler in ihren kurzen Telefonaten zu verstehen gegeben, daß er die Liaison zum Hedgefonds sei, und Spencer genausowenig für operative Entscheidungen zuständig sei wie er. Die großen Entscheidungen würden alle in New York getroffen, wobei es – was den GMHF anging – natürlich immer auf seine Einschätzung ankomme.

In diesem Moment klopfte es an der schweren Eichentür. Die Tür ging auf, und die Hausdame führte seine beiden Besucher herein. Mit einem mißbilligenden Blick registrierte sie die geöffnete Bar, aus der Ziegler Gläser und eine Flasche alten Whiskey genommen und auf dem niederen Holztisch aufgebaut hatte.

»Nett haben's Sie hier«, begrüßte Pestacosta Ziegler und verzog mit abfälligem Lächeln den Mund. »So ruhig und beschaulich.«

Ziegler ging nicht auf den Ton des Jüngeren ein, bat die Gäste, es sich in den Ledersesseln vor dem Kamin bequem zu machen und fragte, was sie zu trinken wollten. Spencer lehnte mit einem Kopfschütteln ab, Pestacosta genehmigte sich einen Whisky »pur, kein Eis, kein Soda, das verwässert nur«. Ziegler selbst nippte an einem Glas Landwein aus der Region südlich des Genfer Sees.

Immer Spencer zugewandt, begann er das Gespräch und faßte noch einmal seinen Auftrag zusammen. »Also, wir sind hier zusammengekommen, um Ideen zu entwerfen, wie Ihre Chefs in New York am Euro möglichst viel Geld verdienen können. Meine Rolle beschränkt sich auf die Beratung, ich nehme an, daß Sie auch an eventuellen Operationen beteiligt sein werden?« Bei seinen letzten Worten blickte er fragend in die Runde.

Spencer warf ihm einen mißtrauischen Blick zu und antwortete nicht. Silvio Pestacosta hielt sich ebenfalls bedeckt.

»Wir drei sind uns einig«, fuhr Ziegler etwas verunsichert fort, »daß man bei Einsatz so hoher Mittel, wie sie unseren Auftraggebern zur Verfügung stehen, am Euro verdienen kann. Die Lira-Operation von 1998 kann dafür allerdings nur bedingt als Beleg angesehen werden. Sie hat vor der endgültigen Einführung des Euro stattgefunden, genauer vor der Festlegung der Umrechnungskurse zwischen den Nationalwährungen. Und nach Beginn der Intervention der Notenbanken wurde sie wieder abgebrochen.«

»Leider!« warf Pestacosta mit blitzenden Augen ein. »Wir hätten mit den Lira-Verkäufen weitermachen sollen. Ein paar Tage noch, dann hätten wir eine Abwertung erzwungen.« Pestacostas Stimme war beim Reden lauter geworden, und beim letzten Wort versagte sie ihm fast. Ein mißbilligender Blick aus Spencers wäßrigen Augen ließ ihn verstummen. Ziegler starrte den jungen Mann verwundert an. Plötzlich wurde ihm klar, warum man ihn in ihre Runde berufen hatte. Solides Wissen über die Finanz- und Aktienmärkte gepaart mit Draufgängertum und hoher Risikobereitschaft, das machte einen guten Hedgefonds-Manager aus. Mit dem ersteren haperte es bei Pestacosta vielleicht, aber diese fiebrige Leidenschaft kannte Ziegler aus seinen Erfahrungen im internationalen Börsengeschäft gut. Der Mann würde schon aus Abenteuerlust für einen direkten Angriff auf den Euro zu gewinnen sein.

»Wie dem auch sei«, nahm Ziegler den Faden wieder auf, »wir sind uns noch nicht ganz einig, was der aussichtsreichste Weg ist, um am Euro zu verdienen.« Er nahm das Glas an die Lippen und trank einen Schluck, wobei er den Blick immer noch auf Pestacosta gerichtet hatte.

»Es ist eine klare Sache. Wir können den Euro derzeit nicht direkt angreifen«, ergriff Spencer zum ersten Mal das Wort. »Was haben Sie denn jetzt wieder für Einwände? Ich dachte, ich hätte Sie bei unserem letzten Gespräch überzeugt, Ziegler.«

Ziegler wandte seine Aufmerksamkeit wieder voll Spencer zu. Er war auf jeden Fall der gefährlichere von beiden. Der leicht drohende Unterton in Spencers Worten war ihm nicht entgangen, aber er mußte es noch einmal versuchen. »Nein, das haben Sie nicht. Je länger ich darüber nachdenke, um so mehr komme ich zu der Überzeugung, daß wir unseren Auftraggebern doch zu einem direkten Angriff auf den Euro raten sollten.«

Spencer stöhnte auf: »Das haben wir doch schon alles durchgekaut, Ziegler!« In genervtem Tonfall fuhr er fort: »Der Euro entwickelt sich stabiler, als man am Anfang gedacht hat. Die internationalen Finanzmärkte behandeln ihn inzwischen freundlich. Die Währungskrisen in Asien, Rußland und Südamerika und die konjunkturelle Abschwungphase in den USA haben das Interesse an Anlagen in Europa gestärkt. Selbst die Hongkong Monetary Authority hat sich positiv zum Euro geäußert, und …«

Ziegler, den die Selbstsicherheit Spencers reizte, setzte sich aufrecht und fiel ihm ins Wort: »Aber der Euro ist noch nicht als stabile Währung etabliert, geschweige denn als zweite Weltreserve-Währung neben dem Dollar. Die Last der Anpassung zwischen schwachen und stabilen Ländern des Euro-Blocks muß nach Fortfall der Wechselkurse vor allem von den Arbeitsmärkten getragen werden. Und das heißt im Klartext: Je schwächer das Land wirtschaftlich ist und je entschiedener die EZB den vorgeschriebenen Stabilitätskurs fährt, desto schneller steigen Arbeitslosigkeit und Steuerausfälle. Bis jetzt verhalten sich die Franzosen und Deutschen noch ganz geordnet, aber bei genügend Druck kann der ganze Laden auseinanderfliegen. Schon beim ersten Anzeichen von Gefahr werden die Großanleger aus dem Euro aussteigen.«

»Natürlich, wenn es zu einer wirklichen politischen Krise kommt, dann wird der Euro angreifbar. Das hat ja niemand geleugnet«, räumte Spencer mißmutig ein. »Aber Ihre Analyse ist absolut nicht realistisch: Die Europäer haben eine Heidenangst vor einer Rückabwicklung des Euro. Und dabei geht es nicht nur um die finanziellen, sondern auch um die psychologisch-politischen Folgen. Darüber könnte unter Umständen die ganze Europäische Union auseinanderbrechen. Bevor die Regierungen dieses Risiko eingehen, setzen die alles daran, um mit den Problemen des Euro fertig zu werden. Außerdem wäre der Einfluß Europas auf den globalisierten Finanzmärkten nach einer Rücknahme des Euro noch viel geringer als vorher.«

Ziegler gab nicht auf: »Aber wir werden Verbündete finden unter denen, die aussteigen wollen. Außerdem können wir die zentrifugale Kraft der widerstreitenden Interessen innerhalb des Euro-Blocks unsererseits verstärken. Wir haben ja schon über meinen Vorschlag geredet, einen Flankenangriff auf die Eurobonds schwacher Länder zu fahren. Da haben Sie mir doch zugestimmt, Spencer!« Ziegler war etwas lauter geworden. Er schaute Spencer direkt ins Gesicht.

»Ach was«, fuhr dieser ihn mit derselben Lautstärke an. »Das war in einem ganz anderen Zusammenhang. So ein Detail wie die Eurobonds ändert doch nichts an dem Verhältnis der Volumina, die sich gegenüberstehen. Nehmen wir einmal an, uns stünden 100 Milliarden Dollar zur Verfügung. Das wäre eine recht große Summe für eine Währungsspekulation, da stimmen Sie mir doch sicher zu, Herr Finanzexperte.« Spencer blickte Ziegler angriffslustig an. Der nickte nachdenklich.

»Aber«, Spencer hob die Stimme, »man muß diese Summe doch in Relation zum Volumen der Währung sehen, gegen die man spekuliert. Auf den Finanzmärkten der Welt werden täglich Billionen bewegt. Selbst wenn wir davon ausgehen, daß nur zwanzig Prozent davon in Euro gehandelt werden, ist das nicht zu schaffen. Gegen einen so starken Euro könnten wir einfach nicht lange durchhalten, besonders wenn man an die Reserven der EZB und der nationalen Zentralbanken denkt.«

Ziegler ließ sich Zeit mit einer Antwort. Spencers Logik war perfekt. Es war sogar davon auszugehen, daß der Anteil des Euro inzwischen eher dreißig Prozent ausmachte, der des Dollars eher fünfzig als sechzig Prozent. Dennoch hielt er es für angebracht, noch eine Zeitlang auf seinem Vorschlag zu beharren. »Sie sollten die außereuropäischen Kräfte nicht unterschätzen. Im Endergebnis wird es darauf ankommen, wie die Amerikaner auf einen solchen Angriff reagieren. Meines Erachtens würden sowohl die Fed wie die Treasury, schon um den Status des amerikanischen Dollars als einziger Weltreserve-Währung zu verteidigen, dem Euro nicht zu Hilfe kommen. Schließlich verdienen sie am weltweiten Dollar gut, von dessen politischer Bedeutung ganz zu schweigen.«

Spencer schüttelte energisch den Kopf, dann blickte er Ziegler einen Moment lang nachdenklich an. »Ich verstehe nicht, warum Sie hier den *Advocatus Diaboli* spielen, Ziegler. Sie wissen genau, wie Washington reagieren würde. »

Ziegler gab sich mißverstanden und beleidigt und warf dem Mann mit den blauen Augen einen scharfen Blick zu. Es war an der Zeit, langsam nachzugeben. »Was würde Washington denn Ihrer Meinung nach tun, Spencer?«

»Die Federal Reserve Bank und das Treasury Department werden sich keinesfalls gegen den Euro stellen. An einem schwachen Euro sind sie schon wegen der Exportchancen der amerikanischen Wirtschaft nicht interessiert. Und die amerikanische Politik wird eine nordatlantische Dominanz in der Welt, gestützt auf ein kooperatives Verhältnis zwischen Dollar und Euro mit Sicherheit einem Finanz- und Wirtschaftskrieg mit den europäischen Verbündeten vorziehen.«

Silvio Pestacosta hatte sich sichtlich zusammennehmen müssen, der Diskussion zwischen Spencer und Ziegler schweigend zu folgen. Jetzt wandte er sich betont angriffslustig seinem Kompagnon zu: »Schon allein vom Volumen her wäre an einer Spekulation gegen den Euro doch viel mehr zu verdienen, als an einem Angriff auf das Pfund oder den Schweizer Franken. Das heißt natürlich auch mehr Risiko. Aber Soros hat 1992 das britische Pfund mit weit geringerem Einsatz in die Knie gezwungen. Uns stehen doch jetzt ganz andere Möglichkeiten zur Verfügung.« Er hatte sich vorgebeugt und atmete schneller.

»Du bist ein verdammter Vollidiot, Silvio!« fuhr Spencer Pestacosta an. Der zuckte zusammen und versank in seinem Sessel. Ziegler verfolgte den Schlagabtausch mit Interesse. Vielleicht hatten die New Yorker mit der Besetzung der Runde einen Fehler gemacht. Pestacosta jedenfalls war ein Pulverfaß, das jeden Moment in die Luft gehen konnte. Aber vielleicht war ja das gerade die Absicht ihrer Auftraggeber gewesen. Er bemerkte, daß Spencer ihn beobachtete und meinte ruhig: »Den Schweizer Franken vergessen wir bitte sofort wieder. Schließlich haben wir Genf als neutralen Ort gewählt. Es wäre schon politisch absolut töricht, ausgerechnet von hier aus gegen den Franken zu spekulieren. Außerdem ist der Franken eher auf- als abwertungsverdächtig.«

Spencer starrte Ziegler einen Moment lang mit unbewegter Miene an. Dann nickte er. »Richtig. Das haben wir doch alles schon besprochen. Wir müssen jetzt über Nationalwährungen sprechen. Vergessen wir also fürs erste den Euro.« Er blickte kurz zu Pestacosta und wandte sich dann wieder Ziegler zu. »Was halten Sie vom Pfund Sterling?«

Ziegler gab sich nachdenklich und sprach, als ob er den Vorschlag zum ersten Mal durchdächte: »Vom Volumen her gesehen, ist eine Spekulation gegen das britische Pfund vor dem Beitritt Großbritanniens zum Euro sicher weniger risikobehaftet als eine Spekulation gegen den Euro selbst. Und ein Erfolg gegen das britische Pfund vor dessen

Beitritt würde auch die weitere Euro-Entwicklung belasten. Das könnte als ein vorbereitender Schritt für einen Angriff auf den Euro interessant sein.«

Er machte eine Pause, in der er sich mit dem Zeigefinger auf die Unterlippe tippte. Dann fügte er hinzu: »Allerdings ist selbst nach Tony Blairs Wiederwahl noch keineswegs sicher, wann der Euro-Beitritt Großbritanniens schließlich erfolgen wird.«

»Und warum nicht?« kam trotzig Pestacostas Frage aus den Tiefen des Ledersessels.

Spencer antwortete: »Großbritannien ist erst seit 2002 wieder im EWS II. Nach den Buchstaben der Verträge müßte es dem EWS II vor einem Euro-Beitritt zwei Jahre lang angehören. Vermutlich könnte Tony Blair das wegverhandeln, Italien hat man nach 1992 auch nicht zwei Jahre lang warten lassen. Aber wird Blair das überhaupt wollen? Die britische Rezession von 1999 hat gezeigt, daß die Anpassung der britischen Wirtschaft und Währung an ›Euroland‹ kein Kinderspiel ist.«

»Das ist eine interessante Überlegung«, stimmte Ziegler zu. »Das Pfund ist überhaupt erst kurzfristig angreifbar, seitdem es wieder in den Wechselkursrahmen mit dem Euro zurückgekehrt ist. Gegen das britische Pfund als floatende Währung zu spekulieren, wäre erheblich schwieriger, vor allem würde es viel zu lange dauern. Unsere Auftraggeber wollen schnell viel Geld machen. Wir müßten nur den richtigen Zeitpunkt vor Großbritanniens Euro-Beitritt erwischen.«

»Da haben Sie vollkommen recht, Monsieur Ziegler.« Spencer warf Ziegler ein zynisches Lächeln zu. »Allerdings frage ich mich da, warum Sie vorhin so vehement für eine Spekulation gegen den Euro plädiert haben. Der Euro ist immer noch eine floatende Währung, auch wenn er eines Tages in ein Währungsabkommen mit dem Dollar und dem Yen eingebunden werden könnte.«

Ziegler schluckte. Spencer hatte ihn auflaufen lassen. War es möglich, daß er ihn durchschaut hatte? Für einen Moment verlor er fast die Kontrolle. Aus den Augenwinkeln konnte er erkennen, wie Pestacosta auf die Sesselkante vorrutschte. Dann streckte er das Kinn nach vorn. »An was es Ihnen mangelt, Spencer, ist genügend Fantasie für den ganz großen Wurf. In meinem Kopf sind ein paar der genialsten Wirtschafts-Coups der letzten Jahrzehnte entstanden. Ich muß mich hier von Ihnen nicht wie ein dummer Junge behandeln lassen.« Ziegler sprach langsam und betonte jedes Wort. Seine braungebrannten Hände lagen entspannt auf dem beigen Leder der Armstützen.

Spencer starrte auf die massigen Hände Zieglers, dann zuckte er mit den Schultern. » Tut mir leid, Ziegler, war nicht so gemeint.« Er schaute zur Bar. »Könnte ich jetzt wohl doch einen Scotch haben?«

Ziegler nickte, erhob sich langsam und stellte die Scotch-Flasche auf den Tisch. Spencer löste den weißen Verschluß und ließ die goldgelbe Flüssigkeit ins Glas rinnen. Als er einen ersten Schluck nahm, fragte Ziegler: »Also, welche Folgerungen ziehen Sie aus unseren Überlegungen zum britischen Pfund?«

Spencer setzte vorsichtig das Glas wieder auf die Tischplatte. Sein Blick war auf einen Punkt hinter der stämmigen Gestalt Zieglers gerichtet. »Ich meine, wir sollten New York unsere Bedenken gegen einen Direktangriff auf den Euro zu diesem Zeitpunkt darlegen.«

»Ihre Bedenken«, warf Ziegler ein.

»Gut, meine Bedenken«, nickte Spencer. »Wir sollten hinzufügen, daß wir die Chancen eines Angriffs auf das britische Pfund vor dessen Euro-Beitritt analysieren und dazu Vorschläge machen werden.«

»Dann sollten wir vielleicht auch fragen, was sie von einem Angriff auf die Währungen der osteuropäischen Beitrittskandidaten zur Europäischen Union – auf Zloty, Krone und Forint – halten würden.«

Spencer wandte erstaunt den Blick von seinem Scotch-Glas, und Pestacosta richtete sich im Sessel auf. Die Idee war in ihren bisherigen Gesprächen überhaupt noch nicht diskutiert worden. Ziegler genoß den Überraschungseffekt.

»Kann man denn daran überhaupt Geld verdienen?« fragte Pestacosta ungläubig, während Spencer schwieg.

»Das müßten wir genauer untersuchen. Vor allem könnte man damit voraussichtlich die Osterweiterung der Europäischen Union torpedieren – was für die Russen interessant wäre.« Ziegler bemerkte das wieder aufkeimende Mißtrauen in Spencers Gesichtszügen. Er durfte nicht zu dick auftragen.

Der Amerikaner schüttelte den Kopf und sagte: »Ich glaube nicht, daß unsere Bosse daran interessiert sind.«

»Am besten fragen wir sie selbst«, beendete Ziegler das Thema. Spencer nickte abwesend, griff nach seinem Glas und leerte es in einem Zug. Dann faßte er zusammen: »In Ordnung, ich denke, wir sind am Ende unserer kleinen Besprechung. Ich werde den Inhalt unseres Gesprächs schriftlich festhalten und Ihnen das Papier vor der Absendung nach New York zur Mitzeichnung vorlegen. Sind alle mit diesem Vorgehen einverstanden?« Er blickte ungeduldig zu Ziegler, der den letzten Rest Rotwein in dem bauchigen Glas schwenkte.

Pestacosta kam Ziegler zuvor. »Ich muß aber noch einen gesonderten Vermerk für meine Leute vom Fonds machen. Ich bin ihr Verbindungsmann, sie vertrauen nur mir.«

»Dürfen wir diesen Vermerk dann auch einmal lesen?« fragte Spencer. Pestacosta entging der spöttische Unterton, und er erwiderte mit Gönnermiene: »Aber sicher.« Trotzig fügte er dazu: »Aber ich werde natürlich meine eigene Empfehlung abgeben.«

»Gut«, antwortete Ziegler. Er nickte Spencer zu. »Sie machen den Bericht für New York. Inzwischen können wir die Chancen eines Angriffs auf das britische Pfund prüfen, und unser junger Freund hier kann sich in die Geheimnisse osteuropäischer Währungen vertiefen.«

*

An einem regnerischen Freitagabend erwartete das so ungleiche Ehepaar van Houtten – er, ein würdiger, vom Alter schon etwas gebeugter Patrizier, sie, eine blondierte Barbiepuppe – in dem Brüsseler Stadtpalais die Gäste. Sie hatten wieder einmal zu einem jener Zwölf-Personen-Diners geladen, die in Brüssel als gesellschaftliches Ereignis galten. Kommissionspräsident Karl Stockmann und die Finanzfachfrau der Europäischen Zentralbank Nadine LaTour schritten, nachdem ihnen die feuchten Mäntel abgenommen worden waren, als erste die grauweiß glänzende Marmortreppe empor und wurden von den Gastgebern herzlich begrüßt. Das klassische lange Abendkleid von Nadine LaTour paßte vorzüglich zum klassizistischen Stil des Palais – und hob sich wohltuend von der aufgemotzten Designerklamotte der jungen Gastgeberin ab.

Während das Ehepaar van Houtten weitere Gäste begrüßte, führte Stockmann seine Begleiterin mit freundlicher Erlaubnis des Bankiers durch die Belle Etage des Palais. Nadine LaTour war von den in kräftigen Farben gehaltenen Zimmerfluchten ebenso begeistert wie von den kostbaren Stilmöbeln, den antiken Leuchtern, chinesischen Vasen und Porzellanfiguren, mit denen sie angefüllt waren. Wie ein königliches Liebespaar aus einem Fürstenroman schritten die beiden über weiche, orientalische Teppiche mit abstrakten Ornamenten, vorbei an kunstvoll gewobenen Gobelins mit Motiven aus der antiken Mythologie. Schließlich gelangten sie zum Herzstück des musealen Ensembles, einer Sammlung flämischer Maler mit den Portraits mehrerer Generationen von van Houttens.

Stockmann blieb vor den Familienportraits stehen, die in schwere vergoldete Holzrahmen gefaßt waren. »Hier wird Ihnen die physiognomische Evolution der Familie vom Landadel zum Bankpatriarchen *ad oculos* demonstriert«, spielte er den Museumsführer. »Hätte die Familie schon in früheren Jahrhunderten genügend Geld gehabt, gäbe es sicher auch Portraits, die den Aufstieg der Familie aus dem Bauernstand in den Landadel repräsentieren würden.«

»Eindrucksvoll«, bestätigte Nadine LaTour. Mit einem Seitenblick auf die markanten Gesichtszüge des Präsidenten fügte sie hinzu: »Wer weiß, welche physiognomische Entwicklung unsere Familien durchlaufen haben?«

Stockmann führte Nadine LaTour, die sich bei ihm eingehängt hatte, zum nächsten Bild. Mit dem Blick auf das Portrait eines jungen

Mädchens im schwarzen Damastkleid mit reicher Stickerei meinte er: »Bei Ihrer Familie liegt das auf der Hand. Die Entwicklung ist geradlinig auf Sie als Höhepunkt zugelaufen, während ich eine schon wieder absteigende Familienlinie verkörpere.«

Nadine LaTour lachte auf und warf den Kopf in den Nacken. »Aber, aber. Geben Sie unseren Kindern eine Chance!« Das Licht des Kronleuchters blitzte in ihrem schwarzen Haar, das bei der Bewegung über die matt glänzende Haut ihrer dunklen Schultern schwang.

Stockmann konnte den Blick kaum von ihr lösen. Etwas irritiert von der Bemerkung, stockte er einen Moment, dann erwiderte er ihr amüsiertes Lachen. »Der Gedanke ist reizvoll, zumal ich noch keine Kinder habe.«

»Was nicht ist, kann ja noch werden.« Nadine löste sich von Stockmann und trat vor ein Gemälde, auf dem eine füllige Matrone inmitten einer reichen Kinderschar abgebildet war.

Stockmann folgte ihr und stellte sich hinter sie, wobei er sanft die Hand auf ihren Arm legte. »Keine Drohungen.«

Stockmann war hingerissen von der attraktiven und intelligenten Französin, obwohl ihn ihre forsche Art etwas überforderte. Nadine LaTour schien dies zu bemerken, und als Stockmann in die neutrale Rolle eines Stadtführers schlüpfte, ging sie darauf ein.

»Neben solch alter Pracht finden Sie in Brüssel nahezu jede Art steriler Moderne«, belehrte er seine Begleiterin, wie es Neubürger einer Stadt ihren Besuchern gegenüber gerne tun. »Man läßt die alte Bausubstanz verrotten, um auf den Grundstücken einnahmeträchtige Büropaläste für die Eurokraten zu bauen. In Deutschland heißt das ›kalte Sanierung‹ , und nicht zufällig wird das in Belgien ›Bruxellisation‹ genannt.«

»Also bekommt Europa der Stadt nicht?« fragte die Französin mit feiner Ironie.

»Ich fürchte, nein.« Stockmann quittierte ihren Unterton mit einem Kopfschütteln. »Obwohl städtebauliche Geschmacklosigkeiten hier auch eine eigene Tradition haben. Die schöne Beginenkirche in der

Unterstadt, in der Nähe des Fischmarkts, und selbst die Kathedrale Saint Michel am Hang zur Oberstadt werden schon seit über hundert Jahren von dem gigantischen Justizpalast auf dem alten Galgenberg überragt. Eine Mega-Geistlosigkeit. Der Architekt hat zu Recht Selbstmord begangen, leider erst nach Fertigstellung dieses architektonischen Ungeheuers.«

Stockmann war in Fahrt gekommen.

»Kaum ein Jahr in der Stadt, und schon hat das alte Brüssel einen formidablen Fürsprecher in Ihnen gefunden, Monsieur. Ich hoffe, Sie haben Ihr Herz noch nicht ganz an Brüssel verloren.« Mit diesen Worten Nadines war das Paar wieder in der Eingangshalle angelangt, wo inzwischen alle Gäste versammelt waren, so daß Stockmann nur noch mit einer abwehrenden Handbewegung reagieren konnte.

Ihnen bot sich ein Bild verhaltener Eleganz. Die Damen waren in Abendkleidern, die Herren im Smoking erschienen. Allerdings waren die Abendkleider der Mode entsprechend so unterschiedlich, daß von einem Stil nicht gesprochen werden konnte. Das Schwarz-Weiß-Bild gesellschaftlicher Zusammengehörigkeit, das früher einmal durch den Smoking verbreitet wurde, war einem farbenreichen Individualismus gewichen. Neben Karl Stockmann und Nadine LaTour waren der britische Generalsekretär des Rates, Charles Foster mit Gattin, Kommissar Chapelle mit seiner algerischen Frau und die Eheleute van Driesche erschienen. Dazu ein gutaussehender junger Italo-Amerikaner im auffallenden pflaumenblauen Smoking in Begleitung einer melancholischen portugiesischen Schönheit. Er wurde dem Kreis als Silvio Pestacosta, Vertreter eines amerikanischen Finanzfonds in Genf vorgestellt, sie als Amelia di Silva Valadavez.

Zum Abendessen setzte man sich im eichenholzgetäfelten Speisesaal an eine von zwölf Kerzen in vier massiven silbernen Kerzenständern erleuchtete, damastgedeckte Tafel. Es wurde ein Brabanter Entengericht aufgetragen, dessen Rezept aus burgundischer Zeit stammte. Dazu wurde ein 1978er La Tâche, Domaine Romanée Conti kredenzt. Die Tafelrunde gab sich nach einem Trinkspruch des Hausherrn diesen

Genüssen weitgehend schweigend hin. Nur gelegentlich wurde Belangloses über das Wetter oder über den neuesten Stadtklatsch ausgetauscht.

Beim Dessert, einer hellen Weincreme mit Waldbeeren, richtete Stockmann die Frage an den Gastgeber, ob der Euro sich auf den internationalen Finanzmärkten weiter behaupte. Bankier van Houtten gab die Frage diplomatisch an Kommissar Chapelle und Madame LaTour weiter. Als die sich aber in Fachsimpeleien darüber zu verlieren drohten, ob der Zeitpunkt der Euro-Einführung glücklich gewählt gewesen sei, zog Herr van Houtten die Beantwortung der Frage wieder sanft an sich.

Er schob die leere Kristallschale von sich und sagte: »Das ist doch Schnee von vorgestern. Ein Aufschub des Euro hätte weitaus größere Risiken mit sich gebracht als seine fristgerechte Einführung. Die Umstellung ist wirklich erstaunlich glatt verlaufen.« Auf seinen Blick in die Runde nickten alle Finanzexperten zustimmend, mit Ausnahme Pestacostas, der noch mit dem Dessert beschäftigt schien.

Trotz der Schwierigkeiten in dem einen oder anderen Mitgliedsland hätten sich die europäischen Regierungen bisher recht diszipliniert verhalten, fuhr van Houtten fort. Sie wüßten, daß die Strafe für Disziplinlosigkeit hoch sei. Ob der Euro zu einer zweiten Weltreserve-Währung aufsteigen werde, hänge von Entwicklungen ab, die man heute noch nicht beurteilen könne.

Kommissar Chapelle und Nadine LaTour stimmten dieser Einschätzung zu.

Stockmann hatte nichts anderes erwartet und kam nun zu seiner zweiten, eigentlichen Frage. »Könnte es denn passieren, daß der Euro noch durch kriminelle Handlungen in Gefahr kommt? Bei der Einführung kam es doch zu nicht unerheblichen Vorkommnissen. Und ich meine jetzt vor allem große Geldwäsche-Operationen. Vielleicht haben Sie von dem Bankmord in Frankfurt gelesen. Sogar diese Sache steht vielleicht mit der Euro-Einführung in Verbindung.«

Van Houtten stellte sein halbvolles Weinglas energisch auf den

Tisch. Ein paar Tropfen des edlen Getränks spritzten auf den bis zu diesem Zeitpunkt blütenweißen Damast. »Herr Präsident, das ist nun wirklich kein geeignetes Thema für diesen Abend.«

Die Anwesenden, mit Ausnahme von Simone van Driesche, nickten, auch Nadine LaTour.

»Geld«, fuhr van Houtten fort, »hat eine Magie, die nicht nur Bankiers, sondern auch Glücksritter und Kriminelle anzieht wie der Mist die Schmeißfliegen. Und bei der Umstellung auf den Euro ist es um riesige Summen gegangen. Aber gerade wegen dieses enormen Volumens können kriminelle Spekulanten die neue Währung nicht wirklich gefährden. Und außerdem haben wir inzwischen ja ein funktionierendes Europol.«

Damit beendete der Gastgeber das Thema, und die Unterhaltung wandte sich der sensationellen Neuinszenierung der »Stummen von Portici« am Théâtre Royal de la Monnaie zu.

Simone van Driesche und Silvio Pestacosta, von der Gastgeberin wohl nicht ohne Hintergedanken nebeneinander am Tisch plaziert, beteiligten sich nicht am allgemeinen Gespräch, sondern unterhielten sich in leisem Tonfall über ein Thema, das für beide, wie sie bald herausfanden, einen besonderen Reiz hatte. Simone van Driesche, im tiefdekolltierten meergrünen Ballkleid raunte ihrem Tischnachbarn zu: »Van Houtten hat recht, auch wenn er so empört tut. Jeder kassiert eben, wo er kann.«

Pestacosta, den die aufdringlich zur Schau getragene Sinnlichkeit van Driesches schon den ganzen Abend fasziniert hatte, fragte zurück: »Was meinen Sie, kann man Euro mitkassieren?«

»Ich glaube schon«, antwortete Simone van Driesche, wobei sie einen unverhohlenen Blick über die Gestalt Pestacostas schweifen ließ. »Jedenfalls ist das eine lohnende Vormittagsbeschäftigung.«

Pestacosta ignorierte die betont gelangweilten Blicke seiner portugiesischen Begleitung. Mit heiserer Stimme fragte er Simone van Driesche: »Und was machen wir am Nachmittag?«

Die ließ ihre rechte Hand unter dem Tisch auf den athletischen Oberschenkel ihres Tischnachbarn gleiten, prüfte seine Härte und sagte dann munter: »Ich bin gerne bereit, Ihnen das zu zeigen.«

Pestacosta verzog keine Miene. Er flüsterte nur: »Madame, Sie schockieren mich.«

Simone van Driesche kicherte laut und unterbrach damit die Unterhaltung der anderen am Tisch. Alle Köpfe wandten sich in ihre Richtung, nur die Gastgeberin, die aufmerksam verfolgt hatte, welchen Erfolg ihre Sitzordnung zeigte, war sichtlich amüsiert.

Simone van Driesche flüsterte ihrem Tischnachbarn zu: »Nun spielen Sie hier bloß nicht den Anstandswauwau. Bei Ihrem Aussehen wird Ihnen so ein Angebot doch mindestens dreimal die Woche gemacht.«

Pestacosta arrangierte seine Lockenpracht. »Nun ja, vielleicht, schon – aber nie vor dem Nachtisch.«

Simone prustete los, was ihr Stirnrunzeln der Tafelrunde und von Pestacostas portugiesischen Schönen einen strafenden Blick eintrug. Dann zupfte sie ihren Nachbarn am Ärmel: »Die ärgert sich nur, weil sie sich mit dem alten Charles, diesem Langweiler, nicht amüsieren kann.«

Nadine LaTour, die die Anmache von Simone van Driesche schweigend beobachtet hatte, wandte sich zu Stockmann: »Ist das Herzchen nicht die Frau Ihres Pressesprechers?«

»Ja und nein«, seufzte Stockmann. »Die beiden haben sich bei der Agence France Press kennengelernt und jung geheiratet. Heute sammelt Madame van Driesche statt Informationen Männer – aber auch das rund um die Uhr.«

»Und er?« fragte Nadine LaTour mit mißbilligendem Ton.

»Er ist anscheinend froh, nicht dauernd überfordert zu werden.« Stockmann zuckte die Schultern. »Erst hat er sich mit seiner Sekretärin getröstet, aber dann hat er sich einer Stadtschönheit zugewandt, die ihren stattlichen Busen in recht eigenartiger Weise zur Schau trägt. Frau van Driesche nennt sie nur die ›Brüsseler Spitzen‹.« Dabei lächelte Stockmann Nadine LaTour spitzbübisch an.

Die Französin lachte nur: »Aber Herr Präsident, wo bleibt denn da die *political correctness*?«

»Die überlassen wir den Amerikanern und ihrem Präsidenten. Hier herrscht französischer Einfluß vor. Brüssel ist ein Sündenpfuhl.«

»Wenn ich das vorher gewußt hätte, wäre ich nicht gekommen.« Nadine legte einen Marilyn-Monroe-Augenaufschlag hin, der Stockmann wirklich imponierte. Von der gegenüberliegenden Tischseite warf Simone van Driesche einen neugierigen Blick auf das Paar.

»Vielleicht wären Sie wirklich nicht gekommen, wenn ich Ihnen verraten hätte, was ich nachher gerne mit Ihnen besprechen möchte.« Stockmann schlug einen ernsteren Ton an. »Sie sind im ›Amigo‹ doch hoffentlich gut untergebracht?«

»Danke, ja. Was wollen Sie denn nun eigentlich mit mir besprechen?«

Er schaute sie ernst an: »Den Frankfurter Bankmord.«

»Mit mir?« In ihrer Stimme mischte sich Neugier mit einem Anflug von Enttäuschung. Nadine LaTour setzte sich aufrecht und schaute Stockmann fragend an.

»Mit Ihnen, und zwar nur mit Ihnen. Das Gespräch muß unter uns bleiben. Niemand darf davon etwas erfahren. Warum, erzähle ich Ihnen nachher. Wir können in das berühmte Belle-Epoque-Café im ›Metropol‹ am Place Brouckére gehen oder in ›Rick's Café‹ in der Avenue Louise. Oder wir reden einfach in der Bar Ihres Hotels. Sie haben die Wahl.«

Nadine LaTour entschied sich für die Bar des »Amigo«.

Kurz vor Mitternacht kamen Stockmann und Nadine LaTour im Hotel »Amigo« direkt hinter dem Rathaus an. Sie setzten sich in die kleine Hotelbar, die entgegen dem eher unaufdringlichen Luxus des Hotels recht dürftig ausgestattet war. Stockmann bestellte zwei Late-Night-Cups, und sie warteten beide schweigend auf die Getränke. Das weiche, schummrige Licht einer kleinen Jugendstil-Lampe an der Wand fiel auf Nadine LaTours Gesicht, Stockmann konnte kaum den Blick von ihren hohen Wangenknochen und den dunklen Augen wenden.

Die Getränke kamen, und die braunen Augen blickten Stockmann fragend an. »Der Bankmord, Herr Präsident?«

Stockmann löste den Blick von seiner Begleiterin. »Tja, dieser Mord in Frankfurt. Sie kannten Dr. Leder?«

Langsam erwiderte Nadine LaTour: »Nicht persönlich, aber ich kenne natürlich die GAMMA-Bank.«

Stockmann nickte. »In der ersten Hälfte des Jahres 1998 wurden in der Bank größere Lira-Geschäfte getätigt. Obwohl die Sache schon ein paar Jahre her ist, gibt es anscheinend Anzeichen, daß der Mord vielleicht damit in Zusammenhang stehen könnte. Das ist nur eine Vermutung, die Einzelheiten sind mir weitgehend unbekannt. Die Ermittlungsbehörden hätten gerne eine Expertenauskunft. Sie wollen wissen, ob es 1998 – vor Festlegung der Umrechnungskurse zwischen den nationalen Währungen der Euro-Länder – an den europäischen und internationalen Finanzmärkten auffällige, vielleicht spekulative Lira-Bewegungen gegeben hat.« Bei den letzten Worten blickte Stockmann auf und nahm spielerisch den silbernen Löffel in die Hand.

Die Finanzexpertin sah ihn mißtrauisch an. »Warum wenden die Ermittlungsbehörden sich denn an Sie, statt eine offizielle Anfrage an die EZB oder die nationalen Notenbanken zu richten?«

Stockmann nippte an seinem Glas. »Die EZB gab es 1998 ja noch nicht, nur das Europäische Währungsinstitut. Die Ermittlungsbehörden wollen keine schlafenden Hunde wecken und darum die nationalen Zentralbanken, vor allem die italienische, nicht offiziell fragen. Eine offizielle Anfrage könnte auch die Ermittlungen erschweren.«

Nadine LaTour spielte etwas nervös mit dem Drink herum. »Und warum bitten Sie selbst die EZB nicht offiziell um eine Recherche?«

Stockmann schüttelte den Kopf. »Aus den gleichen Gründen wie die Ermittlungsbehörden – außerdem ist es nicht mein Job. Der kleine Dienstweg ist in jeder Hinsicht besser. Wenn es Ihnen unangenehm ist, wende ich mich …«

»Nein, nein«, unterbrach sie ihn hastig. »Ich möchte nur genau wissen, um was es bei der Sache geht.« Sie lächelte entschuldigend. »Was erwarten Sie von mir?«

»Ich möchte Sie bitten, selbst eine solche Recherche vorzunehmen und das Ergebnis zu Papier zu bringen. Was ist damals gelaufen?«

Sie zögerte immer noch. »Das kann ich nicht alleine. Ich müßte einen Kollegen um Hilfe bitten, der mit mir schon im EWI zusammengearbeitet hat. Außerdem würde ich wahrscheinlich einen Freund in der Bundesbank hinzuziehen müssen.« Bei ihren letzten Worten kramte sie in ihrer Handtasche und holte eine Schachtel Gauloises legère heraus. Sie bot Stockmann eine Zigarette an, aber er lehnte ab. Mit einem silbernen Feuerzeug steckte sie sich dann eine Gauloises an, eine unkontrollierte Bewegung, die Stockmann gefiel. In Brüssel gab es kaum solch elegante Frauen.

»Lassen Sie sich bitte nur helfen, soweit unbedingt nötig, behandeln Sie die Angelegenheit aber auch nicht als Geheimsache. Sie interessieren sich eben aus eigener Initiative für das, was damals mit der Lira gelaufen ist. Vielleicht bringt es die Ermittler darauf, worum es damals in der GAMMA-Bank eigentlich gegangen ist.«

Nadine LaTour blies nachdenklich den Rauch nach oben. »Und aus welchem Grund sollte ich das für Sie und Ihre Freunde bei den Ermittlungsbehörden tun?« Die Antwort blieb sie schuldig.

Dafür schaute Stockmann sie unternehmungslustig an. »Es gibt mir Gelegenheit, Sie wiederzusehen. Und ich kenne Sie noch viel zu wenig. Dabei schaue ich Sie so gerne an.«

»Das ist mir nicht entgangen, Monsieur. *Politically correct* ist das auch nicht.«

»Aber es ist auch nicht der Brüsseler Sündenpfuhl.« Nadine LaTour lachte kurz auf, dann wurde sie sofort wieder ernst.

»Okay, ich mache es. Rein aus fachlichem Interesse.« Sie drückte die Zigarette mit einer weichen Bewegung im Ascher aus. Dann sah sie Stockmann an: »Und für Sie.«

Und aus Ehrgeiz, dachte Stockmann bei sich.

Nadine LaTour erhob sich: »Wenn ich alles fertig habe, rufe ich Sie an.«

»Ich komme dann nach Frankfurt.«

Nadine LaTour bedankte sich für die Einladung, wünschte Stockmann eine gute Nacht und ließ sich von ihm auf beide Wangen küssen. Der Duft ihrer dunklen Haut begleitete ihn bis in den Schlaf.

*

Die auf dem van Houttenschen Zwölfer-Diner geschlossene Bekanntschaft zwischen der Gattin des Pressesprechers des EU-Präsidenten und dem Mitarbeiter des Global Millennial Hedgefonds entwickelte sich in mehreren Telefonaten zu einer vielversprechenden Geschäftsbeziehung. Silvio Pestacosta hatte in Genf eine abgeschieden und romantisch am See gelegene Villa gemietet, die seiner Meinung nach das richtige Ambiente und genügend Platz bot für den Zeitvertreib, dem er sich ausgiebig hinzugeben gedachte.

Nach der langen Strategiesitzung im »Club Solitude« blieb Pestacosta nicht mehr viel Zeit für Vorbereitungen. Am späten Nachmittag fuhr er zum Genfer Flugplatz und holte Simone van Driesche ab, die mit der Abendmaschine aus Brüssel-Zaventem kam. Er hatte ihr gesagt, sie sollten sich in Genf möglichst nicht zusammen sehen lassen. So fuhren sie gleich in die am See gelegene Villa.

In dem teuren Domizil sah Simone sich nur kurz um. Sie registrierte den weiten Blick auf den See, der jetzt – es war schon dunkel geworden – ruhig im Mondlicht schimmerte. In der Empfangshalle ließ sie den Blaufuchs mit einer gekonnten Schulterbewegung auf den Boden gleiten, warf einen Blick in die diversen Zimmerfluchten, die sich nach beiden Seiten hin auftaten, und wählte dann zielstrebig die breite Treppe, die ins Obergeschoß führte. Auf Silvios Frage, ob sie vom Flug müde sei, fing sie an, sich auszuziehen. Jackett, hochhackige Pumps, Minirock und Seidenstrümpfe zierten die Treppenstufen. Silvio war beeindruckt, hätte sich aber gerne noch etwas Zeit gelassen. Doch als

Simone sah, daß im Schlafzimmer schon rote Kerzen brannten, faßte sie ihn an der Hand. Den Willkommens-Champagner, den Pestacosta im Kühler kaltgestellt hatte, ließ sie links liegen. Seidenbluse, Slip und BH landeten auf dem blank gebohnerten Parkett, und Simone schlüpfte ins Badezimmer. Kaum unter der Dusche, bat sie Silvio, sie einzuseifen, und damit er dabei nicht naß würde, zog sie ihn ebenfalls aus. Dann revanchierte sie sich so gründlich für das Einseifen, daß er sie fast mit Gewalt umdrehte und von hinten bediente, was sie mit kurzen, kehligen Wonnelauten quittierte. Nach der Duschrunde folgten zwei Bettrunden, bis der schöne Liebhaber, »permesso, permesso« stammelnd, ihr endlich entkam. Als er sich umsah, räkelte sie sich nackt in den Laken und streichelte sich. Der Anblick beschleunigte seine Flucht. »Bring den Champagner«, lachte sie ihm nach.

Silvio blieb außerhalb der Reichweite ihrer Umarmung und servierte den Champagner in langstieligen Kristallkelchen.

»Ich habe gehört, dein Herr Ehegatte ist ungefähr das einzige männliche Wesen, mit dem du es nicht treibst«, sagte er betont geschäftlich. »Warum bleibst du denn bei ihm und spielst die brave Ehefrau? Aus geschäftlichen Gründen? Handelst du mit Informationen, die der Herr Pressesprecher dir liefert?«

Simone van Driesche zog sich die Decke bis unters Kinn. »Zwischen uns läuft nichts mehr. Warum sollte er mir da noch irgend etwas sagen?«

Pestacosta hatte seinen nackten Körper in einem Sessel neben dem Bett ausgestreckt, eine Position, aus der er auf Simone hinunterschauen konnte. »Ich habe gehört, du hättest ihn in der Hand. Er hat angeblich seine Sekretärin geschwängert, die du dann mit Geld und Drohungen zu einer Abtreibung bewegt haben sollst – das ist in Belgien doch strafbar, oder nicht?«

Simone hatte sich in die weiße Bettdecke gewickelte und lachte laut auf. Sie hob das Champagnerglas in die Höhe und trank ihm zu: »Auf meinen kleinen Anfänger!« Sie nahm einen großen Schluck. »Wenn man Informationen will, muß man unter Geschäftsleuten den Preis nennen, den man bereit ist, dafür zu zahlen. Und ...« setzte sie in vertraulichem Ton dazu, »... ich verfüge in der Tat über viele Informationen, und nicht nur aus Brüssel.«

»Habe ich nicht gerade mein Bestes gegeben?« Pestacosta blickte an seinem gutgebauten Körper hinunter.

Simone schaute ihn einen Moment lang scharf an. Dann verzog sie verächtlich den Mund. »Na, es ging so«, antwortete sie herablassend. »Es ist ja wohl die Frage, wer hier wem was draufzahlen muß. Was Sex betrifft, da bin ich viel zu gut. Das muß ich mir nicht geschäftlich gutschreiben lassen.«

Silvio zog es vor, schnell wieder zum Geschäftlichen zurückzukehren. »Diese Informationen, die du mir beschaffen kannst, wie könnten die denn dem GMHF nützlich sein. Und was schwebt dir denn so vor, was willst du dafür?«

»Zunächst einmal der Preis: Ich will einen Anteil an deinem Fonds. Und, sagen wir, eine erste Anzahlung auf einen solchen Anteil.«

»Du bist verrückt!« Silvio richtete sich so abrupt auf, daß der Champagner aus dem Glas auf seinen unbedeckten Schoß schwappte.

Sie setzte eine gleichgültige Miene auf. »Wie du meinst. Lassen wir doch das Geschäft und vögeln lieber weiter.« Ihr Blick streifte die glitzernden Tropfen auf Silvios Haut.

Doch der blieb beim Geschäft. »Wenn ich dich bei van Houttens recht verstanden habe, dann bist du genauso wie ich an allem interessiert, was die Stellung des Euro beeinflußt, vor allem an der Währungspolitik der EZB.«

Simone ging nicht direkt auf seine Bemerkung ein, sondern fragte mit schiefem Kopf. »Wie bist du eigentlich zu den van Houttens gekommen, und dann auch noch mit diesem portugiesischen Reh?«

»Nicht alle Frauen, die schlanker sind als du, sind Rehe«, giftete er zurück.

»Ach«, lachte sie, »bin ich dem mediterranen Macho zu nahe getreten? Oje, oje. Bring dich bitte nicht gleich um deswegen.«

Silvio starrte sie wütend an. Dann zuckte er mit den Schultern. »Einer meiner Geschäftspartner aus Zürich hat mich van Houtten empfohlen.«

»Und wer war das?« Simone legte bewußt einen leicht ironischen Ton in ihre Stimme. Silvio sprang auch sofort darauf an. »Bankier Hürliman vom Bankhaus Hürliman, wenn du es genau wissen willst.«

»So, so. Du hast also hochvermögende Freunde. Um so leichter sollte es dir fallen, mich an deinem Fonds zu beteiligen. Stimmt es eigentlich, daß er über zehn Milliarden Dollar repräsentiert und ein Vielfaches dieser Summe auf den Finanzmärkten bewegt?«

Silvio beugte sich leicht nach vorn. »Es ist leider nicht mein Fonds, aber er ist so groß, daß ein Anteil für dich jedenfalls nur sehr klein sein könnte.«

»Was willst du wissen?«

»Wie schon gesagt, zum Beispiel alles, was du über die Politik der EZB weißt oder hörst.«

Simone nickte. »Abgemacht. Was noch?«

»Tips für weitere Informationsquellen.«

»Zum Beispiel?«

Silvio setzte sich im Schneidersitz neben sie aufs Bett. »Wir sind in den Notenbanken und auch in der Bank für Internationalen Zahlungsausgleich in Basel mit Informanten gut bestückt. Anders in der EZB. Sie ist noch ziemlich neu und mit Personal besetzt, das wir nicht kennen.«

Simone wühlte sich aus der Decke und lehnte sich ans Kopfende des breiten Bettes. »Da kann ich dir gleich einen kleinen Tip geben, für, sagen wir, eine erste Anzahlung von 50.000 Dollar.«

»Erst der Tip.« Die Decke rutschte von Simones Oberkörper und gab langsam die linke Brust frei.

»Versuch es doch einmal mit Nadine LaTour. Sie hat in der EZB ein Verhältnis mit ihrem weit älteren Chef, einer vom EZB-Direktorium.« Simone machte eine kleine Pause und sagte dann ironisch: »Dieser Tip natürlich nur für den unwahrscheinlichen Fall, daß dein männlicher

Charme sie nicht sofort umwerfen sollte und du ein Druckmittel brauchst.«

»Danke«, murmelte Silvio und riß die Decke vollends zur Seite.

*

Nachdem sie in den frühen Morgenstunden endlich zur Ruhe gekommen waren, genossen Silvio und Simone ein spätes Sonntagsfrühstück im Bett. Danach führte er sie durch die hochherrschaftliche Villa. Silvio nutzte nur ein paar Zimmer im Westflügel, in denen ein Chaos herrschte wie in einer typischen Junggesellenbude. Simone warf einen angewiderten Blick in Silvios Räume und schritt dann, mit einem durchsichtigen weißen Morgenmantel bekleidet, zurück in das große Schlafgemach. Vom Balkon aus hatte man eine wunderbare Aussicht über den See. »Ein herrlicher Blick selbst im Winter«, stellte sie anerkennend fest und lehnte sich über die steinerne Balustrade.

»Wie lange kannst du bleiben?«

Silvio trat hinter sie. Auch er hatte einen Hausmantel übergeworfen. Er umfaßte ihre Hüften und zog sie an sich. Simone kuschelte sich in seine Arme.

»Am Mittwoch früh muß ich zurück in Brüssel sein.«

»Dein Mann?« frage Silvio leise.

»Ach was, der doch nicht.« Simone wandte ihm das Gesicht zu und schaute fast empört zu ihm hoch. »Nein, ich habe geschäftliche Termine.«

»Ach so.« Silvio küßte nachdenklich ihr braunes Haar. Er war ihr so nah, daß er das übertönte Grau am Haaransatz erkennen konnte. Unbewußt verzog sich sein Gesicht zu einem Grinsen. Laut sagte er: »Ich mache dir einen Vorschlag: Ich fahre morgen früh nach Frankfurt und spreche in der EZB mit dieser LaTour.«

»Du hast es aber eilig.« Simone klang überrascht.

Silvio zuckte mit den Schultern, entließ sie aus seinen Armen und stellte sich neben sie an die Balustrade. »Ich will sehen, was deine Informationen wert sind. Morgen abend komme ich zurück, und dann reden wir über deinen Anteil.«

Simone schaute unverwandt über die Wasseroberfläche des Sees, die in der hellen Wintersonne silbern glänzte. »Der Plan ist in Ordnung.« Sie drehte sich zu Silvio. »Gute Reise, mein Lieber.«

»Gar keine Eifersucht?« Silvio studierte ihre Gesichtszüge.

Simone lachte, nahm ihn am Arm und sagte: »Die überlasse ich immer den Männern. Komm, mir wird kalt. Gehen wir wieder ins Bett.«

Die beiden blieben den Sonntag über im Haus – getreu ihrem Vorsatz, sich möglichst nicht zusammen zu zeigen. Nach ausgiebigen erotischen Nachmittagsspielchen widmeten sie sich der großen CD- und Plattensammlung des Hausherrn und spielten sich gegenseitig ihre Lieblings-Songs vor. Dazu tranken sie eiskalten Champagner, aßen Shrimps-Brötchen und sprachen über ihre Geschäfte. Simone gab Silvio einen vagen Eindruck von ihrem Informationsnetz, das auch für seine Spekulationen außerordentlich hilfreich sein konnte. Silvio deutete an, daß es ihm nicht nur um Quellen, sondern auch um Informations-»Sender« gehe. Simone begriff sofort, daß der ihr angetraute Pressesprecher sich also in zweierlei Hinsicht für Silvios Operationen als nützlich erweisen könnte. Sie beschloß daher im stillen, bei passender Gelegenheit ihren Einstiegspreis zu erhöhen. Inzwischen hatte sie sich in eine puderblaue Mohairdecke gehüllt, achtete aber darauf, daß unter der Decke immer noch die Spitzen ihres schwarzen Negligés hervorschauten. Silvios wohlwollende Blicke auf derlei Accessoires waren ihr nicht entgangen.

»Arbeitest du eigentlich ausschließlich für den Global Millennial Hedgefonds?« fragte sie in beiläufigen Tonfall, als Silvio die vierte italienische Schmonzette auflegte.

»Was? Ach wo, nein. Der Fonds ist nur ein Finanzierungsinstrument für einen großen internationalen Konzern. Gelegentlich arbeite ich als Berater für den Konzern, zusätzlich zu meiner Arbeit im Fonds.«

Simone tat beeindruckt. »Da trägst du ja ganz schön viel Verantwortung.«

»Tja, schon ein bißchen. Ich kenne mich ziemlich gut aus auf den internationalen Finanzmärkten. Aber mein Spezialgebiet sind die Meinungsmärkte, die die Finanzwelt beeinflussen.«

Simone strahlte ihn mit geweiteten Augen an. »Du bist also gewissermaßen ein Trendsetter für deinen Konzern? Das ist toll!« Sie rückte näher und brachte ihre spitzengeschmückte Oberweite zur Geltung, während sie Silvio Champagner nachschenkte.

Silvio, der sich zum ersten Mal von Simone richtig gewürdigt fühlte, antwortete lässig: »Ja, so ungefähr könnte man es sagen.«

»An welcher Art Geschäfte ist der GMHF denn interessiert? So ganz kann ich mir nicht vorstellen, wie deine Arbeit aussieht.«

Silvio lehnte sich auf der Couch zurück und erklärte in aller Ausführlichkeit seine Beraterrolle für den Hedgefonds. Etwas angetrunken erzählte er dann, wie er erst vor ein paar Monaten bei einer äußerst gewinnbringenden Spekulation mit Aktien einer neuen Firma für Internet-Software beteiligt gewesen war.

»Aber solche Riesengeschäfte finanziert ihr doch bestimmt nicht alleine?«

»Woher denn. Im Börsengeschäft zählt der Ruf mehr als das Eigenkapital. Aber wir haben schon unsere Quellen, die wir anzapfen können, wenn's losgeht.« Silvio legte die Hand auf den weichen Schenkel Simones und schob die Mohairdecke hoch.

»Was für Quellen sind das denn?« fragte Simone leise, während sie am Gürtel seines Morgenmantels nestelte.

»Das wüßtest du wohl gerne, was?«

»Na, wenn ich jetzt doch anteilig dabei bin.« Simone schaute Silvio herausfordernd an, dann griff sie unter den geöffneten Morgenmantel. »Bei solchen Spekulationen muß man sich doch bestimmt an ganz schön viele Gesetze halten, was?« raunte sie ihm mit heiserer Stimme ins Ohr.

Silvio grinste breit. »Na, eigentlich schon. Aber richtig viel Kohle verdient man nur, wenn man die Schlupflöcher kennt. Und darin bin ich Meister.«

*

Pestacosta erreichte die hoch über den Dächern der Frankfurter City gelegene, modern eingerichtete Wohnung wenige Minuten vor Saager. Er zündete sich leicht verärgert eine Zigarette an. Warten gehörte nicht zu seinen Stärken. Er trat an die breiten Fensterfronten. Dann hörte er, wie sich der Schlüssel im Schloß drehte, und Bankdirektor Saager erschien, ganz in schwarz gekleidet, mit teurer Lederaktentasche und dunklem Schirm unterm Arm. Sie setzten sich, und Pestacosta hörte anfänglich noch recht geduldig zu, wie Saager hypernervös über den Mordfall Leder in der GAMMA-Bank sprach und dann ausführlich seine Behandlung durch die ermittelnden Behörden bei mehreren Verhören und Vorladungen beschrieb. Als Saager sich schließlich wehleidig darüber beschwerte, daß der werte Monsieur Ziegler ihn in Genf praktisch aus dem Club geworfen habe, riß bei Pestacosta der Geduldsfaden. Er stand auf und schnauzte den schwitzenden Saager an.

»Hören Sie, Saager, haben Spencer und ich Ihnen nicht wiederholt eingeschärft, daß Sie in Genf und besonders bei Ziegler absolut nichts zu suchen haben?!« Pestacostas Augen funkelten.

Der bleiche Saager stammelte: »Ich wollte ja nur einen Rat.«

Pestacosta stöhnte und warf die Hände in die Höhe. »Mann-o-Mann! Warum haben Sie denn gerade von Ziegler einen Rat in der Sache erwartet, das möchte ich mal wissen.« Er schüttelte den Kopf.

»Nun ja, ich dachte, Ziegler …«

»Ach was, Sie sollen nicht so viel denken. Weisungen kriegen Sie von uns, ist das klar?« Pestacosta setzte sich wieder und schaute Saager verärgert an. »Von Ziegler halten Sie sich völlig fern. Das ist unser wichtigster Berater, mit operativen Dingen hat der überhaupt nichts zu tun.«

*

Immer noch verärgert, machte sich Silvio Pestacosta um die Mittagszeit auf den Weg zum Euro-Tower. Vom Empfangs-Desk der Europäischen Zentralbank aus rief er Nadine LaTour an, erinnerte sie an das gemeinsame Abendessen bei van Houttens und fragte, ob sie ihm die Ehre geben würde, sie zum Lunch ins Restaurant der Bank einladen zu dürfen. Zu einem richtigen Diner habe sie ja gewiß keine Zeit. Pestacosta merkte, wie Nadine LaTour zögerte. »Ich hätte Sie natürlich schon viel früher anrufen sollen. Aber ich bin ganz zufällig heute in Frankfurt und dachte, es wäre doch schön, wenn wir uns kurz treffen. Also …?«

Die Finanzexpertin überlegte offensichtlich immer noch. »Na gut, treffen wir uns im Restaurant. Geben Sie mir mal den Pförtner. Ich melde Sie als Besucher an.«

Pestacosta zwinkerte dem uniformierten Pförtner zu und reichte ihm wortlos den Hörer.

Von seinem Platz an der Fensterfront des Restaurants aus sah Pestacosta, wie Nadine LaTour sich im großen Spiegel im Eingangsbereich des Restaurants rasch das Make-up auffrischte, ihre zu einem praktischen Knoten hochgesteckten Haare öffnete und mit einer schnellen Handbewegung über den Schultern drapierte.

Bei der etwas steifen Begrüßung machte Pestacosta Nadine LaTour überzogene Komplimente über ihr hellgraues Business-Kostüm und fixierte dabei die kleine Opalbrosche in Brusthöhe.

»Sie interessieren sich für Broschen? Das ist ein altes Familienerbstück«, bemerkte Nadine LaTour schnippisch.

Silvio Pestacosta verlor für einen Moment die Fassung und wurde von der Bedienung gerettet, bei der er einen Luncheon-Imbiß für beide bestellte. Als erstes wurden zwei Gläser Pinot Grigio serviert, und Nadine LaTour nippte vorsichtig daran.

Pestacosta beugte sich vor und sagte in vertraulichem Tonfall: »Seit dem Abend in Brüssel habe ich immer wieder an Sie denken müssen. Ich mußte Sie einfach wiedersehen.« Dabei versuchte er, ihren Blick festzuhalten.

Nadine LaTour lehnte sich zurück und nahm das Weinglas in die Hand. »Wenn ich Sie am Telefon richtig verstanden habe, wollen Sie etwas Fachliches mit mir besprechen.«

Pestacosta nickte und mußte sich nicht sehr anstrengen, um Enttäuschung in seine tiefe Stimmung zu legen. »Ja, das auch. Sie haben mich bei van Houttens mit Ihrer Analyse der Euro-Entwicklung beeindruckt. Wir arbeiten ja in derselben Branche.«

»Aber auf sehr verschiedenen Ebenen.«

»Nun ja, aber gerade das würde einen Informationsaustausch reizvoll machen.« Er deutete mit dem linken Auge ein Zwinkern an. Allerdings hatte er alle körpersprachlichen Signale, die die Finanzfachfrau aussendete, gänzlich mißverstanden oder einfach nicht bemerkt. »Alle zugänglichen Informationen können Sie von unserer Pressestelle erhalten.« Sie kramte in ihrer Handtasche und machte sich offensichtlich zum Aufbruch bereit. Das inzwischen servierte Essen ließ sie stehen.

Er lehnte sich langsam zurück und spreizte dabei die Beine. Mit schneidender Stimme sagte er: »Ich habe mir sagen lassen, Sie seien sonst flexibler.«

Zwei, drei Sekunden war Stille, dann fragte Nadine LaTour scharf: »Würden Sie die Güte haben, mir zu erklären, was Sie meinen?« Sie rückte mit einem lauten Knirschen ihren Stuhl zurück.

Pestacosta kostete seinen Joker aus. »Daß Sie sich angesichts Ihrer Beziehung zu Ihrem unmittelbaren Vorgesetzten mir gegenüber etwas aufgeschlossener zeigen sollten.«

Nadine LaTour wurde blaß, stand auf und trat zu seinem Stuhl. Die Ohrfeige, die sie ihm verpaßte, hinterließ einen roten Abdruck auf seiner solariumgebräunten Wange. Ehe er reagieren konnte, drehte sich Nadine LaTour auf dem Pfennigabsatz ihrer schwarzen Schuhe um und rauschte davon. In der Eingangshalle bat sie einen der Sicherheitsbeamten, »den Herrn dort hinten« hinauszubegleiten. Zurück in ihren Büroräumen, veranlaßte sie, daß Silvio Pestacosta Hausverbot in der Europäischen Zentralbank erhielt.

Pestocosta kochte vor Wut über diese Erniedrigung. Er ging in eine naheliegende Bar und kippte zur Beruhigung zwei Whisky pur. Vom Handy seines Mietwagens aus rief er einen deutschen Assistenten im Büro des EZB-Präsidenten der Bank an. Ein Londoner Geschäftspartner hatte ihm diese weit weniger aussichtsreiche Insider-Connection zur EZB angeboten. Er verabredete sich mit ihm zum Abendessen. Danach rief er Simone an.

»Dein Tip war keinen müden Heller wert«, meldete er zornig.

»Hat sie dich abfahren lassen?« Simones helles Lachen drang durch den Hörer. »Ja, bei solchen Karrieredamen muß man schon subtiler vorgehen. Gutes Benehmen, geschliffenes Auftreten, so was ist da angesagt.«

»Sie ist ein zickiger Blaustrumpf«, erwiderte Silvio trotzig.

»Das glaubst du doch selber nicht.« Simone schien sich immer mehr zu amüsieren.

»Ich rufe dich nur an«, sein Ton klang strafend, »um dir zu sagen, daß ich erst morgen mittag zurückkomme.«

»Kein Problem, ich vergnüge mich hier ausgezeichnet. Tschüs.« Sie legte ohne ein weiteres Wort auf.

Zum Abendessen traf sich Pestacosta mit dem jungen Mann aus dem Büro des Präsidenten. Ein adliger Nonvaleur, der für »die Lieferung von statistischem Material von gemeinsamem Interesse« einen unverschämten Preis forderte. Insofern hatte der Londoner Kollege den Jüngling offenbar bestens präpariert. Mit Nadine LaTour war der Knabe, von seinem Informationswert her gesehen, nicht zu vergleichen. Aber so hatte Pestacosta wenigstens einen Fuß in der Tür. Abgesehen vom Geschäft, mußte er unbedingt herausfinden, was Madame LaTour denn nun wirklich mit ihrem Chef trieb. Die Art, wie sie ihn hatte abfahren lassen, schrie nach Rache.

Nach dem Essen und zwei weiteren Whisky ließ Pestacosta sein in jeder Hinsicht angeschlagenes Ego in einem Frankfurter Edelbordell wieder aufrichten. Am nächsten Morgen schlief er sich aus und flog dann nach Genf zurück.

*

Simone van Driesche amüsierte sich indessen in der Villa ihres neuen Partners tatsächlich bestens. Als sie am Montag morgen durch den Garten spaziert war, hatte sie auf dem Nachbargrundstück den etwa fünfzehnjährigen kräftigen Gärtnerssohn des Nachbarn im durchgeschwitzten Tennisdreß vor der verschlossenen Tür des Gärtnerhäuschens stehen sehen. Sie lud ihn ein, doch bei ihr zu duschen, damit er sich nicht erkälte. Der Junge, der bis dahin nur mit dem einen oder anderen Mädchen seiner Schulklasse kräftig herumgefummelt hatte, verstand die Einladung Simones instinktiv richtig. Als er nackt aus der Dusche kam, saß sie in einem weißen Baumwoll-T-Shirt Pestacostas so auf einem Hocker, daß der Junge erst ihre Schamhaare und dann ihren Schoß sehen konnte. Sie bat ihn, ihr beim Ausziehen des T-Shirts zu helfen und brauchte ihn nicht groß zu animieren, dabei ihre vollen Brüste abzutasten, während sie ihn streichelte. Danach führte sie den ebenso lernbegierigen wie begabten Jungen in die Möglichkeiten und Freuden der körperlichen Liebe ein.

Zwischendurch fragte er etwas schüchtern: »Mache ich das auch gut?«

Sie antwortete fast zärtlich: »Du füllst mich natürlich nicht so aus wie ein erwachsener Mann. Aber das kannst du mit dem Fleiß deiner Zunge, deiner Lippen und deiner zehn Finger bestens ausgleichen.« Während er zwischen ihren weit geöffneten Schenkeln lag, liebkoste sie den kleinen, festen Knabenhintern mit ihren Fingern. Sie ging dabei sehr weit, was der Junge erst als befremdlich, dann aber auch als stimulierend empfand. Dann besorgte er ihr das gleiche auf seine Weise. Das versetzte sie in Verzückung.

Als Silvio bei seiner Rückkehr Simone mittags mit dem Gärtnerjungen in seinem zerwühlten, überbreiten Bett vorfand, bekam er seinen nächsten Wutanfall. Mit der Aufforderung: »Nun zeig dem Jungen doch einmal, wie ein richtiger Mann das macht«, verstand Simone es, seine Wut in sexuelle Energie umzuwandeln. Er stürzte sich auf und in sie. Nach einer Weile setzte sich Simone auf ihn und ritt einen scharfen Galopp. Der Junge schaute sprachlos zu. Dann bat Simone Silvio, seine Beine zu spreizen, damit der Junge dazwischen könne. Während Silvio noch zögerte, schob sich der Junge selbst an ihren prallen Hintern heran und bescherte ihr doppelte Freude. Die beiden Männer kamen gleichzeitig und nahmen Simone mit.

Als sie sich erschöpft auf den Bauch rollte, brüllte Pestacosta den Jungen an. »Hau ab, du Scheißkerl.«

Doch Simone drehte den Kopf zur Seite und meinte mit matter Stimme: »Du solltest freundlicher zu ihm sein. Homosexuelle Unzucht mit Minderjährigen ist in diesem Lande strafbar, glaube ich. Schon eine anonyme Anzeige bei der Staatsanwaltschaft kann sehr lästig sein.«

Silvio vergaß die genossenen Freuden und schrie: »Du durchtriebene Nutte!«

»Aber nicht doch«, lächelte Simone, ohne ihre Position zu verändern. »Die Möglichkeit gegenseitiger Erpressung kann eine hervorragende Geschäftsgrundlage sein. Der Preis für meinen Einstieg bei dir sollte übrigens nicht unter 100.000 Dollar liegen.«

*

Kriminaldirektor Döpfner saß in seinem provisorischen Büro in Frankfurt und atmete erst einmal tief durch. Dann lockerte er die blaugrau changierende Krawatte. Er schaute nachdenklich an dem Stoff hinunter, löste den Krawattenknoten und verwahrte das gute Stück fein säuberlich in der untersten Schublade des Schreibtisches. Der Observationsbericht des auf Saager angesetzten Fahnders über das Zusammentreffen von Silvio Pestacosta mit dem Bankdirektor hatte bei ihm alle Alarmglocken schrillen lassen. Vielleicht gab es doch einen Zusammenhang zwischen den Vorgängen in der GAMMA-Bank und dem Trio, das sich im »Club Solitude« traf. Dann war es falsch gewesen, die Observierung Spencers, Pestacostas und Zieglers abzubrechen.

Döpfner zog noch einmal den Ordner mit den Ermittlungsakten aus dem Regal und blätterte zurück bis zu dem Observationsbericht aus Genf. Da fielen ihm einige neu eingefügte Seiten auf, die mit 77a bis f gekennzeichnet waren. Auf den Seiten waren sehr feinkörnige Laserkopien der Fotos, die das Observierungs-Team mit verdeckter Kamera von Ziegler und seinen Besuchern geschossen hatte. Die Fotos waren seinerzeit nicht bei dem Bericht gewesen, anscheinend waren die Aufnahmen noch nicht entwickelt und erst später beigefügt worden.

Die Fotos zeigten alle drei Teilnehmer der illustren Runde bei der Verabschiedung an der Eingangstür des Clubs. Spencer und Pestacosta, von denen mehrere Ansichten gemacht worden waren, als sie ihren Mietwagen bestiegen, sagten Döpfner nichts. Die Aufnahmen von Ziegler zeigten ihn von vorn, als er seine Besucher an der Eingangstür verabschiedete. Döpfner fuhr sich mit dem Zeigefinger langsam den Nasenrücken entlang. Etwas störte ihn an dem Bild Zieglers. Er verglich die Aufnahmen mehrere Minuten lang, dann war er sich sicher: Den Herrn kannte er, nur hatte er damals sein graumeliertes Haar nicht so lang und weder einen Moustache noch eine Hornbrille getragen.

Plötzlich schlug Döpfner mit der Faust so kräftig auf die Schreibtischplatte, daß das kleine, goldgerahmte Bild von Jadwiga kippte und mit einem dumpfen Ton auf dem Teppichboden landete. Er schrie sich selber an: »Du bist doch ein verdammter Esel!«

Dann stand er auf und bückte sich nach dem Bild, das glücklicherweise nicht zerbrochen war. Mit einem satten Knall stellte er es wieder auf den Schreibtisch. »Der Kerl also! Warum sitzt der denn nicht im Knast in New York?«

Döpfner rieb sich heftig über die Stirn und wollte zur Krawatte greifen. Da fiel ihm ein, daß er das teure Seidenteil ja in der Schublade hatte verschwinden lassen. Er drehte kurz an einem Hemdenknopf, dann griff er entschlossen zum Telefon. Als erstes ordnete er an, die Wiederaufnahme der Observierung in Genf mit den Schweizer Behörden abzustimmen und Europol zu unterrichten. Er werde die Gründe für die erneute Observierung auch noch schriftlich darlegen.

Danach rief er seinen alten Freund Bill Brady in Washington an, mit dem er seinerzeit in New York die »Global Players« gejagt hatte. Brady war damals schon ein hochrangiger FBI-Agent gewesen und war inzwischen die Karriereleiter noch zwei Sprossen höhergeklettert. In Wiesbaden war es fast 23 Uhr, in Washington also kurz vor Dienstschluß. Döpfner ließ sich von einer freundlichen Sekretärin zu Bradys neuer Nummer weiterverbinden. Als sich Bills tiefer Bariton mit einem breiten »*Hello*« meldete, sagte Döpfner: »Hallo Bill, hier ist Wolf Döpfner aus Germany.«

Brady schien eine Sekunde zu überlegen, welcher Wolf ihn da jetzt anrief, dann fiel der Groschen. Ehrlich erfreut strahlte Bill förmlich ins Telefon: »Hallo Wolf, *what a wonderful suprise!* Ein Anruf von dir aus dem tiefsten Germany, nehme ich an! Was ist los? Hat es diesmal ein Attentat auf euren *Chancellor* gegeben?«

Döpfner lachte leise. »Nein, nein, nichts ganz so Schlimmes. Nur eine kleine Nachforschung. Ich hatte vor ein paar Minuten eine ziemliche Überraschung, als ich auf einem Foto einen gemeinsamen Bekannten aus unseren glorreichen Tagen entdeckt habe. Und zwar in Genf, genauer, in einem sehr exklusiven Genfer Herrenclub. Ich dachte, der Mann wäre sicher in der Obhut der amerikanischen Justiz.«

Brady räusperte sich. »*Really?*«

Döpfner setzte nach. »Ja, *really*. Ich und Europol würden gerne wissen, ob ihr ihm bei der Verbesserung seiner häuslichen Verhältnisse geholfen habt.«

Brady räusperte sich noch einmal und brummte etwas unartikuliert ins Telefon. »*Well*, Wolf, diese, hm, Verhältnisse unseres gemeinsamen Bekannten sind ziemlich kompliziert. Ich kann dir das unmöglich am Telefon auseinandersetzen.«

»Ich verstehe. Wenn es dir recht ist, nehme ich übermorgen mittag die Maschine von Frankfurt. Jemand vom FBI soll mich in Washington vom Flugplatz abholen. Und kannst du dir genügend Zeit für ein gründliches Gespräch mit mir freihalten? Könnte länger dauern. Geht das in Ordnung?«

»Jawoll, *lonely Wolf*«, krächzte *agent* Brady im Kommandoton. Döpfner meinte fast zu hören, wie der FBI-Mann die Hacken zusammenschlug.

»Nicht mehr *lonely,* mein Junge«, antwortete Döpfner und legte den Hörer auf, bevor Bill Brady neugierige Fragen stellen konnte.

Dann rief Kriminaldirektor Döpfner den Präsidenten der Europäischen Kommission an. Die Sekretärin Stockmanns beschied ihn geschäftsmäßig, der Präsident sei in einer Sitzung, aus der sie ihn auf keinen Fall herausholen könne. Döpfner überredete sie, dem Präsidenten einen Zettel hineinzureichen. Er bitte darum, ihn sobald wie möglich zurückzurufen. Stockmann las den Zettel, brachte die Behandlung des aufgerufenen Tagesordnungspunktes zum Abschluß und bat dann um eine kurze Telefon- und Kaffeepause. Er hatte Döpfner in Wiesbaden sofort am Apparat: »Wo brennt's denn?«

»An ganz unerwarteter Stelle. Ich muß Sie heute unbedingt noch sehen.«

»Heute noch?! Das muß aber etwas ziemlich Wichtiges sein.« Den Hörer zwischen Ohr und Schulter geklemmt, blickte Stockmann fragend durch die Tür zu der brünetten Sekretärin, die kategorisch den Kopf schüttelt. »Döpfner, hören Sie, heute geht es nicht mehr. Mein Tag ist übervoll.«

»Dann in der Nacht.« Döpfner blieb eisern.

»Warum denn so eilig? Die Sache hat doch sicherlich bis morgen Zeit.«

»Nein. Morgen muß ich zu Europol, und übermorgen muß ich nach Washington fliegen – zu unserem alten Freund Bill Brady.«

Stockmann wurde hellhörig. Er nickte der Sekretärin zu, die hereinkam und ihm den Terminkalender vorlegte. »Also, bis 22 Uhr bin ich besetzt. Da geht nichts. Danach gibt es noch eine Einladung.« Er blickte kurz hoch, und die Sekretärin zuckte mit den Schultern und nickte dann zustimmend. »Für die Einladung kann ich mich entschuldigen lassen. Um 22.30 Uhr bei mir zu Hause.« Stockmann hörte, wie Döpfner am anderen Ende der Leitung erleichtert aufatmete, und gab ihm seine Adresse.

»Vielen Dank, Herr Stockmann. Bis dann.«

Am späten Abend trafen sich die beiden in Stockmanns Domizil und saßen in den bequemen Ledersesseln im Wohnzimmer. Stockmann schenkte dem Kriminaldirektor ein Glas Rotwein ein. Dabei fiel ihm auf, daß Döpfner ihn nicht aus den Augen ließ und dabei nervös mit den Fingern seine Haarlinie abtastete.

»Also?« begann Stockmann und lehnte sich in die Polster zurück.

Döpfner rutschte auf die vordere Kante des Sessels und trank langsam und irgendwie feierlich einen Schluck Rotwein. Dann räusperte er sich, worauf Stockmann ihm aufmunternd zunickte. »Nun, Döpfner, was haben Sie denn auf der Seele?« Dabei rückte er ebenfalls etwas vor.

Der Kriminaldirektor begann mit leiser Stimme. »Ich muß Ihnen etwas berichten, das bisher nur ich weiß. Die Sache fällt mir nicht gerade leicht.« Er lächelte Stockmann entschuldigend an, und sein zerknirschter Gesichtsausdruck brachte den Kommissionspräsidenten fast zum Lachen. Aber Döpfner blieb ernst und strich sich nervös über seine braun-grün karierte Seidenkrawatte.

»Nur zu«, forderte Stockmann ihn amüsiert auf.

»Ich möchte das mit einer Frage verbinden, die ich mir früher wohlweislich verkniffen habe, weil es mich eigentlich nichts angeht.«

Stockmann wurde ernst. »Ich höre.«

»Ich habe einen Fehler gemacht. Ich und die Leute vom BKA.« Er wurde sicherer und sprach ruhig weiter. »Wir haben ja über den Mord an Dr. Leder von der GAMMA-Bank gesprochen ...«

Stockmann unterbrach ihn. »Ach, darum geht es?«

Döpfner nickte ernst. »Dieser Mord hat Sie ja gleich interessiert. Sie wissen von dem Verdacht gegen einen der beiden Direktoren der Bank, einen gewissen Saager?«

»Ich habe die Presse verfolgt. Soweit bin ich unterrichtet. Aber nach den Zeitungsberichten konnte dieser Verdacht nicht erhärtet werden, oder?«

»Nein, bis heute nicht. Aber das war genau unser Fehler.«

Er setzte sich aufrecht und fuhr langsam mit den Fingern den feinen Stiel des Weinglases auf und ab. Dann sah er Stockmann an. »Wir hatten Saager unter Observation. Mehrere Tage lang. Nichts Außergewöhnliches in den ersten beiden Tagen. Dann wie aus dem Nichts, ohne eine Nachricht an die Bank oder seine Familie, steigt Saager in ein Flugzeug nach Genf. Er hat das Ticket direkt am Flughafen gekauft. In Genf ist er zu einem dieser altmodischen Clubs für alleinstehende reiche Herren gefahren. Dieser ›Club Solitude‹ liegt etwas außerhalb in den Bergen, scheint sehr schön dort zu sein ...«

Döpfner unterbrach sich und räusperte sich verlegen. »Also, Saager fährt raus zum ›Club Solitude‹, das Observierungs-Team auf seinen Fersen. Dort wollte er sich wohl mit einem älteren Privatier treffen, ein gewisser Jakob Ziegler. Ziegler wollte ihn aber nicht empfangen, und es gab eine unschöne Szene, als Ziegler den armen Saager hinauskomplimentierte. Unsere Fahnder haben sich danach beim Personal des Clubs erkundigt. Sie nennen ihn dort den ›geheimnisvollen Monsieur Z‹, weil dieser Herr offensichtlich recht zurückgezogen lebt.«

Stockmann lächelte, und der Kriminaldirektor nahm einen Schluck Wein. »Jedenfalls sah er aus wie ein exzentrischer, aber normaler Geschäftspartner, bei dem Saager etwas erreichen wollte, aber nicht damit durchkam. Schon da hätten wir aufmerksam werden sollen. Die Fahnder haben Erkundigungen über Ziegler eingeholt, und auch über seine Geschäftspartner, mit denen er ab und an im Club Besprechungen abhält. Alles angesehene Leute aus der Genfer Finanzwelt. Ich habe die Observation abbrechen lassen.« Döpfner zuckte bedauernd die Schultern und seufzte.

Stockmann horchte auf: »Und? Was ist damit? Sie brauchen heute ganz schön lange, um auf den Punkt zu kommen, Döpfner.«

Der Kriminaldirektor hob entschuldigend die Hände: »Ich habe mir die Berichte noch einmal durchgesehen. Dabei sind mir Fotos in die Hände gefallen, die unsere Leute bei der Observation des ›Club Solitude‹ gemacht haben. Entweder waren sie vorher noch nicht entwickelt, oder ich habe sie übersehen. Normalerweise arbeitet das Fotolabor im Bundeskriminalamt recht schnell. Ich hätte die Observation auf keinen Fall abbrechen dürfen.« Er schaute auf. »Monsieur Z ist ein alter Bekannter von uns.«

Stockmann stellte das Weinglas auf der Tischplatte ab und beugte sich vor. »Doch nicht Felix Meinhard?!«

»Doch, genau der.« Döpfner starrte Stockmann überrascht an. »Wie kommen Sie denn darauf?«

Stockmann fuhr sich mit der rechten Hand durch seine Locken. »Ich habe immer so ein Gefühl, wenn dieser Mann auftaucht. Ein sehr schlechtes Gefühl, das kann ich Ihnen sagen. Und Sie haben vorhin am Telefon Bill Brady erwähnt. Da habe ich schon geahnt, in welche Richtung unser so dringendes Treffen gehen könnte.«

Eine peinliche Pause entstand. Stockmann, etwas bläßlich um die Nase, schenkte Wein nach. Döpfner wischte währenddessen unsichtbare Krümel von seiner Krawatte.

»Und nun?« fragte Stockmann schließlich.

»Nun bereiten wir mit den Schweizer Behörden die Wiederaufnahme der Observation vor.«

Stockmann sah ihn fragend an: »Sie haben doch gar nichts gegen ihn in der Hand.«

Döpfner zuckte mit den Schultern. »Erst einmal werde ich nach Washington fliegen. Ich will hören, wie der ehrenwerte Herr so schnell aus dem Gefängnis gekommen ist. Er war zu vier Jahren verurteilt worden.«

»Stimmt. Sie haben doch mit Brady telefoniert. Konnte er Ihnen das nicht am Telefon sagen?«

»Das wollte er nicht. Er wollte nur persönlich mit mir reden.«

Die beiden schauten sich kurz an. Stockmann tippte sich mit dem Zeigefinger auf die Lippen. »Was vermuten Sie, Döpfner? Was steckt hinter der Sache?«

Döpfner erwiderte, ohne lange nachzudenken: »Sieht mir ganz nach einem Deal mit den Justizbehörden aus. Und davor gab es sicher einen Deal mit dem FBI.«

Stockmann pfiff leise durch die Zähne. »So also läuft das. Dann passen Sie mal gut auf, daß BKA und FBI sich in Genf nicht gegenseitig observieren.«

Döpfner verzog den Mund und schüttelte den Kopf. »Ich glaube nicht, daß das FBI Meinhard observiert. Obwohl er sich, wie wir ihn kennengelernt haben, bestimmt nicht nur einer Seite verpflichtet hat.«

Der Kommissionspräsident blickte in die Dunkelheit vor dem großen Fenster und schwieg.

Döpfner wollte etwas sagen, brach ab und fuhr sich nervös über die Stirn. Dann begann er zögernd: »Herr Stockmann, Sie haben sich im ›Global Players‹-Fall immer ganz besonders für Felix Meinhard interessiert, das spürten und wußten alle Beteiligten. Sie haben mir aber nie verraten, warum.« Er schaute Stockmann erwartungsvoll an.

Der Präsident lächelte traurig. »So, so. Sie alle wußten …« Er brachte den Satz nicht zu Ende.

In Karl Stockmann sträubte sich alles, an diesen schmerzhaften Punkt seiner persönlichen Biographie zu rühren. Bisher hatte er mit niemandem darüber gesprochen, nicht einmal mit seiner früheren Lebensgefährtin. Auch nicht mit dem Kanzler, als der ihn zum Innenminister vorschlug und ihn später überredete, sich für das Präsidentenamt der Europäischen Kommission zur Wahl zu stellen.

Aber heute und in dieser Lage machte es keinen Sinn mehr, es Döpfner gegenüber länger zu verschweigen. Stockmann fuhr sich durch die braunen Locken. Er räusperte sich, setzte an und verstummte wieder. Schließlich brach das alte Geheimnis doch aus ihm heraus:

»Vielleicht war es ein Fehler vor mir, daß ich es noch nie jemanden erzählt habe. Felix Meinhard ist mein leiblicher Vater.«

Döpfner platzte ein »Was!?« heraus. Er schlug sofort die Hand vor den Mund und murmelte eine Entschuldigung.

Stockmann lachte leise. »Was haben Sie denn erwartet, Döpfner? Irgendwelche politischen Komplotte, alte Seilschaften oder Bestechungsskandale? Da muß ich passen. Das hier ist ein ganz persönliches Geständnis.«

»Ja, ich wollte wirklich nicht ..., nun ...« Döpfner zuckte mit den Schultern.

»Na, ich bin jetzt reif für ein härteres Getränk. Sie nicht auch?« Stockmann schaute den Kriminaldirektor fragend an. Der nickte heftig.

Der weiche, im Sherry-Faß gelagerte Whisky trug zur Entspannung der Situation bei. Die beiden Männer unterhielten sich in freundschaftlichem Ton.

»Und wann sind Sie Felix Meinhard zum ersten Mal begegnet?« fragte Döpfner.

»Ungefähr zur gleichen Zeit, als Innenminister Seuren in Berlin ermordet wurde. Monika ..., also, Frau Burkhardt, hatte eine alte Freundin aus Münchner Studententagen wiedergetroffen. Sie haben Frau Schwegmann ja bei den Ermittlungen im ›Global Players‹-Fall kennengelernt, Döpfner. Wie es der Zufall wollte, war Constanze inzwischen mit Felix Meinhard verheiratet. Als ich den Namen damals am Telefon hörte, wußte ich sofort, daß das Unglück bringt.« Stockmann versuchte angestrengt, das Bild der schönen Frau aus seiner Erinnerung zu verbannen, wie sie blutüberströmt auf dem Trottoir lag, von einer Kugel getötet, die genausogut ihn hätte treffen können.

Döpfner lehnte sich zurück und schaute den ungefähr gleichaltrigen Mann nachdenklich an. »Sie sind damals also wegen Meinhard nach New York gekommen, als wir hinter den ›Global Players‹ her waren?«

»Ja, ich wollte ihn endlich stellen, Auge in Auge. Ist mir ja auch gelungen.« Döpfner schmunzelte, und auch Stockmann mußte lachen, als er sich an die Festnahme Meinhards erinnerte, bei der ein angetrunkener Innenminister keine geringe Rolle gespielt hatte.

»Ich hatte ja keine Ahnung ... Ich wollte nicht in Ihrem Privatleben herumwühlen, Herr Stockmann. Dieser Tage scheine ich aber auch kein Fettnäpfchen ...«

Stockmann unterbrach Döpfners Entschuldigungsversuch. »Schon gut, Döpfner. Es ist besser, daß Sie jetzt Bescheid wissen. Rufen Sie mich an, wenn Sie aus Washington zurückkommen. Ich bin neugierig, was Sie vom FBI und Brady erfahren werden.«

Döpfner nickte. »Sicher. Ich lasse Sie gleich wissen, was passiert ist.« Er setzte sich auf. »Noch eine Frage. Können Sie eventuell schon absehen, wann ich mit der Lira-Recherche rechnen kann?«

Stockmann erhob sich, um den Kriminaldirektor zu verabschieden. »Frau LaTour aus der EZB hat mir die schriftliche Fassung schon geschickt. Allerdings habe ich dazu noch viele Fragen. Ich treffe mich morgen mit ihr zur Besprechung. Wenn Sie aus Washington zurück sind, weiß ich bestimmt mehr.«

*

Nadine LaTour
Europäische Zentralbank
Kaiserstraße 29
60329 Frankfurt

Im Februar 2004

VERTRAULICH/PERSÖNLICH
Lira-Spekulationen/Frühjahr 1998

Im März 1998, zwei Monate vor Festlegung der bilateralen Umrechnungskurse zwischen den Währungen der Euro-Teilnehmer, hat es auf den internationalen Finanzmärkten Lira-Verkäufe im Gegenwert eines zweistelligen Milliarden-Dollar-Betrages gegeben. Die Verkaufswelle begann im nachbörslichen Telefonhandel. Sie lief über Großbanken in New York, London und Rom und mittlere Banken in Frankfurt, Zürich und Brüssel. Neben der GAMMA-Bank in Frankfurt waren auch die Van-Houtten-Bank in Brüssel und das Bankhaus Hürliman in Zürich beteiligt.

Die italienische Notenbank reagierte sofort mit einer drastischen Erhöhung der Zinsen für kurzfristige Kredite. Die Finanzmärkte beeindruckte dies nur sehr bedingt. Dagegen traf es die einheimische Wirtschaft in vollem Ausmaß, so daß die Notenbank die Maßnahme nicht durchhalten konnte. Außerdem kaufte die italienische Notenbank so viel Lira wie möglich auf, um den Kurs gegen den Markttrend zu halten oder wenigstens zu stabilisieren. Doch die Summen, die gegen sie in Bewegung gebracht worden waren, drohten sie zu überwältigen. Nach meiner Einschätzung hatte die Nationalbank keine Chance, die Flut alleine zu stoppen.

Die Verkaufswelle kam erst zum Stehen, als die europäischen Notenbanken der unter Druck geratenen italienischen Nationalbank im Rahmen des EWS I zur Hilfe eilten. Die Lira stabilisierte sich innerhalb der vom EWS erlaubten Schwankungsbreite von 15 Prozent nach oben und nach unten auf einem Kurs, der 6 Prozent unter dem Ausgangskurs lag.

Ob diese Lira-Bewegungen durch eine spekulative Attacke ausgelöst worden sind, läßt sich aus dem mir zur Verfügung stehenden Material nicht ablesen. Dazu benötigte man Einsicht in die dem Bankgeheimnis unterliegenden Daten der an den Lira-Transaktionen beteiligten Geschäftsbanken. Und auch deren Aussagekraft wäre begrenzt.

Ein Indiz für eine spekulative Attacke könnte ein Gerücht sein, das damals an der Mailänder Börse die Runde machte und der Verkaufswelle zusätzlichen Schub gab. Während die Finanzwelt noch versuchte, die ersten großen Lira-Bewegungen einzuschätzen, lief über den elektronischen Banken- und Börsendienst von REUTERS eine Meldung, die die Märkte geradezu elektrisierte. Es hieß, die italienische Regierung plane, die Bedienung von Staatsanleihen und Anleihen staatlicher Unternehmen vorübergehend auszusetzen.

Die Wirtschaftspresse hat die Lira-Bewegungen seinerzeit registriert, sie aber als Ausdruck bestehender Unsicherheiten interpretiert. Der deutsche und der niederländische Finanzminister stellten öffentlich die Euro-Reife Italiens in Frage, und die Bundesbank bezweifelte die Nachhaltigkeit des italienischen Schuldenabbaus. Außerdem forderten Vertreter der italienischen Exportwirtschaft einen niedrigeren Umrechnungskurs für die Lira.

Insgesamt komme ich zu dem Ergebnis, daß die Lira-Bewegungen im März 1998 nicht von einer spekulativen Attacke ausgelöst worden sein dürften.

*

Nadine LaTour hatte Karl Stockmann ihr Lira-Papier mit einer Kunstkarte des Instituts Städel übersandt, auf der eine Großfamilie des 19. Jahrhunderts abgebildet war. In ihrem Gruß bat sie darum, sich zur Diskussion des Recherche-Ergebnisses nicht in Frankfurt, sondern wieder in Brüssel zu treffen. Sie wolle in der EZB kein Gerede.

Die beiden trafen sich am frühen Nachmittag in Stockmanns Präsidentenbüro. Nadine LaTour trug ein Kostüm aus dunkelrotem Rayon. Er überhäufte sie mit Komplimenten, die sie scherzhaft erwiderte. Währenddessen betrachtete Nadine verstohlen das Foto Monika Burkhardts auf seinem Schreibtisch. Stockmann reichte starken Kaffee in seinem Meißner Porzellangeschirr. Dann kam er zur Sache.

»Frau LaTour, Sie sind in Ihrem Bericht zu dem Schluß gekommen, den Lira-Bewegungen im Frühjahr 1998 hätte keine spekulative Attacke zugrunde gelegen. Ich bin kein Finanzfachmann. Wie kommt denn eigentlich so eine Währungsspekulation zustande?«

Nadine LaTour rührte etwas Milch in ihren Kaffee und lächelte Stockmann amüsiert an: »Also, ich dachte, wir diskutieren hier das Ergebnis meines Papers. Aber jetzt sieht es so aus, als hätten Sie es auf eine Nachhilfestunde in Sachen Währungsspekulation abgesehen.«

»Bei einer so reizvollen Lehrerin nehme ich gerne Nachhilfestunden«, gestand Stockmann zwinkernd.

Nadine LaTour blickte ihn einen Moment lang schweigend an, dann sagte sie: »Sie müssen mir nachher aber auch verraten, um was es hier eigentlich geht, daß sich Europol und der Präsident der EU-Kommission so sehr für diese alten Lira-Geschichten interessieren.«

Stockmann blinzelte die Französin über den Rand der Kaffeetasse hinweg an: »Nach der Nachhilfestunde sehen wir weiter.«

»Okay, okay, ich sehe schon, Sie lassen sich nicht festlegen.« Nadine LaTour lachte auf. »Also, auf den Devisenmärkten geht es im Prinzip genauso zu wie auf den Warenmärkten. Jede Währung hat ihren Preis, früher in Gold und Silber, jetzt vor allem in anderen Währungen, Euro in Dollar, Pfund in Euro, und so weiter. Dieser Preis entspricht dem Wechselkurs der Währung. In ihm zeigt sich der Grad des Vertrauens, das die Finanzmärkte in die Stabilität einer Währung und in die von ihr repräsentierte Wirtschaft haben.«

Stockmann nickte. »Und wie können Spekulanten eine Währung ruinieren?«

Nadine LaTours Gesichtsausdruck wurde ernst. »Im Prinzip ist das eine einfache Sache. Die Spekulanten nutzen einen Markttrend aus und verstärken ihn. Nur in seltenen Fällen, etwa gegen kleine Währungen, können sie einen Trend selbst auslösen. Bei Währungen mit festem Wechselkurs ist das Ziel die Abwertung der Währung. Feste Wechselkurse erleichtern die Spekulation.«

»Warum denn das ?«

Nadine LaTour lehnte sich zurück. »Der Kurs einer floatenden Währung schwimmt einfach, nach oben und nach unten, mit dem Markt mit. Das hat Vor- und Nachteile. Der Kurs einer Währung mit festem Wechselkurs ist weniger flexibel. Die Notenbank stellt sich der Bewegung des Marktes – wie immer ausgelöst – entgegen und verhindert dadurch, daß Transaktionen gegen die Währung gleich zu Kursbewegungen führen. Andererseits staut sie damit die Marktbewegungen auf. Feste Wechselkurse wirken wie eine Staumauer. Bricht der Damm dann doch, stürzt der Kurs in einem großen Schwall nach unten. Der Kurs ›unterschießt‹, sagen die Fachleute.«

»Und wie erzwingen die Spekulanten eine Abwertung?« bohrte Stockmann nach.

»Na, im Prinzip ist das ganz einfach. Die Spekulanten müssen nur riesige Summen von Lira, Escudos oder was immer auf den Markt werfen, also für ein Überangebot sorgen. Die betroffene Zentralbank wird dann versuchen, durch Käufe ihrer eigenen Währung den Kurs zu halten oder wenigstens zu stabilisieren. Dann kommt es darauf an, wer länger durchhält. Die Bank verliert dabei Währungsreserven. Wenn sie nicht durchhält, wird eine Abwertung der Währung unvermeidlich.«

Stockmann überlegte. »Müßte man dafür nicht mehr Geld besitzen als die Zentralbank?«

Nadine LaTour nickte. »Es geht um Milliardenbeträge. Bei Währungsspekulationen wird nicht gekleckert, da wird geklotzt. 1992, bei der Spekulation gegen das britische Pfund, soll Soros mit seinem Quantum-Fonds über zehn Milliarden Dollar eingesetzt und Milliarden Dollar gewonnen haben. Aber die Spekulanten müssen diese Gelder überhaupt nicht besitzen, sie müssen nur darüber verfügen – und noch nicht einmal das.« Nadine LaTour zuckte bei ihrer letzten Bemerkung mit den Schultern.

Stockmann richtete sich in seinem Sessel auf. »Das müssen Sie mir genauer erklären. Dieses Geldvolumen, das da bewegt wird, damit kommen Sie zum Kern meiner Frage.«

Die junge Frau legte ihre schlanken Hände zusammen. »Man muß bei einer Währungsspekulation über genügend Geld verfügen, um auf den Finanzmärkten einen Trend auszulösen oder zu verstärken und dann zuzuspitzen. Aber die großen Summen, die zum Erfolg erforderlich sind, die bewegt der Markt, nicht allein der Spekulant. Entscheidend ist, ob es der Attacke gelingt, die großen Anleger in die eigene Richtung zu bewegen. Und das hängt wiederum von der Einschätzung der Stärke oder Schwäche der angegriffenen Währung ab.«

»Aber der Trendsetter braucht doch trotzdem Milliardensummen, und sein Risiko ist enorm hoch?«

Nadine LaTour nickte. »Ohne Risiko kein Profit. Hauptakteure in Devisenspekulationen sind meistens internationale Risikofonds, sogenannte Hedgefonds.«

»Wir haben Gesetzesvorlagen auf dem Tisch, um die Aktivitäten dieser Fonds zu beschränken.«

»Die Fonds sammeln zweistellige Milliardensummen als Risikokapital an. Meist in harten US-Dollars, versteht sich. Von den Fondsmanagern her gesehen, ist das überwiegend das Geld anderer Leute. Und sie nehmen Kredite von Banken auf – auch das Geld anderer Leute.«

Stockmann blickte sie verwundert an. »Und wie sind Banken an Währungsspekulationen beteiligt?«

»Die Banken spielen im Spekulationsgeschäft eine ganz besondere Rolle. Anders als die Fonds, für die es praktisch keine Regeln gibt, unterliegen Geschäftsbanken – mit erheblichen nationalen Unterschieden – gewissen anti-spekulativ wirkenden Vorschriften. Aber selbst in Ländern mit solchen Regelungen fehlt oft eine wirksame Bankaufsicht. Überall verdienen – oder verlieren – die Banken aber als Kreditgeber der Fonds an deren Währungsspekulationen mit.«

»Die Fonds spekulieren also nicht mit eigenem Geld?« Stockmann nahm einen Schluck aus der Kaffeetasse, setzte sie aber wieder ab, als er merkte, daß das Gebräu inzwischen kalt geworden war.

»Nein. Ihre eigenen Fondsmittel sind in erster Linie Basis ihrer Kreditwürdigkeit. Man braucht sehr viel Geld, um den Abwärtstrend einer großen Währung zu verstärken und bis zur Abwertung zu treiben. Die Angreifer können sich in Rudeln zusammentun, und sie können bei ihren Banken hohe Kredite aufnehmen.« Sie machte eine kleine Pause und trank ebenfalls einen Schluck des kalten Kaffees. »Der zentrale Grund für die Aufnahme hoher Kredite liegt aber im operativen Mechanismus der Spekulation selbst.«

»Äh, eine Sekunde, bitte«, rief Stockmann. »Ich glaube, um das zu verstehen, brauchen wir erst einmal neuen Kaffee.«

»Und ich eine Zigarette. Nachhilfestunden sind ganz schön anstrengend. Sie erlauben?« Stockmann nickte und gab der Französin Feuer. Nadine LaTour zog genüßlich an ihrer Gauloises. Karl Stockmann konnte trotz ihres Gesprächsthemas nicht verbergen, welchen Eindruck diese Frau auf ihn machte, die Art, wie sie die wohlgeformten langen Beine übereinanderschlug und ihren grazilen Körper entspannt in den Sessel zurückfallen ließ. Er mußte sich zwingen, sie nicht unablässig anzustarren.

»Ah«, Stockmann räusperte sich, »gehen wir zurück zu diesen ›operativen Mechanismen‹, die Sie gerade beschworen haben.«

»Sie sind ein sehr aufmerksamer Schüler, Monsieur le Président«, lachte Nadine und drückte die Zigarette aus. Stockmann bewunderte den sanft leuchtenden Opalring an ihren Fingern. Sie wurde wieder ernst. »Mit den Krediten hat es folgendes auf sich: Die Spekulanten nehmen Kredite in der Währung auf, auf deren Abwertung sie spekulieren. Sie tun es in der Erwartung, daß die Währung mit ihrer kräftigen Nachhilfe abgewertet wird und sie sich dann zur Rückzahlung der Kredite billiger eindecken können.«

Stockmann legte nachdenklich die Hand ans Kinn. »Ihr Gewinn ist dann also die Differenz zwischen Ausgangs- und Abwertungskurs minus ihrer Kreditkosten?«

Nadine LaTour lächelte ihn an. »Genau. Sie haben das Prinzip verstanden. In Wirklichkeit ist es natürlich komplizierter. Statt Kredite aufzunehmen, können die Spekulanten nämlich auch Devisen, die sie noch gar nicht besitzen, auf Termin verkaufen, um sich dann später, wenn die Lieferung fällig wird, zu einem günstigeren Kurs mit den benötigten Devisen einzudecken. Sie können sowohl auf dem Kassa- oder Spotmarkt wie auch auf dem Termin- und Optionsmarkt verkaufen.«

»Halt, stopp«, unterbrach Stockmann sie. »Das geht mir zu schnell. Spotmarkt? Optionsmarkt? Erklären Sie mir erst einmal den Unterschied, okay?«

Nadine lachte und sagte: »Sicher, gerne. Also, auf dem Kassamarkt muß die verkaufte Währung grundsätzlich innerhalb von 48 Stunden gegen den vereinbarten Kaufpreis geliefert werden. Das Geschäft kann aber auch von Tag zu Tag prolongiert, heißt, verlängert werden. Dann werden mit der Bank jeweils nur die Gewinn- und Verlustmargen verrechnet.«

»Und auf dem Terminmarkt?«

»Da gilt nicht die 48 Stunden-, sondern die zwischen den Partnern vereinbarte Frist. Bei einer Währungsspekulation wird der Spekulant sie zeitlich staffeln, etwa zwischen zwei und sechs Wochen, je nachdem, in welchem Zeitraum er mit dem Erfolg der Spekulation rechnet. Das gleiche gilt beim Optionsgeschäft, das sich vom Termingeschäft dadurch unterscheidet, daß der Halter der Option, anders als sein Geschäftspartner, wählen kann, ob er die Option wahrnimmt oder auf ihre Ausübung verzichtet. Im Fall einer Verkaufsoption, einem sogenannten *put*, kann der Spekulant also wählen, ob er liefert. Wenn er liefert, muß der Geschäftspartner den vereinbarten Preis zahlen. Der Käufer kann nicht vom Handel zurücktreten.«

»Der Unterschied zum Kassamarkt liegt also in der Länge der Lieferfrist?«

»Nicht nur. Er liegt vor allem auch darin, daß der Spekulant, in unserem Fall der Verkäufer von Lira, beim Termingeschäft erst einmal nur eine Sicherheit leisten und beim Optionsgeschäft nur eine Prämie zahlen muß, die lediglich einen Bruchteil der Vertragssumme ausmacht. Der schwankt je nach Bonität des Spekulanten etwa zwischen fünf und vierzig Prozent der Verkaufssumme. Der Spekulant kann damit also auf dem Markt das Vielfache seines unmittelbaren Einsatzes bewegen. Das nennt man die *leverage*, die Hebelwirkung.«

Stockmann nickte und wollte eine Frage stellen. Nadine LaTour hob die Hand. »Gleich. Aber erst noch folgendes: Die Geschäftspartner der Spekulanten müssen ihr Kurs- und Zinsrisiko *hedgen*, abdecken. Und darin liegt die segensreiche Wirkung von Termin- und vor allem von Optionsgeschäften für den Spekulanten. Je stärker sich der Kurs der angegriffenen Währung in die vom Spekulanten gewünschte Richtung, hier also nach unten bewegt, um so stärker muß sich der Partner, der auf eine gegenteilige Entwicklung gesetzt hat, absichern. Und das heißt, um so mehr Lira muß er zum jeweils gültigen, immer weiter absinkenden Preis verkaufen. Und damit heizt nun auch er den Abwärtstrend an.«

Stockmann überlegte. »Ziehen die Spekulanten den Termin- und Optionsmarkt dem Kassamarkt vor?«

Nadine schüttelte den Kopf. »Sie kombinieren beides, je nach Lage. Alle Möglichkeiten werden ausgeschöpft, um der Entwicklung auf den Finanzmärkten gerecht zu werden und die erwartete Reaktion der Notenbank zu konterkarieren. Das setzt nicht nur hohe Fertigkeit in finanztechnischen Operationen voraus, sondern auch – und das ist für den Erfolg vielleicht sogar entscheidender – zuverlässige Informationen, einen guten Riecher und ein exzellentes Gespür für richtiges ›Timing‹.«

Stockmann goß noch einmal Kaffee nach. »Sie haben eingangs gesagt, die Spekulanten griffen in der Regel nur Währungen an, die ohnehin unter Druck stehen.«

»Ja.« Nadine LaTour legte die Hände um die Porzellantasse. »1992 waren zum Beispiel das britische Pfund und die italienische Lira im alten EWS-System unter erheblichen Druck geraten. Das haben Soros und andere dann zugespitzt und ausgenutzt.«

»Und wie war es in der Asienkrise 1997/98?«

»Auch die ›Kleinen Tiger‹-Länder hatten wirtschaftliche Probleme, vor allem eine mit kurzfristigen Krediten finanzierte und dann außer Kontrolle geratenen Immobilienspekulation. Westliche Banken haben die Spekulation durch leichtfertige Kreditgewährung auch dann noch angeheizt, als es schon deutliche Krisensymptome gab. Als die Kredite dann ausblieben, führte die Überschuldung zur Krise.«

Stockmann schaute die Finanzexpertin fragend an. »Und trotz alledem gehen Sie doch davon aus, daß eine erfolgreiche Währungsspekulation im Grunde nur die realwirtschaftliche Schwäche eines Landes widerspiegelt?«

Nadine LaTour zuckte die Schultern. »Das ist jedenfalls die Schulbuchweisheit. An deren Richtigkeit werden allerdings zunehmend Zweifel laut.«

»Und warum?«

»Ich denke, daß es immer schwerer wird, die Finanzmärkte zu durchschauen. Deregulierung nennt sich das.« Sie verzog die Lippen. »Daran ist nicht nur die vielbeschworene Globalisierung der Märkte schuld. Auch die Zahl der Derivate – «

Stockmann hob fragend die Hand, und Nadine LaTour setzte mit einem Lächeln dazu: »Also, die Zahl der von Geld oder Wertpapieren abgeleiteten finanziellen Werte – der sogenannten Derivate – und der Handel mit diesen ist so sprunghaft angestiegen, daß selbst Banken die Kontrolle verloren haben. Von den Millionen Anlegern ohne Durchblick gar nicht zu sprechen. Sie erinnern sich sicher an den Fall der altehrwürdigen britischen Barings-Bank vor acht Jahren: Der junge Wertpapierhändler Nick Leeson hat die Bank mit seinen Spekulationen um satte 830 Millionen Dollar gebracht. Als die bankinterne Kontrolle endlich etwas gemerkt hat, war es zu spät.«

»Ich erinnere mich. Nicht, daß ich wirklich verstanden hätte, was damals vor sich ging.« Stockmann kniff die grauen Augen zusammen.« Aber was hat das mit Währungsspekulationen zu tun?«

»Es zeigt, daß die Finanzmärkte immer häufiger nicht den realwirtschaftlichen Entwicklungen folgen, sondern kurzfristigen Finanzspekulationen. Devisenhändler verstärken diesen Trend, indem sie zunehmend nach System spekulieren. Das ist dann wirklich wie beim Roulette. Der Modebegriff vom Casino-Kapitalismus ist nicht ohne Grund entstanden. Es entwickelt sich eine Eigendynamik der Finanzmärkte, die sich wie ein Schleier über die wirtschaftliche Situation legt. Wenn es soweit kommt, kann eine Währungsspekulation durchaus auch gegen die realwirtschaftlichen Grunddaten laufen. Und dann die Panik der Anleger dazu – *voilà*.«

Nadine LaTour hatte sich in Eifer geredet, und Stockmann hörte ihr dabei aufmerksam zu. Plötzlich fiel ihm das Gesicht der Frau aus seinem Alptraum nach dem Neujahrsempfang ein. Mit unruhiger Hand stellte er die Kaffeetasse auf den Unterteller. Abrupt unterbrach er Nadine LaTours Ausführungen. »Und das ist alles legal?«

»Im Prinzip, ja.« Die Französin schaute ihn verwundert an und fuhr dann fort. »Die Finanzmärkte sind heute international. Da ziehen nationalstaatliche Regelungen immer weniger, und globale Regeln gibt es praktisch nicht.«

»Spekulanten dürfen also ganz legal Währungen, Volkswirtschaften, ja ganze Länder ruinieren?« Stockmann hob fragend die linke Augenbraue.

»Ja.« Sie zuckte die Schultern.

»Und Sie halten das für normal?« Die Augenbraue zuckte wieder in die Höhe. Nadine LaTour war belustigt über das Mienenspiel Stockmanns.

»Sehen Sie die Sache doch einmal nicht so moralisch, Monsieur le Président. Die Finanzhaie halten das für nützlich. Sie betrachten sich als die Gesundheitspolizei der globalen Finanzmärkte. Sie fressen alles Kranke und Schwache und werden fett dabei.«

»Und die Finanzexperten?« Stockmann wollte nicht auf ihren spielerischen Tonfall eingehen; dazu erschien ihm die Angelegenheit zu ernst.

»Der Präsident der Bretton-Woods-Kommission, Paul Volcker, ist sich sogar mit einem Spekulations-Guru wie Soros darin einig, daß es auf den globalen Finanzmärkten so nicht weitergehen kann.« Die Französin schlug wieder einen geschäftsmäßigen Ton an. »Der Nobelpreisträger für Ökonomie James Tobin hat vorgeschlagen, spekulative, kurzfristige Devisengeschäfte weltweit mit einer Steuer zu belegen, um ihre Gewinnchancen zu drücken. Er ist uns aber praktikable Kriterien für ihre Abgrenzung von normalen Devisengeschäften schuldig geblieben.«

»Auch viele meiner Kollegen aus der Politik halten die Risiken ungeregelter globaler Finanzmärkte für zu groß«, warf Stockmann ein. »Erst hatten wir die Asienkrise, dann Rußland und dann die Südamerikakrise. Wir brauchen doch einen internationalen Ordnungsrahmen für die globalen Finanzmärkte.«

Nadine LaTour nickte. »Aber geschehen ist bisher so gut wie nichts.«

»Und warum nicht?«

»Weil die Ideologie der Deregulierung noch nachwirkt. Im Namen der Freiheit werden nicht nur überflüssige, sondern möglichst alle Regeln aufgehoben. Manche Ökonomen sehen darin eine Perversion des Freiheitsverständnisses. Ich finde, es fehlt bisher vor allem an praktikablen Vorschlägen. Und schließlich sind die Politiker so, wie sie nun mal sind.« Sie zwinkerte zu Stockmann hinüber.

Der beugte sich vor und fragte mit einem schelmischen Grinsen. »Wie sind sie denn? Das interessiert mich brennend.«

»Politiker haben oft keine Ahnung von der Materie, sie sind manchmal verantwortungslos, und in den meisten Fällen fehlt es ihnen an der entscheidenden Einflußmöglichkeit auf die Sache.« Nadine LaTour legte eine Spur Ironie in ihre Worte, doch es war ihr anzumerken, daß sie es ganz so meinte, wie sie es sagte.

»Danke für die Blumen.« Stockmann sprach leise und schaute die junge Frau nachdenklich an.

»Was ich sagen will: Die nationalstaatliche Politik hat nicht mit den weltweiten Veränderungen in der Finanzwelt Schritt gehalten, sie ist – was sie heute in der Regel ist – überwiegend hilflos.«

Stockmann schwieg. Dann stand er auf und trat zu seinem breiten Bürofenster. Er hörte das leise Klirren, als Nadine LaTour hinter ihm die Tasse abstellte. Dann spürte er ihre Präsenz neben sich am Fenster. Von der Seite sah er ihr Profil. Ihr Nasenrücken verlief in einem ausdrucksstarken Bogen, der für eine perfekte griechische Schönheit wahrscheinlich etwas zu ausgeprägt war. Doch Nase, Augenpartie und die vollen Lippen fügten sich zu einem wunderbar weiblichen Gesicht, das Stärke und Entschlußkraft verriet. Stockmann beobachtete Nadine, die den interessanten Blick auf die Stadt kommentierte. Er mußte sich von ihrem Anblick losreißen, starrte einen Moment auf das Hochhaus-

Ensemble unter ihnen und erklärte ihr dann die Gebäude, die zu erkennen waren.

Schließlich sagte er: »Meine Freunde und ich sind Ihnen zu großem Dank verpflichtet.« Dann lud er Nadine LaTour kurz entschlossen zum Mittagessen ein. Sie nahm dankend an.

*

FBI-Agent Bill Brady holte Kriminaldirektor Döpfner in Washington persönlich vom weit außerhalb von Washington gelegenen Dulles International Airport ab. In der Flughafenlobby gab es ein großes Hallo.

Auf der langen Fahrt vom Flughafen bis zum FBI-Hauptquartier in der Innenstadt fragte Brady: »Erinnerst du dich denn noch an den schnuckeligen Barkeeper in diesem Sexschuppen?«

»Das *Paradiso*«, Döpfner seufzte. »Wie könnte ich den Laden je vergessen?«

»Den Barkeeper, meine ich doch.« Brady spielte den Empörten. Döpfners Zurückhaltung bei schwulen Themen amüsierte ihn erneut. »Der gut gebaute junge Mann namens Peter. Studiert übrigens wirklich, Tiermedizin.«

»Du warst noch mal dort.« Döpfner rollte die Augen. »Ich hätte es wissen müssen.«

»Und nicht nur einmal.« Brady zwinkerte Döpfner verschwörerisch zu. »Inzwischen sind Peter und ich zusammengezogen. Ich habe ihn bei seinem Studium unterstützt, und vor zwei Jahren hat er es abgeschlossen. Jetzt arbeitet er in einer Veterinärpraxis.« Brady konnte einen Anflug von Stolz nicht verbergen.

»Ihr seid ein Paar?« Döpfner verschlug es erst einmal die Sprache.

»Na, sicher, glücklich verheiratet, das heißt, offiziell registriert.« Brady strahlte unter seinem Vollbart, den er sich hatte wachsen lassen. Döpfner mußte sich erst an die Vorstellung des extrovertierten Brady mit diesem blonden Barkeeper gewöhnen. War der nicht eher schüchtern gewesen? Und blutjung?

»Rein vom Aussehen paßt ihr schon irgendwie zusammen«, murmelte er. Er blickte Brady von der Seite her an. »Ich will dir ja nicht zu nahe treten. Aber bist du nicht ein bißchen zu alt für ihn.«

»Hey, was heißt da zu alt? Du stehst schließlich kurz vor der Halbglatze, während mir die Haare im Gesicht nur so sprießen!« Brady trat instinktiv das Gaspedal weiter nach unten und schoß auf dem sonnenbeschienenen Highway weit über der zulässigen Höchstgeschwindigkeit Richtung Washington. »Peter ist gerade mal elf Jahre jünger als ich. Ein reifer junger Mann. Und eins kann ich dir sagen; seit er sein eigenes Geld verdient, spielt er sich auf wie der Boß.« Brady kicherte leise in sich hinein. Anscheinend ging ihm eine ganz besonders komische häusliche Anekdote durch den Kopf, in die er Döpfner aber nicht einweihen wollte.

»Und du hast dir diese rassige polnische Braut geschnappt.« Brady forcierte den Themawechsel. Die unterkühlte Art des deutschen Cop faszinierte ihn; irgendwie mußte der doch aus der Reserve zu locken sein. Für einen Moment wandte er den Blick von der Straße und schaute Döpfner an.

Der grinste nur breit. Aber Brady bemerkte, wie seine Augen strahlten.

»Na, *lonely Wolf?*« fragte er ungeduldig.

»Ja, stimmt. Die polnische Kommissarin ist zu mir nach Wiesbaden gezogen, und vorbei war's mit dem einsamen Wolf, den Fußballspielen mit viel Bier vor dem Fernseher, den versoffenen Abenden in den Kneipen, dem dauernden Wochenenddienst … «

Brady lachte schallend und gluckste: »Ja, ja. Die Freuden des Ehelebens.«

Döpfner spielte am obersten Knopf seines offenen Hemdes herum. In Erinnerung an die beißenden Kommentare über seinen Krawattentick beim letzten Treffen hatte er diesmal von vornherein auf das Accessoire gepflegter Männlichkeit verzichtet. »Sie ist eine wunderbare Frau. Ich bin sehr glücklich, daß es geklappt hat und sie eine Stelle als Liaison zum deutschem BKA kriegen konnte.«

Schließlich erreichten sie downtown Washington, und Brady fuhr zielsicher in einen für die Agenten reservierten Parkplatz um die Ecke des FBI-Gebäudes. Sie gingen direkt in Bradys karges Büro, das als Bonus zu den Beförderungen inzwischen ein – wenn auch kleines – Fenster hatte, aber wie alle Büros beim FBI räumlich sehr beengt war. Brady nahm mit einem entschuldigenden Blick den unordentlichen Stapel von Aktenordnern und Papieren vom zweiten Sessel.

Bei dünnem Kaffee im Styroporbecher kam Döpfner dann zur Sache. Er berichtete über den Frankfurter Bankmord, den Stand der Ermittlungen, den Verdacht gegen Bankdirektor Saager und dessen Reise nach Genf. Mit leicht vorwurfsvollem Ton schloß er seine Erklärungen: »Und wer dieser Ziegler im ›Club Solitude‹ wirklich ist, das weißt du ja mindestens schon anderthalb Jahre länger als ich.«

Hinter dem mit Schreibkram überhäuften Tisch wirkte Bill Brady, der in den Jahren einiges an Bauchumfang zugelegt hatte, noch massiver. Er zog ein filmreifes Pokergesicht und breitete in einer Geste reiner Unschuld die Hände aus. »Was? Ich habe nicht die geringste Ahnung.«

Döpfner ging das Getue allmählich auf die Nerven. Immerhin war er exakt wegen dieser Sache nach Washington gekommen. »Bill, jetzt laß doch den Quatsch und lüg mir hier nichts vor. Wir wissen, daß etwas gelaufen ist, und ich bin hier, um zu erfahren, was. Vermutlich habt Ihr Meinhard geholfen, sich eine neue Identität zuzulegen. Ich dachte, er säße noch im Gefängnis.«

Brady schaute den Deutschen einen Moment lang nachdenklich an. Döpfner war klar, daß auch einiges an diplomatischem Geschick für eine FBI-Karriere nötig war.

»Meinhard ist nur zu vier Jahren verurteilt worden«, sagte Brady. »Seine Verteidiger haben argumentiert, daß die Ausarbeitung von Blaupausen für illegale Geschäfte ebensowenig strafbar ist wie das Erfinden von Straftaten in Kriminalromanen. Das Gericht hat das zwar für die Fälle zurückgewiesen, in denen die Pläne in die Tat umgesetzt worden sind und Meinhard einen Anteil am Gewinn kassiert hat. Aber die Richterin hat Meinhard nicht als Mittäter, sondern nur als Gehilfen angesehen. Seine Konten bei der Ocean Bank wurden beschlagnahmt und der größte Teil der dort angesammelten Millionen eingezogen.«

Döpfner ließ sich nicht vom Thema abbringen. »Aber die vier Jahre sind noch längst nicht um.«

»Nein, natürlich nicht.« Brady seufzte. »Nachdem Meinhard zwei Drittel seiner Strafe abgesessen hatte, wurde er wegen guter Führung vorzeitig entlassen.«

»Und zu guter Führung gehörte wohl, daß er versprochen hat, in Zukunft für das FBI zu arbeiten. Was wiederum die Justizbehörden veranlaßt hat, von Bewährungsauflagen abzusehen und seine Wiedereingliederung in die anständige Gesellschaft ganz euch zu überlassen.«

Brady lachte. »Wie schlecht die Welt doch vom FBI denkt. Nein wirklich, Meinhard hat im Knast hervorragende Dienste geleistet. Anscheinend war er fürs Putzen der Stiefel der Schließer zuständig.« Dann wurde er ernst. »Okay, Wolf, *here's the deal*: Hast du schon mal etwas vom Zeugenschutzprogramm gehört?«

Döpfner blickte verwundert auf. »Ich höre immer Zeugen!«

Brady nickte: »Genau. Auch potentielle Zeugen können unter gewissen Umständen unter das Programm fallen. Als wir mitgekriegt haben, daß Meinhard eventuell vorzeitig entlassen würde, war uns klar, daß die Cosa Nostra ihn nach der Entlassung anlaufen würde. Oder das amerikanisch-russische Syndikat, das hinter der Ocean Bank gestanden hat. Wie wir später erfahren haben, haben sie in Wirklichkeit schon im Gefängnis mit ihm Kontakt aufgenommen. Meinhard ist ein perfekter Kandidat als potentieller Zeuge. Er hat am eigenen Leib erfahren, was er im Ernstfall von der Mafia zu erwarten hat, schließlich haben sie seine Frau umgelegt. Wir sind an ihn herangetreten.«

»Und?« Döpfner nahm einen Schluck des wäßrigen Gebräus.

»Er hat sich auf eine Zusammenarbeit mit uns eingelassen. Seine Seite des Deals ist, daß er uns sofort davon in Kenntnis setzt, wenn er von der Cosa Nostra oder von sonst irgend jemand angegangen wird, bei weiteren Straftaten mitzumachen. Meinhard wollte weg aus den USA. Aus Sicherheitsgründen, verständlicherweise. Außerdem war sein gesamtes amerikanisches Vermögen futsch, der größte Teil eingezogen und vom Rest mußte er die horrenden Prozeß- und Anwaltskosten berappen. Für den Aufbau einer neuen Identität in Europa hat er uns gebraucht.«

»Sicher, sicher. So leicht kommt man nicht an einen echten Schweizer Paß mit einem neuen Namen. Da muß einem schon das FBI unter die Arme greifen.« Döpfner konnte seinen Ärger nicht verbergen. Er stellte den Kaffeebecher auf eine freie Stelle auf Bradys Schreibtisch.

Der FBI-Agent schwieg. Dann nahm er Döpfners halbleeren Becher und ließ ihn mit einem nassen Klatschen in den mit einer Mülltüte ausgekleideten Papierkorb fallen. »Willst du noch einen?«

Döpfner schüttelte den Kopf, schaute Brady an und fragte: »Haben die Burschen aus dem ›Global Players‹-Fall Meinhard noch einmal kontaktiert?«

»Noch in New York. Meinhard hat berichtet, daß ein Sean O'Connor ihm keine Woche nach seiner Entlassung vorgeschlagen hat, die frühere indirekte Zusammenarbeit in eine direkte umzuwandeln. Meinhard hat den Mann angeblich nicht gekannt. Der hat ihm wohl damit gedroht, daß Kooperation der beste Weg sei, um Mißverständnisse wie im Fall seiner Frau zu vermeiden. Das war kein Talentsucher. Seine Bosse hatten sich Meinhard ausgeguckt, und er sollte ihren Wünschen Nachdruck verschaffen. Meinhard will ihm erklärt haben, daß er die Schnauze voll habe und nur noch strikt legal arbeiten werde. Am nächsten Tag hat er sich nach Genf abgesetzt.«

»Und wie haltet ihr in Genf Kontakt mit ihm?«

Brady lächelte. »Er hält Kontakt mit uns. Er meldet sich in regelmäßigen Abständen in unserem Genfer Büro.«

Döpfner wäre fast aus dem Sessel gesprungen. »Was? Ihr nehmt ihm so einfach diese ganzen Geschichten ab, verpaßt ihm ein neues, unbescholtenes Leben und observiert ihn nicht einmal?« Sein Gesichtsausdruck verriet mehr als deutlich, was er von diesem Vorgehen hielt.

»Aber wozu denn?« Brady amüsierte sich offenbar köstlich und mimte den Erstaunten. »Das tut ihr doch für uns. Übrigens: Gibt es denn wirklich Hinweise darauf, daß er mit dem Frankfurter Bankmord etwas zu tun hat?«

»Eigentlich nicht.« Döpfner trommelte mit den Fingern auf der Sessellehne.

»Darf ich fragen, warum ihr ihn dann observieren laßt?« Brady lächelte herausfordernd.

Der Kriminaldirektor rutschte auf dem Stuhl hin und her. »Gute Frage.« Er sah Brady eindringlich an. »Der Mann hat kriminelle Energien, die ihr total unterschätzt. Wo der ist, naht Unheil. Das hab ich im Gefühl.«

»Ach, so ist das. So ein Gefühlsverdacht ist natürlich schwer zu widerlegen.« In Bradys Stimme lag ätzende Ironie. Inzwischen schien er sich auch nicht mehr besonders über die deutsche Gründlichkeit zu amüsieren.

Döpfner tat geflissentlich, als hätte er die scharfe Kritik überhört. »Verrat mir doch, Bill, bezieht Meinhard – pardon, ›Monsieur Z‹ – auch ein Gehalt von euch?«

»Nein. Er hat seinen Besitz bei München und die große Bildersammlung seiner Frau verkauft. Den Erlös hat er in der Schweiz angelegt. Davon kann er gut leben. Geld ist definitiv kein Motiv für Meinhard, wenn du darauf raus willst.«

Döpfner schüttelte den Kopf. »Lassen wir jetzt mal die Spielchen. Ihr glaubt, daß Meinhard für euch ein perfekter Informant ist, weil er Angst vor der Cosa Nostra hat. Genau aus dem gleichen Grund wird er es sich aber auch mit den Verbrechern nicht verderben wollen. Er wird wieder mal auf beiden Schultern tragen.«

Brady lehnte sich in seinem Stuhl zurück und faltete die Hände auf dem runden Bauch. »Du hältst uns wohl für total naiv. Darauf setzen wir doch gerade. Wir hoffen, daß wir dadurch vielleicht rauskriegen, wie sich die Cosa Nostra und das amerikanisch-russische Syndikat nach der Zerschlagung ihrer Führungsspitzen und des Bankenapparats neu organisiert haben.«

»Aber Meinhard hat euch außer der Kontaktaufnahme dieses O'-Connors noch nichts über Kontakte mit dem organisierten Verbrechen gemeldet?«

»Nichts über illegale Ansinnen oder Drohungen. Aber er hat versprochen, uns sofort zu berichten, wenn er angegangen wird.«

Döpfner warf entnervt die Hände in die Luft. »Mann, *Billy boy*, versprochen, versprochen, was ist schon ein Versprechen! Hat dir denn dein Peter das Gehirn total zugenebelt? Der Meinhard ist ein ausgefuchster Hund. Wenn der kann, bescheißt er beide Seiten. Er hat zwar einstecken müssen, aber du weißt so gut wie ich, daß er ein Spieler ist und auch einer bleiben wird.« Döpfner hatte sich in Rage geredet. Jetzt holte er erst einmal tief Luft.

Um Bradys Mund lag ein kaum wahrnehmbares Lächeln. »Und in Genf hat unser Monsieur Ziegler ja auch schon Spielkameraden gefunden.«

Döpfner zog die Augenbrauen hoch: »Spencer und Pestacosta?«

Brady nickte. »Ja. Spencer ist ein Top-Finanzexperte. Pestacosta ist kein unbeschriebenes Blatt für uns. Beide sind allerdings nicht vorbestraft.«

»Sind die beiden auch potentielle Zeugen?« Döpfner schien inzwischen alles möglich.

Brady schüttelte den Kopf. »Bisher nicht. Aber trotzdem interessant für uns.«

»Pestacosta hat sich übrigens mit Saager in Frankfurt getroffen.«

Brady beugte sich vor. »Das ist dieser verdächtige Bankdirektor, nicht? Ist ja spannend. Was weißt du sonst noch über diesen Saager?«

»Saager, Dr. Julius Saager. Verheiratet, ein Kind. Schlanker, blonder Typ.« Döpfner unterbrach plötzlich seine Beschreibung. »Mensch, vielleicht kennt Saager Meinhard schon von früher und weiß, wer ›Monsieur Z‹ in Wirklichkeit ist.«

Brady sah ihn verdutzt an. »Wie kommst du denn darauf?«

Döpfner spann den Gedanken weiter. »Na, warum sollte er sonst nach dem Mord in der GAMMA-Bank ausgerechnet zu ihm nach Genf fahren? Er wollte sich offenbar einen Rat holen. Die GAMMA-Bank war 1998 in eine große Lira-Operation verwickelt. 1998 war der internationale Unternehmensberater Felix Meinhard auf der Höhe seiner beruflichen Laufbahn.«

»Die Überlegung ist nicht uninteressant«, sinnierte Brady. »Vielleicht hat ihm aber auch jemand Ziegler empfohlen.«

Döpfner brummte etwas Unverständliches. Sein Blick schweifte über die Papierstapel. Dann fuhr er ruckartig hoch. »Bill, in der Nacht des Mordes hat Saager lange mit der Fidelity & Trust-Bank in New York telefoniert.«

Brady starrte den Deutschen regungslos an. Mit einem lauten Knall krachte sein Stuhl nach hinten. »Sag das noch einmal!«

Auch Döpfner konnte nicht mehr sitzen. »F&T, Fidelity and Trust. Ein New Yorker Bankhaus. Offenbar kapierst du langsam, daß hier Zusammenhänge bestehen.«

»Hast du die Akten aus dem ›Global Players‹-Fall auf den Namen Saager durchsehen lassen?«

»Nein, ich habe ja erst gestern mitgekriegt, daß es da überhaupt eine Verbindung zu dieser alten Geschichte geben könnte. Aber die Verbindung könnte auch das Lira-Geschäft sein. Ich werde mehr darüber erfahren, wenn ich aus Washington zurückkomme.«

»Laß die Akten jetzt durchsehen, nicht nur nach Saager, sondern auch nach Spencer und Pestacosta. Ich ordne das gleiche für unsere Akten über die Ocean Bank in Miami an.« Brady hatte die Hand praktisch schon am Telefonhörer. Aber Döpfner legte die Hand über die Wähltasten. »Eine Sekunde, Bill. Wir machen das alles sofort, aber vergiß nicht, von wem du diesen heißen Tip hast. Erzähl mir endlich, was du über die Fidelity & Trust-Bank weißt. Dann können wir uns wieder zusammen auf die Jagd nach Felix Meinhard und seinen Auftraggebern machen.«

Brady lachte trotz der Aufregung, die er nur mühsam verbergen konnte. »Du hast recht, Wolf.«

Sie setzten sich wieder, und Brady atmete tief durch. »Eigentlich müßte ich schnell wenigstens Wilson anrufen …«

Döpfner warf ihm kopfschüttelnd einen strengen Blick zu. Brady verschränkte die Hände im Nacken. »Also, nach unseren Ermittlungen sieht es so aus: Nach der schweren Niederlage im ›Global Players‹-Fall mußte die Cosa Nostra ihre Organisationen und alle Einrichtungen neu aufbauen, zumindest aber neu strukturieren. Wir haben F&T in Verdacht, daß sie die Nachfolge der Ocean Bank angetreten hat. Aber wir haben nichts gegen die Bank in der Hand. Wir können nicht gegen sie vorgehen. Sowenig wie du gegen Meinhard. Wir haben die Bankaufsicht ermuntert, sich dort einmal umzusehen. Für eine Bank dieser Größe ist die F&T erstaunlich gut ausgerüstet. Die haben dort das modernste elektronische Equipment für Operationen auf den internationalen Märkten. Aber die Bankaufsicht hat nichts Illegales entdecken können. Die F&T scheint sauber. Keine Anhaltspunkte für Geldwäsche oder andere krummen Sachen.« Brady seufzte.

»Kennst du dich aus mit Börsenspekulationen?« Döpfner fuhr sich mit dem Zeigefinger den Nasenrücken entlang. »Meine Experten sagen mir, daß sich das meiste Geld heute mit legalen Spekulationen auf den globalisierten Finanzmärkten machen läßt. Vielleicht hat das organisierte Verbrechen das auch begriffen.«

Brady strich sich über den Bart. »Du meinst, sie sind aus dem Halbschatten von legal und illegal, in dem wir sie damals erwischt haben, herausgetreten, um das Sonnenlicht der Legalität zu genießen? Ein faszinierender Gedanke. Du liegst da vielleicht gar nicht so falsch.« Er klopfte auf den Aktenstapel zu seiner Linken. »Der Chef der Bank hat jedenfalls einen exzellenten Ruf unter seinen Kollegen. Alte irische Bankerfamilie.«

Döpfner wiegte den Kopf hin und her. »Wir können aber auf keinen Fall ausschließen, daß die Cosa Nostra und andere Verbrecher der alten Schule dahinterstehen.«

»Möglich.« Brady nickte. »Ich muß jetzt Wilson Bescheid sagen. Wolf, Ihr dürft in der Schweiz den Meinhard vielleicht observieren, aber bestimmt nicht abhören. Also kümmere ich mich um das andere Ende der Leitung. Für die F&T werde ich mir etwas Geniales einfallen lassen. Okay?«

»Ich sehe schon, Billy, dein Tierarzt hält dich auf Trab. Bist noch nicht ganz verkalkt, trotz der Beförderungen.«

»Danke für die Blumen. Es ist also abgemacht: Wir halten engen Kontakt und informieren uns laufend über die Entwicklungen auf der jeweiligen Seite.«

»Abgemacht.«

Sie tauschten Telefonnummern in BKA und FBI für abhörsichere Kontakte aus. Zum Abschied nahm Bill Brady seinen alten *buddy* Wolf fast zärtlich in die muskulösen Arme. Als Döpfner erleichtert zur Tür hinaus war, hörte er, wie Brady lautstark den ominösen Wilson ans Telefon zitieren ließ.

*

Etwas ausgelaugt von den »Nachhilfestunden« speisten Nadine LaTour und Karl Stockmann im dezenten Jugendstil-Ambiente von Pierre Wynants »Comme chez soi« am Place Rouppe. Als der Kaffee in goldgerandeten Porzellantassen serviert wurde, verstummte Nadine LaTour plötzlich. Sie räusperte sich und schaute Stockmann an. »Monsieur Stockmann, ich möchte Ihnen gerne etwas Persönliches anvertrauen.« Sie blickte ihn fragend an.

»Mir? Etwas Persönliches?« Stockmann war verwundert und hoffte inständig, die intime Enge des berühmten Lokals verleite die Französin nicht zu etwas, was sie danach bedauern könnte.

»Ja, gerade Ihnen.«

»Wie Sie meinen.« Nadine LaTour war schließlich eine Frau, die wußte, was sie tat.

Sie blickte ihn nicht an, als sie leise sagte: »Ich hatte vor längerer Zeit in der Zentralbank eine Affäre mit meinem Chef. Sie haben ja darauf angespielt, als Sie mich zu dem Diner bei van Houttens eingeladen haben.«

Stockmann unterbrach sie und widersprach entschieden: »Nein, keineswegs wollte ich da etwas andeuten. Da haben Sie etwas in meine Worte hineingedeutet. Über Ihr Privatleben ist mir nie etwas zu Ohren gekommen, und es geht mich ja auch nichts an.«

Nadine LaTour war offensichtlich erstaunt und schien erleichtert. »Sie sollen dennoch wissen, daß das lange vorbei ist.«

Stockmann nickte und registrierte plötzlich selbst eine gewisse Erleichterung. Er war unsicher, wie er dieses Geständnis deuten sollte. Wollte Nadine LaTour ihm in dieser intimen Atmosphäre zu verstehen geben, daß sie frei sei? »Gibt es einen Grund, warum Sie jetzt über diese Geschichte reden?« Er wollte eben zu einem flirtenden Nachsatz ansetzen, da bemerkte er ihre ernste Miene.

»Ja, es gibt einen Grund. Neulich hat mich Silvio Pestacosta in der EZB besucht. Sie werden sich an ihn erinnern, er war einer der Gäste auf dem Diner bei van Houttens; der junge amerikanische Finanzier, mit dem sich die Gattin Ihres Pressesprechers so ungemein lautstark amüsierte.« Nadine LaTours Lippen kräuselten sich wieder zu dem verächtlichen Gesichtsausdruck, den Stockmann schon einmal gesehen hatte. »Erst hat der Kerl versucht, mich richtig dreist anzumachen. Dann hat er gemerkt, daß das bei mir nicht funktioniert, und hat versucht, mich mit einer Bemerkung über mein Verhältnis in der EZB zu Informationsdiensten für seinen Fonds zu bewegen.«

»Das ist unerhört. Eine Frechheit«, entrüstete sich Stockmann. »Und was haben Sie getan?«

»Ich habe ihn geohrfeigt und dann aus der Bank werfen lassen. Dann habe ich dafür gesorgt, daß er Hausverbot erhielt.«

Stockmann lachte auf, und auch Nadine LaTour konnte ein Lächeln nicht unterdrücken. »Das haben Sie gut gemacht. Aber daß es dieser Pestacosta auf diese Tour bei Ihnen versucht, ist nicht nur mies. Es ist auch höchst interessant.« Er tippte sich mit dem Zeigefinger gegen die Lippen.

Auch Nadine LaTour machte ein nachdenkliches Gesicht. »Da haben Sie allerdings recht. Noch interessanter ist es, weil Schweizer

Freunde mir berichtet haben, sie hätten Pestacosta am letzten Wochenende am Genfer Flugplatz Arm in Arm mit Simone van Driesche gesehen.«

»So, so«, murmelte Stockmann nur. Dann fuhr er abrupt fort: »Hat Ihnen unser kleines Essen gefallen?«

»Danke, es war vorzüglich. Und vielen Dank auch für die Einladung in das berühmte ›Comme chez soi‹. Ich bin zum ersten Mal hier.«

»Kochen Sie denn auch selbst?«

Die Reaktion der Finanzfachfrau auf diese harmlose Frage überraschte Stockmann völlig. Alles Geschäftsmäßige fiel von ihr ab. Mit blitzenden Augen protestierte sie lautstark, was in der Enge des Lokals von den Gästen an den Nachbartischen amüsiert aufgenommen wurde: »Wie darf ich diese Frage verstehen, *mon cher* Monsieur Stockmann. Halten Sie mich eigentlich für eine aktenfressende Bürokratin, die die Freuden des Lebens nicht zu genießen weiß?«

»Nun ja, nein, nicht gerade ...« stotterte er verlegen.

Nadine LaTour übernahm die Initiative. »Zur Strafe lade ich Sie heute abend zum Essen ein, dann können Sie sich von meinen exzellenten Kochkünsten persönlich überzeugen.«

Stockmann war überrascht und hocherfreut. »Heute abend? Fliegen Sie denn nicht nach Frankfurt zurück?«

Nadine schüttelte den Kopf. »Nein, erst morgen vormittag. Heute nachmittag habe ich noch Besprechungen mit Kollegen aus Kommissar Chapelles Mannschaft. Und dann gibt es keine Maschine mehr. Am Abend bin ich also frei, um Ihnen vorzuführen, wie gut eine Karrierefrau kochen kann.«

»Warum haben Sie mir das nicht gesagt? Sind Sie wieder im ›Amigo‹ abgestiegen?« Stockmann spürte, wie er richtig aufgeregt wurde.

»Nein, ich wohne in der schicken Wohnung einer schicken Freundin, die zur Zeit auf Skiurlaub ist.« Sie bemerkte seine Erregung und lächelte ihn an: »Hätte ich Ihnen das melden müssen?«

»Natürlich hätten Sie das«, antwortete er bestimmt. Er schaute ihr direkt in die leuchtenden Augen: »Zur Strafe nehme ich Ihre Einladung zum Abendessen an.«

»Das freut mich. Die Wohnung liegt direkt oberhalb des Parc de Woluwé.« Sie gab ihm Adresse und Telefonnummer. »Wäre 20.30 Uhr recht?«

*

Nadine kam direkt aus der Küche, um die Tür aufzumachen. Sie trug einen kurzen blauen Rock und eine weiße Bluse mit kurzen Ärmeln. Darüber eine buntbedruckte Schürze, ein Küchenmuster aus Gemüsen und Gewürzen. Die flachen Hausschuhe ließen sie kleiner erscheinen, als Stockmann sie in Erinnerung hatte. Er hatte ihr einen kleinen Strauß süßlich duftender Märzenbecher mitgebracht. Sie bedankte sich mit einem zärtlichen Kuß auf seine rechte Wange.

»Willkommen. Schauen Sie sich erst einmal um, ich muß in die Küche zurück.«

Karl war von der Großzügigkeit des Apartments und dem Luxus der Einrichtung beeindruckt. »Hat Ihre Freundin einen Traumjob oder einen Traummann?«

»Traummänner gibt es nicht. Einen Traumjob, Werbebranche«, rief sie ihm aus der Küche zu.

Er schaute durch die Räume und aus dem großen Fenster des Eßzimmers auf den schon im Dunkeln liegenden Park unterhalb des Hauses. Dann stieß er vorsichtig die Tür zur Küche auf. Gerade beugte sich Nadine zum Ofen hinunter und schaute mit erhitztem Gesicht nach dem Gericht in der Bratröhre. Ihre glatten braunen Oberschenkel lugten unter dem Saum des Rockes hervor. Es roch nach Kaninchen, Salbei und Gewürzen, die er nicht erkannte.

»Nicht stören«, rief Nadine und drehte den Kopf zu ihm um. »Hier sind nur Männer zugelassen, die helfen wollen – und dabei kein Geschirr zerdeppern und sich auch keine Finger absäbeln.«

Ohne zu zögern, betrat Karl die Küche und inspizierte alles fachmännisch. Dann entschied er sich für ein Küchenmesser und fragte: »Was soll ich säbeln, teilen, hacken oder schnippeln?« Dabei hielt er das Messer wie ein wildgewordener Kannibale in der Rechten und zog eine grimmige Grimasse. Nadine mußte über seinen Auftritt laut auflachen. »Gut, gut. Na, vielleicht schneiden Sie erst einmal die Mohrrüben für den Salat klein. Gewaschen und geschält sind sie schon.« Sie schob ihm ein hölzernes Schneidebrett hin.

Karl ließ sich auf einem Küchenschemel nieder, griff sich eine Mohrrübe und begann zu arbeiten.

»Schauen Sie dabei auf die Mohrrübe statt auf mich«, ermahnte ihn Nadine. »Sonst werden Sie sich doch noch den Finger abschneiden.«

Karl umklammerte das Küchenmesser, stand auf und näherte sich Nadine. Sie rührte gerade Crème fraîche an, die noch an das Kaninchen sollte. Er konnte dem Anblick nicht widerstehen und gab ihr einen Kuß – auf das rechte Ohrläppchen. »Sie sind zu streng mit mir, Nadine«, flüsterte er ihr ins Ohr.

Nadine legte entschieden den Rührlöffel aus der Hand und entzog ihm das Messer. »Als Küchenhilfspersonal haben Sie sich gerade eben disqualifiziert.«

Karl warf in einer gespielten Geste der Verzweiflung die Arme hoch. »Aber ich kann Ihnen doch nicht nur zugucken!«

Nadine lächelte ihn an, drehte sich um und beugte sich ohne Rücksicht auf den männlichen Zuschauer wieder hinunter. Sie nahm die Vorspeise aus dem Ofen und reichte sie Karl. »Dann tragen Sie schon mal die Vorspeise auf den Tisch. Sie muß jetzt etwas abkühlen, und ich brauche hier Platz.«

»Was?« rief Karl, »Zucchini mit Minze! Das ist toll!«

»Von Gerichten verstehen Sie offensichtlich mehr als von Küchenarbeit. Typisch sozialdemokratische Oberschicht.«

»Wenn Sie jetzt die Bemerkung über die patriarchalische Struktur unserer Gesellschaft auslassen, gebe ich alles andere zu.«

Nadine lachte: »Wieso patriarchalische Gesellschaft? Das ist doch lange vorbei, auch wenn Sie hier noch patriarchalisch herumstehen.

Gehen Sie erst mal in die Garderobe und legen Sie Jackett und Schlips ab. Ich ziehe nachher zum Essen auch nur die Schürze aus.«

Karl tat, wie ihm geheißen. Als er wieder in der Küche erschien, meinte Nadine: »Schon besser. Nun stellen Sie sich dort an den Eisschrank, da stören Sie am wenigsten. Erzählen Sie mir etwas aus Ihrer Jugend. Das Küchenpersonal will unterhalten sein.«

»Da gibt es nicht viel zu erzählen.« Karl lehnte sich an den hohen Eisschrank und bewunderte die emsige Eleganz, mit der Nadine die alltäglichsten Dinge verrichtete.

»Dann öffnen Sie doch den Rotwein dort drüben auf der Ablage. Der Korkenzieher muß auch irgendwo da liegen. Ein Schluck davon kommt ans Kaninchen, einen Schluck kriege ich gegen den Durst und einen Sie. Dann wird Ihnen sicher eine schöne Geschichte einfallen.«

Das Kaninchen brauchte noch etwas Zeit. Sie tranken Rotwein, und Karl begann, von seiner Jugend in Kassel und von seiner Familie zu erzählen. Nadine rührte die Salatsoße zusammen und hörte dabei aufmerksam zu. Als Karl zu Ende erzählt hatte, meinte sie unvermittelt: »Die schöne Frau auf dem Foto auf Ihrem Schreibtisch, die haben Sie aber unterschlagen.«

Karl war überrascht, ausgerechnet von Nadine an Chichi erinnert zu werden. Gleichzeitig wurde ihm klar, daß ihn diese Erinnerung nicht im geringsten von dem unbändigen Wunsch abbrachte, Nadine in die Arme zu nehmen. Er war drauf und dran, sich restlos in sie zu verlieben.

»Diese Beziehung ist schon seit drei Jahren vorbei«, antwortete er betont kühl. »Sie ist eine wundervolle Frau, aber sie hat sich mit meinem politischen Engagement nicht abfinden können.«

»Vielleicht kommt sie ja doch noch zurück?«

»Ich kann warten, aber das Leben wartet nicht. Bald bin ich zu alt dafür.« Er sagte diese Worte mit einem so plötzlichen, traurigen Ernst, daß Nadine sich umdrehte und ihm für einen Moment in die grauen Augen sah.

Sie lachte kurz auf und sagte dann leise: »Charlemagne, was redest du da nur für einen Unsinn.« Dann küßte sie ihn, nicht mehr freundschaftlich, sondern voller Zärtlichkeit. Er erwiderte ihren Kuß mit kaum unterdrückter Leidenschaft. Die Wärme der Küche und der Rotwein hatten sie beide in Stimmung gebracht. Der Kosename »Charlemagne« überraschte ihn, schmeichelte ihm fast zu sehr und gefiel ihm doch. Nadine wollte die Schürze abnehmen, aber die Schürzenbänder waren hinten verknotet. Sie bat ihn, den Knoten zu lösen. Er trat hinter sie und küßte sie dabei auf den Nacken. Sie zog die Schürze über den Kopf und drehte sich dabei drohend um: »Das ist eine Mißachtung meines Kaninchens.«

Karl erwiderte nichts. Sie war so nah, daß sie sich fast berührten. Unter ihrer leichten Bluse zeichneten sich die Formen ihres schlanken Körpers ab. Sie trug keinen BH, und es kostete ihn alle Anstrengung wegzuschauen.

Als sie endlich am Tisch saßen, erzählte Nadine, daß sie aus der Provence stamme. Offenbar hatte sie recht egoistische Eltern gehabt und daher schon früh begonnen, sich selbständig zu machen. Sie erzählte von ihrer Studentenzeit an der Sorbonne und von ihrer Arbeit bei der Barclay-Bank in London.

Dann unterbrach sie ihre Erzählung, um die Vorspeisenteller abzuräumen und das nach Salbei duftende Kaninchen aufzutragen. Karl öffnete währenddessen eine neue Flasche Rotwein.

Nadine setzte sich und schwenkte gutgelaunt ihr Rotweinglas. Dabei forderte sie ihn auf, sich nun endlich von der Qualität des Kaninchens und ihrer Kochkunst zu überzeugen. Doch bevor sie noch anstoßen konnten, stieß Nadine mit dem rechten Arm an die Stuhllehne, und der Rotwein schwappte aus dem Glas auf ihre dünne Bluse.

Karl kam sich vor wie im Kino. Die mit Rotwein durchtränkte Bluse klebte an Nadines rechter Brust, deren Form sich nun vollends abzeichnete. Er starrte mit offenem Mund und glaubte sogar zu sehen, wie die Brustwarze steif wurde.

Nadine ärgerte sich über den vergossenen Rotwein, die verdorbene Bluse, vor allem aber über seinen Blick. Mit einem lauten Knall schob sie den Stuhl zurück und stand auf. Dann zog sie einfach die Bluse aus und stand mit nackten, vollen Brüsten vor ihm. Sie drehte sich um und sagte in sachlichem Ton: »Ich gehe das nur eben mal einweichen.«

Karl konnte die Situation nicht mehr ertragen. Er sprang auf, riß Nadine zu sich herum und zog sie in seine Arme. Voller Leidenschaft küßte er sie auf Mund, Gesicht, Hals und Brüste. Sie machte einen schwachen Versuch, sich ihm zu entziehen und flüsterte mit rauher Stimme: »Du interessierst dich schon wieder nicht für mein Kaninchen, warte doch auf den Nachtisch, Charlemagne.«

Karl lag auf dem Rücken, den rechten Arm unter dem Kopf, in seinem linken Arm den warmen Körper Nadines. Er fühlte sich leicht und unbeschwert. Sex entspannt besser als joggen, dachte er und erinnerte sich daran, daß ihm diese Erkenntnis schon früher einmal gekommen war. Auch im Kopf fühlte er sich völlig frei: keine Kommission, kein Euro, keine Bankmorde, keine Finanzmanipulationen. Auch keine Chichi.

Nadine lag wie das dunkelhäutige Idol einer heidnischen Göttin auf dem schwarz glänzenden Laken. Beide hatten während ihrer Umarmungen kein Wort miteinander gesprochen, wie aus Angst, das Glück ihrer körperlichen Liebe beeinträchtigen zu können. Stockmann dachte über Nadine nach. War diese Frau, wunderschön und fachlich kompetent, die Frau für sein Leben, die auch sein politisches Engagement teilen würde? Die körperliche Liebe mit ihr hatte er genossen, aber richtig schlau wurde er aus ihr nicht. Der Wechsel von einer beruflichen zu einer intimen Beziehungen war zu schnell. Bedeutete er ihr etwas, war er für sie als mehr eine Affäre? Die Geschichte über Pestacosta – warum hatte sie ihm das eigentlich erzählt? Hatte sie es von vornherein auf ihn abgesehen und darum das Gespräch bewußt auf Persönliches gelenkt? Jedenfalls hatte er sich gerne fangen lassen, wenn er sich auch eingestehen mußte, daß es leichtsinnig war, sich Hals über Kopf in eine Frau zu verlieben, die er eigentlich gar nicht kannte.

Nadine lag mit offenen Augen in seinem Arm und schien Ähnliches zu denken. Jedenfalls sagte sie plötzlich: »So habe ich es mir immer mit einem Seemann vorgestellt, der nach langer, einsamer Fahrt auf hoher See in den Hafen zurückkehrt.«

Karl war verblüfft. Er richtete sich auf den Ellenbogen auf. »Wie bitte? Ist das ein Kompliment, oder muß ich das als Kritik verstehen?«

Sie wandte sich ihm zu und küßte ihn sanft auf die Nasenspitze. »Rate mal.«

Sie lagen noch eine Weile glücklich ermattet zusammen. Schließlich schaute Karl auf die Uhr: »Es ist schon drei durch. Der Wiedereintritt in die amtliche Realität naht.«

»Ich könnte vor meinem Rückflug nach Frankfurt auch noch ein paar Stunden Schlaf gebrauchen. Sonst komme ich völlig zerknautscht in der Bank an.« Mit diesen Worten zog sie ihn zu sich und küßte ihn zum Abschied noch einmal leidenschaftlich.

Während sich Stockmann anzog, fragte er: »Wann sehen wir uns wieder, schöne Nadine?«

»Fürs erste nicht, Charlemagne«, antwortete sie. Karl drehte sich erstaunt zu ihr um, und sie nahm seine Hand. »Übermorgen fliege ich für einen zehntägigen Urlaub in die USA, zu Freunden aus meiner Londoner Zeit. Danach rufe ich dich an.« Nadine warf ein hauchdünnes Seiden-Negligé über und brachte ihn barfuß zur Tür.

*

Nach seiner Rückkehr aus Washington informierte Kriminaldirektor Döpfner erst den EU-Kommissionspräsidenten über den Meinhard-Deal des FBI. Dann ließ er, wie mit Bill Brady vereinbart, im Bundeskriminalamt noch einmal die Akten des »Global Players«-Falls durchsehen. Nur Saager erschien als Kunde einer der in die Verbrechen verwickelten Banken.

In den Akten der früheren Ocean Bank in Miami fand das FBI dagegen neben Saager auch den Namen Pestacostas. Die Rolle des Bankdirektors bei den Machenschaften konnte nicht geklärt werden. Pestacosta war damals in den Verdacht geraten, an einer Geldwäsche-Operation beteiligt gewesen zu sein. Das Ermittlungsverfahren war aber mangels ausreichender Beweise eingestellt worden.

BKA und FBI konzentrierten sich nun auf Saager. In der Hoffnung, er könne sie zu seinen Hintermännern führen, wurde er trotz der starken Verdachtsmomente gegen ihn nicht festgenommen. Um den Druck auf ihn zu verstärken, deuteten die Ermittlungsbehörden ihm gegenüber aber an, daß er zum Kreis der Verdächtigen gehöre.

Dann nahm auf Bitten Döpfners der Frankfurter Kripokollege Bethge noch einmal die Spur des Mannes auf, der Januar 2003 im Back-Office der GAMMA-Bank die Überweisung an die Van-Houtten-Bank in Brüssel verändert hatte. Da die falsche Überweisung vom Direktor freigegeben worden war, war die Bank nicht gegen Karl Spalcke vorgegangen. Seine Spur hatte sich in Kanada verloren. Auch die erneuten Nachforschungen führten zu nichts.

In der Schweiz hatten die Behörden einer Wiederaufnahme der Observierung von Ziegler, Spencer und Pestacosta nur nach einem Schreiben des BKA-Präsidenten und mit ausdrücklichen Bedenken zugestimmt. Allein der Hinweis auf eine mögliche Verbindung zum Frankfurter Bankmord konnte sie überzeugen. Döpfners und Bradys Verdacht einer mafiösen Liaison hielten sie für aus der Luft gegriffen. Doch als die Observierung endlich wieder aufgenommen werden konnte, brachte das die Ermittlungen nicht weiter. Saager hielt sich von Genf fern, und weder Spencer noch Pestacosta statteten dem »Club Solitude« einen weiteren Besuch ab.

In New York machte das FBI hinsichtlich der Fidelity & Trust-Bank ebenfalls keine Fortschritte. Entweder arbeitete die Bank wirklich ganz legal, oder ihre krummen Geschäfte waren erstklassig getarnt.

In dieser für Döpfner und Brady frustrierenden Situation kam ihnen ausgerechnet Saager selbst zu Hilfe. Eines Tages ging er früh am Morgen in die Frankfurter Penthouse-Wohnung, in der er sich mit Pestacosta getroffen hatte. Dort wurde inzwischen das Telefon abgehört.

Saager buchte telefonisch einen New-York-Flug für den Nachmittag desselben Tages und ein Einzelzimmer im Hotel »Marriott« für unbestimmte Zeit. Döpfner schickte einen der Fahnder, die Saager damals nach Genf gefolgt waren, mit auf die Reise. Mit Brady verabredete er, daß das FBI die Spur der beiden auf dem Kennedy-Flughafen aufnehmen und gleichzeitig die F&T observieren würde.

Saager checkte im »Marriott« ein, ging auf sein Zimmer und kam im dunkelbraunen Zweireiher wieder in die Lobby, wo der Fahnder die Verfolgung aufnahm. Sie hatten richtig getippt. Der Direktor ließ sich im Taxi zum Hartman-Tower in Manhattan bringen, wo die Fidelity & Trust-Bank ihr Hauptbüro hatte. Der Fahnder des BKA beobachtete, wie Saager in seinem leicht federnden Gang vornübergebeugt in dem neuen Wolkenkratzer mit einer Fassade aus dunklem Marmor verschwand. Durch die riesige Glasscheibe der Eingangslobby konnte er erkennen, wie Saager in einen Aufzug stieg. Die Büroräume der F&T lagen im 23. und 24. Stock. Der Fahnder zückte sein Handy und nahm Kontakt mit den Kollegen vom FBI auf. Eine junge Frau im Business-Kostüm kam auf ihn zu und begrüßte ihn wie einen alten Bekannten. Gemeinsam setzten sie sich in ein kleines Restaurant, in dem ein preisgünstiger Mittagstisch angeboten wurde. Es war jetzt früher Nachmittag und das Restaurant recht leer. Sie ließen sich an einem Tisch nieder, von dem aus man den Eingang des Hochhauses direkt im Blickfeld hatte.

Sie warteten sehr lange. Auch die FBI-Kollegen an den anderen Ein- und Ausgängen und in der Garage des Gebäudes warteten. Saager kam und kam nicht. Es wurde vier Uhr, und die Bankangestellten verließen den Hartman-Tower. Langsam wurde es dunkel, der Abend kam, die Nacht brach herein: Keine Spur von Saager. Das FBI hatte einen Mann am »Marriott« stationiert, aber auch im Hotel erschien er nicht. Das Observationsteam und der deutsche Fahnder wurden abgelöst, und eine reduzierte Truppe übernahm die Nachtschicht. Kein braungekleideter großer Mann mit Goldbrille verließ das Gebäude. Genauer gesagt, niemand verließ das Gebäude mehr außer einem schwarzen Wachmann, der sofort vom FBI überprüft wurde.

Am nächsten Morgen ließ sich Brady vorsichtshalber ein Foto Saagers vom BKA übermitteln und gab es ans New Yorker Police Department weiter. Alle nicht identifizierten Toten der letzten Nacht wurden mit dem Bild verglichen. Er selbst machte sich auf den Weg zur Fidelity & Trust. Brady ließ sich beim Chef der Bank, Patrick Flanagan, unter dem Vorwand anmelden, es gehe um eine Vermißtenanzeige. Er erkundigte sich höflich, aber bestimmt nach dem Verbleib des deutschen Geschäftsmannes. Nach Aussage eines Vertreters der deutschen Botschaft habe Direktor Saager am vorangegangenen Nachmittag die Fidelity & Trust-Bank aufgesucht, sei aber nicht wieder herausgekommen. Ein Bekannter Saagers, der der Botschaft das Verschwinden gemeldet habe, habe bis nach Geschäftsschluß vergeblich auf ihn gewartet.

Flanagan, ein gut aussehender Mann Mitte Fünfzig mit rotblonden Haaren, Sommersprossen und intelligenten grau-grünen Augen, erwies sich als ebenso liebenswürdig wie hilfsbereit. Doch weder die Frau am Empfangs-Desk der Bank noch der zentrale Wachdienst des Gebäudes unten in der Lobby, weder die Vorzimmer der leitenden Herren noch sonst irgendein Mitarbeiter der Bank konnten Brady weiterhelfen. Saager sei nicht angemeldet gewesen. Niemand habe ihn getroffen. Wenn er überhaupt in die Bank gekommen sei, müsse er auf dem Absatz wieder kehrtgemacht haben. Drei der leitenden Herren kannten den Vermißten als Chef der GAMMA-Bank beruflich und drückten ihre Verwunderung darüber aus, daß der Frankfurter Bankdirektor einfach so in New York auftauche. Persönlich kannte ihn niemand.

Brady verließ das Gebäude in gefährlich schlechter Laune. Seine Leute mußten einen Ausgang übersehen haben.

*

Am nächsten Morgen inspizierte eine Polizeieinheit des Bundesstaates New Jersey das weiträumige Areal eines Güterbahnhofs. Die Polizisten waren auf der Suche nach einer Großlieferung Kokain, und ein

Tip hatte sie zu den abgestellten *Amtrac*-Zügen auf dem Gelände geführt. Also waren sie in den frühen Morgenstunden mit den Hunden angerückt. Der Güterbahnhof lag direkt am Ufer des mächtigen Hudson River, der an dieser Stelle die Grenze zwischen den Bundesstaaten New York und New Jersey bildet. Frostiger Nebel hing über dem Wasser und zog auf das Gelände, wo vor allem ausrangierte Zugwaggons in den verschiedenen Phasen ihres endgültigen Verfalls herumstanden. Die Polizisten durchkämmten gewissenhaft ein verrostetes Abteil nach dem anderen.

Kurz nach elf meldete ein Hundeführer, daß seine Hündin Lila eine Spur aufgenommen habe. Der Mann war für die Waggons eingeteilt, die noch in Benutzung waren und im vorderen Teil des Geländes standen. Drei Leute wurden als Verstärkung zu ihm geschickt, und die Hündin von der Leine gelassen. Das große Tier, eine Schäferhund-Boxer-Mischung, raste wie vom Teufel gejagt durch die engen Reihen der silberglänzenden Züge. Vor der Tür eines Güterwaggons mit der Aufschrift »Georgia Atlantic« stoppte Lila, winselte vor der verschlossenen Schiebetür und begann, den Waggon zu umkreisen. Die Verstärkung samt Hundeführer kam völlig außer Atem am Waggon an. Mit gezogenen Waffen näherten sie sich der Tür, falls die Drogendealer sich im Waggon versteckt hielten. Aber es rührte sich nichts. Dann bemerkte ein Polizist, daß das Schloß der Tür beschädigt war. Es war notdürftig wieder geschlossen worden, so daß der Schaden auf den ersten Blick nicht zu sehen war. Die Polizisten brachen das Schloß vollends auf.

Im dunklen Innern des Waggons empfing sie ein staubiger Geruch, vermischt mit einem dumpfen Gestank, den sie zuerst nicht näher definieren konnte. Lila war in den Waggon hineingesprungen. Abrupt durchbrach das laute Gekläffe der Hündin die angespannte Stille. Sie stürzte in die hinterste Ecke, wo sie winselnd ein größeres Paket beschnupperte, das auch die Polizisten allmählich in der Dunkelheit erkennen konnte. Dann entdeckten sie eine lange Blutspur, die sich von der Tür bis in die Ecke zog.

Die Nachricht vom Fund der nackten männlichen Leiche erreichte das FBI erst am späten Nachmittag. Nur durch einen Zufall war das Fahndungsfoto Saagers einem *Police Detective* aufgefallen, der im Morddezernat des Staates New Jersey arbeitete, das für den Leichenfund zuständig war.

Die Leiche konnte eindeutig als Julius Saager aus Frankfurt identifiziert werden. Er war mit einer Drahtschlinge erdrosselt und dann vom Tatort in einem Kleidersack auf den Güterbahnhof gebracht und dort versteckt worden. Hinweise auf eine Verbindung zur Fidelity & Trust gab es keine, auch der Verbleib von Saagers Kleidern war ungeklärt.

*

Nach seiner Rückkehr von der Bank hatte Agent Brady eine unerfreuliche Stunde damit verbracht, dem Observationsteam den Marsch zu blasen. Die Agentinnen und Agenten, der deutsche Fahnder eingeschlossen, blieben aber hartnäckig dabei, daß sie unmöglich einen Ausgang oder eine Ausfahrt übersehen haben könnten.

Den Rest des Tages beschäftigte sich Brady mit den Chancen und Risiken einer Durchsuchung des Bankgebäudes. Als er die Nachricht vom Tod Saagers erhielt, hatte er sich gerade dazu durchgerungen, alles auf eine Karte zu setzen und das 23. Stockwerk des Wolkenkratzers durchsuchen zu lassen.

Brady verfügte sofort eine Nachrichtensperre und verständigte Döpfner. Der riet ihm, nicht gegen die F&T vorzugehen, solange er keine direkten Beweise für eine Tatbeteiligung vorlegen könne.

Ihre Vorsicht wurde belohnt. Am nächsten Tag unterrichtete Döpfner den Frankfurter Rechtsanwalt Saagers vom Tod seines Klienten in New York. Der teilte ihm geschäftsmäßig mit, für den Fall seines Todes habe Direktor Saager ein an die Ermittlungsbehörden gerichtetes Schreiben hinterlegt. Döpfner fiel aus allen Wolken. Seine Überraschung wuchs, als er den dreiseitigen handschriftlichen und notariell beglaubigten Brief in Händen hielt. Es war ein umfassendes Geständnis. Saager hatte – nicht zuletzt seiner Familie wegen – seine Geheimnisse nicht mit ins Grab genommen.

GESTÄNDNIS FÜR DEN TODESFALL

Sehr geehrte Damen und Herren,

hiermit gestehe ich, daß ich Herrn Dr. Ernst Leder in Notwehr erschossen habe. Leder wollte mich seit längerem erpressen. Er machte ständig Andeutungen, daß er meine Mitarbeit an gewissen Geldwäsche-Transaktionen der Bankaufsichtsbehörde melden wolle. Zu der Teilnahme an diesen Aktionen bin ich von einem Mitarbeiter unseres Backoffice gepreßt worden. Dieser Mann, ein gewisser Spalcke, hatte wohl Kontakte zu kriminellen Organisationen. Er ist später nach Kanada ausgewandert. Ein halbes Jahr danach suchte mich ein Mann auf, der mir die Nachricht überbrachte, Spalcke sei an »seiner gefährlichen Eigenwilligkeit gestorben«. Die Implikation für mich war klar. Unter dieser Drohung lebe ich nun schon seit über sechs Monaten.

In der unglückseligen Nacht hatte ich lange gearbeitet und noch Licht in Leders Büro gesehen. Ohne einen richtigen Grund ging ich zu ihm hinüber. Leder war dabei, aus unserem Datenspeicher eine Dokumentation über die illegalen Vorgänge zusammenzustellen. Es kam zum Streit, in dessen Verlauf Leder einen Revolver aus dem Schreibtisch nahm und mich damit bedrohte. Er verlangte von mir, ein Geständnis über die Geldwäsche-Geschichte zu unterschreiben. Natürlich weigerte ich mich. Es kam zu einem Handgemenge. In diesem löste sich unglücklicherweise ein Schuß, der Dr. Leder tötete.

Ich betone noch einmal, daß ich aus reiner Notwehr gehandelt habe. Ich wollte nie einem Menschen das Leben nehmen. Sie werden hoffentlich verstehen, daß ich mich nicht stellen konnte. Dadurch hätte ich das Wohlergehen und Ansehen meiner Familie und meine berufliche Zukunft gefährdet.

Nach dem Unglück mit Leder wußte ich keinen anderen Rat, als eine New Yorker Telefonnummer anzurufen, die der Besucher mir

für etwaige Rückfragen gegeben hatte. Mein Name schien dort bekannt zu sein. Man gab mir den Rat, mich an einen Jakob Ziegler in Genf zu wenden, der mir aber auch nicht weiterhelfen konnte oder wollte.
Nach langem Zögern habe ich mich entschlossen, in die Höhle des Löwen zu gehen. Ich kann, schon meiner Familie wegen, so nicht weiterleben. Ich werde nach New York fliegen und mit den Leuten dort reden. Es muß doch einen Weg geben, wie ich mich freikaufen kann. Vielleicht erleide ich aber auch das gleiche Schicksal wie Spalcke. Sollte das geschehen, schützen Sie bitte meine geliebte Frau und meine Tochter Britta.«

Frankfurt, im Januar 2004
Dr. Julius Saager

Döpfner trank langsam einen Schluck Kaffee aus seiner weißen Cheftasse. Er überlegte. Es gab mehrere, zum Teil drastische Unstimmigkeiten in diesem Geständnis. Einmal war Leder mit einem an der rechten Schläfe aufgesetzten Schuß getötet worden, Notwehr war also relativ sicher auszuschließen. Saager log selbst noch über den Tod hinaus. Dann machte er leider keine genaueren Angaben zu den dubiosen Geldwäsche-Transaktionen. Döpfner war ihm allerdings dankbar, daß er in dem Geständnis die »Dokumentation«, die Leder kurz vor seiner Ermordung zusammengestellt hatte, mit den Geldwäsche-Geschäften in Zusammenhang brachte. Es war demnach als erwiesen anzusehen, daß Saager 1998 bei den Lira-Spekulationen an Geldwäsche beteiligt war.

Die Hinweise auf den großen Unbekannten und den vorgeblichen Tod Spalckes waren weniger deutlich. Auch unterschlug Saager die gefälschte Überweisung, an der Spalcke ja beteiligt gewesen sein mußte.

Döpfner legte das Schreiben mit gemischten Gefühlen beiseite. Der Mann widerte ihn an, aber er bedauerte sein grausames Ende. Er ließ

Brady eine Kopie des Geständnisses zufaxen und bat um sofortigen Rückruf auf der abhörsicheren Leitung.

Zwei Stunden später hatte er den FBI-Mann an der Strippe.

»Junge, Wolf, was für ein Wahnsinnsfall.« Brady klang geradezu aufgekratzt. »Aber wir werden sie kriegen, was meinst du?«

Döpfner war bei weitem nicht so euphorisch wie der amerikanische Kollege. »Nur mal langsam, Bill. Du hast das Geständnis gekriegt ...«

»Jawohl, wir haben's gerade übersetzen lassen, und es liegt jetzt vor mir auf dem Schreibtisch. Wir haben ein paar ordentliche Probleme.«

»Ja.« Döpfner klemmte den Hörer zwischen Ohr und Schulter und fing an, Striche und kleine krakelige Figuren auf seine Schreibtischunterlage zu malen. »Der Kerl lügt, zum einen.«

»Richtig. Und dann gibt es kein direktes Geständnis, daß er in den ›Global Players‹-Fall verwickelt war, und auch nichts, womit wir beweisen können, daß die F&T jetzt die offizielle Verbindung zur Cosa Nostra ist.« Brady hatte es auf den Punkt gebracht.

»Was hältst du von dem großen Unbekannten, der Saager angeblich bedroht hat? Er muß auf jeden Fall zur Fidelity & Trust gehören. Wegen dieser Telefonnummer, die Saager in der Mordnacht angerufen hat. Schreibt er ja in dem Geständnis. Du erinnerst dich, Saagers erstes Alibi waren die stundenlangen Gespräche mit der Bank.«

Brady brummte anerkennend. »Wolf, du hast recht. Dieser ganze Besuch, die Drohung mit dem Tod von diesem Spalcke, sieht mir alles nicht nach Cosa Nostra aus. Die würden nie eine Kontaktnummer hinterlassen. Die geben keine Nummern aus ›für Rückfragen‹. Wenn du bei der Mafia mitmischst, dann weißt du, was du zu tun hast, und wenn du nicht spurst, kommt das Kommando.«

Döpfner malte zwei kleine Kreise und fügte Augen, Bart und Ohren dazu. Dann verband er die Gesichter mit dicken Strichen. »Es kann nur bedeuten, daß die Cosa Nostra und die F&T zusammenarbeiten.«

»Für so eine Behauptung brauchen wir absolut wasserdichte Beweise. Selbst für eine Durchsuchung. Die Fidelity gilt in den New Yorker Finanzkreisen als renommierte Bank. Ich habe mich umgehört.« Brady klang erschöpft. »Wahrscheinlich war es ein großer Fehler, daß ich dort offiziell aufgetaucht bin und mich nach Saager erkundigt habe.«

»Natürlich brauchen wir stichhaltige Beweise. Aber für einen handfesten Verdacht reicht Saagers Geständnis allemal.« Döpfner setzte sich auf und nahm den Hörer wieder in die Hand. »Nein, alles spricht dafür, daß Saager mindestens seit 1998 ununterbrochen Kontakt zur Cosa Nostra hatte. Die Organisation war die ›Höhle des Löwen‹, in die er sich mit Todesahnung in der Brust begeben hat. Das ›Marriott‹ scheidet als Mafiazentrale aus.«

Döpfner hörte Bradys leises Kichern am Apparat. Er fuhr fort. »Bleibt die Fidelity & Trust. Dorthin ist er gegangen, kaum daß er in New York gelandet war. Dort ist er verschwunden – und ist als Leiche auf einem Güterbahnhof in New Jersey wieder aufgetaucht.«

Schenkte man Saagers Geschichte über das Ende des Mannes aus dem Backoffice Glauben, dann waren zwei Morde der Cosa Nostra aufzuklären. Bill Brady ließ sich von Döpfner einen Bericht über die Frankfurter Nachforschungen faxen und setzte dann seine Leute auf Spalckes Spur. Wann war er in Kanada eingetroffen? Wann und wo hatte er seinen Namen geändert? Welchen neuen Namen hatte er sich zugelegt? Wann, wo und wie war er zu Tode gekommen?

Drei Tage später hatte Brady die Antworten in Form eines Faxes des Polizeipräsidiums in Toronto vorliegen. Spalcke hatte ein halbes Jahr lang als Mister Hans Glauber in einer Vorstadt Torontos gelebt. Im Juli 2003 war er in der Innenstadt auf dem Weg zu seiner Arbeitsstelle in einer der größten Banken Kanadas von einem Auto überfahren worden. Der Täter hatte Unfallflucht begangen. Brady faxte den kanadischen Kollegen zurück und bat, die Ermittlungen sofort wieder aufzunehmen und nach Hinweisen auf Verwicklungen der Mafia in den vorgeblichen Unfall zu suchen.

Von den Cosa-Nostra-Spezialisten des FBI forderte Brady einen umfassenden Bericht über ihrer bisherigen Recherchen zum Stand der Reorganisation der *Famiglia* nach der schweren Schlappe im »Global Players«-Fall an. Er wollte gegen die F&T einen Zangenangriff fahren.

Jetzt hatte er genügend Material zusammen zu einer Begründung des dringenden Verdachtes, Mitarbeiter der Bank seien in die Ermordung Saagers verwickelt.

Aber Brady wollte auf keinen Fall offen gegen die Fidelity & Trust vorgehen. Es folgten lange, zähe Verhandlungen mit der Staatsanwaltschaft, in denen vor allem das positive Urteil der Bankaufsicht über das Geschäftsgebaren der Bank eine wichtige Rolle spielte. Brady konnte den Bezirksstaatsanwalt jedoch überzeugen, daß die einwandfreie Abwicklung der Bankgeschäfte nicht notwendigerweise gegen seinen Verdacht sprach, sondern ihn unter Umständen stützen konnte. Der Bezirksstaatsanwalt ließ sich auf diese Argumentation ein, und Brady bekam die gerichtliche Genehmigung, verdeckte Ermittler einzusetzen und die Telefone in der Bank anzuzapfen.

Die Geduld Bradys, Döpfners und der beteiligten Abhörspezialisten wurden auf eine harte Probe gestellt. In den ersten vierzehn Tagen erbrachte die Telefonüberwachung keinerlei verwertbare Ergebnisse. Es gab keine Anrufe, die auf eine Verbindung zur Cosa Nostra hindeuteten. Drei Gespräche zwischen Patrick Flanagan und Michael Spencer in Genf betrafen legale Spekulationsgeschäfte in Europa.

Der Durchbruch gelang dem FBI, als mit einer Reparaturkolonne ein verdeckter Ermittler in die Banketage eingeschleust werden konnte. Dem gelang es, in die Klimaanlage im Beratungszimmer Flanagans eine Wanze einzubauen. Über diesen Sender wurde schon am nächsten Morgen eine Besprechung aus den Räumen der F&T in den Übertragungswagen übermittelt, die nicht nur für das FBI von höchstem Interesse war.

*

Federal Bureau of Investigation
Außenstelle New York
25. März 2004

PROTOKOLL
eines am 23. März 2004 im Beratungszimmer der Fidelity & Trust-Bank in New York, 45 Nassaustreet, Hartman-Tower, 24.Stock, aufgenommenen Gesprächs zwischen dem
Exekutivdirektor Patrick FLANAGAN,
dem Chefvolkswirt Ted COOPERIDER,
dem New Yorker Devisenhändler Frank MASON
und einem unbekannten, älteren Mann, der mit »UNCLE SAM« angesprochen wurde.

Hinweis zum Abhören des Bandes:
Die Tenorstimme ist FLANAGAN, die Baßstimme COOPERIDER, die kratzige, etwas schrille Stimme MASON, die leise, teilweise schwer verständliche Stimme mit italienischem Akzent UNCLE SAM.

FLANAGAN: Guten Morgen miteinander. Uncle Sam, schön, daß du da bist. Wir wollen heute den Rechenschaftsbericht für den Aufsichtsrat besprechen. Dafür brauchen wir vielleicht noch den einen oder anderen Rat. Als zweiter Punkt steht unser Jahresprojekt 2004 auf der Tagesordnung. Auch dazu würde ich gerne die Meinung von Leuten außerhalb der Bank hören.

UNCLE SAM: Komme immer gern hier hoch. Scheint ja inzwischen prächtig anzulaufen. Hübsches Zimmer, mein Junge. Und diese Stühle, kann man kaum richtig sitzen. Designer-Schnickschnack. Na ja – nicht mehr die verräucherten Hinterzimmer in den Kneipen von früher.

– Lachen –

FLANAGAN: Uncle Sam, freut mich, daß es dir hier gefällt. Ich will jetzt erst einmal etwas zum Aufbau der F&T sagen. Mir unterstehen die Zentral- und Planungsabteilungen. Cooperider baut die neuen Abteilungen für Aktien, Bonds und Derivate auf. Frank Mason leitet die Operationen auf den Devisenmärkten, die – noch – den Schwerpunkt unserer Tätigkeit bilden. In Europa unterstützt mich Mike Spencer, in Asien Hsu Hsien. Beide ausgebuffte Finanzprofis.

UNCLE SAM: Hört sich toll an. Aber wie geht das Geschäft?

FLANAGAN: Wir liegen mit dem Aufbau der zusätzlichen Abteilungen weit vor unseren Terminplänen. Die Zentralabteilung war von vornherein auf diesen Ausbau angelegt. Das gleiche gilt für die Technik. Wir haben uns entscheidend modernisiert. F&T ist mit *state-of-the-art* Equipment ausgerüstet. Wir sind für Operationen auf den internationalen Finanzmärkten auf dem neusten technischen Stand. Die Bankaufsicht war sehr beeindruckt.

UNCLE SAM: Schluß mit dem organisatorischen Schnickschnack, Flanagan. Die Kings interessiert nur, ob das alles gut funktioniert und wir noch besser verdienen. Die Jungs sind nicht in Harvard, sondern in der Bronx großgeworden.

– Gemurmel –

FLANAGAN: Auf den Punkt gebracht: Es läuft alles wie am Schnürchen. Die Abteilungen werden noch in diesem Jahr fertig.

COOPERIDER: Wir sind auch schon dabei, uns einen Kreis unabhängiger Berater aufzubauen.

UNCLE SAM: Zeigt mir doch die Bilanz. Das Deckblatt reicht für heute.

– Papiergeraschel –

UNCLE SAM: *Dio cano!* Respekt, Respekt! Gute Zahlen. So überzeugst du die Kings besser als mit Managersprüchen.

– Lachen –

Also, der Rechenschaftsbericht ist in Ordnung. Was ist mit dem Jahresprojekt 2004, Herr Bankier?

FLANAGAN: Ihr wißt alle, gegen was wir in den letzten Jahren zu kämpfen hatten. Auf den Finanzmärkten waren wir nicht so präsent, wie wir es gerne gewesen wären. Das angelegte Geld hat uns nur einen kleinen Bruchteil des möglichen Profits gebracht.

– zustimmendes Gemurmel –

FLANAGAN: Das große Ereignis auf den Weltmärkten war die Einführung des Euro. Deshalb haben wir das Jahresprojekt auf den Euro ausgerichtet.

UNCLE SAM: *Molto bene!* Wir sollten diesen Euro in Grund und Boden stampfen. Die Europäer taugen nichts. Unsere Väter wußten schon, warum sie nach Amerika ausgewandert sind. Die

Europäer wußten nichts Besseres, als zwei Weltkriege loszutreten, und dann sollen wir alles wieder in Ordnung bringen. Wir haben geholfen, und wie! Und jetzt: Nicht nur unserer Wirtschaft machen sie Konkurrenz, sondern sie wollen auch noch den guten alten Greenback kaputtmachen. *Madonna puta!* Frechheit ist das. Und das sage ich nicht nur, weil auch in unserer Branche in Dollar gerechnet wird. Ich spreche als amerikanischer Patriot, der nicht will, daß Amerika seine Macht in der Welt verliert!

FLANAGAN: Ja, sicher. Börsentechnisch gibt es bei einem Angriff auf den Euro allerdings außerordentliche Schwierigkeiten, schon weil er eine floatende Währung darstellt.

COOPERIDER: Zu dumm, daß wir den Euro nicht schon während seiner Einführungsphase angreifen konnten. Das wäre der günstigste Zeitpunkt gewesen. Aber wir sollten ihn auseinandernehmen, bevor er eine zu starke Konkurrenz zum Dollar wird. Die Europäer werden ständig Krach wegen des Euros kriegen. Sieht für mich so aus, als könnte sogar die EU darüber platzen. Wenn das losgeht, wird der Euro verwundbar. Dann schlagen wir zu.

MASON: Wenn. Noch ist nichts passiert. Die europäischen Regierungen verhalten sich diszipliniert, und die internationalen Anleger diversifizieren ihre Portefeuilles, indem sie nicht mehr nur in Dollar, sondern auch in Euro anlegen. Unser Berater in Genf kennt Europa wie seine Westentasche. Er hat davon abgeraten, den Euro jetzt direkt anzugehen.

UNCLE SAM: Mike Spencer?«

MASON: Ja.

UNCLE SAM: Guter Mann. Hat früher schon für mich gearbeitet. Wird's noch weit bringen, hab ich immer gesagt.

FLANAGAN: Okay, Spencer rät ab. Aber ich halte unseren unabhängigen deutschen Berater für einen originelleren und mutigeren Finanzguru. Er ist ein strategisches As. Und er hat langjährige Erfahrung. Er ist für den direkten Angriff auf den Euro. Ich teile seine Meinung. Spencer hat allerdings angedeutet, daß er dem Deutschen nicht traut. Er meint, der wolle sich nur an uns rächen.

UNCLE SAM: Schöne Berater habt ihr!

FLANAGAN: Spencer hat den Deutschen noch nie leiden können. Er ist ihm zu klug. Läßt ihn schlecht aussehen. Also, ich denke, wir sollten aufs Ganze gehen und den Euro angreifen.

MASON: Diskutieren wir doch erst einmal die Alternativen.

FLANAGAN: Okay, wie ihr wollt.

COOPERIDER: Die Genfer untersuchen zwei weitere Möglichkeiten. Einmal einen Angriff auf das britische Pfund. Ich halte viel von dieser Idee. Flanagans irische Verbindungen könnten uns in London helfen. Und die Briten hätten es verdient. Laßt euch mal berichten, wie die 1998 beim Angriff auf die Lira gemauert haben.

FLANAGAN: Irische Gefühle in allen Ehren. Aber das Pfund ist nur angreifbar, wenn die Märkte es für überbewertet halten.

COOPERIDER: Vor seinem Beitritt zum Euro-Block kann das Pfund angreifbar werden. Wir sind noch bei der Analyse der politischen Situation. Und Masons Leute verfolgen Tag und Nacht, wie sich das Pfund an den Märkten entwickelt.

MASON: Ein gelungener Angriff auf das Pfund Sterling würde den Euro-Block entscheidend schwächen. Die Briten sind dort nicht beliebt, und Frankfurt sieht in der Londoner City vor allem eine Konkurrenz. Aber der Beitritt zum Euro-Block würde das politische und wirtschaftliche Gewicht Europas auf jeden Fall wesentlich vergrößern.

UNCLE SAM: Bevor ihr anfangt, die Wirtschaftsseiten der »Times« herunterzuleiern, was war mit einer zweiten Möglichkeit?

FLANAGAN: Die Genfer meinen, vielleicht ein Angriff auf osteuropäische Währungen wie Zloty, Forint und Krone. Er wäre leichter als ein Angriff auf das britische Pfund, allerdings auch nicht so lohnend. Aber für die Russen wäre das interessant, weil damit die geplante Osterweiterung der EU torpediert werden könnte. Wie steht es denn mit den Verbindungen nach Moskau?

UNCLE SAM: Die Kontakte sind eingeschlafen. Könnte man mal wieder auffrischen. Habe immer gern mit den Russen gearbeitet.

MASON: Die Russen alleine sind für eine solche Operation finanziell zu schwach. Aber sie haben ganz andere Möglichkeiten als wir, im Osten Informationen zu streuen und an den Börsen Druck zu machen. Die Gefahr ist groß, daß die Russen mit unseren Geldern die Gesamtoperation dominieren.

FLANAGAN: Okay, dann reden wir jetzt als Alternative zu einem Angriff auf den Euro nur über eine Attacke auf das britische Pfund. Zloty oder was sonst schließen wir aus. Einverstanden?

UNCLE SAM: Augenblick mal, Junge. Es kann Sinn machen, mit den Russen über Osteuropa zu reden, auch wenn wir diesmal nicht ins Geschäft kommen sollten. Ich arrangiere das. Wenn wir danach Osteuropa ausschließen, bleibt Euroland. Dafür brauchen wir die Russen nicht. Wenn wir das Jahresprojekt 2004 den Kings vortragen, dann redet ihr nur von einer Finanzoperation in Europa zur Schwächung des Euro. Keine Einzelheiten. Fragen beantworte ich. *Claro*?

FLANAGAN: Vielleicht könnten unsere Kontaktleute zu Regierung und Kongreß herausfinden, wie Fed und Treasury zum Euro stehen.

COOPERIDER: Ich versuche, was ich rauskriegen kann.

UNCLE SAM: Die sollen uns für die generösen Wahlkampfspenden endlich mal angemessene Gegenleistungen rüberreichen. Wenn ich nur daran denke …«

– Aufnahme bricht ab –

Im FBI knallten die Sektkorken. Bill Brady und das Abhör-Team feierten den großen Durchbruch. Die Aufnahme erhärtete den Verdacht, daß die Fidelity & Trust für die Cosa Nostra arbeitete, ihr vermutlich sogar gehörte. Sie war offensichtlich an die Stelle der Ocean Bank getreten, arbeitete aber um einiges professioneller.

Es wurde allerdings bald klar, daß die Aufnahme keinerlei Hinweise auf Straftaten enthielt. Das galt auch für die Erörterung möglicher Spekulationen in Europa. Sie waren legal. Kein Wort über den Mord an Saager. Und wer war dieser Uncle Sam?

Brady rief seinen engen Mitarbeiter George Wilson zu sich, der das Team der Cosa-Nostra-Spezialisten leitete. »Wie weit seid Ihr mit dem Bericht über die Situation der *Famiglia* für mich?«

»So gut wie fertig.« Wilson war ein kleiner, eher unscheinbarer Mann Ende Vierzig, der immer eine abgewetzte Wollweste über den ungebügelten Hemden trug. Vor Brady hatte er einen Heidenrespekt, obwohl – oder gerade weil – sich die beiden schon seit Jahren kannten.

»Gut.« Brady bedeutete ihm, sich auf den Stuhl zu setzen. Dann sah er den Aktenberg auf dem Flechtwerk der Sitzfläche. »Ach, sorry. Das hier geht schnell.« Er reichte Wilson das Protokoll aus der F&T. »Lies dir mal dieses Abhörprotokoll durch. Bis morgen will ich eine genaue Analyse vor dem Hintergrund der bisherigen Erkenntnisse über die Reorganisation der *Famiglia.*«

»*Aye, aye, Sir.*« Der immer einsatzbereite Wilson salutierte. »Würde es stören, wenn ich Nelly und Tom mitbringe?«

»Kein bißchen.« Brady hatte die Nase schon wieder in einer dicken Akte.

Am nächsten Morgen erschienen die drei zusammen vor Bradys Büro, als der gerade mit zwei Holzstühlen aus einem Abstellraum kam. Von den Stühlen blätterte die graue Farbe. »Was besseres kann ich nicht für euch finden. Tom, biete der Dame den bequemen Platz an. Okay, sitzt ihr alle? Kaffee?« Brady schien ungewöhnlich gut gelaunt. Wilson beobachtete ihn mit bedenklicher Miene. Falls sich die Laune auf das Abhörprotokoll bezog, hatte er keine guten Nachrichten.

Tom hieß eigentlich mit vollem Namen Throws-Tomahawk-in-Forest, was in seiner Blackfeet-Muttersprache ein etwas kürzerer, wohlklingender Name war. Er hatte sich von der Reservatspolizei im Nordosten der USA zum FBI beworben, um noch etwas Aufregenderes zu erleben als Taschendieben hinterherzujagen oder bei lautstarken Ehestreits dazwischenzugehen. Mit der formvollendeten Geste eines indianischen Gentleman rückte er Nelly den einzigen gepolsterten Stuhl zurecht. Die zierliche Frau mit den grauen Locken trug eine altrosa Seidenbluse und schwarze Jeans. Sie war seit Jahren beim FBI, eine Pionierin für die Einstellung weiblicher Agentinnen im Bureau. Trotz einiger Angebote, in die Politik zu gehen, blieb sie beim FBI, weil sie, wie sie zu sagen pflegte, »die Suche nach einem richtigen Mann« nicht aufgeben könne.

George Wilson zog den ausgeleierten Westenbund zurecht und begann mit dem Bericht. »Erst mal vorweg: Was wir hier zusammengetragen haben, ist in vielen Punkten noch nicht gesichert; es spiegelt nur unseren vorläufigen Erkenntnisstand wider. Klar ist, daß die Cosa Nostra nach der Schlappe im ›Global Players‹-Fall ihre operativen Einrichtungen neu und besser aufgebaut hat. Sie haben aber auch das Netz der Organisationen, die diese Einrichtungen tragen und sich ihrer bedienen, umstrukturiert. Man könnte es so zusammenfassen: Die *Famiglia* ist dabei, sich in einen Club umzuwandeln, in dem man nicht nur aufgrund von Familienzugehörigkeit, sondern auch aufgrund von Leistung und Nützlichkeit aufgenommen werden kann.«

»Das ist ja fast wie beim FBI«, bemerkte Brady lakonisch.

»Aber die Bezahlung ist dort besser«, kommentierte Nelly.

»Sie nennen sich jetzt, offenbar um das alte Cosa-Nostra-Image abzuschütteln, die ›Brotherhood of Profit‹.«

Brady klatschte mit der Rechten auf den Oberschenkel und lachte laut: »Phantastisch. Ein super Werbegag! Und die reine Wahrheit.«

»An die Stelle des alten Paten ist ein dreiköpfiger Quasi-Vorstand getreten, der den Kings Rechenschaft ablegen muß. Die Kings stehen an der Spitze der einzelnen Organisationen der Brotherhood und bilden sozusagen den Aufsichtsrat. Vorstandsvorsitzender ist Samuel Luciano. Der Name verpflichtet. In der *Famiglia* wird er Uncle Sam genannt. 73 Jahre alt, sizilianischer Herkunft, Vater von mindestens zwölf Kindern, streng katholisch, wenn es um die Erziehung seiner engeren Familie geht. Sieht aus wie ein altes Hutzelmännchen, aber in der *Famiglia* ist er der Boß. Ein Cosa-Nostra-Patrizier sozusagen.«

»Er sitzt im Aufsichtsrat der F&T?« fragte Brady.

»Nein. Die Bank hat als legales Unternehmen natürlich einen Aufsichtsrat, der alles prüft oder jedenfalls unterschreibt. Aber die eigentliche Kontrolle übt die Brotherhood aus.«

Wilson schaute Brady an. »Okay, nun zurück zum Vorstand. Der zweite Mann – der Fortschritt ist unaufhaltsam – ist eine Frau!«

»Nein«, stöhnte Brady, »tut mir das nicht an!«

»Altes Patriarchen-Schwein«, murmelte Nelly und warf ihm einen strafenden Blick zu.

»Ideologie hat hier keinen Platz«, wies Wilson die beiden zurecht.

»Die Frau ist eine tüchtige Karrierefrau. Catherine Crocker, in der Branche C^2 genannt, 44 Jahre alt. Hat Psychologie und Publizistik studiert, dann im Pentagon in der Abteilung für psychologische Kriegsführung gearbeitet. Später hat sie bei einem internationalen Werbe-Multi das große Geld verdient. Sie vertritt im Vorstand die Modernisierer innerhalb der Brotherhood.«

»Was ist ihre Spezialität, außer dem üblichen, nehme ich an?«

Wilson zog wieder die Augenbraue hoch. »*Sister* Catherine ist zuständig für einen Bereich, den man vielleicht am besten als Öffentlichkeitsarbeit definiert. Darunter fällt Image-Pflege, Information, Desinformation – was immer mit Presse, Meinungen, Gerüchten zu tun hat.«

»Und täusch dich nicht in der Frau, Bill. Das ist ein eiskalter blonder Fisch, die hat sich nicht einfach hochstoßen lassen.« Nelly putzte energisch ihre Brillengläser.

»Stimmt«, bestätigte Tom mit leiser Stimme, »mit der würde ich noch nicht einmal in einen Swimmingpool gehen.«

Wilson fuhr fort: »Der dritte im Bunde ist Spartaco Fabrizio, der Sicherheitschef. 47 Jahre alt, neapolitanischer Herkunft, in vielen Cosa-Nostra-Kämpfen gestählt. Dabei hat er sich eine auffällige Narbe geholt, die zu seinem Erkennungszeichen geworden ist. Beginnt zwischen dem Mittel- und Zeigefinder der linken Hand und zieht sich über den Handrücken fast bis zum Handgelenk. Ein Messerspezialist wollte ihm mal den Arm halbieren. Fabrizio ist ein Waffenfanatiker.«

Brady verzog das Gesicht. »Mann, ich liebe diese Kerle. Was ist mit den Bankern?«

»Die stehen im Salär der Fidelity & Trust-Bank, die – daran läßt das Protokoll ja keinen Zweifel – ein Instrument der Brotherhood ist. Über die Bank sollen die Milliarden und Abermilliarden an Gewinnen aus den illegalen und immer häufiger auch legalen Geschäften der Brotherhood über die internationalen Finanzmärkte untergebracht werden. Den Euro zu knacken bedeutet ja einiges mehr, als der harmlose Ausdruck Jahresprojekt vermuten läßt.«

»Geht uns aber doch nichts an«, warf Brady ein. »Mal eine

Währung oder eine ganze Volkswirtschaft zu kippen, ist doch fast schon so eine Art Volkssport.«

»Vom Volk würde ich nicht gerade reden.« Wilson zog empört an seinem Westenbund.

»Aber wieso denn nicht? Wir sind doch ein Volk von Spekulanten.«

»Also, ich bin keiner. Nelly, du? Und was ist mit dir, Tom? Ihr auch nicht! Dann ist es entweder kein Volkssport, oder wir gehören nicht zum Volk.«

»Okay, George, reg dich wieder ab. Du hast ja recht«, lenkte Brady ein.

»Neben diesem ganz legalen Multimillionen-Equipment der Bank für die ganz legalen Multimilliarden-Spekulationen«, nahm Wilson seinen Faden wieder auf, »fischt die Brotherhood nach unseren Erkenntnissen natürlich auch weiter im Illegalen – Bestechung, Erpressung, Drogenhandel. So geläutert sind die Kings nun auch wieder nicht, daß sie auf das alles verzichten. Aber die Fidelity & Trust-Bank dürfte clean sein. Schließlich war die Bankaufsicht dort.«

Brady setzte sich auf. »Allerdings verschwindet dort gelegentlich ein Mann, den wir dann tot in einem Güterwagen wiederfinden.«

»Willst du meine Meinung darüber wissen?«

»Klar, dafür wirst du bezahlt.«

»Also, wenn Saager wirklich in der F&T eingepackt wurde, dann dürfte Fabrizio mehr darüber wissen als Flanagan.«

»Wollen wir wetten?« Brady, ein passionierter Besucher von Pferderennen, rieb sich erwartungsvoll die Hände.

»Ich wette grundsätzlich nicht.« Wilson rührte keine Miene.

»Brav, brav. Ich hätte eine ganze Kiste Jack Daniels gesetzt.« Brady ließ sich enttäuscht in den Stuhl zurücksinken. »Was meint ihr: Wird das gesamte Personal der F&T von der Brotherhood handverlesen?«

»Nur die oberen Riegen. Die Gesprächspartner auf dem Band sind offensichtlich voll eingeweiht. Vermutlich gilt das für alle Führungskräfte der Bank. In den Rängen darunter wird es aber auch Nichteingeweihte geben. So viele eigene Leute kann die Brotherhood selbst nicht aufbringen. Und in der Bank läuft ja auch ein ganz normales Bankgeschäft. Wenn ich die Gehaltsklasse richtig überblicke, dann sind die Jobs bei der F&T auch für normale Experten attraktiv.«

»Wir kommen in den Bereich der Spekulationen«, warnte Tom. »Wir haben die mittleren und unteren Mitarbeiter der Bank noch überhaupt nicht überprüfen lassen.«

Brady nickte. »Also nächstes Thema: Wer sind die Russen, mit denen Uncle Sam ein Treffen arrangieren will?«

Wilsons grüne Augen funkelten. »Das muß die Moskauer Mafia sein. Mit denen hat Uncle Sam früher immer gute Verbindungen gehabt. Wer genau dahintersteht, kriegen wir noch raus. Wir haben seit zwei Jahren einen erstklassigen Spitzel in der New Yorker Russen-Mafia.«

»Gut. Kriegt raus, wo die sich treffen. Ich will wissen, was besprochen wird und was dabei herauskommt.«

Wilson nickte und machte sich eine Notiz auf seinem gelben Block. »Sollte zu machen sein.«

»Kommt Ihr an die Kings ran?«

Der Teamchef schüttelte langsam den Kopf. »Da bin ich mir nicht sicher. Wir haben keine Namen außer Uncle Sam und Fabrizio.«

»Versucht es trotzdem.« Brady erhob sich. »Gute Arbeit, George. Nell, Tom.« Er nickte dem Team zu. Dann hob er die Hand. »Habt ihr irgendeine Idee, wie wir noch einmal in die F&T reinkommen? Die Wanze in der Klimaanlage hat anscheinend den Geist aufgegeben.«

Die Cosa Nostra-Experten schauten sich an.

Wilson sagte: »Du wirst dort keine Hinweise zum Mord an Saager finden, Bill, da sind wir uns ziemlich sicher. Die halten ihr Haus sauber.«

»Es muß aber dort passiert sein, trotz allem Hang zur Reinlichkeit.«

Als das Cosa-Nostra-Team gegangen war, ließ sich Brady den Fall noch einmal durch den Kopf gehen. Sie waren ein großes Stück weitergekommen. Aber nicht im Mordfall Saager. So, wie die Dinge standen, war der deutsche Bankdirektor von Unbekannten ohne Mithilfe und ohne Mitwissen der F&T im Hartman-Tower geschnappt und erwürgt worden.

Agent Brady rief Döpfner in Wiesbaden an: »Wolf, es gibt Neuigkeiten. Unser Vorgehen in der Fidelity & Trust hat sich gelohnt. Im Mordfall Saager sind wird nicht viel weitergekommen. Aber über die Bank wissen wir jetzt Bescheid.«

Döpfner Stimme klang schwach und weit entfernt. »Endlich. Bill, unsere Verbindung ist nicht besonders gut. Sag mir schnell das Nötigste.«

Brady erläuterte Döpfner knapp den Stand der Dinge. »Der größte Hammer kommt aber jetzt: Die F&T samt Konsorten plant, streng legal natürlich, eine großangelegte Währungs-Spekulation gegen den Euro.«

»Was? Es rauscht so in der Leitung, Bill. Eine Spekulation?« Döpfner brüllte fast ins Telefon.

»Du hast richtig verstanden. Eine Euro-Spekulation. Es wurden in der Bank auch Alternativen diskutiert, aber *prime target* ist der Euro. Der Name von Mike Spencer aus Genf ist auch gefallen. Ich bin gespannt, ob sich unser alter Bekannter bei uns meldet.«

»Eine Spekulation gegen den Euro?!« Der Kriminaldirektor klang immer noch ungläubig. »Findest du nicht auch, Bill, daß sich das nach dem Meinhard von früher anhört? Verrückt genug ist es jedenfalls. Ich wette, der meldet sich nicht bei euch.«

Brady wurde lebendig. »Hey, Wolf, ist das dein Ernst? Ich setze dagegen. Bis jetzt ist das ja noch eine ganz normale Börsengeschichte. Aber ich wette, Ziegler wird sich bei uns melden, sobald irgendwelche krummen Dinger laufen.«

»Die Wette gilt. Um was wollen wir wetten?«

Brady grinste breit: »Ich habe da noch eine Kiste Jack Daniels auf Lager. Bist du damit einverstanden?«

»Klar, immer. Aber ich warne dich, du verlierst.«

»Na, ich wünsche euch auf dem alten Kontinent erst mal viel Spaß mit den Gentlemen von der F&T.«

Sie verabschiedeten sich, und Brady legte schmunzelnd auf. Er überlegte kurz, ob er das Abhörprotokoll nach Wiesbaden faxen sollte. Dann entschloß er sich dagegen. Für den Fall Saager waren die Einzelheiten des Protokolls irrelevant. Und bei Passagen zur Euro-Spekulation ging es nur um legale Aktivitäten, soweit Brady das beurteilen konnte. Außerdem enthielt das Protokoll reichlich Anti-Europäisches, von dem Brady nicht einschätzen konnte, wie es bei den deutschen Ermittlungsbehörden ankommen würde. Also blieb das Protokoll erst einmal bei den Akten im FBI.

*

In seinem geräumigen Büro in Wiesbaden dachte Kriminaldirektor Döpfner über die eigenartige Lage nach, in die Bill Bradys Mitteilung ihn brachte. Der Tod von Leder war aufgeklärt. Saager war der Täter. Seine Behauptung, er habe nur in Notwehr gehandelt, konnte nicht mehr überprüft werden. Und der New Yorker Mord an Saager, ebenso wie der an Spalcke, war nicht Sache der deutschen Behörden. Der Frankfurter Kollege Bethge konnte die Akten im Frankfurter Bankmord schließen.

Auch aus der Verbindung zwischen der Fidelity & Trust-Bank, dem Genfer Trio und dieser neuen »Brotherhood of Profits« – Döpfner schüttelte den Kopf über den Namen – ergab sich nichts von kriminalistischer Bedeutung. Die geplante Euro-Spekulation, so abstrus und wahnwitzig sie Döpfner auch vorkam, war legal und blieb es auch dann, wenn die Akteure sie, wie vermutlich 98 im Lira-Fall geschehen, mit Gerüchten anheizen sollten. Das galt sogar für den Fall bewußter Desinformationen. Denn auch eine Lüge ist nicht strafbar. Bismarck soll gesagt haben, es werde nirgends soviel gelogen wie vor der Hochzeit, nach der Jagd und während der Wahl. Die Börsen und Finanzmärkte hatte er vergessen.

Döpfner seufzte, trat zum Fenster und blickte in die Regenschlieren, die am Glas hinunterrannen. Die Observation in Genf hatte immer noch nichts erbracht. Er mußte sie wohl oder übel einstellen. Grund für die Einwilligung der Schweizer Behörden war die mögliche Verstrickung Saagers in den Frankfurter Bankmord gewesen. Der war jetzt aufgeklärt, und Saager war tot. Die Währungsspekulationen des Genfer Trios gingen die Ermittlungsbehörden nichts an.

Einer plötzlichen Eingebung folgend, griff Döpfner zum Telefon.

Gleich nach seiner Rückkehr aus Washington vor nun über zwei Wochen hatte er Stockmann angerufen und ihm mitgeteilt, was er beim FBI erfahren hatte. Dabei hatte Döpfner sich in einem Nebensatz für das Recherche-Papier der EZB-Finanzfachfrau bedankt, das aber seiner Meinung nach nicht viel hergab. Der Kommissionspräsident schien sich plötzlich brennend für die Finanzwelt zu interessieren. Die Recherche von Frau LaTour sei angesichts der komplexen Zusammenhänge ausgezeichnet. Anschließend hatte Stockmann Döpfner nicht ohne Stolz in die Geheimnisse des Kassa-, Spot-, Termin- und Optionsmarktes eingeweiht. Der Herr Präsident hatte wohl gerade einen Fortbildungskurs zum Thema Währungsspekulation hinter sich gebracht.

Auf jeden Fall würde Stockmann sich sehr für die Pläne der New Yorker Spekulanten interessieren. Der Kriminaldirektor rief im Präsidium der EU-Kommission an und informierte Stockmann über die letzten Ereignisse und Erkenntnisse. Er schloß mit der Bemerkung, der Fall sei für ihn erledigt und er müsse die Observation des »Clubs Solitude« abbrechen. Dann erwähnte er in einem Nachsatz den geplanten Angriff auf den Euro.

Stockmann unterbrach ihn. Seiner Stimme war eine gründliche Verärgerung anzuhören. »Aber warum lassen Sie denn die Observierung einstellen?!«

»Tja, die Sache wird erst wieder ein Fall für die Polizei, wenn Straftaten unmittelbar drohen oder schon geschehen sind. Dann ist es natürlich zu spät. Aber die Dinge sind ja jetzt bei Ihnen in besten Händen.«

»Wieso denn bei mir?« Stockmann war verdutzt.

»Na, die Politiker sind doch für die bestehende Rechtslage verantwortlich. Und Sie sind schließlich der Präsident der Europäischen Kommission.«

Am anderen Ende der Leitung herrschte für einen Moment absolute Stille. »Döpfner, haben Sie da gerade gesagt, es ist eine Währungsspekulation gegen den Euro geplant?«

»Ja. Aber die Spekulation ist legal und geht uns Kriminalisten nichts an.«

»So ein Coup, das stimmt doch mit allem überein, was wir über Meinhard wissen!« Stockmann brüllte fast. Darunter schien Döpfner ein nicht geringer Anteil von Panik zu liegen. »Hören Sie, Döpfner. Ein Angriff des organisierten Verbrechens auf den Euro ist doch keine Privatsache. Es ist eine Staatsaktion, die ungeahnte Folgen haben kann. Wenn gerissene Spekulanten mit dem organisierten Verbrechen zusammengehen, dann verfügen sie über nahezu unbegrenzte Mittel. Denn sie werden nicht nur ihre eigenen Gelder, sondern auch die von ihnen nahestehenden Hedgefonds und Banken einsetzen. Und je größer ihr Volumen, desto länger können sie gegen die … ja, sie würden gegen die EZB spekulieren.« Stockmann atmete heftig.

Döpfner wurde etwas mulmig zumute. Bradys Nachricht von der geplanten Euro-Spekulation hatte er bisher nur als Ereignis abgetan, das sich an den Börsen und auf den Seiten der Wirtschaftsblätter abspielen würde. »Ich kann mir nicht vorstellen, daß so etwas klappt«, brachte er lahm über die Lippen.

»Können Sie nicht einen Vorwand erfinden, damit Meinhard weiter observiert werden kann?«

»Die Schweizer waren schon von der ersten Observation nicht gerade begeistert.« Döpfner überlegte. »Ich kann es noch einmal versuchen.«

Schweigen am Hörer. Dann legte der Präsident mit einem abrupten »Ich rufe Sie zurück« auf.

Döpfner verbrachte die nächsten Stunden am Telefon, aber bei den Schweizer Behörden biß er auf Granit.

*

Karl Stockmann trat ans Fenster und schaute auf Brüssel. Es war nebliges Aprilwetter, aber doch schon mit einem Hauch von Frühling. Vereinzelt war helles Grün an den Bäumen zu bemerken.

Er versuchte, den Nebel in seinem Kopf zu durchdringen. Das Gesicht der Frau aus seinem Traum ließ ihn nicht los. Szenen von Plünderungen, fliehenden Menschen auf der Straße und ausgebombten Häusern gingen ihm durch den Kopf, Bilder, wie man sie aus Albanien, dem Kosovo oder dem Zweiten Weltkrieg kannte. Und ein massiver Angriff auf den Euro käme praktisch der Erklärung eines Wirtschaftskrieges gleich.

Stockmann öffnete die klappbaren Lüftungsfenster oben an den großen Glasscheiben und atmete tief durch. Kalte Luft füllte seine Lungenflügel. Die Euro-Länder hatten, statt mit der Integration von Wirtschafts-, Finanz- und Steuerpolitik zu beginnen, die einheitliche Währung vorgezogen. Hinter diesem Schritt stand nicht zuletzt die Hoffnung, mit der Währungsunion die politische Union zu erzwingen. Nach Meinung der Kritiker hatten sie damit das Pferd vom Schwanz aufgezäumt. Aber das war Schnee von gestern. Jetzt gab es die Währungsunion, man mußte sie zum Erfolg führen.

Stockmann fuhr sich über die Stirn. Er bemerkte, daß sich an seinem Haaransatz ein feiner Film aus Schweiß gebildet hatte. Ein spekulativer Generalangriff auf den Euro könnte nicht nur die europäische Währung, sondern auch den Zusammenhalt der Europäischen Union gefährden.

Ein paar Tage nach dem Alptraum hatte Stockmann sich von Giovanni Moser einen Artikel des amerikanischen Nobelpreisträgers für Ökonomie, Martin Feldstein, heraussuchen lassen. Darin hatte der Ökonom ein düsteres Szenario der Zukunft Westeuropas entworfen, in dem scharfe Interessensgegensätze zwischen den europäischen Staaten erst den Erfolg des Euro verhindern und dann zur Auflösung der Europäischen Union führen würden. Für die Zukunft wollte der Nobelpreisträger nicht einmal das Wiederaufflammen von innereuropäischen Kriegen ausschließen.

Es hatte keinen aktuellen Anlaß gegeben, warum Stockmann seine Kenntnis der Argumente Feldsteins auffrischen sollte. Erst beim Lesen war ihm klar geworden, daß sein Unterbewußtsein nach Fakten suchte, die den Traum mit der Realität verbanden. Döpfners heutiger Anruf gab Stockmanns undeutlichen Ängsten eine neue, besorgniserregende Aktualität. Daß Felix Meinhard in die Sache verwickelt war, verschärfte für Stockmann noch das Gefühl, daß hier etwas besonders Perfides im Gange war.

Stockmann griff zum Hörer und rief den Kriminaldirektor zurück: »Wie zuverlässig ist Ihre Information, Döpfner?«

»Die Amis haben die Fidelity & Trust-Bank abgehört.«

»Also eine ziemlich verläßliche Quelle.«

»Informationen aus solchen Aktionen des FBI gelten in der Regel als gesichert.«

Stockmann überlegte kurz. »Das war vorerst alles, ich melde mich wieder.«

Der Kommissionspräsident legte auf und ließ sich zum französischen Kommissar durchstellen. »Jacques, ich würde gerne etwas unter vier Augen mit Ihnen besprechen. Darf ich Sie für heute nach dem Abendessen zu einem Schluck Rotwein in mein bescheidenes Domizil am Square du Bois bitten?«

»Klingt geheimnisvoll.« Chapelle klang interessiert, wie immer, wenn der Präsident vom üblichen Prozedere des europapolitischen Alltags abwich.

»Ist es auch.«

»Ich komme gerne. Ist Ihnen 21 Uhr recht?«

»Ja. Ich sage der Wache am Zugang zum Platz Bescheid. Und bitte ganz leger.«

Jacques Chapelle war zum ersten Mal im NATO-Haus. Der Kommissionspräsident pflegte als Junggeselle in seiner Wohnung keine Geselligkeit, er kam gesellschaftlichen Verpflichtungen lieber in einem der vielen guten Brüsseler Restaurants nach. So sah es in seinem Apartment denn auch aus. Nicht unpersönlich, aber etwas lieblos. Bis auf die eine gemütliche Ecke, in der sie in großen, alten Ledersesseln saßen, wirkte das Zimmer mit den großen Haufen gestapelter Bücher und Papiere eher wie ein Zweitbüro. Chapelle, ein ausgesprochener Familienmann, spürte die fehlende weibliche Hand.

Stockmann saß in dunklem Rollkragenpulli und einer Kordhose vor ihm, die Chapelle auf doppelt so alt schätzte wie den nach Muskat schmeckenden französischen Rotwein, den der Präsident ihm kredenzte. Chapelle, etwa gleich alt und gleich groß wie Stockmann, aber mit glatten schwarzen Haaren, die eine hohe Stirn umrahmten, war eher sportlich als leger gekleidet. Diesen Freizeitlook hatte ihm seine Frau verpaßt. Solche Klamotten, wie Stockmann sie anhatte, würde sie nicht einmal für die Gartenarbeit zulassen. Doch der Präsident schien Chapelles prüfende Blicke überhaupt nicht wahrzunehmen. Die auf dem Sofatisch verstreuten Dokumente und ein leeres Sherryglas verrieten außerdem, daß Stockmann sich nicht einmal die Zeit genommen hatte, für den Besuch etwas Ordnung in seinem Chaos zu schaffen. Er schien nervöser als sonst, angespannt oder übermüdet.

Sie tauschten sich kurz über die laufende Kommissionsarbeit aus, wobei Stockmann auf Chapelles Nachfragen und Bemerkungen etwas abwesend reagierte. Plötzlich unterbrach er den Kommissar mit der Frage, ob er rauche. Als Chapelle verneinte, seufzte Stockmann: »Mein Freund, ich würde gerade sehr viel für eine Zigarette geben. Vielleicht eine leichte Gauloises.«

»Ich habe Sie noch nie rauchen sehen, Karl.«

Der lächelte. »Nein, ganz sicher nicht. Ich habe das Rauchen schon vor fünfzehn Jahren aufgegeben.« Dann beugte er sich vor und schaute den Franzosen eindringlich an. »Ich wollte mich heute abend mit Ihnen treffen, weil ich bestimmte Informationen bekommen habe und mir nicht sicher bin, wie ich damit umgehen soll.«

Stockmann schaute hoch, und Chapelle nickte ihm aufmunternd zu.

»Ein Bekannter von mir, der bei Europol arbeitet, hat mich heute wissen lassen, es gebe ernstzunehmende Hinweise aus den USA, daß Konzerne des organisierten Verbrechens einen spekulativen Angriff auf den Euro planen.«

Jacques Chapelle stellte verblüfft das Weinglas ab, aus dem er gerade einen Schluck nehmen wollte. »Eine Spekulation gegen den Euro?« Er dachte schweigend nach. »Vom organisierten Verbrechen verstehen

Sie mehr als ich. Deshalb nehme ich an, daß Ihre Informationen verläßlich sind. Wenn das stimmt … Es wäre alarmierend. Eine Gefährdung des Euro könnte die gesamte europäische Integration in Frage stellen.«

Stockmann nickte heftig. »Aber was meinen Sie, Jacques, könnte so eine Spekulation erfolgreich sein?«

Chapelle wiegte langsam den Kopf von einer Seite zur anderen. »Nicht nach der glatten Einführung des Euro. Vorher vielleicht. Aber heute wird die europäische Währung von den Finanzmärkten recht positiv eingeschätzt. Bei all den Problemen mit der leidlichen Abstimmung der Mitgliedstaaten halte ich eine spekulative Attacke gegen den Euro derzeit für praktisch aussichtslos – zumal der Euro als floatende Währung ohnehin viel schwerer anzugreifen ist als eine Währung mit festem Wechselkurs.«

Stockmann lehnte sich in die Ledercouch zurück. »Sie wissen gar nicht, wie mich Ihre Einschätzung beruhigt. Ich denke genauso. Aber vergessen wir nicht, daß das organisierte Verbrechen mitmischt. Diese Leute verfügen über weit größere Eigenmittel als normale Spekulanten-Rudel. Dazu könnten riesige Drittmittel mobilisiert werden. In den Medien und in der Politik hat die Mafia Einflußmöglichkeiten, über die herkömmliche Hedgefonds und Brokerhäuser nicht verfügen. Und sie können immer noch auf ihre üblichen Methoden der Erpressung und Bestechung zurückgreifen.«

Chapelle schüttelte den Kopf. »Sie entwerfen da ein richtiggehendes Horrorszenario, Karl. Soweit wird es nicht kommen. Solange die nationalen Regierungen und Brüssel vernünftige Politik betreiben und klar ist, daß die EZB einem Angriff mit allen geeigneten Mitteln entgegentreten würde, werden die Finanzmärkte nicht gegen den Euro in Bewegung zu bringen sein, da bin ich sicher.«

»Ihr Wort in des Marktes Ohr.« Stockmann schwieg einen Moment. »Wie denken Sie, sollten wir am besten mit diesen Informationen verfahren? Wenn ich sie publik mache, werde ich erst einmal eine Verunsicherung an den Märkten auslösen. Wenn wir nichts sagen und abwarten, trifft eine Attacke Europa ohne Vorwarnung. Was meinen Sie, sollte ich der EZB ein Wort sagen?«

Chapelle starrte nachdenklich in das Weinglas. »Ja, ich würde die Information weitergeben.« Er schaute zu Stockmann. »Aber nur dem Präsidenten.«

»Und der Kommission?«

»Ich glaube, nicht. Wir sind zu viele, das bliebe nicht dicht. Am Ende treten wir sonst noch selbst eine Spekulation los.«

»Gut. Dann bleibt das Ganze also erst einmal unter uns.«

»Einverstanden.«

Stockmann ging in die Küche, um eine neue Flasche Wein zu holen. Chapelles Blick fiel auf die erstklassigen Stiche an den Wänden, alles Städteansichten, darunter der Stich einer hessischen Kleinstadt namens Kassel. Stockmann hatte ihm erzählt, daß er dort seine Jugend verbracht hatte und Kassel sein Bundestagswahlkreis gewesen war. Links davon hing ein Stich von Bonn, rechts eine Ansicht Berlins aus dem 19. Jahrhundert.

Stockmann entkorkte die neue Flasche und goß ein. »Ich bin kein Währungsfachmann, Jacques. Deshalb interessiert mich Ihre Meinung zu einer Frage, auf die es offenbar unter Experten unterschiedliche Antworten gibt: Angenommen, auf den internationalen Finanzmärkten würde etwas gegen den Euro in Bewegung gesetzt. Was würden die USA tun? Der Dollar ist immer noch die Welt-Reservewährung. Würden sich die Federal Reserve Bank und die Treasury gegen den Euro stellen, neutral bleiben oder sogar helfen?«

»Während unserer Zeit in Harvard haben die Amis so etwas noch eine ›56 Dollar-Question‹ genannt.« Chapelle kostete von dem neuen Wein und dachte nach. »Gehen wir einmal ganz logisch an die Frage heran. Welche Vorteile haben die USA davon, daß der Dollar Welt-Reservewährung ist?« Er beantwortete die Frage gleich selbst. »Soweit ich sehe, dreierlei: Da sind erstens die finanziellen Vorteile der ›Seignorage‹, der Erträge aus der Dollar-Emission. Die Federal Reserve Bank hat jetzt etwa 600 Milliarden Dollarnoten und -münzen im Umlauf. Nach Expertenschätzungen etwa 60 Prozent davon im Ausland. Das sind rund 360 Milliarden. Der Bargeldbedarf wächst jedes Jahr um etwa 10 Prozent, also kämen im Ausland jährlich etwa 40 Milliarden Dollar dazu. Das ist sicher eine Menge Geld. Aber es ist viel zu wenig, um die Haltung der Amerikaner zum Euro zu bestimmen.«

Stockmann nippte an dem Wein, wobei er den Zeigefinger der linken Hand hochhielt. »Das war der erste Vorteil. Was weiter?«

»Die USA brauchen keine Angst vor einer Abwertung des Dollar zu haben. Solange ihre Gläubiger überschüssige Dollar-Einnahmen horten, können sie eine negative Leistungsbilanz hinnehmen, also über ihre Verhältnisse leben. Und daran wird der Euro kaum etwas ändern.«

»Aber wenn der Euro weiter so gut läuft und zu einer zweiten Welt-Reservewährung werden könnte?«

Chapelle verzog das Gesicht. »Selbst wenn alles gutgehen sollte, braucht das Jahre. Und selbst wenn sich das Verhältnis auf den internationalen Finanzmärkten zugunsten des Euro verschieben würde, tut das den Amerikanern nicht wirklich weh.«

»Nummer zwei.« Stockmann machte lächelnd ein Victory-Zeichen. »Welche Vorteile haben die Amis sonst noch?«

»Na, notfalls haben sie die Möglichkeit, sich hoch zu verschulden und dann durch Drucken von neuen Dollarnoten die Schulden zu inflationieren. So haben sie die Kosten des Vietnamkrieges auf die Dollarbesitzer und Dollargläubiger in aller Welt abgewälzt. Heutzutage ist das allerdings währungspolitisch so bedenklich, daß sich das hoffentlich nicht wiederholen wird. An der Möglichkeit an sich aber wird der Euro nichts ändern.«

»Das ist es?« Stockmann schien verwundert. Chapelle fiel aber auch eine gewisse Erleichterung in den Zügen des Präsidenten auf. »Nun, die Rolle des Dollars als Welt-Reservewährung verstärkt auch die Fähigkeit der USA, amerikanische Gläubigerinteressen in der Welt durchzusetzen. Die Mexikokrise von 1994 zum Beispiel war vor allem auf die Überschuldung des Landes mit kurzfristigen Krediten von amerikanischen Banken und Fonds zurückzuführen. In der Situation haben die Amis den mexikanischen Staat gezwungen, neben seinen eigenen Schulden die Schulden zahlungsunfähig gewordener Privatunternehmen zu übernehmen. Das hat die Bonität dieser Außenstände amerikanischer Fonds und Geschäftsbanken so erhöht, daß sie vor dem Bankrott bewahrt wurden. Aber auch daran dürfte der Euro kaum etwas ändern.«

Stockmann ließ sich in die Polster zurückfallen. »Droht Ihrer Meinung nach dem Dollar dann prinzipiell überhaupt Gefahr vom Euro?«

Chapelle schüttelte den Kopf. »Kaum. Außerdem: Was könnten die Fed, die Treasury und selbst der amerikanische Präsident denn überhaupt gegen den Euro unternehmen? Die Fed könnte die Zinsen als Instrument benutzen. Sie ist insoweit vielleicht etwas beweglicher, als es die EZB angesichts der wirtschaftlichen Unterschiede zwischen den Euro-Ländern sein kann. Trotzdem ist das ein zweischneidiges Schwert. Die Treasury könnte mit der Fed versuchen, am Euro/Dollar-Wechselkurs herumzuoperieren. Aber auch das bringt erfahrungsgemäß nicht viel. An Wechselkurs-Operationen verdienen vor allem die Spekulanten. Die Länder selbst, Regierung und Gesamtwirtschaft, sind an angemessenen, stabilen Wechselkursen, nicht an einer Über- oder Unterbewertung ihrer Währungen interessiert.«

Chapelle überlegte kurz. »Meiner Meinung nach wäre das sicherste Mittel, den Euro zu schwächen, eine dauerhafte Spaltung der europäischen Länder. Aber es kann nicht im Interesse Amerikas liegen, seine europäischen Bündnispartner zu schwächen. Im Gegenteil, die NATO soll doch gerade gestärkt und nach Osten erweitert werden. So gesehen läge eine Währungsabsprache in beider Interesse, zumal die USA und Europa zusammen die internationalen Finanzmärkte weitgehend kontrollieren könnten.«

Stockmann lachte leise. »Und nach all diesen schlagenden Argumenten soll ich trotzdem noch mit dem EZB-Präsidenten sprechen?«

»Ja, aber sicher. Und mit den Regierungen in Berlin und Paris, schon aus pädagogischen Gründen.«

Stockmann warf dem Freund einen anerkennenden Blick zu. »Sie können überzeugen, Jacques. Aber wenn Sie mich schon in die Rolle des Wanderpredigers drängen, der die Botschaft von den segensreichen Wirkungen finanzpolitischer Disziplin verbreitet, dann müssen Sie mich auch nach Paris begleiten.«

»Gerne.«

Die beiden Herren tranken den letzten Schluck Rotwein und verabschiedeten sich in gelöster Stimmung. Das informative Gespräch mit ihm habe ihn vollkommen beruhigt, erklärte Stockmann noch, als er Chapelle zur Tür brachte. Chapelle trat erleichtert hinaus zu seinem Dienstwagen. Von der angespannten Besorgnis des Freundes, die er am Anfang des Besuches gespürt hatte, war nichts mehr zu bemerken.

*

Am selben Abend fand, nur ein paar Kilometer vom NATO-Haus entfernt, ein Gespräch statt, das die entspannte Lageeinschätzung des Kommissionspräsidenten und seines französischen Kommissars ins Gegenteil verkehrt hätte.

Auf den geschwungenen Steintreppen des Stadtpalais van Houttens schritt Silvio Pestacosta zur großen Eichentür hoch. Er trug einen halblangen Mantel mit Fellbesatz über dem schwarzen Geschäftsanzug. In der Rechten hielt er eine schmale Aktentasche. Der junge Amerikaner wurde anscheinend erwartet, denn die Tür öffnete sich, kaum daß er die oberste Treppenstufe erreicht hatte. Das Dienstmädchen führte ihn, nachdem sie ihm den Mantel abgenommen hatte, schweigend den langen, mit grünem Teppich ausgelegten Gang entlang zum Arbeitszimmer des Bankiers. Pestacosta schlenderte langsam an der Ahnengalerie vorbei, blieb kurz vor einem kleineren Gemälde stehen. Das Hausmädchen wartete nervös, und schließlich trat er durch die hohe Flügeltür des Arbeitszimmers, die sie ihm aufhielt. Mit dünner Stimme kündigte sie den Besucher an: »Herr Pestacosta ist da, Monsieur.«

Der grauhaarige Bankier war hinter dem massiven Eichenholzschreibtisch aufgestanden und begrüßte den Amerikaner. Das Arbeitszimmer war sehr geräumig und wirkte wie eine kleine Bibliothek. In die Wandtäfelung aus dunkel poliertem Holz waren im Farbton abgestimmte Bücherregale eingelassen, in denen Reihen von Bücher jeder Größe, Farbe und jeden Alters ihren Platz fanden. Van Houtten war ein wissensdurstiger Mann, der die Bestände seiner Bibliothek nicht nur gelesen hatte, sondern dem auch daran lag, sie sowohl in seinem Arbeitsgebiet der Ökonomie, aber auch in moderner Belletristik und seinem Steckenpferd, der Unterwasserfotographie, ständig auf dem laufenden zu halten. Inmitten des Durcheinanders von Papieren und Zeitschriften, die den Schreibtisch und ein kleines antikes Tischchen bedeckten, wirkte der Bankier wie ein zurückgezogen lebender Gelehrter.

Den cleveren Geschäftsmann verrieten nur die Augen, die aus einem besorgten Gesicht den späten Gast unwirsch anblickten. Van Houtten begrüßte Pestacosta mit förmlicher Höflichkeit, bot ihm einen Sessel an und ließ Sherry servieren.

»Es scheint Ihnen bei mir zu gefallen. In so kurzer Zeit darf ich Sie zum zweiten Mal hier begrüßen. Wie geht es Hürlimann? Er soll krank gewesen sein, habe ich gehört.« Van Houtten ließ den Amerikaner nicht aus den Augen. Der schien von dem Bankier keine Kenntnis zu nehmen. Er fläzte sich auf den teuren Gobelinstoff des Sessels, öffnete ungefragt den Humidor, der auf dem Schreibtisch stand, grunzte anerkennend und nahm sich eine der hellbraunen, schwach duftenden Zigarren.

»Keine Ahnung, wie es Hürlimann geht«, quetschte er schließlich heraus, während er ein Ende abbiß und sich die Zigarre genüßlich ansteckte.

Van Houtten schloß vorsichtig den Deckel des Humidors und fragte dann mit hörbarer Anstrengung: »Ich habe vielleicht nicht richtig verstanden, was Sie mir vorhin am Telefon angedeutet haben …« Der Satz verlor sich in einem angespannten Schweigen.

Pestacosta nahm die Zigarre von den Lippen. »Ich denke schon, mein verehrter Herr van Houtten. Sie haben mich ganz genau verstanden. Die Sache läuft genauso wie das letzte Mal, 1998 war das, wenn ich Ihr Gedächtnis auffrischen darf.« Er warf van Houtten einen mißmutigen Blick zu. »Die gescheiterte Lira-Spekulation.«

Van Houtten war blaß geworden. Hinter dem Schreibtisch, wo Pestacosta es nicht sehen konnte, hatten sich seine Finger schmerzhaft in den dunklen Stoff der Samthose verkrallt. Er nickte.

»Ich möchte Sie darauf vorbereiten, daß demnächst wieder ein großer Devisenverkauf über die Van-Houtten-Bank abgewickelt wird. Diesmal Euro oder britische Pfund. Für die Transaktion gelten die gleichen Bedingungen wie 98 für den Lira-Verkauf.«

Wieder nickte van Houtten. Pestacosta zog schmatzend an der Zigarre.

»Noch etwas: Vielleicht kommen dieses Mal auch Kreditwünsche dazu. Damit sollte es keine Probleme geben. Ich hoffe, wir verstehen uns.«

Die kalten braunen Augen beobachteten die zusammengesunkene Gestalt des Bankiers, die sich in diesem Moment langsam aufrichtete. Die beiden so unterschiedlichen Männer starrten sich an, bis Pestacosta den Blick abwenden mußte.

In dem vollen, tiefen Bariton, mit dem er bei Aufsichtsratssitzungen schon stimmlich dominierte, fragte van Houtten: »Was, junger Mann, was werden Sie tun, wenn dieses Mal nicht alles so läuft, wie Sie und Ihre Auftraggeber sich das vorstellen?«

Für eine Sekunde verlor Pestacosta die Kontrolle. Seine Gesichtszüge verzerrten sich, die Zigarre in seinem Mundwinkel zuckte gefährlich. Dann erstarrte er. Van Houtten hatte sich zu seiner stattlichen Erscheinung aufgerichtet, ein Bild großer Willensstärke, dessen Wirkung auch die blaue Hausweste nicht schmälern konnte.

Plötzlich fing Pestacosta an, in sich hineinzulachen. Erst leise, dann immer lauter. »Die ehrwürdige Van-Houtten-Bank! Wie wird die Bank in der Presse dastehen, mein lieber van Houtten, wenn bekannt wird, daß Sie illegales Geld gewaschen haben. Und nicht nur einmal, gleich mehrmals. Millionenbeträge, an denen die Bank nicht schlecht verdient hat.« Pestacosta hielt ein Streichholz an die ausgegangene Zigarre und zündete sie ein zweites Mal an. Dabei sagte er leise, wie zu sich selbst. »Von der anderen Sache ganz zu schweigen.«

Van Houtten stand immer noch. Er stierte den jungen Amerikaner an, dann weiteten sich seine blauen Augen. »Die Driesche. Sie stecken unter einer Decke mit ihr. Sie haben sich auf dem Diner so gut verstanden. Dieses Biest, diese verdammte …«

Mit all seiner Kraft ließ van Houtten seine rechte Faust auf die Schreibtischplatte knallen. Das Dienstmädchen, das im Auftrag der jungen Gattin an der Tür lauschte, sprang vor Schreck zurück. Doch die beiden Herren hatten nichts gehört.

*

Am nächsten Morgen schaufelte sich Karl Stockmann in seinem Terminkalender zwei Tage frei. Dann ließ er sich mit dem Präsidenten der Europäischen Zentralbank verbinden, um sich mit ihm für den Vormittag des übernächsten Tages in Frankfurt zu verabreden. Beim Bundeskanzler in Berlin bekam er für den gleichen Tag einen Termin am Nachmittag.

Voller Tatendrang rief Stockmann Nadine LaTour in der Europäischen Zentralbank an. Sie hatte sich von ihrer Reise in die USA nur einmal kurz aus New York gemeldet, mußte aber eigentlich längst zurück in Frankfurt sein. Nadine hatte ihm ihre Durchwahl gegeben, und als Karl ihre Stimme hörte, wurde ihm weich in den Knien. »Na, meine untreue Geliebte, warum meldest du dich denn nicht?«

»Ich habe es schon zweimal abends in deinem Apartment versucht. Ich mag das nicht, Privatgespräche auf Amtsleitungen. Aber du warst nicht zu Hause. Das hat mich rasend eifersüchtig gemacht. Wie ist sie? Blond, brünett, rothaarig? Und wann sehen wir uns wieder, Charlemagne?«

Stockmann grinste in den Hörer. »Wir brauchen die Amtsleitungen nicht mehr zu strapazieren. Ich bin übermorgen in Frankfurt bei deinem Präsidenten. Was hältst du von einem gemeinsamen Lunch in der Villa Leonhardi.«

»Och, mir wäre es lieber, wenn wir uns am Abend bei mir sehen. Ich koche auch wieder – Kaninchen mit Rotwein.« Ihre Stimme war tief und rauh, und Stockmann sah sie wieder vor sich, wie sie wütend die feuchte Bluse von ihren Brüsten riß. Mit Mühe konzentrierte er sich auf die gegenwärtige Planung. »Da muß ich leider passen, Nadine. Ich muß am Nachmittag schon weiter nach Berlin.«

In der Leitung herrschte einen Moment Schweigen. »Ich scheine dich nicht sonderlich beeindruckt zu haben.«

»Nadine, laß das doch bitte! Treffen wir uns um eins in der Villa Leonhardi, dann können wir alles Weitere arrangieren.«

»Jawohl, Herr Präsident«, antwortete Nadine und legte auf.

*

Der joviale niederländische Präsident der Europäischen Zentralbank freute sich über den kurzfristig angekündigten Besuch des Kommissionspräsidenten. Stockmanns ausführlichen Bericht hörte er sich in Ruhe an. Als Stockmann quasi nebenbei die Recherche von Frau LaTour erwähnte, bemerkte er kurz: »Sie ist sehr tüchtig. Ich werde nachher mit ihr sprechen.«

Nach Stockmanns Wiedergabe von Kommissar Chapelles Einschätzung der Situation meinte der Bankpräsident: »Die Informationen, die Sie mir da geben, sind für mich schwer zu beurteilen. Eine Attacke auf den Euro wäre eine gefährliche Sache. Ich halte das aber für äußerst unwahrscheinlich. Trotzdem: Was immer Ihre Information wert sein mag, danke für Ihr Kommen. Es ist besser, sich unnötigerweise vorzubereiten, als sich überraschen zu lassen.«

»Genau das habe ich mir auch gesagt.«

Der Präsident räusperte sich. »Nun habe ich allerdings auch eine

Bitte an Sie. Falls es wirklich zu einer großen spekulativen Operation gegen den Euro kommen sollte, bräuchten wir massive politische Unterstützung, in der Sache und publizistisch. Sie wissen ja selbst am besten, wie verschieden die Interessen und Ansichten in den Mitgliedsländern sind. Mir wäre wohler, wenn ich in diesem Fall wenigstens Berlin und Paris von vornherein auf unserer Seite wüßte.«

Stockmann lächelte. »Ich bin schon unterwegs. Heute nachmittag Berlin, morgen Paris. Dort wird mich Kommissar Chapelle begleiten.«

Karl Stockmann und seine zwei Sicherheitsbeamten erreichten die Villa Leonhardi pünktlich um eins. Er bewunderte erneut die klassische Architektur des Gebäudes. Nadine LaTour kam kurz nach ihm und winkte ihm von der Eingangstreppe her zu. Sie trug ein hellgraues, auf Figur geschnittenes Business-Kostüm, das ihre schlanke Taille betonte. Ihr schwarz glänzendes Haar hatte sie zu einem komplizierten Gebilde im Nacken zusammengesteckt, nur ein paar vereinzelte Löckchen fielen ihr in die Stirn.

Karl ging ihr entgegen, nahm ihre Hände und sagte leise: »Die Blumen habe ich zu dir nach Hause schicken lassen.«

Sie standen unbewegt und schauten sich in die Augen. Den anderen Gästen boten sie für einen flüchtigen Augenblick das Bild eines perfekten Paares. Karls grauer Anzug harmonierte mit Nadines Kostüm, und in beider Gesichtszüge war deutlich eine freudige Erregtheit abzulesen. Karl wollte Nadine küssen, doch sie drehte den Kopf weg und flüsterte ihm ins Ohr: »Nicht hier, Karl.« Dann schritt sie zu dem reservierten Tisch und forderte ihn mit einem neckischen Blick auf, ihr zu folgen.

Sie bestellten. Nadine fragte in bedauerndem Tonfall, ob er nicht doch über Nacht in Frankfurt bleiben könne. Dabei rückte sie näher an den Tisch, so daß sich ihre Knie unter dem Tisch berührten.

Karl seufzte leise. »Es tut mir auch leid, Nadine. Aber du weißt doch, wie es ist mit dem Termindruck. Ich habe heute noch Nachmittag- und Abendtermine in Berlin. Und morgen muß ich nach Paris.«

»Warum denn diese plötzliche Reise?« Nadine schaute traurig auf die sonnenbeschienene Terrasse.

Karl zögerte einen Moment, dann sagte er: »Es gibt Berichte, wonach eine spekulative Attacke auf den Euro geplant ist.«

Nadine wandte langsam den Kopf und starrte ihn verblüfft an. »Gerüchte oder Informationen?«

Karl konnte sich einfach nicht an den abrupten Übergang vom Privaten zum Fachlichen im Verhalten dieser Frau gewöhnen. Ausweichend beantwortete er ihre Frage.

Er sah, daß Nadine von der Nachricht wie elektrisiert war. Allerdings schien sie seine Zurückhaltung zu spüren und schwieg. »Übrigens«, versuchte Karl, das Gespräch auf ein Thema zu bringen, das sie zu den Nachhilfestunden am Beginn der Romanze zurückführen sollte, »wir wissen inzwischen, was du an den offiziellen Statistiken nicht ablesen konntest: Hinter den Lira-Bewegungen von 1998 stand eine spekulative Attacke.«

»Und woher wollt Ihr das wissen?« Nadine schaute ihn fast feindlich an. Karl verstand nicht richtig, was eigentlich in ihr vorging und beschloß, einfach das Nötigste zu erzählen.

»Einer der Banker, die an den Spekulationen beteiligt waren, ist in New York ermordet worden. Seine Verbindungsleute hatten Angst, er würde plaudern. Aber er hat ein Geständnis hinterlassen. Danach war er an der Spekulation und in diesem Zusammenhang auch an Geldwäsche beteiligt.«

Nadines sanfte braune Augen hatten eine Härte bekommen, die Karl bei ihr fremd war. Sie strich die Locken aus ihrer Stirn und sagte: »Furchtbar.«

So hatte Karl sich ihr Rendezvous nicht vorgestellt. Er bemühte sich, durch ein charmantes Lächeln den Stimmungsumschlag ungeschehen zu machen. Aber Nadine schienen diese Informationen so zu beschäftigen, daß sie seine romantischen Avancen überhaupt nicht bemerkte. »Warst du deswegen beim Präsidenten? Hast du etwas über meine Recherche gesagt?«

»Ja, das war unser Thema. Deine Recherche habe ich nebenbei auch erwähnt. Ich dachte, es ist besser, der Präsident erfährt es von mir. Er scheint deine Arbeit übrigens sehr zu schätzen, er will mit dir darüber reden.«

Nadine rollte die Augen. »Du hättest mich vorher fragen können. Es ist nicht gut, wenn der Klatsch wieder anfängt. Ich will das nicht mehr. Du kannst dir nicht vorstellen, was ich bei meiner Rückkehr aus New York außer einem Haufen Arbeit in meiner Post gefunden habe: einen ganzen Stapel pornographischer Postkarten!«

Karl setzte sich auf. »Pornographische Postkarten?«

Nadine nickte. »Ja, Postkarten vom Beate-Uhse-Versand mit unglaublich ordinären, handschriftlichen Sprüchen darauf. Ich schätze, das sind die Liebesgrüße des mißhandelten Italo-Machos. Es ist mehr als unangenehm. Ich bin sicher, die Sekretärinnen zerreißen sich schon das Maul darüber. Aber ich werde keine Anzeige erstatten. Außer viel Gerede kommt dabei doch nichts heraus.« Sie zuckte mit den Schultern. »*Such is life in the tropics.*«

Karl berührte ihre Hand. Zu seiner Erleichterung zog Nadine sie nicht zurück, sondern erwiderte seine Geste mit einem leichten Händedruck. »Es tut mir leid, Nadine. Ich werde jemanden vom Bundeskriminalamt bitten, sich die Postkarten einmal anzusehen.«

Wieder zuckte sie mit den Schultern. »Wenn etwas dabei herauskommt.«

Inzwischen war das Essen gekommen, und Karl wechselte das Thema. »Wie war es denn eigentlich in Amerika?«

»Wie immer interessant.« Sie lächelte ihn spitzbübisch an, während sie mit der Gabel zielsicher in den Berg aus Salat und Gemüse stieß.

»Und deine Freunde aus den gemeinsamen Zeiten in London?«

»Er arbeitet jetzt bei der Chase Manhattan. Seine Frau hat wegen der Kinder eine Auszeit genommen. Sie sind in ein schönes Haus außerhalb New Yorks gezogen.«

»Ah, sie haben Kinder?« Karl zwinkerte Nadine zu.

»Gerade mal zwei«, grinste sie zurück.

Während des Essens sprachen sie nicht mehr von der geplanten Attacke auf den Euro, aber Karl hatte das seltsame Gefühl, daß Nadine in Gedanken nicht ganz bei der Sache war.

Beim Espresso schaute sie auf die Uhr. »Sag mal, mußt du nicht zum Flughafen?«

Karl schreckte hoch. »Ist es schon so spät? Ich muß los! Ich rufe dich aus Brüssel an, wenn ich zurück bin, okay?«

»Gut«, sagte sie und küßte ihn zum Abschied zärtlich auf die Wange.

*

Stockmanns Flugzeug hatte Verspätung, so daß er den Termin beim Bundeskanzler nur in letzter Sekunde schaffte. Er fuhr zum Platz der Republik, winkte im Geiste zum Bundestag hinüber und ging dann ins Kanzleramt. Die Begrüßung durch den Kanzler war herzlich. Er schätzte Stockmann, den er nach seinem Erfolg mit der »Operation Buchprüfung« in den engeren Kreis seiner Berater gezogen hatte. Gerüchten besagten, er habe noch Pläne mit ihm. Nicht zuletzt darum hatte er ihn nach Brüssel geschickt. Um in Berlin gut regieren zu können, muß man wissen, wie Brüssel funktioniert. Sie besprachen eine halbe Stunde lang einige aktuelle Punkte der deutschen und der europäischen Politik, dann schaute der Kanzler auf die Uhr.

»Du hast mir am Telefon gesagt, daß es um den Euro geht. Deshalb habe ich gleich den Finanzminister gebeten, zu unserem Gespräch dazuzukommen.« Er lächelte entschuldigend. »Ich weiß, ich weiß, ihr könnt euch nicht riechen, aber das ist für mich ein Grund mehr, ihn nicht auszuschließen. Er muß gleich da sein.«

Stockmann schaute nicht sehr glücklich drein. Er hielt den Genossen Bernd Schlüter zwar für einen erstklassigen Fachmann, aber für politisch unfähig, eine Linie zu entwickeln und durchzusetzen. Und Leute, die alles wissen, daraus aber nichts machen können, hielt er in der Politik für ein Desaster. Er hatte den Kanzler darum auch gewarnt,

Schlüter auf den wichtigen Posten des Finanzministers zu berufen. Aber der Kanzler hatte geantwortet: »Er ist fachlich hervorragend, und politisch bin ich selber.«

Während seiner Berliner Zeit hatte Stockmann mit Schlüter immer im Clinch gelegen. Vor allem hatte Schlüter ihn mit nationalen Spruchweisheiten genervt. Im Kreise seiner europäischen Kollegen galt er als Musterbeispiel deutschen Charmes.

Auch persönlich mochte Stockmann den Finanzminister nicht. Schlüter war um die fünfzig mit einer immer auf Hochglanz polierten Glatze. Dazu hatte er sich in den letzten Jahren ein modernes Stahl-Brillengestell und einen stattlichen Schnauzer zugelegt. Stockmann hielt den Mann für einen machtbesessenen Streber, der ständig innerhalb von Fraktion und Partei intrigierte. So hatte ihn Schlüter in Berlin stets als »Herr Kronprinz« tituliert, weil er es offenbar nicht verwinden konnte, daß einige Journalisten Stockmann dazu hochstilisiert hatten. Nach seiner Übersiedelung nach Brüssel hatte Schlüter überall herumerzählt, der Kanzler habe Stockmann endlich loswerden wollen.

War das alles schon ziemlich unerträglich, richtig wütend gemacht hatte Schlüter ihn, als er auf einem der Abschiedsempfänge zu seinem Fortgang nach Brüssel süffisant gefragt hatte: »Wer wird sich denn jetzt um die arme Frau Burkhardt kümmern?« Stockmann hatte sich zusammennehmen müssen, um nicht ausfallend zu werden. Er hatte schließlich nur bemerkt: »Bei Ihrem Einfühlungsvermögen, Herr Kollege, ist Ihnen diese Aufgabe auf den Leib geschrieben.«

Als Schlüter das Büro des Kanzlers betrat, fiel die Begrüßung der beiden Herren dementsprechend frostig aus. Stockmann berichtete in knappen Sätzen über die Möglichkeit eines Angriffs auf den Euro und sein Gespräch mit dem EZB-Präsidenten.

Kaum hatte er geendet, griff Schlüter ihn schon an. »Sie haben sich ja immer mehr für Sicherheits- als für Finanzfragen interessiert, Herr Präsident. Deshalb sollten Sie solche Themen doch lieber den Finanzministern überlassen. Nur wegen Ihres Überraschungserfolgs im ›Global Players‹-Fall brauchen Sie nicht gleich überall das Gespenst des organisierten Verbrechens an die Wand malen.«

Bevor der Kanzler Schlüter zur Ordnung rufen konnte, antwortete Stockmann, äußerlich ruhig: »Als das Finanzministerium hier in Berlin ins frühere Reichsluftfahrtministerium gezogen ist, habe ich gleich befürchtet, daß die Großkotzigkeit Hermann Görings eines Tages über einen der Hausherrn kommen könnte.«

Schlüter lief knallrot an. Er riß den Mund auf, um zu protestieren. Da schlug der Kanzler mit der flachen Hand auf seinen Rosenholzschreibtisch und fuhr mit lauter Stimme dazwischen: »Schluß jetzt, meine Herren, um nicht ›Genossen‹ zu sagen! Zur Sache bitte.«

Dann fuhr er mit leiserer Stimme fort: »Ich neige zu der Auffassung des Kommissionspräsidenten, die ja auch der Präsident der EZB zu teilen scheint. Wir sollten die Sache nicht auf die leichte Schulter nehmen. Ein spekulativer Angriff auf den Euro kann gefährlich werden. Wir machen das jetzt so: Stockmann fährt wie geplant nach Paris und informiert den französischen Ministerpräsidenten.« Er wandte sich Stockmann zu. »Danach rufst du mich bitte an. Ich werde mich dann mit dem Pariser Kollegen abstimmen. Wenn wir ähnlich denken, ist das schon die halbe Miete. Die wichtigsten Entscheidungen liegen in diesem Fall sowieso bei der Europäischen Zentralbank.«

Auf dem Flugplatz Orly wurde Stockmann vom Pariser Büro der Europäischen Union abgeholt. Im Wagen sah er einige Papiere durch, die Moser für ihn nach Paris gefaxt hatte. Er fuhr direkt zur Rue de Varenne in das Hôtel »Matignon«, dem Sitz des französischen Ministerpräsidenten. Kommissar Chapelle und der Chef des »Matignon« erwarteten ihn schon und geleiteten ihn zum Regierungschef. Der hatte, wie ihm Jacques Chapelle unterwegs berichtete, entschieden, mit ihnen alleine zu reden, ohne seinen Finanzminister.

Stockmann trug die Erkenntnisse von BKA und FBI vor. Dann berichtete er über seine Gespräche mit dem Bundeskanzler und mit dem EZB-Präsidenten. Der französische Ministerpräsident war zwar skeptisch, aber doch bereit, die Information ernst zu nehmen.

»Was schlagen Sie vor?«

»Wichtig wird es im Fall des Falles sein, daß die europäischen Regierungen einheitlich reagieren. Die Europäische Zentralbank muß aus den Hauptstädten und aus Brüssel volle politische Unterstützung erhalten.«

»Und wie soll das technisch laufen?«

Stockmann hatte diese Frage erwartet und sich einen Vorschlag ausgedacht, der Schlüter in Berlin ausschalten würde. Er überredete den französischen Ministerpräsidenten, in seinem Beisein den Bundeskanzler anzurufen, um die Bestellung von persönlichen Beauftragten vorzuschlagen. Die Vorbereitung einer gemeinsamen politisch-publizistischen Reaktion auf eine etwaige Euro-Attacke solle in den Händen der Beauftragten liegen. Der Ministerpräsident folgte dem Rat in der Annahme, Stockmann übermittle in besonders dezenter Weise einen Wunsch des Kanzlers. Die Sache klappte. Die beiden Regierungschefs beschlossen, was Stockmann im Sinn gehabt hatte.

Anschließend wurde vereinbart, daß Kommissar Chapelle den französischen Finanzminister über das Gespräch unterrichten solle. Der deutsche Finanzminister war schließlich auch unterrichtet worden, und Jacques Chapelle legte auf ein gutes Verhältnis zum französischen Finanzminister besonderen Wert.

Stockmann war mit seiner kleinen Rundreise in Sachen Euro recht zufrieden. Als er vom Hôtel »Matignon« am Invalidendom vorbei über die Champs Elysées und den Place de la Concorde in sein Hotel fuhr, dachte er aber schon nicht mehr über einen Angriff auf den Euro nach. In Gedanken träumte er von einem lauen Frühlingstag in Paris mit Nadine.

*

In seinem Büro in Brüssel fand der Präsident bei seiner Rückkehr einen großen Packen Post und Akten vor, und Moser übermittelte ihm die Bitte Herrn van Houttens, sofort nach seiner Rückkehr mit dem Kommissionspräsidenten sprechen zu dürfen. Der Bankier hatte mehrfach angerufen, es schien ihm dringend zu sein. So zog Karl Stockmann das Gespräch vor.

Als van Houtten ihm in seinem Büro gegenüber saß, wurde Stockmann sofort klar, daß der sonst so souveräne alte Herr unter erheblichem Druck stand. Er schien um Jahre gealtert. Van Houtten hielt sich dann auch nicht lange mit der Vorrede auf. Er müsse ihm, dem soviel Jüngeren, gestehen, daß er schwere Fehler gemacht habe.

»Sie kennen ja meine Frau, sie ist noch sehr jung.« Der Bankier blickte verlegen auf und schaute Stockmann mit einer sonderbaren Mischung aus Angst und Stolz an. »Sie hat keine Ahnung von Geschäftsdingen. Vor ein paar Jahren hat sie sich mit Frau van Driesche angefreundet und –«

»Ah, ich hatte mich schon gewundert, wie mein Pressesprecher samt Gattin zu der Ehre kommt, auf Ihre berühmten Diners eingeladen zu werden.« Stockmann bemühte sich, die Situation, die für den Bankier offensichtlich fast unerträglich war, zu entspannen.

Stockend berichtete van Houtten dann, seine Gattin habe sich von Frau van Driesche zu einer Art »Insider-Geschäften um die Ecke« verleiten lassen. Sie habe bei Gesprächen in der Bank und in ihrem Hause Informationen, etwa über eine geplante Firmenübernahme oder Fusion, aufgeschnappt und, wie er inzwischen wisse, auch gelegentlich Papiere von seinem Schreibtisch genommen. Diese Informationen und Papiere habe sie an Frau van Driesche weitergegeben.

Van Houtten stöhnte. »Diese … Frau hat Verbindungen, Kontakte. Sie hat die Informationen in erfolgreiche Geschäfte umgesetzt. Einen Teil des Gewinns hat sie meiner Frau überwiesen.«

Der Bankier hatte von alledem nichts bemerkt. Dann hatte ihn eines Tages ein ihm unbekannter Herr aufgesucht. Dieser Mann, ein Amerikaner, wußte über diese Geschäfte Bescheid und hatte ihn damit erpreßt. Van Houtten gestand reuevoll, daß ihm inzwischen klar sei, daß er sich nie darauf hätte einlassen dürfen. Aber die Sorge um das Ansehen seiner Bank und den Ruf seiner Familie habe ihn damals dazu verleitet. Der alte Herr seufzte und schaute Stockmann beschämt an: »Diesmal lasse ich mich aber nicht wieder erpressen. Das bin ich mir, aber auch Ihnen schuldig.«

Stockmann schwante nichts Gutes. »Was hat man denn damals von Ihnen verlangt?«

»Ich sollte große Summen von den Auftraggebern illegal erworbener Lira verkaufen und dafür sorgen, daß aus der Bank kein Geldwäsche-Verdacht gemeldet wird. Das habe ich dann auch verhindert.« Van Houtten zuckte die Schultern.

»Das war Anfang 98, nicht?«

Der Bankier blickte ihn verwundert an. »Ja. Woher wissen Sie das?«

»Das ist im Augenblick gleichgültig. Sie werden also wieder erpreßt?«

Der vornehme Herr schien in sich zusammenzufallen. Leise erwiderte er: »Ja.«

»Um was geht es diesmal, Herr van Houtten?« Bei der Erzählung des Bankiers hatte Stockmann einen silbernen Kugelschreiber in die Hand genommen. Diesen umklammerte er jetzt so fest, daß die gespannte Haut über den Knöcheln weiß wurde.

Van Houtten schien die Anspannung des Präsidenten allerdings nicht zu bemerken. Er war zu sehr mit seinen eigenen Problemen beschäftigt. »Erinnern Sie sich an das Paar, das bei unserem Diner neben den van Driesches saß. Der Amerikaner und diese Portugiesin.«

Stockmann nickte. »Sicher, Mister Silvio Pestacosta. An den Namen der jungen Dame kann ich mich leider nicht mehr erinnern.«

»Pestacosta hat mich vor zwei Tagen angerufen und um ein Gespräch unter vier Augen gebeten. Er hat angedeutet, daß er über die Sache von damals Bescheid weiß. Was sollte ich tun, ich habe ihn kommen lassen. Sie wollen dasselbe wie damals, und dazu wollen sie diesmal auch Kredite. Allerdings geht es dieses Mal wohl um Euro und um britische Pfund.« Van Houtten klang verzweifelt. Er zog ein blütenweißes Taschentuch aus der Brusttasche und schneuzte sich.

»Sagten Sie Euro oder britisches Pfund?« Stockmann war außerordentlich überrascht, und der Bankier blickte erstaunt von seinem Taschentuch hoch.

»Ja, Pfund Sterling.«

Mehr zu sich selbst als zu dem Bankier brummte Stockmann. »Pestacosta arbeitet also für die Erpresser. Interessant.«

»Es sieht so aus. Ich frage mich, ob mein Kollege Hürlimann in Zürich in einer ähnlichen Situation ist wie ich. Und bei dem Diner hat Pestacosta sich blendend mit der Driesche verstanden. Sie werden sich erinnern.«

»Ja, ich habe gehört, daß die beiden sich angefreundet haben.« Van Houtten und Stockmann warfen sich einen vielsagenden Blick zu.

Dann hob der Bankier fragend die Hände. »Herr Stockmann, was soll ich jetzt tun? Ich brauche Ihren Rat, als Freund und Politiker. Bisher habe ich alles falsch gemacht.«

»Zunächst sollten Sie das, was Sie mir berichtet haben, den Ermittlungsbehörden mitteilen.«

Van Houtten schüttelte energisch den Kopf. »Den belgischen Ermittlungsbehörden? Auf keinen Fall, da weiß man nie, wo das bleibt.«

»Dann schreiben Sie alles auf, und ich sorge dafür, daß Europol es bekommt. Wenn es zu solchen Devisentransaktionen kommen sollte, lassen Sie von Ihrer Bank alles genau prüfen und dann bei der Brüsseler Staatsanwaltschaft einen Geldwäscheverdacht melden. Lassen Sie sich auf keine Kreditgewährung ein, egal zu welchen Bedingungen. Und Sie selbst sollten dann sicherheitshalber mit Ihrer Frau für einige Zeit verreisen. Ihnen könnte sonst Schlimmeres passieren, als daß bekannt wird, welche Geschäfte Frau van Driesche Ihrer Gattin aufgeschwatzt hat.«

Van Houtten sagte bedrückt: »Sie haben recht, Monsieur Stockmann. Es gibt wohl keinen anderen Weg.« Er senkte den Kopf. »Eigentlich sollte ich zurücktreten und Schluß machen.«

»Nicht doch. Sie haben Fehler gemacht, und die müssen Sie jetzt ausbügeln.« Stockmann führte den zerknirschten Bankier zur Tür.

Kaum war der alte Herr gegangen, wählte Stockmann Döpfners Nummer bei Europol.

»Hören Sie Döpfner, bei mir war gerade ein örtlicher Bankier, der von einem Amerikaner namens Silvio Pestacosta erpreßt wird. Meines Wissens ist dieser Pestacosta Manager bei irgend so einem Hedgefonds –«

»Ich weiß, bei Global Millennial. Pestacosta ist einer der beiden Konsorten Meinhards«, warf Döpfner arglos ein.

Stockmann verschlug es für einen Moment die Sprache. In seinem Kopf tauchte plötzlich das Gesicht der erschossenen Frau auf, und für einen Moment überkam ihn wieder das Gefühl absoluter Hilflosigkeit. Kleine Schweißtropfen bildeten sich auf seiner Stirn.

»Herr Stockmann?« Döpfners Stimme drang leise fragend aus dem Hörer.

Stockmann riß sich zusammen. »Döpfner, mir geht gerade ein ganzer Weihnachtsbaum auf! Pestacosta gehört zum Genfer Trio? Warum haben Sie mir das nie gesagt?«

Döpfner stutzte. »Ja, ich hatte keine Ahnung, daß Sie den Herrn kennen. Pestacosta ist der Juniorpartner im Team neben Michael Spencer und Ziegler.«

»Fügt sich ja alles wunderbar.« Stockmann holte tief Luft. »Das wird Sie interessieren, Döpfner. Der schöne junge Mann ist der Finanzfachfrau aus der EZB, die für uns die Lira-Recherche gemacht hat, in ziemlich gewöhnlicher Weise zu nahe getreten. Er hatte es auf Insider-Informationen aus der EZB abgesehen. Frau LaTour hat ihn abblitzen lassen.«

Döpfner brummte: »So, so. Dieser Pestacosta ist ohnehin kein unbeschriebenes Blatt. Sein Name taucht in den amerikanischen Akten zum ›Global Players‹-Fall auf. Damals ist er knapp an einer Verurteilung wegen Geldwäsche vorbeigerutscht.«

»Inzwischen ist er offenbar auch mit einem Familienmitglied eines meiner Mitarbeiter liiert. Langsam frage ich mich, welche Rolle diese Dame wohl außerhalb der Betten spielt.« Stockmann wechselte das Telefon vom rechten zum linken Ohr und rollte den silbernen Kugelschreiber zwischen den Fingern.

»Welche …?« Am Apparat war kurz nachdenkliche Stille, dann sagte Döpfner amüsiert: »Ach, die werte Simone von Driesche. Für die interessiert sich übrigens auch Europol.«

Stockmann versagte sich jeden Kommentar. Dafür kritzelte er hastig »Presse!« auf seinen Notizblock. Dann berichtete er dem Kriminaldirektor in allen Einzelheiten über Pestacostas Erpressungsversuch gegenüber van Houtten. »Demnach soll es auch um Pfund Sterling gehen. Mich hat das völlig überrascht. Es paßt nicht recht zu unserer Information über eine Attacke auf den Euro.«

Auch Döpfner schien irritiert. »Ja, seltsam. Ich werde noch einmal mit Brady reden.«

»Und ich werde Frau LaTour fragen, ob sie uns nicht noch eine kurze Lageeinschätzung zum britischen Pfund anfertigen kann. Erinnern Sie sich übrigens, daß in ihrem Lira-Bericht das Bankhaus Hürlimann in Zürich genannt wurde? Der Bankier heute hat das Bankhaus ebenfalls erwähnt.«

Stockmann hörte, wie Döpfner sich Notizen machte. »Interessant. Vielleicht gibt es außer dem Genfer Trio noch eine Schweizer Verbindung. Wie gesagt, ich werde jetzt gleich mit Brady …«

»Einen Moment noch.« Stockmann legte den Kuli wieder aus der Hand. »Döpfner, die Sache scheint sich der Entscheidungsphase zu nähern. Sie sollten noch einmal bei den Schweizer Behörden vorstellig werden. Pestacosta hat erst versucht, eine EZB-Beamtin zu erpressen und jetzt einen belgischen Bankier. Außerdem ist er offensichtlich in Geldwäsche-Operationen verwickelt. Dieser Spencer gehört zur ›Brotherhood‹, und wir wissen, daß Meinhard … daß Ziegler auch für diese Leute arbeitet – und das alles von Schweizer Boden aus. Obendrein besteht der begründete Verdacht, daß auch noch ein Züricher Banker eine

Rolle spielt. Das alles sollte doch ausreichen, damit die Behörden die Observierung Meinhards wieder genehmigen.«

»Wir werden es versuchen. Vielleicht kann auch das FBI Druck machen.« Döpfner schien in Eile.

»Gut. Noch eine Bitte, Döpfner: Schicken Sie doch jemand zu Frau LaTour in die Europäische Zentralbank. Seit kurzem bekommt sie anonym pornographische Postkarten zugeschickt. Frau LaTour vermutet, daß Pestacosta der Absender ist. Vielleicht kann man das einmal gegen den Kerl gebrauchen.«

Abends rief Karl bei Nadine in Frankfurt an. Sie meldete sich beim zweiten Klingeln.

»Karl, das ist schön, daß du anrufst. Die Rosen sind ein Traum! Die ganze Wohnung duftet nach ihnen.« Nadine war sichtlich erfreut, seine Stimme zu hören.

»Das beruhigt mich, daß sie dir gefallen. Ich habe schon befürchtet, daß du nichts von Romantik hältst.«

»Ach was«, wehrte Nadine belustigt ab. »Ich bin eine hoffnungslose Romantikerin. Das hätte dir schon bei unserem Abend auffallen müssen. Kaninchen mit Rotwein! Na, wenn das kein romantisches Menü ist!«

Nach einer Weile rückte Karl mit seiner Bitte heraus. »Ich habe heute Informationen erhalten, wonach es bei der spekulativen Attacke eventuell nicht um den Euro, sondern um das Pfund Sterling gehen soll. Kannst du dir das vorstellen?«

»Sicher, das macht viel mehr Sinn als eine Spekulation gegen den Euro. Was sind denn das für Informationen? Hast du das von der Polizei?«

»Ja, unter anderem.« Ein unbestimmtes Gefühl hielt Stockmann davon ab, Nadine von Pestacostas Erpressung zu erzählen. »Sag mal, ist es dir zuviel, wenn ich dich bitte, einen persönlichen, nur für mich bestimmten Vermerk zur Lage des britischen Pfundes anzufertigen? Du kennst dich doch aus mit den europäischen Währungen.«

Am anderen Ende der Leitung war Stille.

»Nadine?«

»Du hast vielleicht Nerven, Karl! Findest du eigentlich nicht, daß du mich ganz schön ausnutzt? Ein kurzes Intermezzo in der Villa Leonhardi, dann bleibst du nicht einmal über Nacht, und jetzt soll ich dir auch noch einen Bericht übers Pfund zusammenstellen.« Nadine klang verletzt.

Karl verbiß sich eine heftige Antwort. »So war das nicht gemeint.«

»Ach?« erwiderte Nadine bitter.

»Ich dachte, dich interessiert diese Spekulationsgeschichte genauso wie mich.«

»Das tut sie auch. Aber daneben interessiere ich mich auch noch ganz privat für einen gewissen Karl Stockmann, der sich nie mit mir treffen will.«

Karl mußte lachen. »Dann sind wir uns ja einig. Paß nur auf, daß dir dieser Stockmann nicht über den Kopf wächst.«

»Na, mit dem werde ich fertig. Also, bis wann brauchst du diesen Vermerk?«

*

Am darauffolgenden Dienstag stolperte ein kleiner, kauzig wirkender Mann um die sechzig auf die hohen Glastüren des Bankhauses Hürlimann in Zürich zu. Der Name der Bank zog sich in schmalen goldenen Lettern unaufdringlich über die Scheiben, die sich beim Eintreten des Mannes geräuschlos nach beiden Seiten öffneten. Er hob den Kopf und schaute sich in der lichtdurchfluteten Lobby um, als frage er sich, wie er hierher gekommen sei. Ein bulliger Wachmann in dunkelblauer Uniform stand vor einer weiteren Glastür, die zu der großen Halle führte, wo der Kundenverkehr der Bank abgewickelt wurde. Durch das grünliche Glas der Tür konnte man ein junges Paar erkennen, das an einem der Schalter bedient wurde. Sonst war die Halle leer. Es war noch früh am Morgen.

Der Wachmann wunderte sich über den unsicheren Gang des alten Herrn und fragte sich, ob dies jetzt die Gelegenheit sei, seine erst kürzlich in einem Seminar über serviceorientierte Kundenbetreuung erworbenen Kenntnisse anzuwenden. Er wartete noch einen Moment, in dem der Herr sichtlich verunsichert erst in Richtung der Kundenschalter, dann zu den Aufzügen auf der anderen Seite der Lobby blickte. Auch dem alten Mann war aufgefallen, daß der Wachmann ihn beobachtete, was ihm sichtlich unangenehm war.

Der Uniformierte schritt zügig auf den Besucher zu, wobei er sich alle Mühe gab, mit einem entwaffnenden Lächeln jeden Anschein einer Kontroll- oder sonstigen Streßsituation für den Kunden zu vermeiden. In dem neu erlernten, leisen, aber bestimmten Tonfall versuchte er, Hilfsbereitschaft zu signalisieren: »Guten Morgen, der Herr, guten Morgen. Kann ich Ihnen vielleicht irgendwie weiterhelfen? Wollen Sie vielleicht zur Kontenbetreuung? Oder soll ich Ihnen –«

In diesem Moment erkannte der Wachmann, daß ihm ein unverzeihlicher Fauxpas unterlaufen war. Er blieb wie angewurzelt stehen und starrte entgeistert auf die Gestalt. Aus dem Augenwinkel sah er den ihm wohlbekannten Gehstock mit dem Einlegemuster aus Elfenbein. »Herr Direktor!«

Der kleine Mann schaute hoch und sagte mit gequältem Lächeln: »Eh ... guten Morgen, Patrick.« Dann wandte er sich abrupt ab und schritt mit mühsam erhobenem Kopf in Richtung der Aufzüge.

Der Wachmann schaute ihm verdutzt nach und schüttelte den Kopf. »Was ist denn mit dem los?« brummte er leise. Mit einer schnellen Handbewegung wischte er über das kleine Messingschild auf seiner breiten uniformierten Brust. Unterhalb des Logos der Hürlimann-Bank war der Name Josef Fautrier deutlich zu lesen. Dann verzog er sich wieder auf seinen angestammten Platz vor der inneren Glastür.

Zwei Stunden später geleitete Wachmann Fautrier drei in Zivil gekleidete Männer der Züricher Kantonalspolizei hoch in den 6. Stock zum Büro von Direktor Hürlimann. Nach Besonderheiten im Auftreten des

Herrn Direktor in den letzten Wochen befragt, hielt sich Wachmann Fautrier vorerst noch an die im Hause Hürlimann ausgegebene Devise, internen Tratsch und Klatsch nicht an die Außenwelt und schon gar nicht an Ermittlungsbehörden weiterzugeben. Beim nachfolgenden, informellen Gespräch in der Kantine, wo er und das übrige Wachpersonal nochmals von den Kriminalbeamten befragt wurden, rutschte ihm dann doch die Geschichte vom Morgen heraus. Mehr und mehr zeichnete sich für den ermittelnden Beamten das Bild eines Mannes ab, der unter erheblichem Druck stand. Die Aussage des Wachmannes bestätigte den Eindruck der Bankangestellten vom drastisch veränderten Verhalten des Direktors, der früher im Umgang mit seinen Mitarbeitern zwar eine gewisse Zurückhaltung an den Tag gelegt habe, aber immer herzlich und aufmerksam gewesen sei.

Oben im 6. Stockwerk bestritt Franz Hürlimann entschieden, daß die Teilnahme seiner Bank an den großen Lira-Verkäufen im Frühjahr 1998 irgend etwas mit Geldwäsche zu tun gehabt hätte.

Hürlimann schnauzte die Beamten erbost an, wobei er sich unentwegt über sein schütteres Haar strich: »Wie kommen Sie denn überhaupt darauf! Ist doch eine bodenlose Frechheit, so eine Unterstellung! Wissen Sie denn überhaupt, wie lange es die Hürlimann-Bank schon gibt? Seit über 125 Jahren am Platz, durch gute Zeiten und durch schlimme Zeiten, meine Herren. Sie können sich das alles gar nicht vorstellen!«

Dem kleinen Mann ging die Luft aus. Mit hochrotem Kopf zog er die oberste Schublade seines breiten Schreibtisches auf und suchte hastig nach einem Inhalator. Die Beamten warteten, bis er das krampflösende Ärosol inhaliert und sich etwas beruhigt hatte. Dann fragte ein stämmiger Kommissar im grünen Sakko: »Können wir vielleicht etwas für Sie tun, Herr Direktor Hürlimann?«

Der Angesprochene funkelte ihn böse an und blaffte: »Was könnten Sie schon für mich tun? Verstehen Sie etwas von Finanzgeschäften? Nein, dachte ich mir. Ich habe hier eine Bank zu leiten, meine Herren. Und dann erscheinen Sie mit Ihren dümmlichen Fragen!«

Der Dicke machte noch einen Versuch. »Herr Direktor Hürlimann, überlegen Sie doch einmal vernünftig. Wenn Sie Hilfe brauchen, dann können Sie sich an uns wenden. Die Öffentlichkeit braucht nicht alles zu erfahren –«

Bei den letzten Worten des Kriminalbeamten war Hürlimann sichtlich erbleicht. »Ich weiß nicht, was Sie von mir wollen, meine Herren. Diese Bank war nie in Geldwäschegeschäfte verstrickt. Wir sind eines der ältesten Häuser Zürichs. 125 Jahre.« Der alte Herr klang unendlich erschöpft.

Der Polizist sprach leise und eindringlich. »Wir können Sie und Ihre Familie schützen, Herr Hürlimann. Reden Sie mit uns, ich bitte Sie.«

Langsam stand der schmächtige Herr Direktor auf. Mit zitternder Stimme sagte er: »Ich denke, es ist besser, wenn Sie jetzt gehen.«

Als der Beamte im grünen Sakko sich beim Hinausgehen noch einmal umschaute, hatte Hürlimann die Augen geschlossen. Seine mageren Hände waren zu Fäusten geballt.

Mit einer raschen Bewegung ging der Kommissar ins Zimmer zurück, blickte dem erschrockenen Hürlimann für einen Moment direkt in die Augen und legte seine Karte auf den Schreibtisch. Dann folgte er eilends seinen Kollegen.

Nach der Befragung in der Bank entschieden sich die Schweizer Behörden für eine Observierung des Genfer Trios durch Beamte der eigenen Bundespolizei. Hürlimanns auffälliges Verhalten paßte zu den Informationen, die Kriminaldirektor Döpfner vorgebracht hatte und die vom FBI unterstützt worden waren. Eine Telefonüberwachung Zieglers, die den ganzen Club hätte einbeziehen müssen, lehnten sie jedoch ab. Sie gewannen aber die gestrenge Hausdame des »Club Solitude« dafür, Augen und Ohren offenzuhalten. Seit Monsieur Ziegler dem Herrn Bankdirektor aus Frankfurt so ungehörig laut die Tür gewiesen hatte, hielt Madame ihn ohnehin für eine zweifelhafte Erscheinung.

*

Döpfner hatte inzwischen ein längeres Gespräch mit Bill Brady am neu im BKA-Büro installierten Bildtelefon geführt. Die Verbindung war erstaunlich gut, bis auf kleine Wellen im oberen Drittel des Bildschirms, und Döpfner konnte klar und deutlich Bradys mit Hühnerbrust belegtes Sandwich erkennen, das angebissen auf einem Teller neben dem FBI-Agenten lag.

»Hallo, Bill. Ich wollte dich nicht beim Lunch stören.«

Bradys tiefer Baß brummte aus den Lautsprechern, die seitlich am Monitor angebracht waren. »*Hey there*, Wolf. Ich wußte gar nicht, daß ihr Europäer jetzt auch so hübsches Spielzeug habt. Siehst gut aus, Wolf.« Bradys Gesicht kam näher, und das Bild verdunkelte sich, als der FBI-Mann in Washington die Hand über die Aufnahmekamera legte.

»Laß das, *Billy boy*. Du machst Fettflecken auf die Linse!«

Das Bild wackelte, und Brady grinste wieder aus dem Monitor. »Okay, Wolf. Was brennt dir denn so unter den Nägeln, daß du ohne meinen Anblick nicht leben kannst? Und wer sind überhaupt alle die Fratzen da hinter dir.«

Döpfner drehte sich verwundert um und mußte erst einmal die Kolleginnen und Kollegen verscheuchen, die sehen wollten, wie das Bildtelefon eine Überseeübertragung meisterte. Dann wandte er sich wieder Brady zu, der solange genüßlich von seinem Sandwich abgebissen hatte. Er gab dem schmatzenden FBI-Mann den Inhalt seines Telefonats mit Karl Stockmann wieder, wobei Brady Pestacostas Erpressungsversuch mit einem lauten Pfiff kommentierte.

Die FBI-Leute wußten nichts davon, daß sich die Fidelity & Trust-Bank möglicherweise für einen Angriff auf das britische Pfund statt auf den Euro entschieden hatte.

»Wir kommen nicht mehr rein in die Bank. Der Sicherheitsdienst schirmt beide Stockwerke hermetisch ab. Ich habe fast den Verdacht, daß unsere Wanze nicht den Geist aufgegeben hat, sondern gefunden wurde.«

»Dann wären sie gewarnt.«

»Stimmt.« Brady zuckte mit den Schultern. Dann grinste er mit kaum unterdrücktem Stolz. »Dafür wissen wir in allen Einzelheiten, wie das Gespräch der ›Brotherhood‹ mit den Kollegen aus Moskau verlaufen ist.«

Döpfner richtete sich interessiert vor dem Monitor auf. »Was habt ihr?«

»Uncle Sam, Fabrizio, Mason und Flanagan haben sich mit den Russen in einem ziemlich elitären Country Club am Long Island Sound getroffen. Der Laden scheint der Cosa Nostra zu gehören.«

Die Russen waren offensichtlich von der Idee eines spekulativen Angriffs auf die ohnehin angeschlagene tschechische Krone, den polnischen Zloty und den ungarischen Forint geradezu begeistert. Bei dem Gespräch stand für sie der politische Aspekt der Torpedierung der Osterweiterung der Europäischen Union durch einen erfolgreichen Angriff auf die osteuropäischen Währungen im Vordergrund. Das Euro-Europa dürfe nicht noch größer und noch stärker werden, so daß Rußland schließlich an seiner Westgrenze einem Block von rund 400 Millionen Menschen gegenüberstehe.

»Dann haben die Russen allerdings den Fehler gemacht und ihre neuen finanziellen und politischen Einflußmöglichkeiten in den strahlendsten Farben ausgemalt. Den ›Brotherhood‹-Leuten war danach klar, daß bei einem gemeinsamen Coup die Moskauer die erste Geige spielen würden. Anscheinend gab es aber keinen direkten Streit. Den Russen hat die Idee so gut gefallen, daß sie sich vorstellen können, das Ding im Alleingang durchzuziehen. Uncle Sam hat das geschickt eingefädelt. Er und die ›Brotherhood‹ sind aus dem Projekt ausgestiegen, haben aber die alten Verbindungen wieder aufgenommen.«

Brady mußte plötzlich lachen. »Wolf, laß noch was übrig von dem armen Bleistift. Er kann nichts dafür; daß es eurem Euro bald an den Kragen geht.«

»Was?« Döpfner warf den Stift auf den Tisch. »Irgendwie sind diese Kerle mit ihrem anti-europäischen Gerede doch richtige Oldtimer.«

Brady nickte. »Uncle Sam gehört in gewissem Sinne ja auch zur alten Schule. Aber er weiß, daß Präsident und State Department über die Osterweiterung anders denken, und das berücksichtigt er als amerikanischer Patriot, für den er sich hält.«

»Uncle Sam will ein guter amerikanischer Patriot sein? Du meinst diesen altgedienten Mafia-Boß?« Döpfner blickte verwundert in Bradys Bildschirmgesicht. Der blickte irritiert zur Seite. In einer unbewußten Geste legte er die Hand auf den Aktenberg, der sich neben ihm stapelte. »Er hat so etwas fallenlassen in dem Gespräch, das wir abgehört haben.«

Dem deutschen Kriminaldirektor, geschult in der Vernehmung von Zeugen, die sich vor allem durch ihren Gesichtsausdruck verraten, fiel sofort auf, daß Brady ihm etwas verheimlichte. Schnell setzte er nach: »Hast du da das Abhörprotokoll, in dem es um den Euro-Angriff geht? Bill, fax mir das mal rüber. Vielleicht können wir hier mehr damit anfangen.«

Brady schien widerwillig. »Da steht so einiges drin, was dir nicht gefallen wird, Wolf.«

»Ach was, fax es mir einfach, okay?« Döpfner gab sich betont gleichgültig. Anscheinend hatte er mit der Bitte um das Abhörprotokoll an FBI-interne Empfindlichkeiten gerührt. Er wechselte schnell das Thema. »Bei dem Treffen in diesem Country Club wurde also nicht über den Euro gesprochen?«

Brady schüttelte den Kopf. »Auch nicht über das britische Pfund.«

»Nach der Geschichte in Brüssel zu urteilen, könnte aber die Entscheidung für einen Angriff auf das Pfund schon gefallen sein«, bemerkte Döpfner.

»Das glaube ich nicht. Pestacostas kleine Vorsprache bei van Houtten sollte sicher den Boden für den großen Angriff vorbereiten. Die warten noch auf eine genaue Analyse aus Genf.« Brady blickte wieder nach links zu dem Aktenstapel und seufzte.

»Stimmt.« Döpfner überlegte. »Was macht ihr jetzt?«

Brady legte die Hände vor sich auf den Tisch. »Wir versuchen, an die Kings heranzukommen. Dort fällt vermutlich die Entscheidung.

Aber ich kann dir keine Hoffnungen machen, daß sich insoweit etwas ergibt. Die treffen sich anscheinend immer kurzfristig irgendwo außerhalb der USA, Kanada oder so.« Er hob entschuldigend die Schultern. »Und wie steht es bei euch?«

»Wir haben die Schweizer Behörden endlich soweit, daß sie den Genfer Club wieder observieren. Ich melde mich, wenn ich von dort etwas habe.«

»*Bye, bye*«, dröhnte es aus den Boxen. Brady winkte ihm zu und wollte die Verbindung abbrechen. Döpfner kriegte gerade noch ein »Vergiß das Fax nicht, Bill!« unter, dann wurde der Bildschirm schwarz.

Drei Stunden später lag das Abhörprotokoll aus der F&T, übersetzt und sauber abgetippt, bei Kriminaldirektor Döpfner auf dem Schreibtisch.

An diesen Abend saß Döpfner mit seiner Lebensgefährtin Jadwiga Kosciuszko beim Essen zusammen. Sie hatte, was selten vorkam, gekocht, und Wolfgang hatte dafür im winterlichen Wiesbaden einen duftenden Strauß Wiesenblumen für sie aufgetrieben. Beim Essen erzählte er Jadwiga das Nötigste von den Informationen, die er heute aus Washington erhalten hatte. Gemeinsam beschlossen sie, daß Kommissarin Kosciuszko ihrem Chef in Warschau inoffiziell darüber berichten solle, daß es eine von Moskau ausgehende Spekulation gegen osteuropäische Währungen geben könnte.

*

Am nächsten Morgen erhielt Karl Stockmann in Brüssel ein Einschreiben aus der Europäischen Zentralbank – die Notiz Nadine LaTours zum britischen Pfund, ohne jegliches persönliche Wort.

Nadine LaTour
Europäische Zentralbank
Kaiserstraße 29
60329 Frankfurt

Im März 2004

VERTRAULICH/PERSÖNLICH
Inoffizielle Notiz zum britischen Pfund

In Finanzkreisen gilt es als offenes Geheimnis, daß sich die britische Konjunktur in den letzten Monaten deutlich abschwächt. Diese Tendenz scheint in direktem Zusammenhang mit dem immer noch umstrittenen Eintritt Großbritanniens zum Euro zu stehen und zeigt, wie schwer es für Großbritannien ist, sich gegenüber den finanzpolitisch dominierenden Euro-Länder zu behaupten. Den Wirtschaftsbericht über das erste Quartal 2004 wird die britische Regierung in Kürze vorlegen.

Die Bank of England hat in den letzten Wochen die Zinsen mehrfach zurückgenommen, während sich in den Euro-Ländern ein Aufschwung fortsetzt, der die EZB veranlaßt hat, zur Vermeidung inflatorischer Tendenzen die Leitzinsen zu erhöhen. Das Pfund beginnt, seinen Zinsvoraus zu verlieren.

Tony Blair hat als erklärter Befürworter des Euro-Beitritts Großbritanniens die Wahlen von 2002 gewonnen. Er dürfte seinen Wahlerfolg als Beitrittsmandat ansehen. Dennoch hat der neue und alte Premier bisher nur die Rückkehr in den Wechselkursmechanismus des EWS II vollzogen. Über den Leitkurs des Pfundes zum Euro hat es bei Großbritanniens Eintritt ins EWS II nach den Wahlen von 2002 Streit gegeben. Der Euro hat als Anlagewährung weiter Vertrauen gewonnen, das Pfund hat nicht mithalten können, obwohl die britische Konjunktur ab Ende 2000 wieder im Aufwind war. Das Pfund stand vor seinem EWS-Beitritt auf den Finanzmärkten bei £ 1/€1,40. Man einigte sich auf einen Leitkurs von £ 1/€ 1,30 mit einer Marge von 15 Prozent nach oben und nach unten.

Damit hoffte man, Schwankungen des Pfund-Kurses auffangen zu können. Man hatte nicht vergessen, daß eine der Ursachen des »Schwarzen Mittwochs« des Pfundes von 1992 der zu hohe Pfund-Kurs von DM 2,95 gewesen war, zu dem Großbritannien ins EWS I eingetreten war.

Dieser Leitkurs des Pfundes zum Euro im EWS II ist innerhalb Großbritanniens ein Kompromiß gewesen. Ein Großteil der um ihre Exportchancen besorgten britischen Industrie hielt und hält den Leitkurs immer noch für zu hoch. Die Vermögensbesitzer dagegen wehren sich gegen noch größere Einbußen des Außenwertes ihres Vermögens. Die Regierung hält den gewählten Kurs für einen angemessenen Ausdruck des verbesserten Standorts Großbritannien. Die Londoner City hat den Kurs akzeptiert. Sie will vor allem schnell in den Euro. Sie befürchtet, sonst als internationaler Finanzplatz gegenüber Frankfurt und Paris weiter an Einfluß, Geschäftsvolumen und Arbeitsplätzen zu verlieren.

Es kann nicht ausgeschlossen werden, daß die Bank of England auf den Finanzmärkten durch »Vertrauensadressen« bereits intramarginal zugunsten des EWS-Leitkurses des Pfund Sterling interveniert. Sie hat 1992 gelernt, daß eine spätere, offene und drastische Intervention von den Märkten eher als Eingeständnis verstanden wird, daß der Kurs nicht zu halten ist.

In dieser Situation ist die Abschwächung des Pfund Sterling nicht erstaunlich. Die realwirtschaftliche Entwicklung Großbritanniens und der EWS-Leitkurs drohen auseinanderzufallen. Doch die britische Regierung scheint angesichts der sich wieder verschärfenden Auseinandersetzungen um den Euro-Beitritt nur bedingt handlungsfähig zu sein. Die Meinungsumfragen zeigen für sie eine fallende Tendenz.

»Was halten Sie davon, Moser«, fragte Stockmann seinen persönlichen Referenten, als dieser den Bericht überflogen hatte.

Der Südtiroler überlegte. »Das erscheint mir um einiges präziser als die Lira-Recherche.«

»Ja«, Stockmann nickte. »Und das Pfund scheint wirklich angreifbar zu sein.«

*

Im »Club Solitude« ging die ältliche Hausdame währenddessen völlig in ihrer neuen Rolle als Detektivin auf. Die gute Frau hatte bei der Kantonalbehörde einen Waffenerwerbsschein beantragt und schon einen zierlichen, in verführerischem Perlmutt schillernden Damenrevolver ins Auge gefaßt. Sie schien über einen cleveren Verstand und für ihr Alter ungewöhnlich gute Augen und Ohren zu verfügen. So konnte sie den Behörden schon nach drei Tagen melden, was sie beim Servieren von Kaffee und Kuchen – dem Hausmädchen hatte sie Ausgang gegeben – aufgeschnappt hatte. Zu Beginn einer langen Sitzung habe der ältere Besucher von Monsieur Ziegler, der mit den hellen Haaren und der Sonnenbrille, verkündet, New York halte das erste Papier zum Jahresprojekt 2004 für nicht ausreichend. Sie sollten es gründlich überarbeiten. Dann hätten die drei stundenlang über Gelddinge gesprochen, wobei es irgendwie um Währungen gegangen sei. Leider habe sie durch die dicke Eingangstür des Apartments nicht viel mehr verstehen können. Sie wolle versuchen, Monsieur Ziegler für das nächste Treffen ins Kaminzimmer zu lotsen, wo sie an einer kleinen Seitentür besser hören könne.

Etwa eine Woche später meldete die Hausdame stolz, die Herren hätten ihre Arbeit offenbar abgeschlossen. Am Ende des gestrigen Treffens habe sie Monsieur Ziegler den jungen Mann fragen hören: »Wann fliegen Sie mit unserem Papier rüber?« Der habe geantwortet: »Übermorgen.«

Die Kripo checkte die Flüge nach New York und wurde fündig. Pestacosta hatte in der Tat für den übernächsten Tag einen Flug nach New York über Zürich gebucht.

Mit dandyhaftem Schlapphut und im bodenlangen, wehenden Kamelhaarmantel fand sich Silvio Pestacosta auf dem Flughafen Zürich-Kloten zum Einchecken für die Maschine nach New York am Schalter der Swiss Air ein. Er schob sein Handgepäck auf das Band der Sicherheitskontrolle und wurde zu seiner Überraschung gebeten, das Köfferchen zu öffnen. Seine Überraschung schlug in Panik um, als er feststellte, daß er es nicht öffnen konnte. Die Sicherheitsschlösser reagierten nicht auf die von ihm eingegebene Zahlenkombination. Pestacosta zwang sich zur Ruhe. Dann wurde ihm klar, daß das nicht sein Koffer war. Beim Verlassen der Maschine, mit der er aus Genf gekommen war, mußte er den falschen Aktenkoffer aus dem Gepäckfach genommen haben.

Wenig später wurde vom Paging-Dienst des Flughafens durchgesagt, zwei Passagiere hätten beim Verlassen der vor zwanzig Minuten aus Genf gekommenen Maschine offensichtlich ihr Handgepäck vertauscht. Bei der Sicherheitskontrolle am Gate 8 warte ein Passagier der Maschine mit einem ihm nicht gehörenden Aktenkoffer für die in vierzig Minuten startende Swiss Air-Maschine nach New York. Die Passagiere der Genfer Maschine wurden herzlich gebeten, ihr Handgepäck auf eine Verwechslung zu überprüfen.

Pestacosta hatte den auffälligen Hut inzwischen abgenommen und schritt nervös vor dem Eincheck-Schalter auf und ab. Er mußte bange dreizehn Minuten warten, bevor am Gate 8 ein Herr in Jeans und karierter Weste mit einem Aktenkoffer erschien, den er seinerseits nicht öffnen konnte. Der Mann machte einen fahrigen Eindruck und hatte in seinem Äußeren eine gewisse Ähnlichkeit mit einer Vogelscheuche. Die beiden tauschten die Köfferchen aus, öffneten die Kombinationsschlösser, ließen die Kontrolleure hineinschauen und begaben sich dann zum Flugzeug. Der andere Mann schien ebenfalls glücklich und erleichtert, die Verwechslung aufgeklärt zu haben. Auch er flog mit der Swiss Air nach New York, allerdings nicht wie Pestacosta in der Business Class. Was Pestacosta nicht wußte und nicht einmal argwöhnte: Der Mann war von der Schweizer Bundespolizei. Zusammen mit einem FBI-Fahnder sollte er Pestacosta in New York beschatten.

Nach der Landung am John-F.-Kennedy Airport nahm Pestacosta ein Taxi und ließ sich samt Aktenkoffer direkt zum Hartman-Tower chauffieren, wo Patrick Flanagan und Frank Mason in den Räumen der Fidelity & Trust auf ihn warteten.

Auf dem Flugplatz in Zürich-Kloten hatten die Schweizer Kripoleute inzwischen die Kopie des Papiers, das in Pestacostas Aktentasche gefunden worden war, an das FBI in Washington und an das Bundeskriminalamt in Wiesbaden gefaxt.

Genf
30. April 2004

Zum Pfund Sterling

Stellt man eine spekulative Attacke auf den Euro vorerst zurück, bietet sich als Jahresprojekt 2004 ein Angriff auf das britische Pfund an. Ein erfolgreicher Angriff auf das geschwächte Pfund Sterling kurz vor dessen geplantem Euro-Beitritt wird auch den Euro drücken.

I.
Lage des Pfund

Bei der Diskussion um die Frage des britischen Beitritts zum EWS II sind in den letzten Jahren schwerwiegende, unterschiedliche Interessen und Meinungen innerhalb Europas deutlich gewordenen. Wenn es um den Beitritt Großbritanniens zum Euro, um den genauen Zeitpunkt des Beitritts und um den Umtauschkurs gehen wird, zu dem das Pfund dem Euro-Block beitritt, werden diese Unterschiede noch schärfer artikuliert werden und erst recht hochkochen.

Eine massive spekulative Attacke auf das Pfund Sterling vor dessen Euro-Beitritt kann diese Schwierigkeiten nutzen. Es ist sehr wahrscheinlich, daß sich bei einer Spekulation die Turbulenzen für das generell überbewertete Pfund so verstärken, daß sich auch die großen Anleger – Investmentbanken und -fonds, Risiko- und Pensionsfonds, Versicherungsunternehmen und Finanzabteilungen von Großunternehmen – gegen das Pfund stellen werden.

Die Bank of England, die anscheinend schon jetzt verdeckt intramarginal zur Stützung des Leitkurses interveniert, würde den Zinssatz für kurzfristige Kredite – der ohnehin steigen dürfte, wenn in der Spekulationswelle alle Pfund leihen wollen – drastisch erhöhen. Bei der erfolgreichen Soros-Attacke 1992 hat das dem Pfund allerdings nichts genützt. Bei sich abschwächender Konjunktur wird die Bank of England die Erhöhung der Kreditzinsen in keinem Fall lange durchhalten können. Außerdem wird sie, noch bevor das Pfund den unteren Interventionspunkt erreicht – € 1,30 minus 15 Prozent = € 1,105/£ 1 –, zur Stützung des Pfund-Kurses auf den Märkten offiziell und massiv Pfund aufkaufen. Wenn ihr die Europäische Zentralbank und deren Zentralbanken nicht beispringen, wird sie aber – wie das Beispiel von 1992 ebenfalls lehrt – auch damit nicht sehr weit kommen.

Bei der gescheiterten Spekulationsattacke auf die Lira im Frühjahr 1998 wurde der Banca d'Italia von den europäischen Notenbanken sofort Hilfe gewährt. Es hat sich gezeigt, daß die Notenbanken einer unter Druck geratenen EWS-Währung früh und massiv helfen können. Für die EZB gilt das gleiche.

Die heutige Lage des Pfund ist aber mit der damaligen Lage der Lira nicht vergleichbar. 1998 ging es darum, den Start des Euro zu sichern. Heute ist der Euro eingeführt und als Anlagewährung akzeptiert. Der Beitritt Großbritanniens ist zwar erwünscht, aber für den Euro nicht lebensnotwendig. Es ist unserer Einschätzung nach zu bezweifeln, daß die EZB eingreifen wird, bevor der untere Interventionspunkt erreicht ist – zumal sie dadurch einen Präzedenzfall für künftige Fälle schaffen würde.

Hinzu kommt, daß im Europäischen Rat wie in den nationalen Regierungen die Meinungen über die Wünschbarkeit eines Pfund-Beitritts und über den Preis, den man dafür zu zahlen bereit ist, weit auseinandergehen. Bei den bestehenden Interessens- und Meinungsunterschieden wird die Entscheidungsfindung zeitraubende Abstimmungsverfahren erfordern.

Diese Zeit sollten wir ihnen nicht lassen. Das heißt: Für die Attacke sollten nicht mehr als sechs Wochen angesetzt werden. In dieser Frist sollte die Abwertung des Pfundes erzwungen werden. Die Attacke muß daher von Anfang an entschieden geführt werden. Sie muß breit angelegt, zeitlich gut gestaffelt und mit allen publizistischen und politischen Mitteln unterstützt werden, die uns zur Verfügung stehen beziehungsweise von uns zu beeinflussen sind.

II.
Finanztechnische Aspekte der Spekulationsattacke

Angesichts der während der Spekulation voraussichtlich ansteigenden Kreditzinsen sollten wir unseren Pfund-Bedarf für die Operationen auf den Kassamärkten durch die Aufnahme eines etwa vierteljährigen hohen, normal verzinsten Pfund-Kredits bei unseren Geschäftsbanken absichern.

Für unsere Verkaufsoperationen auf den Termin- und Optionsmärkten sollten wir uns auch auf Pfund lautende Wertpapiere leihen. Wir sollten auch Pfund-Wertpapiere auf Kredit kaufen.

Die Operation selbst sollten wir nur über Banken und nicht direkt über die Börsen abwickeln, die wir allerdings laufend beobachten müssen.
– Wir sollten jeweils über mehrere Banken im nachbörslichen, telefonischen und elektronischen Handel in London, Frankfurt und Paris beginnen.
– Wenn die Banken in Europa schließen, Übergang auf Bankfilialen beziehungsweise andere Großbanken in New York, Chicago und San Francisco.
– Wenn die US-Banken schließen, Übergang auf Banken in Sydney, Tokio, Hongkong und Singapur.
Auf diese Weise halten wir die Attacke nicht nur rund um Uhr, sondern auch rund um die Welt aufrecht.

Unser Einsatz pro Tag sollte im Schnitt nicht unter zwei Milliarden Dollar liegen. Für sechs Wochen würde das, rechnerisch gesehen, den Einsatz von britischen Pfund im Gegenwert von etwa 80 Milliarden Dollar erfordern. Laufen die Finanzmärkte mit, können wir unser eigenes Engagement drosseln. Auf jeden Fall müssen wir eine große Summe – bis zu 10 Milliarden Dollar – für den Coup de grace in Reserve halten. Er muß so geführt werden, daß damit die Abwertung erzwungen wird.

gez. Spencer
Ziegler

Dem Genfer »Pfund-Sterling-Papier« war eine handschriftliche Notiz beigeheftet, die die Schweizer Kripo ebenfalls kopiert hatte. Die Notiz war mit den Initialen S. P. unterzeichnet war.

Die publizistischen und politischen Helfer stehen in meinem Bereich bereit. Wir dürfen uns nicht auf bloße Fehlleistungen der Angegriffenen verlassen. Die uns nahestehenden Banken sind von mir an ihre Verpflichtungen nachdrücklich erinnert worden. Über sie könnten wir notfalls auch Frischgeld nachschieben. Weitere Nachhilfen scheinen mir nicht erforderlich zu sein.
Für die Operation schlage ich den Decknamen »High Noon« vor.

S. P.

Die Sekretärin hatte Kriminaldirektor Döpfner das Fax überreicht, als er gerade eine anstrengende dreistündige Besprechung über die geplante Umstrukturierung von Europol hinter sich gebracht hatte. Er las das Papier noch auf dem Weg zum Büro durch. Dort ließ er sich in den Schreibtischstuhl plumpsen und holte erst einmal tief Luft. Entgegen seiner sonstigen Gewohnheit lockerte er den Knoten der violetten Krawatte und entschloß sich nach kurzem Zögern, das Ding ganz abzunehmen. Langsam ließ er den Blick noch einmal über die Kopien der Schweizer Bundespolizei gleiten. Döpfner fummelte in Ermangelung der Krawatte an einem Hemdenknopf herum. Dann ließ er sich eine telefonische Verbindung zum FBI freischalten.

»Guten Abend, Bill. Hast du das Papier von Spencer und Meinhard schon gekriegt?«

»Was heißt hier Abend? Ich war gerade beim Lunch. Und ja, ich hab dieses Ding schon seit Stunden bei mir rumliegen. Herzlichen

Glückwunsch!« Dann fragte er in ernstem Ton. »Was hältst du davon, Wolf?«

Döpfner blinzelte in das grelle Neonlicht der Deckenbeleuchtung. »Das muß das erwartete Analyse-Papier sein, von dem Flanagan in dem Abhörprotokoll gesprochen hat. Ich habe, ehrlich gesagt, nicht mit so einem ausgefeilten Strategie-Papier gerechnet. Die sind mit allen Wassern gewaschen.«

»Tja, das ist vom Feinsten, das ist von Meinhard.« Brady pfiff anerkennend ins Telefon.

»Spencer ist auch nicht zu verachten. Zusammen sind die beiden ein teuflisches Team.« Dann fragte Döpfner betont nebensächlich. »Meinhard hat sich nicht zufällig bei euch gemeldet?«

Brady stritt es sofort ab. »Nein. Kein Kontakt, nicht seit über einem Jahr.«

»Als ich das Papier vorhin gelesen habe, ist mir plötzlich klargeworden, daß so ein spekulativer Angriff auf das Pfund ganz Europa treffen könnte.«

»Na, es wird eurem schönen Euro schon nicht gleich Kopf und Kragen kosten.« Brady schien vom Schicksal der europäischen Währungen unberührt. »Und alles, was in dem Papier vorgeschlagen wird, ist absolut legal.«

Döpfner fuhr nachdenklich mit dem Zeigefinger den Nasenrücken entlang. »Auf jeden Fall wissen wir jetzt, daß die ›Brotherhood‹ nicht nur über sehr große Summen verfügt, sondern wirklich Hilfstruppen in den europäischen Medien und der Politik zu ihrer Verfügung hat. Dieser Pestacosta scheint überall seine schmutzigen Fingerchen drin zu haben. High Noon, Mensch.«

Brady lachte. »Er neigt definitiv zum Größenwahn und besonders klug ist er auch nicht. Mit diesem handschriftlichen Vermerk kriegen wir den Angeber.«

»Tja.« Döpfner freute sich wieder einmal, daß es, was das Vorgehen in der Sache betraf, zwischen ihm und dem FBI-Agenten wie am Schnürchen klappte. »Glaubst du, dieser Hinweis auf die Erpressung des Bankiers und die Formulierung ›Frischgeld‹ reicht für eine Abhöraktion? Das Papier enthält nämlich sonst nichts, was wir gegen ihn verwenden könnten.«

»Das drücke ich durch, Wolf. Schwerer Verdacht auf Erpressung und Geldwäsche. Das zieht immer.«

FBI und BKA erhielten in den folgenden Tagen entsprechende Aufträge. Interpol und Europol wurden verständigt. Mehr konnte die Polizei im Augenblick nicht tun.

In Wiesbaden saß Kriminaldirektor Döpfner wie auf Kohlen. Nach einigen Telefonaten mit Brady beschloß er, einen Zugriff auf die Banken zu starten, die 1998 bei der Lira-Operation mitgemacht hatten und nach van Houttens Beichte diesmal voraussichtlich erneut um »Mitarbeit« gebeten worden waren. Die belgischen Behörden, von Europol unterrichtet, entschieden sich, die Unterlagen über die Pfund-Verkaufs-Transaktionen zu beschlagnahmen, sobald die Van-Houtten-Bank einen Geldwächeverdacht melden würde. Die Schweizer Behörden beschlossen – auch ohne Meldung eines Geldwäscheverdachts, die sie von Hürlimann nicht erwarteten –, das gleiche zu tun. Die GAMMA-Bank nahm sich Döpfner selber vor. Er ließ sich am Telefon Direktor Lutz geben, der nach Saagers Tod die Bank vorübergehend alleine führte. Ein Nachfolger für Saager war noch nicht bestellt worden.

»Herr Direktor Lutz. Wir wissen inzwischen, daß die GAMMA-Bank 1998 in Zusammenhang mit einer Spekulation gegen die Lira in Geldwäsche-Operationen verstrickt war. In dieser Verstrickung lag die Wurzel für die Ermordung Leders und Saagers. Wir halten es für wahrscheinlich, daß man versuchen wird, vielleicht sogar schon versucht hat, Ihre Bank jetzt in ähnlicher Weise in eine Spekulation gegen den Euro oder das Pfund Sterling zu verwickeln. Wir erwarten von Ihnen bei dem geringsten Verdacht eines solchen Versuchs eine sofortige Anzeige und danach die Aushändigung der kompletten Unterlagen über die Transaktion.«

»Aber gewiß doch, natürlich, selbstverständlich«, stammelte Lutz ängstlich. Döpfner legte auf.

*

Bill Brady hatte seine Leute in New York inzwischen angewiesen, die Observierung der F&T und ihrer Besucher wieder aufzunehmen. Leider waren die Sicherheitsvorkehrungen in der Bank immer noch so strikt, daß es dem FBI nicht gelang, einen verdeckten Ermittler in die Bank einzuschleusen. Brady ließ auch deshalb die führenden Mitglieder der »Brotherhood« – Uncle Sam, Fabrizio und Crocker – beschatten. Und kaum hatten sich die Fahnder auf ihren Posten am Hartman-Tower und am Country Club am Long Island Sound eingefunden, da kam auch schon die Meldung ins Hauptquartier nach Washington, daß in New York etwas Wichtiges vor sich ging.

Bradys Team am Hartman-Tower hatte beobachtet, wie Frank Mason erst mit einem blauen Koffer und dann mit einer Art Laptop-Tasche in die Bank ging. Als er das Gebäude gegen 17 Uhr verließ, kam er ohne Taschen heraus. Offenbar richtete er sich darauf ein, für die Zeit der Offensive in der Bank zu arbeiten. Patrick Flanagan und Ted Cooperider hielten sich fast ständig im 23. Stock auf. Cooperider kam in den frühen Morgenstunden und verließ das Gebäude erst nach Mitternacht. Flanagan hatte die letzten beiden Nächte in der Bank übernachtet.

Das Team, das Catherine Crocker beschattete, hatte sie bei einem Treffen mit dem greisen Uncle Sam im Country Club am Long Island Sound beobachtet. Dort stieß ein Mann zu ihnen, den das Cosa Nostra-Team anhand der Observationsfotos als Sean O'Connor identifizieren konnte. Zwei FBI-Leute hefteten sich an seine Fersen und folgten ihm zum Flughafen, wo er eine Maschine nach Frankfurt bestieg. Er ließ sich in der Penthouse-Wohnung in der Innenstadt nieder, die Saager früher für seine geheimen Treffen genutzt hatte. Brady verständigte Döpfner, der den FBI-Leuten drei Fahnder des BKA zur Seite stellte und den operativen Einsatz des Gesamtteams in Frankfurt übernahm.

O'Connors Unterschlupf in Frankfurt hatte aus der Sicht der Fahnder einen unschätzbaren Vorteil: Das Telefon der Penthouse-Wohnung war noch aus dem Ermittlungsverfahren wegen des Mordes an Leder angezapft. Schon das erste Telefonat O'Connors – er meldete New York seine Ankunft in Frankfurt – führte BKA und FBI in die Operationszentrale von Spartaco Fabrizio.

Der Sicherheitschef der »Brotherhood« dirigierte seine Bataillone aus der obersten Etage des Hotels Happy Valley, einem heruntergekommenen Etablissement in Chinatown, nur wenige Straßenzüge vom Hauptquartier der New Yorker Polizei entfernt.

Nur das Observations-Team von Uncle Sam meldete außer dem Treffen mit O'Connor im Country Club keine außergewöhnlichen Vorkommnisse. Der Patriarch verbrachte die Tage geruhsam in seiner Villa in Yonkers, umgeben von italienisch sprechenden Bediensteten und seiner großen Familie.

*

Döpfner hatte auch Karl Stockmann eine Kopie des Pfund-Sterling-Papiers samt der Pestacosta-Notiz und einem kurzen Schreiben mit seinen und Bradys Überlegungen faxen lassen.

Als der Kommissionspräsident nach der Mittagspause das Fax erhielt, fiel ihm erst einmal ein Stein vom Herzen. Eine Währungsspekulation gegen den Euro stand offenbar nicht bevor. Doch die Nachricht, daß eine spekulative Attacke gegen das Pfund offenbar tatsächlich bevorstand, versetzte Stockmann in große Unruhe. Anscheinend waren die Vorbereitungen, wie sie an van Houtten praktiziert worden waren, bald abgeschlossen. Daß Meinhard zumindest hinter großen Teilen des Coups stand, vergrößerte die Unruhe des Kommissionspräsidenten. Schwere politische Fehler konnte man sich in Europa nach Einführung des Euro nicht leisten. Das mußte den Regierungen wie der Öffentlichkeit immer wieder klargemacht werden.

*

Karl Stockmann lief schwitzend durch den frühlingshaften Bois de la Cambre. Die Bewegung tat ihm gut, und er joggte Runde um Runde auf dem weichen Parkweg. Durch die noch kahlen Äste der Bäume schien ihm die Nachmittagssonne auf die Haut und wärmte seine dunklen Sportklamotten. Die Unruhe, die er den ganzen Tag über gespürt hatte, ließ allmählich nach. Vor ihm auf einer Bank saß ein junges Paar, eine Bank weiter eine Frau mit einem Kinderwagen. Karl trabte vorbei, wobei er freundlich mit dem Kopf nickte. Die Frau winkte ihm zu, und beim Vorbeilaufen sah er neben ihr ein Kind mit einer rosa Pudelmütze sitzen.

Links von ihm öffnete sich die freie Rasenfläche des Bois de la Cambre. Karl liebte den Blick auf die kleine Wiese, auf der er frühmorgens immer die Tauben beobachten konnte, die hier die Nacht verbrachten. Jetzt bei dem schönen Wetter hatten sich kleine Grüppchen von Menschen gebildet, die auf Mänteln im Gras saßen und in die Sonne blinzelten. Auf der andere Seite der Wiese war die Bankreihe hinter den alten Bäumen kaum zu erkennen.

Eine große Linde, an der sich schon zarte grüne Blattknospen entwickelten, diente Karl als Zählmarke dafür, wie viele Runden er schon hinter sich gebracht hatte. Die Linde stand direkt am Beginn des Weges, der zurück zum NATO-Haus führte. Unterhalb der weit ausladenden Äste war ein Schaukasten der Stadt Brüssel angebracht, in dem eine kurze Geschichte des Parks, die Parkordnung und die Öffnungszeiten angeschlagen waren. Als Karl das sechste Mal heftig atmend an der Linde vorbeirannte, sah er einen dunkel gekleideten Mann vor dem Kasten stehen, der die Aushänge studierte. Karl joggte bis zur ersten Bank, dann wurde er langsamer. Etwas an der kompakten Gestalt des Mannes kam ihm bekannt vor. Er lief zögernd weiter. Bei der nächsten Bank hielt er ganz und fing an, Dehnübungen zu machen. Dabei drehte er sich unauffällig nach der Linde um. Der Mann hatte sich von dem Schaukasten gelöst und schlenderte langsam den Weg entlang in seine Richtung. War es möglich … ?

Kleine Tröpfchen formten sich auf Karls Oberlippe. Der verschwitzte Trainingsanzug klebte an seinem Körper. Ihn fröstelte und er beendete rasch seine Übungen und rannte weiter. Doch er konnte den gleichmäßigen Laufrhythmus von vorhin nicht mehr finden. Er wurde schneller, stolperte, fing sich wieder und rannte fast panisch den Weg entlang. Mehrmals schaute er sich um. Der Mann folgte ihm, aber er schien sein Tempo nicht zu erhöhen. Karl kam an dem Paar und an der Frau mit dem Kinderwagen vorbei. Das Kind mit der rosa Pudelmütze war aufgestanden und hatte mit Steinen ein Himmel-und-Hölle-Spiel auf den Weg gelegt. Karl verlangsamte sein Tempo nicht, sondern bog nach links unter die Bäume ab und lief auf dem Rasen weiter. Der Mann hinter ihm war inzwischen kaum noch zu sehen.

Karl trabte quer über das federnde Grün der Rasenfläche in Richtung Linde. Kurz überlegte er, das Joggen abzubrechen und zurück in seine Wohnung zu gehen. Doch seine Gedanken waren völlig auf den Fremden fixiert. Er mußte es wissen …

Er bog wieder auf den Parkweg ein und lief weiter, als sei nichts geschehen. Jetzt war er hinter dem Mann im Mantel. Schon nach kurzer Zeit sah er die Gestalt vor sich auf dem lichten Weg auftauchen. Der Mann hatte sich auf einer Bank niedergelassen und war in eine Zeitung vertieft. Ohne sein Tempo zu verlangsamen, joggte Karl auf die Bank zu. Der Mann schaute nicht einmal auf und schien ihn überhaupt nicht zu registrieren. Beim Vorbeilaufen schielte Karl aus dem Augenwinkeln zu dem Fremden hinüber.

Nein, das Gesicht des Mannes war zu schlank, die Nase stimmte nicht – es war nicht Felix Meinhard. Er hatte sich geirrt. Karl ließ sich atemringend auf die nächstbeste Bank plumpsen. Ein Gefühl der Erleichterung durchströmte ihn. Erst jetzt wurde ihm klar, wie sehr das Wiederauftauchen seines leiblichen Vaters sein Leben belastet hatte. Seine Angst vor einer Währungsspekulation war bestimmt von dem Wissen, daß Felix Meinhard einer der strategischen Köpfe hinter der Attacke war. Der Mann war genial und unberechenbar, und in Karls Bewußtsein endeten seine Pläne in Terror und Mord. Der Anblick

Constanzes, die an seiner Stelle einem Anschlag zum Opfer gefallen war, stand ihm noch immer in aller Deutlichkeit vor Augen.

Karl spürte die Wärme der Holzbank unter sich. Die Luft um ihn herum war abgekühlt, und langsam brach die Dämmerung herein. Er drehte sich um zu dem Mann, aber die Bank war leer.

Es würde schwierig werden, eine europäische Abwehrfront gegen den Angriff auf das Pfund Sterling zusammenzukriegen, viel schwieriger, als wenn die Attacke dem Euro gegolten hätte. Sollte sich Europa darüber zerstreiten, wäre genau der Prozeß eingeleitet, auf den die »Brotherhood« wartete, um den Euro direkt attackieren zu können. Nach einem erfolgreichen Angriff auf das Pfund Sterling würden ihr dafür noch größere finanzielle Mittel zur Verfügung stehen. Außerdem hätten sie für sich den Ruf genialer Währungsspekulanten etabliert, was Anleger jeder Couleur bei einer Spekulation gegen den Euro mitziehen könnte. Soweit durfte es auf keinen Fall kommen. Meinhards skrupellose Geniestreiche, auch wenn sie sich innerhalb der abstrakten Legalität von Gesetzen bewegten, mußten vereitelt werden.

Entschlossen, das Pfund mit vereinter europäischer Kraft und diplomatischem Geschick zu verteidigen, trabte Karl an der großen Linde vorbei nach Hause. Von seiner Wohnung aus rief er sofort Chapelle an und bat ihn, doch noch heute abend zu ihm ins NATO-Haus zu kommen. Dann stellte er sich lange unter eine heiße Dusche.

Der französische Kommissar gewöhnte sich allmählich an die kurzfristig anberaumten Treffen im NATO-Gebäude und brachte eine Flasche von den Weinbergen seines Schwiegervaters mit. Doch bei Stockmanns besorgtem Bericht über die letzten Entwicklungen wurde dem Franzosen klar, daß es heute abend nicht um ein theoretisches Gespräch bei einem guten Glas Rotwein ging.

Der Finanz- und Währungskommissar runzelte seine hohe Denkerstirn. Bisher hatte er die Befürchtungen seines alten Freundes zwar ernst genommen, aber eher als Reißbrett-Szenarios abgehandelt. Deshalb war er jetzt ziemlich schockiert, vor allem wegen der dreisten Erpressung van Houttens, mit dem er ebenfalls gut bekannt war. Stockmanns Unruhe übertrug sich auf den sonst immer gelassenen Kommissar. »Wenn diese Attacke wirklich kommt, dann wird der Euro-Beitritt Großbritanniens in weite Ferne rücken. Es sei denn, wir stützen das Pfund Sterling mit allen Mitteln. Aber ich fürchte sehr, darüber werden die Meinungen in Euroland weit auseinandergehen.«

Stockmanns Augen schweiften über die Papiere auf dem niederen Tisch. Dann wandte er sich Chapelle zu. »Was meinen Sie? Ist es jetzt nicht Zeit, die Kommission zu unterrichten?«

Chapelle strich sich nachdenklich über die Halbglatze. »Ich glaube, ja. Die Sache sieht jetzt ziemlich konkret aus. Und bedrohlich. Das Pfund Sterling ist derzeit jedenfalls angreifbar.«

»Neulich hatten Sie Sorge, die Sache würde nach einer Unterrichtung der Kommission in die Öffentlichkeit durchsickern.«

»Es wird auf jeden Fall durchsickern.« Chapelle zuckte die Schultern. »Aber jetzt geht es um das britische Pfund, nicht den Euro. Da droht keine Massenpsychose. Und es geht auch nicht mehr nur um ein Gerücht, sondern um einen konkreten Plan. Diese Tatsache können wir der Kommission kaum vorenthalten. Vielleicht schreckt es die Spekulanten sogar ab, wenn sie erfahren, daß ihr Vorhaben bekanntgeworden ist.«

»Oder sie ziehen den Beginn der Attacke vor und starten, noch bevor die Abwehrfront steht.«

»Das können wir ohnehin nicht verhindern. Wir sollten die Kommission kurz und undramatisch informieren.«

Stockmann nickte. Vorsichtig hob er das obligatorische Weinglas. »Wissen Sie, Jacques«, Stockmann setzte sich auf, »ich habe überlegt, daß es eigentlich am besten wäre, wenn wir uns mit den Briten auf einen Deal verständigen könnten, noch bevor die Attacke losbricht.«

»Einen Deal?« Der französische Kommissar durchschaute nicht ganz, worauf Stockmann hinauswollte.

Der nickte. »Ja. Unterstützung des Pfundes gegen Festlegung des Termins und der Modalitäten des Euro-Beitritts Großbritanniens.«

Chapelle zog die linke Augenbraue hoch. »Das wäre was! Dazu brauchen wir die Notenbanken, die Regierungen, vielleicht sogar die Parlamente. Das wird endlose Diskussionen geben, Karl. Viel Zeit bleibt uns nicht.«

»Fangen wir also in Brüssel an. Ich berufe eine außerordentliche Kommissionssitzung für morgen nachmittag ein – unter Ausschluß allen Stabspersonals –, so wenig Mitwisser wie möglich.«

Chapelle wurde aufgeregt. »Danach müssen Sie die Gesprächspartner Ihrer Euro-Rundreise unterrichten. Das geht telefonisch. Und der britische Generalsekretär des Europäischen Rates muß informiert werden.«

Stockmann nickte. Chapelle fuhr fort: »Mit ihm sollten Sie besprechen, wie wir die Attacke und Ihren Vorschlag der britischen Regierung am besten beibringen. Und den anderen Mitgliedsregierungen auch.«

»Das klingt vernünftig. Ziehen wir die Sache durch.«

Am nächsten Morgen erwachte der Kommissionspräsident erholt und ausgeschlafen wie schon lange nicht mehr. Seit Wochen hatte er zum ersten Mal wieder gut von Chichi geträumt.

*

Im Berlaymont warteten die Kommissare gespannt darauf, was der Präsident ihnen mitzuteilen hatte. Ein bunt gemischtes Völkchen saß an dem aus hellem Holz gezimmerten Kommissionstisch. Der eine oder die andere stellten witzige Vermutungen über den Anlaß der Sondersitzung an, aber wohl nur, um die allgemeine Neugier zu überdecken. Von dem, was Stockmann ihnen dann berichtete, wurden die Damen und Herren völlig überrascht. Es war, als ob ein Meteor in ihre Brüsseler Bürokraten-Enklave einzuschlagen drohte. Auf die ersten Sätze des Kommissionspräsidenten reagierten die Kommissarinnen und Kommissare mit verblüfftem Schweigen. Dann wurde leises Stimmengewirr laut.

Stockmann sprach betont nüchtern. »Wir wissen noch nicht genau, ob es tatsächlich zu einer Attacke auf das Pfund Sterling kommen wird. Europol und das FBI halten es aber für wahrscheinlich. Dann liegen die wichtigsten Entscheidungen erst einmal bei der britischen Regierung und der Bank of England. Allerdings wird bald auch die Europäische Zentralbank gefordert sein. Und die wird politische Unterstützung vom Europäischen Rat, aber auch von der Kommission einfordern.«

In der Runde gingen zwei oder drei Hände hoch.

»Bitte, Kolleginnen und Kollegen«, wehrte Stockmann ab. »Wir haben jetzt keine Zeit für eine Diskussion. Ich muß den Präsidenten der EZB und den Generalsekretär des Rates unterrichten. Von ihm sollten dann die Regierungschefs der Mitgliedstaaten informiert werden. Wir von der Kommission müssen ja zunächst keine Entscheidungen treffen. Ich wollte Sie nur als erste über die Lage ins Bild setzen, und« – er schaute sich in der Runde um – »ich verbinde das mit der dringenden Bitte, dieses Wissen strikt für sich zu behalten.«

Die Kommissare fügten sich, wenn auch murrend, dem Wunsch des Präsidenten.

Beim Verlassen des Beratungssaals stieß Stockmann auf seinen Pressesprecher. Jan van Driesche wollte unbedingt wissen, was er über die Sondersitzung mitteilen solle.

»Nichts, rein gar nichts«, antwortete der Präsident kurz. »Und halten Sie sich bitte exakt daran.«

Van Driesche zog mit beleidigter Miene ab.

Zurück in seinem Büro, ließ sich Stockmann mit dem Präsidenten der Europäischen Zentralbank verbinden. »Ich habe Neuigkeiten für Sie. Es geht jetzt offenbar nicht gleich gegen den Euro, sondern erst gegen das britische Pfund. Wir wissen, wer die Spekulanten sind. Und die Anzeichen häufen sich, daß sie in Bälde zuschlagen werden. Ein Kurier mit den Unterlagen ist unterwegs zu Ihnen. Ein genauer Zeitpunkt der Attacke steht aber wohl noch nicht fest.«

Der Präsident dankte und sagte dann nachdenklich: »Es klingt vielleicht befremdlich, aber ein Angriff auf das Pfund bringt uns vermutlich in größere Schwierigkeiten als eine direkte Attacke auf den Euro.« Der Niederländer schwieg einen Moment. »Übrigens, auch ich halte das Pfund für überbewertet. Beim Euro wäre allen ohne jede Diskussion klar, was wir zu tun haben. Beim Pfund wird es viel problematischer werden, einen Konsens zu finden.«

»Auf der Regierungsebene sehe ich das genauso«, stimmte Stockmann zu. »Wir haben vermutlich nicht viel Zeit. Ich werde nach London gehen, um den Premier und den Schatzkanzler zu unterrichten. Vielleicht wäre es nützlich, wenn Sie parallel dazu mit dem Gouverneur der Bank of England sprechen würden.«

»Ich werde das mit meinen Kollegen im Direktorium besprechen und Ihnen bis morgen um zehn Bescheid geben.« Der EZB-Präsident verabschiedete sich.

Die nächsten Anrufe Stockmanns galten dem deutschen Kanzler und dem französischen Ministerpräsidenten. In den Gesprächen wies er darauf hin, daß angesichts der unterschiedlichen Meinungen zu einem Euro-Beitritt Großbritanniens Streit drohe, der Europa auseinandertreiben könnte. Die Herausforderung sei groß. Im übrigen werde Kommissar Chapelle die Finanzminister im einzelnen unterrichten.

Blieb das Gespräch mit dem britischen Generalsekretär des EU-Ministerrates. Es war für den späten Nachmittag im Büro des Präsidenten vorgesehen.

Charles Forster war einer jener europäischen Funktionäre, die aus der Hohen Schule des britischen Public Service kamen. Intelligent, gebildet, mit konservativen Umgangsformen und so diskret, daß seine Kollegen – mit Ausnahme des kleinen Kreises enger Freunde – oft bezweifelten, daß er überhaupt eine politische Meinung habe. Immer in klassischem Tweed gekleidet, den dunkelgrauen Burberry ordentlich gefaltet über dem Arm, galt Charles Forster seit langen Jahren als Inbegriff britischer Zuverlässigkeit. Der sportliche Mittfünfziger – seinen vom Wetter gegerbten Gesichtszügen nach ein passionierter Outdoorman – hatte eine Vorliebe für karierte Schirmmützen, mit denen er zu jeder Jahreszeit sein volles schlohweißes Haar bedeckte.

Während Karl Stockmann berichtete, verzog Forster keine Miene, zeigte nicht die geringste Gemütsbewegung. »In der Tat bemerkenswert«, war sein knapper Kommentar, als der Kommissionspräsident zum Ende gekommen war.

»Es wäre von Vorteil, wenn London, die Bank of England und die Europäische Zentralbank sich abstimmen, bevor es losgeht«, erläuterte Stockmann. »Die Erfahrungen des letzten Jahrzehnts zeigen, womit wir bei einer Währungsspekulation rechnen müssen. Und hier haben wir es nicht nur mit einer Gruppe von skrupellosen Spekulanten zu tun, sondern mit Profis des organisierten Verbrechens. Denen stehen mit Sicherheit weitaus mehr Mittel zur Verfügung als zum Beispiel Soros 1992.«

Bei der Erwähnung des Finanzgurus zeigte Charles Forster zum ersten Mal die Spur einer Gefühlsregung. Kaum merklich zuckte es um seinen Mund, ein Mundwinkel fiel leicht nach unten. Stockmann, der die Geste bemerkt hatte, lächelte und reichte dem Generalsekretär eine Kopie des Genfer Papiers zu den Chancen einer Attacke auf das britische Pfund. »Hier sind die Unterlagen, die den Ermittlungsbehörden vorliegen. In etwa können wir uns daraus ein Bild von dem machen, was uns bevorsteht.«

Er schaute zu Forster, der die Unterlagen entgegengenommen hatte, ohne sie eines Blickes zu würdigen. »Wenn ich von ›wir‹ rede, dann tue ich das bewußt. Ich denke, Großbritannien und die Europäische Union sollten diesem Angriff gemeinsam entgegentreten. Aber wie Sie sich denken können, dürfte das innerhalb des Europäischen Rats und innerhalb der nationalen Regierungen erheblich umstritten sein. Ich halte ein gemeinsames Vorgehen für absolut notwendig – vorausgesetzt, daß die britische Regierung und die Bank of England das genauso sehen.«

Forster legte die Papiere auf den Schreibtisch vor sich und rückte mit einer schnellen Geste die Ränder gerade. Dann schaute er hoch und fragte: »Herr Stockmann, würde es Ihnen etwas ausmachen, mir im einzelnen anzuvertrauen, wie Sie zu Ihren Informationen gekommen sind?«

»Ganz im Gegenteil. Darum habe ich ja zu diesem Gespräch eingeladen.« Stockmann ließ frischen Tee bringen und berichtete dem Generalsekretär über den Mordfall Leder und die daran anschließenden Ereignisse der letzten Monate. Charles Forster rührte Milch in den Tee und nahm ab und zu einen Schluck. Als Stockmann zu Ende war, bedankte er sich. Dann sagte er leise: »Ihr Tee ist sehr gut. Eine Ostfriesenmischung?«

Stockmann nickte. Forster überlegte schweigend, während der Präsident nachschenkte. Dann fragte er: »Was schlagen Sie als nächsten Schritt vor?«

»Ich werde so schnell wie möglich nach London reisen. Der Premierminister muß unterrichtet werden, und ich will seine Einschätzung der Lage kennenlernen.«

Forster nickte. »Das werde ich sofort weitergeben.«

»Ich werde Kommissar Chapelle bitten, mich zu begleiten. Der Premier wird wohl den Schatzkanzler zu diesem Gespräch hinzuziehen?«

Wieder nickte Forster. »Das halte ich für wahrscheinlich. Nützlich wäre auch ein Gespräch zwischen dem EZB-Präsidenten und dem Gouverneur der Bank of England.«

»Der EZB-Präsident wird sich noch heute mit dem Gouverneur in Verbindung setzen. Wir sollten unsere Gespräche auf den selben Tag legen. Notfalls können wir uns dann an Ort und Stelle mit den Chefs der Banken austauschen.«

»Warte ich mit der Unterrichtung der Regierungen der Mitgliedstaaten bis nach Ihren Gesprächen in London?

Stockmann schüttelte den Kopf. »Das würde ich nicht empfehlen. Der deutsche und der französische Regierungschef sind bereits unterrichtet, und auch die Kommission habe ich heute kurz ins Bild gesetzt.

So prekär, wie die Sache ist, wäre es gar nicht gut, wenn die anderen Regierungschefs sich gleich am Anfang übergangen fühlten.«

Ein Lächeln legte sich über die braungebrannten Züge des Generalsekretärs. »Da kann ich Ihnen nur zustimmen.«

*

Kaum hatte Stockmann den britischen Generalsekretär nach draußen begleitet und verabschiedet, klingelte das Telefon. Es war Döpfner.

»Guten Tag, Herr Stockmann. Ich wollte nur mal hören, was Sie mit den Unterlagen vorhaben, die ich Ihnen gestern gefaxt habe. Jetzt wird die Sache ernst.«

»Döpfner, Gratuliere! Das war gute Arbeit. Richten Sie das auch Brady aus. Wir stecken schon mitten in den Vorbereitungen zur Abwehr eines Angriffes auf das Pfund. Erst war ich richtig erleichtert, weil es ja nun vorerst nicht gegen den Euro geht. Aber inzwischen wird immer klarer, daß es bei dem Angriff auf das Pfund Sterling schwieriger sein wird, eine gemeinsame Front gegen die Spekulanten zusammenzukriegen. Bei der Abwehr eines Angriffs auf den Euro wäre das leichter.«

Döpfner schien halb amüsiert, halb empört. »Na, dann viel Spaß. In Ihren Stiefeln will ich jetzt nicht stecken. Wir halten uns da raus, legal ist legal.«

»Vergessen Sie nicht, jetzt wieder auf die Politiker zu schimpfen«, lachte Stockmann.

»Immer noch besser als auf die Polizei. Apropos Polizei: Eine Frankfurter Kollegin war bei Frau LaTour und hat sich die Postkarten angesehen. Wer die geschrieben hat, ist ein richtiges Schwein. Aber es ist nicht Pestacostas Handschrift. Die graphologische Abteilung hat Kopien der Postkarten mit der Notiz verglichen, die dem Genfer Papier beigeheftet war. Oberflächliche Ähnlichkeiten, aber keine Übereinstimmung. Und auch sonst helfen uns die Karten nicht weiter. Die Kollegin war allerdings etwas genervt, weil Frau LaTour die Dinger wohl wie Standarten der verfolgten Unschuld vor sich herträgt. Anzeige erstatten wollte sie aber nicht.«

Stockmann lachte etwas irritiert: »Sie ist eine verfolgte Unschuld.«

Der Kriminaldirektor schwieg einen Moment. Dann erwiderte er. »Sie ist eine sehr schöne Frau. Etwas zu berechnend für meinen Geschmack.«

Karl Stockmann räusperte sich verlegen und lachte dann unsicher. »Aber Döpfner. Sie sollten Frau LaTour ihr professionelles Auftreten nicht so negativ ankreiden!«

Döpfner holte tief Luft. »Also, ich kann nur eins sagen; ein bißchen mehr Professionalität hätte der Lira-Recherche von Frau LaTour nicht geschadet. Und sie hat die Kripofrau ganz schön herumschikaniert.«

»Döpfner, Sie dürfen eine intellektuelle Französin doch nicht am Maßstab einer seelenvollen Polin messen. Sie kennen Frau LaTour doch gar nicht persönlich. Ihr Urteil basiert nur auf dem Bericht einer verärgerten Kripobeamtin.«

Der Kriminaldirektor mußte lachen. »Da haben Sie sicher recht. Und meine Jadwiga und die LaTour, das ist wohl ein Gegensatz wie Tag und Nacht.«

*

Am späten Abend rief Karl Nadine in Frankfurt unter ihrer Privatnummer an. »Hallo, Liebes, ich bin's. Wann kommst du wieder einmal in den Parc de Woluwé?«

Nadine schien erfreut, seine Stimme zu hören. »Mein Charlemagne! Soll das heißen, du kannst immer noch nicht nach Frankfurt kommen?« Sie klang wirklich enttäuscht. »Spielst du immer noch den tapferen Retter des Euro? Du solltest das uns von der EZB überlassen.«

Stockmann tat, als hätte er ihre Enttäuschung nicht bemerkt. »Nein, der Euro ist vorerst noch sicher. Aber im Ernst, Nadine: Inzwischen haben wir ziemlich sichere Erkenntnisse. Das organisierte Verbrechen plant eine Attacke auf das Pfund Sterling. Als erste Schlacht eines Generalangriffs auf den Euro, sozusagen.«

Die Erregung in Karls Stimme war unüberhörbar. Nadine antwortete beschwichtigend: »Ist das nicht ein allzu dramatisiertes Szenario, Karl? Die Spekulanten wollen doch in allererster Linie Geld machen, und ein Angriff auf den Euro würde auf jeden Fall scheitern.«

»Im Fall der Lira war es aber um einiges dramatischer, als du an der Statistik ablesen konntest.« Karl schwieg einen Moment. Dann seufzte er. »Warum kommen wir nur immer sofort in diese währungstechnischen Diskussionen? Eigentlich wollte ich dich zu einem ausgedehnten Wochenende in Paris einladen, wann immer es unsere Terminkalender zulassen.«

»Das wäre wunderbar, Charlemagne. Aber ich habe frühestens in vier Wochen Zeit.«

»Vorher wird es bei mir auch nicht ...«

Nadine unterbrach ihn lachend. »Nein, ganz sicher nicht. So wie ich dich kenne, wirst du alle Hände voll zu tun haben, wenn die Attacke gegen das Pfund losgeht.«

»Tja«, Stockmann räusperte sich, »was würde denn eigentlich die EZB für das britische Pfund tun?«

Nadines Antwort kam prompt. »Hoffentlich nicht mehr, als sie nach dem EWS-II-Vertrag tun muß. Das britische Pfund ist chronisch überbewertet. Ich habe mich gewundert, daß die Finanzmärkte darauf nicht längst stärker reagiert haben.«

»Ich habe deine Notiz gelesen. Herzlichen Dank noch einmal. Die Spekulantengruppe nennt sich übrigens die ›Brotherhood of Profit‹. Wie findest du das?«

Nadine lachte hell auf. »Brotherhood of Profit? Hört sich ziemlich verwegen an. Bist du sicher, daß du dich nicht zu lange mit dem organisierten Verbrechen beschäftigt hast und jetzt überall die Mafia siehst, Charlemagne?«

»Die nennen sich wirklich so. Übrigens ist dein Lieblings-Macho Silvio Pestacosta auch mit von der Partie.«

»Lieblings-Macho! Dieses Schwein!« Nadine ging sofort hoch. Ruhiger fuhr sie fort: »Danke, übrigens, daß du der Polizei Bescheid gesagt hast. Aber diese Tante von der Kripo, die bei mir war, hat das alles nicht so ernst genommen.«

»Angeblich ist es nicht Pestacostas Handschrift.«

»Ach, das haben sie mir auch gesagt. Der Kerl verstellt einfach seine Klaue, schreibt mit links oder so etwas. Ich bin sicher, daß er dahintersteckt.« Nadine seufzte. »Wann sehen wir uns endlich wieder, Karl?«

»Ich weiß nicht. Morgen fahre ich erst einmal nach London.«

»Was habt ihr denn vor?«

»Einen Doppel-Deal, gewissermaßen. Massive Unterstützung des britischen Pfundes, wenn wir uns mit Großbritannien über Zeitpunkt und Bedingungen seines Euro-Beitritts einig werden.«

Nadine sog die Luft zwischen den Zähnen ein. »Das klingt sehr kühn. Diesen Plan hast du dir ausgedacht, nicht?«

»Es ist keineswegs sicher, daß es klappt«, gab Karl zu.

Sie seufzte wieder: »Mit anderen Worten: Für mich hast du erst einmal keine Zeit.«

»Ich fürchte, nein, so sehr ich es mir wünsche. Aber wenn die Attacke losgeht, werdet ihr in der EZB genauso viel zu tun haben wie wir hier.«

»Na, dann gute Nacht. Ruf mich wieder an, okay.« Sie hauchte ihm einen Kuß durchs Telefon. Karl sagte leise: »Träume süß, Liebes«, aber sie hatte schon aufgelegt.

Er ging in die Garderobe zu seiner Aktentasche und kramte im Seitenfach. Heute morgen hatte er dort einen Zettel mit der Nummer eines 24-Stunden-Blumen-Lieferservice hineingesteckt, der damit warb, innerhalb von zwölf Stunden in ganz Europa auszuliefern. Karl wollte wieder rote Rosen bestellen, doch spontan entschied er sich anders und ließ Nadine dreißig weiße Rosen nach Hause schicken.

*

Stockmanns Pressesprecher Jan van Driesche hatte sich nach der Sondersitzung der Brüsseler Kommission vergeblich bemüht, etwas Konkretes zu erfahren. Ihm bekannte Kommissare hielten sich selbst auf harmlos gestellte Fangfragen hin bedeckt. Soviel hatte er aber doch herausbekommen: Es ging um das britische Pfund. Dafür sprach auch die plötzliche und offiziell nicht bekanntgegebene Reise des Kommissionspräsidenten nach London. Jan van Driesche fand sich mit diesem unbefriedigenden Informationsstand ab. Nicht so Simone van Driesche.

Am späten Abend nach der Sondersitzung rief sie einen hohen Beamten des britischen Schatzministeriums in dessen Londoner Junggesellenwohnung an. Er hatte einige Jahre in Brüssel der Europäischen Gemeinschaft gedient und zu den Liebhabern Simone van Driesches gehört. Dem Herrn war es jetzt eher peinlich, durch ihren nächtlichen Anruf an diese Zeiten erinnert zu werden. Aber einfach auflegen wollte er auch nicht.

»Hallo, Paul«, turtelte Simone, die es sich für diesen Anruf im hellblauen Seidenkimono auf der Couch ihres Arbeitszimmers bequem gemacht hatte. »Schön, deine Stimme zu hören. Geht es dir gut?«

»Danke, ja.« Der gute Paul war nicht gerade gesprächig.

»Entschuldige diesen Überfall zur Nachtzeit. Ich rufe aus Brüssel an. Morgen früh muß ich überraschend nach London. Und da dachte ich mir, daß es doch schön wäre, wenn wir uns zum Lunch treffen könnten. Ein Wiedersehen nach all den Jahren?« Simone van Driesche ließ ihre Stimme etwas tiefer sinken.

»Oh ja, das wäre schön.« Paul klang nicht gerade enthusiastisch. »Es geht aber leider nicht.« Eine Spur Erleichterung war nicht zu überhören. »Ich muß morgen den ganzen Tag im Ministerium greifbar sein. Der Premier und mein Chef treffen sich mit dem Europäischen Kommissionspräsidenten und Kommissar Chapelle. Vielleicht klappt es ein anderes Mal, Simone.« Er gähnte.

»Schade. Aber ich verstehe schon, Arbeit geht vor. Es gibt sicher eine andere Gelegenheit. Gute Nacht, mein starker Mann. Träume was Schönes aus unserer Brüsseler Jugendzeit.«

»Das werd ich. Gute Nacht.«

Mit einem zweiten Anruf scheuchte Simone Silvio Pestacosta in Genf aus den kühlen Seidenlaken. »Das Pfund Sterling ist offenbar in trouble. Morgen gibt es darüber in London ein Geheimtreffen zwischen dem britischen Premier, dem britischen Schatzkanzler, Stockmann und Kommissar Chapelle.«

»Was?« Silvio hatte am Abend etwas zu tief in die Whiskyflasche geschaut. Das Klingeln des Telefons hatte ihn aus dem Schlaf gerissen.

»Werd wach, Silvio!« Simones Stimme gellte in seinem schweren Kopf.

»Nicht so laut. Ich bin ja nicht taub.« Silvio rieb sich über die Stirn. Allmählich fand die Nachricht den Weg in seine Gehirnwindungen.

»Das Pfund? Der Premier und Stockmann treffen sich in London?« Unter Silvios zerzauster Lockenpracht arbeitete es.

»Genau. Das Pfund Sterling ist unter Druck. Heute hat Stockmann schon eine geheime Kommissionssitzung deswegen einberufen lassen.«

Silvio war plötzlich hellwach. »Mensch, Bingo! Das ist ja die Gelegenheit, auf die wir gewartet haben. Mit der Information hast du dir einen Anteil am Fonds redlich verdient. Wir müssen sofort zuschlagen.« Er suchte aufgeregt nach dem Bademantel, den er gestern abend wohl im Badezimmer vergessen hatte.

Simone lachte. »Dringe ich endlich durch zu dir. Ich will nicht sagen, daß es bei der Sache redlich zugegangen ist, aber du machst Fortschritte, Kleiner.«

Silvio unterdrückte den aufkeimenden Ärger über den unmöglichen Kosenamen. Er würde dieser Frau schon zeigen, daß er bei den wirklich großen Geschäften die Fäden in der Hand hielt. Er telefonierte mit New York – dort war es erst früher Abend – und verlangte eine Verbindung mit C^2. Er machte es so dringend, daß Catherine Crocker tatsächlich anderthalb Stunden später zurückrief. In dem vereinbarten Code übermittelte er ihr die Information. Sie sagte nur: »Danke«, aber Pestacosta spürte ihre Anspannung.

*

Catherine Crocker strich sich mit einer präzisen Bewegung die kurzen blondierten Fransen aus dem Gesicht. Vor ihr auf dem Schreibtisch lagen verschiedene Stapel Zeitschriften, Wirtschaftsberichte und schematische Computerausdrucke, die den Verlauf von Aktienkursen anzeigten. Sie arbeitete an einem Text, der im Verlauf des Jahresprojekts 2004 zu einem geeigneten Zeitpunkt plaziert werden sollte. Die schwarzen Buchstaben flimmerten auf dem Computermonitor. Auf einem riesigen flachen LCD-Bildschirm im Hintergrund lief tonlos CNN.

Seit Monaten hatte Catherine Crocker ihre »Emissäre« im Londoner Carlton-Tower untergebracht. Die Leute beobachteten die Stimmung an der Börse und besorgten sich Insider-Informationen aus der britischen Wirtschaft und der Regierung. Sie selbst war erst letzte Woche von einem Trip aus London zurückgekehrt. Ihre Propaganda-Offensive der letzten Wochen trug Früchte: Die Gerüchte über ein Absacken des britischen Pfundes wurden immer dichter.

Crocker holte tief Luft. Vorsichtig setzte sie ihre dunkelgerahmte Brille auf. Dann rief sie ihren *anchorman* in London an, einen bekannten Nachrichtenjournalisten der BBC. Sie trug ihm auf, sofort Kontakt mit ihrem Informanten in der »Number 10« aufzunehmen, einem Registraturangestellten, den sie erst wegen einer Affäre im Strichermilieu erpreßt hatten und seit drei Jahren für seine Dienste bezahlten.

Die beiden Herren trafen sich am frühen Morgen in einer Bar in der City zum Frühschoppen. Die Kneipe war ein beliebter Politiker-Treffpunkt, doch zu dieser Tageszeit saßen nur wenige Gäste an den dunklen Holztischen. Der *anchorman* hatte vorsorglich einen kleinen Tisch hinter der runden Theke in der Mitte des Schankraums gewählt. Der Registraturangestellte sah müde aus und bestellte trotz der frühen Stunden einen Scotch auf Eis. Der BBC-Mann ließ sich ein kleines Ale kommen.

»Sagen Sie, Henry«, begann er leise, »uns ist zu Ohren gekommen, daß es heute in der Downing Street ein Treffen des Premierministers mit dem Europäischen Kommissionspräsidenten geben wird?«

Henry sah ihn nicht an. Mit dem feuchten Boden des Scotchglases malte er Kreise auf die weiße Serviette. »Sie sind wie immer gut unterrichtet. Der Premier und der Schatzkanzler kriegen Besuch von Präsident Stockmann und Kommissar Chapelle. Es ist ein inoffizielles Treffen.«

»Worum geht es?«

»Das weiß ich nicht. Aber die Finanzchefs sind dabei, also kann ich mir schon denken, worum es geht.« Henry tat geheimnisvoll und blickte wehmütig auf die Reste in dem leeren Glas. Der BBC-Mann unterdrückte den Wunsch, den arroganten Kerl kräftig durchzuschütteln.

»Na, dann mal raus mit der Sprache.« Er bemühte sich, einen lockeren Tonfall anzuschlagen.

Henry beugte sich zu ihm über den Tisch. »Seit zwei Tagen gibt es in der Nummer 10 nur noch ein Thema: ein streng vertraulicher Berichtsentwurfs über die Wirtschaftsentwicklung im ersten Quartal 2004. Danach droht der britischen Wirtschaft ein Konjunktureinbruch – habe ich jedenfalls gehört. Den Bericht habe ich noch nicht zu Gesicht bekommen.«

Diese Information war dem *anchorman* dann doch einen zweiten Scotch wert. »Sehr gut, Henry.« Er klopfte dem knochigen Mann anerkennend auf den Rücken. »Halten Sie Augen und Ohren weiter offen. Wenn Sie von dem Treffen heute etwas Neues erfahren, rufen Sie mich an.«

Kurze Zeit später verließ der *anchorman* die verrauchte Bar. In seinem Büro entwarf er eine verschlüsselte E-Mail, die er sofort abschickte. C^2 benachrichtigte sofort – in New York war noch Nacht – Uncle Sam. Am frühen Morgen trat die Führungsspitze der »Brotherhood« zusammen. Um acht Uhr wurde Patrick Flanagan telefonisch angewiesen, nach Schließung des Parketthandels am Londoner Stock Exchange mit der Attacke auf das britische Pfund zu beginnen.

In der Londoner Bar warf Henry noch einen Blick in die Times und trank dazu langsam den Scotch aus. Dann steckte er sich eine Pfefferminzpastille in den Mund und machte sich auf den Weg zur Arbeit.

*

Der britische Premier empfing Stockmann und Chapelle in der Downing Street. Sie hatten nicht das Flugzeug, sondern den Frühzug nach London genommen. Von der häuslichen Atmosphäre des Gebäudes waren sie beeindruckt. »Das hier ist ein Familienunternehmen«, scherzte Chapelle. Obwohl der Premierminister längst von Charles Forster und dem Foreign Office über den wenig erfreulichen Beratungsgegenstand informiert worden war, setzte er sein strahlendstes Lächeln auf. Dabei entblößte er die obere Zahnreihe allerdings so vollständig, daß über seine Bißbereitschaft keine Zweifel erlaubt waren.

Die Herren trafen sich im »Pillared Drawing Room«, das wie ein herrschaftliches Empfangszimmer aus dem letzten Jahrhundert wirkte. Vor den weißen ionischen Säulen, die dem Zimmer seinen Namen gaben, trug der Kommissionspräsident seine Informationen vor. Die Herren saßen an einem runden Tisch, um den komfortable Chippendale-Sessel gestellt worden waren. Da der Premier die Unterlagen schon gelesen hatte, machte Stockmann es kurz. Der Premier dankte ihm und meinte dann: »Großbritannien wird mit dieser Attacke fertig werden, wenn sie denn kommen sollte. Diese Regierung wird, anders als die von 1992, im Wind der Spekulation nicht wie ein Schilfrohr schwanken.«

Stockmann widersprach dem natürlich nicht, gab aber zu bedenken, daß man es diesmal nicht mit einem Wind, sondern mit einem Orkan zu tun kriegen dürfte. »Für diese Attacke haben sich mehrere skrupellose Organisationen zusammengeschlossen – Kreise des organisierten

Verbrechens, Spekulationsfonds und Banken. Das Rudel verfügt über ein Vielfaches der 1992 eingesetzten, finanziellen Mittel, von anderen Mitteln ganz zu schweigen.«

Jacques Chapelle unterstütze Stockmanns Versuch, dem Premier die Situation in ihrer ganzen Tragweite klarzumachen. »Die Angreifer versuchen, die prekäre Situation des Pfundes vor einem Beitritt zum Euro-Block auszunutzen. Wir sollten das auch in unsere eigenen Überlegungen mit einbeziehen. Es ist für eine Beurteilung der Lage nicht unwesentlich, ob Großbritannien in naher Zukunft dem Euro beitreten will oder nicht.«

Die blauen Augen des Premier wanderten von Chapelle zu Stockmann, dann zu seinem Schatzkanzler. »Prinzipiell wollen wir beitreten. Wir können uns aber vorstellen, noch etwas länger im EWS zu bleiben. Das erleichtert der Wirtschaft und dem Land den Übergang in den Euro.« Der Schatzkanzler nickte, während der Premier fortfuhr: »Die zwei Jahre Wartefrist, die man uns ohnehin verordnet hat, sind ja noch nicht vorbei. Und die Kritiker des Beitritts sind auch noch immer munter.« In der Stimme des Premiers war bei diesem letzten Satz eine Spur von Verärgerung zu hören.

»Auf die zwei Jahre wird Sie niemand festnageln, wenn Sie den Beitritt jetzt vorziehen wollen. Die Grundbedingungen des Beitritts werden von Großbritannien ja erfüllt.«

Der Chancellor of the Exchequer unterbrach kühl: »Wir haben bis jetzt nur vom Beitritt Großbritanniens zum Euro geredet. Soll das heißen, die EZB hilft uns in der Abwehr der Spekulationsattacke und diktiert uns gleichzeitig ganz uneigennützig die Modalitäten unseres Beitritts, zum Beispiel den Umtauschkurs?« Die Frage war an Stockmann gerichtet.

Der hielt es für an der Zeit, mit den Gentlemen Klartext zu reden. »Ach, wissen Sie, der Euro lebt auch ohne das Pfund, so sehr wir dessen Beitritt begrüßen würden. Die Frage scheint mir eher zu sein: Wie wird es inzwischen dem Pfund Sterling ergehen?« Chapelle wurde bei den direkten Worten des Kommissionspräsidenten etwas blaß um die Nase.

»Was ist Ihr Vorschlag?« fragte der Premier zurück. Sein Gesichtsausdruck verriet mit keiner Miene, wie er Stockmanns Bemerkung aufnahm.

»Ich denke, es wäre gut, wenn sich die Europäische Union und Großbritannien sowohl über die Abwehr der Attacke wie über den Beitritt einig werden. Und zwar noch bevor der Angriff beginnt. Das halte ich persönlich für die überzeugendste Lösung. Aber ich kann dabei nicht für die EZB und den Rat sprechen. Und die Kommission hat sich auch noch keine Meinung gebildet.«

Der Premier nickte und schaute Stockmann nachdenklich an. »Soweit ich unterrichtet bin, treffen sich der EZB-Präsident und der Gouverneur der Bank of England parallel zu uns. Ich schlage vor, wir treffen uns heute abend noch einmal, wenn wir wissen, wie sie die Lage beurteilen.«

Stockmann war klar, daß die Briten Zeit gewinnen wollten, denn die Entscheidung lag ganz allein beim Premier. Anders als die Bundesbank und die Europäische Zentralbank war die Bank of England immer noch von der Regierung abhängig.

*

Im 23. Stockwerk des Hartman-Towers ging Patrick Flanagan in der Fidelity & Trust die lange Reihe der Händlerpulte entlang. Mit ihren Computern und Telefonen brachten seine Spitzenhändler die internationalen Devisenmärkte in Bewegung. In den letzten Monaten waren von hier aus kleinere, zeitlich und vom Volumen her begrenzte Währungsattacken gefahren worden, kleine Verkaufsschübe, mit denen die F&T testete, wie die Märkte reagierten.

Nachdem sich innerhalb der »Brotherhood« abgezeichnet hatte, daß man sich auf die britische Währung als Angriffsziel einigen würde, hatte sich Flanagan in den letzten fünf Tagen auf das Pfund konzentriert. Vorgestern hatte er schon fast zwei Milliarden Pfund auf die Märkte geworfen, und die Banken in Europa und Asien waren mitgelaufen. In den Währungsabteilungen war das Jagdfieber ausgebrochen. Wenn sie von der Fidelity & Trust aus gleich zur großen Schlacht aufriefen, würden die wichtigsten Anleger mitziehen.

Die Händler auf dem Trading Floor der F&T hatten Zeitpläne für die jeweils nächste Stunde vor sich liegen, die auflisteten, welche Transaktionen sie vorzunehmen und welche vertraulichen Tips sie Geschäftspartnern in Banken und Brokerfirmen zu übermitteln hatten. In die Pulte waren Computermonitore eingelassen, auf denen die Händler die Geldbewegungen und die Wechselkurse beobachten konnten. Vorne im Saal hingen mehrere große Bildschirme von der Decke, auf denen die wichtigsten internationalen Aktienindexe und Wechselkurse angezeigt wurden. Der Raum war erfüllt von einem geschäftigen Piepen und Tippen, schnell hin- und hergeworfenen Worten zwischen den Händlern. Das hektische Durcheinander von Menschen und Maschinen erinnerte den Bankier an Massenszenen aus einem Science-fiction-Film. Er war stolz auf den Trading Floor seiner Bank. Das hier war seine Kommandozentrale.

Der rothaarige Mann ging hoch in sein Büro und trat zum Schreibtisch, auf dem sich ein Chaos an Papieren stapelte. Seit acht Uhr hatten er und Mason ununterbrochen Anrufe, E-Mails und Faxe in die Welt geschickt, in denen sie befreundete Investmentbanker und Fondsmanager aufforderten, mit ihnen zusammen die Schwäche des Pfundes auszunutzen und »den Briten zu zeigen, daß sich seit Soros Coup von 92 nichts geändert hat«.

Patrick Flanagan warf einen Blick auf die große Uhr, die neben dem Bild des amerikanischen Präsidenten hinter dem Schreibtisch hing. Es war drei Minuten bis 13 Uhr. Aus dem Augenwinkel sah er die schwarzgekleidete Gestalt von Catherine Crocker durch die Tür kommen. Sie trat leise hinter Flanagan.

»Gleich«, flüsterte dieser mit heiserer Stimme. »Ist alles okay?«

C^2 verzog die rotgeschminkten Lippen zu einem süffisanten Lächeln. »Ich komme gerade aus dem Club. Dort läuft alles bestens.

Gerade hat sich noch Hsien gemeldet. Hongkong und Tokio ziehen mit.«

Ihre Blicke richteten sich auf die Uhr. Gebannt schauten sie zu, wie der Zeiger eine Minute vorrückte. Im Büro war es so still, daß man das leise Ticken hören konnte. Flanagan drehte sich um und ging aus dem Büro hinunter zum Trading Floor.

*

In der Threadneedle Street herrschte kurz vor 18 Uhr hektischer Feierabendverkehr. Aus dem großen Büro des Gouverneurs der Bank of England im dritten Stock konnte man hinunter auf die Straße sehen. Der Regen hatte etwas nachgelassen. In der hereinbrechenden Dunkelheit hielten Geschäftsleute mit Aktentaschen nach den schwarzen Limousinen der Londoner Taxibetriebe Ausschau. Ein roter Doppeldeckerbus hielt quietschend vor der Bank und lud eine Schlange von Menschen ein, die gerade den Giftshop der »Old Lady of Threadneedle Street« verlassen hatten. Gleich würde im London Stock Exchange der Parketthandel schließen.

Der Gouverneur war ein hochgewachsener Mann um die sechzig mit silbrigen Koteletten und sanften grauen Augen. Die rötlich gefärbte, aufgeschwemmte Nase verriet seine Vorliebe für teuren französischen Rotwein. Um seinen Weinkeller rankten sich wahre Legenden. Immer wieder wurden Gerüchte laut, daß er sein Alkoholproblem längst nicht mehr unter Kontrolle habe. Vertraute und Mitarbeiter wußten, daß dieses Gerücht zumindest einen wahren Kern hatte.

Der Gouverneur blätterte durch die vor ihm liegenden Papiere. Neben ihm stapelten sich die Aktenberge. Das Gespräch mit dem Präsidenten der Europäischen Zentralbank am Nachmittag hatte ihn aufgewühlt. Die Informationen über die geplante Attacke stimmten mit den Berichten überein, die ihm seine Gewährsleute von der Börse brachten. In den letzten Tagen hatte es größere Pfund-Transaktionen gegeben, die nach Meinung seiner Experten so gezielt waren, daß sicher nicht irgendwelche zufälligen Bankgeschäfte dahinterstanden. Den ganzen Nachmittag hatte er mit seinen Mitarbeitern beraten, wie einer spekulativen Attacke begegnet werden könnte. Sie waren sich alle sicher, daß das Pfund ohne eine massive Unterstützung durch die Europäische Zentralbank verloren war.

Der Gouverneur seufzte. Er würde noch den Bericht beenden, den er morgen dem Premier und dem Schatzkanzler vorzulegen hatte, dann würde er für heute Schluß machen.

Um 18.05 British Standard Time klingelte das Telefon, und die Abteilungsleiterin Foreign Exchange wurde durchgestellt. Die Frau riß sich zusammen, aber vor Aufregung sprach sie so schnell, daß der Gouverneur sie kaum verstehen konnte. Eines war aber klar: Die Attacke, die sie heute den ganzen Tag über theoretisch diskutiert hatten, war auf den Finanzmärkten in aller Härte angelaufen. Seit Punkt 18 Uhr warfen die Händler von amerikanischen und europäischen Banken Millionen von Pfund Sterling auf den Markt und forderten dafür Euro oder Dollar.

Auf der rosigen Stirn des Gouverneurs sammelte sich der Schweiß in kleinen glitzernden Perlen. Er legte den Hörer weg und stand auf. Für einen Augenblick wurden ihm die Knie weich, seine Beine zitterten. Im Vorzimmer schellte das Telefon und das Faxgerät sprang an. Die Stimme seiner Sekretärin meldete sich in der Sprechanlage. Der Gouverneur trat, ohne zu antworten, an die kleine Bar und schenkte sich einen Whisky ein. Er leerte das Glas in einem Zug und schenkte sofort nach. Auch den zweiten Whisky kippte er, ohne mit der Wimper zu zucken. Dann trat er ins Vorzimmer und instruierte seine Sekretärin. Wenige Minuten später erschien er im Büro der Abteilungsleiterin, um sich selbst ein Bild vom Ausmaß der Katastrophe zu machen.

*

Nach dem ergebnislosen Gespräch mit dem britischen Premier war Karl Stockmann zur deutschen Botschaft am Belgrave Square, Chapelle zum französischen Botschafter in der Knightsbridge gefahren. Sie wollten die Meinungen der Botschafter zum Stand der Beitrittsdiskussion in Großbritannien kennenlernen. Die beiden Diplomaten stimmten darin überein, daß die britische Regierung angesichts einer immer noch gespaltenen öffentlichen Meinung gerne noch etwas Zeit gewinnen würde. Es sei daher wichtig, ihr die Einsicht zu vermitteln, daß sie schon im eigenen Interesse Großbritanniens die Sache zügig vorantreiben müsse.

Der deutsche Botschafter erwartete einige Geschäftsleute der Londoner City zu einem Afternoon-Tea-Gespräch über den britischen Beitritt. Er lud Stockmann ein, daran teilzunehmen. »Einverstanden«, sagte der Präsident. »Aber nur als Zuhörer.«

Er war dann erstaunt, wie unterschiedlich die Einschätzungen selbst innerhalb dieses Kreises waren. Die meisten argumentierten, ohne Beitritt werde der Euro-Block Großbritannien wirtschaftlich und finanziell immer weiter abhängen. Besonders eine junge Frau in schwarzem Hosenanzug warnte vor der strukturellen Schwäche des Pfundes, das auch durch die intramarginale Stützung durch die Bank of England nicht dauerhaft gestärkt würde. Der Kursverlust britischer Aktien in den letzten Wochen spreche Bände. Andere beschworen aber auch hier die Erfahrung von 1992. Sie argumentierten, Großbritannien werde es außerhalb des Euro-Blocks bessergehen, genauso wie nach 1992 außerhalb des EWS. Schon die Rückkehr in den Wechselkursmechanismus des EWS sei ein Fehler gewesen. Die britischen Banken würden im Offshore-Banking auf dem Euro-Finanzmarkt ebenso gut mitmischen wie seinerzeit auf dem Eurodollar-Markt. Stockmann verstand um so besser, warum der Premierminister mit dem Beitritt noch immer zögerte.

Kaum waren die Gäste gegangen, meldete sich der EZB-Präsident, der Stockmann hinterhertelefoniert hatte, in der Botschaft an. Er kam direkt aus dem großen, traditionsreichen Gebäude der Bank of England in der Threadneedle Street. Sein Gespräch mit dem britischen Kollegen war anders verlaufen als Stockmanns Gespräch mit dem Premier. Der Gouverneur hatte zwar nicht im Klartext, aber doch zwischen den Zeilen unmißverständlich zu verstehen gegeben, daß die Bank of England die Hilfe der Europäischen Zentralbank benötigen werde.

Die beiden Herren überbrückten die Zeit bis zum Abendtermin in der Bibliothek der Botschaft, die einen Ausblick in einen kleinen Garten bot. Der große Holländer hatte sich eine Zigarre angesteckt. Er teilte Stockmanns Überzeugung, daß man das britische Pfund vor dem Beitritt sowenig hängenlassen dürfe wie 1998 die Lira. »Es geht zwar nicht mehr um die Grundentscheidung für den Euro. Der ist etabliert. Aber welche Rückwirkungen hätte es auf unsere Glaubwürdigkeit, vor allem was die Osterweiterung der Europäischen Union betrifft, wenn wir jetzt das britische Pfund seinem Schicksal überließen?«

Stockmann schaute überrascht von seinem Espresso hoch. »Ein Angriff auf osteuropäische Währungen ist von den kriminellen Konzernen übrigens als Alternative diskutiert worden.«

Der Präsident wollte sich gerade dazu äußern, als es an der Tür klopfte. Ein dienstbarer Geist in gestreifter Weste mit schwarzer Fliege betrat die Bibliothek. Auf einem kleinen silbernen Serviertablett trug er feierlich ein Handy. Er überreichte es dem EZB-Präsidenten: Der Gouverneur der Bank of England wünsche ihn dringend zu sprechen.

»Herr Kollege?« Stockmann hörte den Gouverneur am anderen Ende der Verbindung hastig reden, verstand aber nicht, was er sagte. Der Präsident zuckte mit den Mundwinkeln. Schließlich schaltete er das Handy aus und wandte sich Stockmann zu.

»Der Angriff läuft bereits. Er hat unmittelbar nach Börsenschluß im telefonischen und elektronischen Banking begonnen. Der Gouverneur spricht von einer Flutwelle.« Der EZB-Präsident war etwas bleich geworden.

»Verdammt!« Stockmann sprang aus dem Sessel und schlug sich wütend die Faust in die Hand. »Diese Schweine sind uns zuvorgekommen.«

Der Bedienstete der Botschaft trat hastig einen Schritt zurück. Stockmann blieb stehen und versuchte, seine Emotionen wieder in den Griff zu bekommen. Für einen Moment starrte er auf die kahlen Zweige der Bäume draußen, von denen der Regen herabtropfte.

Langsam sagte er: »Ich bin für den Abend noch einmal mit dem Premierminister verabredet. Sie und den Gouverneur wird er sicher zu diesem Gespräch dazubitten. Herr Präsident, bitte unterstützen Sie meinen Vorschlag. Großbritannien und die Europäische Union müssen sich schnellstmöglich über die Abwehr der Attacke und den britischen Beitritt einigen. Wir müssen das als Paket behandeln.«

»Einverstanden. Als erstes braucht die Bank of England Hilfe. Wenn die EZB sich zu der entschließt, wird sie kämpfen.« Er machte eine Pause. Offenbar kostete es ihn Überwindung weiterzusprechen. »Ich muß mich bei Ihnen entschuldigen. Als Sie neulich zu mir nach Frankfurt kamen, habe ich Ihre Sorge für etwas alarmistisch gehalten. Sie hatten leider recht.« Der große Mann erhob sich und legte das Handy zurück auf das Tablett. Inzwischen war wieder Farbe in sein Gesicht zurückgekehrt.

*

Eine dreiviertel Stunde nach 18 Uhr trafen sich die Gesprächspartner zur Krisensitzung im Besprechungszimmer von Downing Street »Number 10«. Karl Stockmann und der EZB-Präsident waren von der Deutschen Botschaft hergeeilt, so schnell es der dichte Feierabendverkehr zugelassen hatte. Als sie ankamen, standen Chapelle und der Gouverneur der Bank of England vor der geschlossenen Flügeltür des Raums und unterhielten sich aufgeregt. Chapelle begrüßte Stockmann mit besorgtem Gesichtsausdruck. »Sie hatten vollkommen recht mit Ihren Befürchtungen, Herr Stockmann.«

»So früh habe ich nicht mit der Attacke gerechnet! Die Fidelity & Trust hat die Genfer Analyse ja erst seit wenigen Tagen.«

»Die werden sich schon länger auf die Attacke gegen das britische Pfund vorbereitet haben. Noch bevor sie das endgültige Okay der ›Brotherhood‹ hatten«, mutmaßte Chapelle.

»Kann sein«, stimmte Stockmann zu. »Es scheint aber einen aktuellen Auslöser gegeben zu haben.«

Der Gouverneur der Bank of England unterhielt sich leise mit dem EZB-Präsidenten. Die letzte Bemerkung Stockmanns hatte er aber wohl gehört, denn er warf dem Kommissionspräsidenten einen beunruhigten Blick zu, den dieser wiederum nicht zu deuten wußte.

In diesem Moment kam der Premier mit langen Schritten den Gang entlanggehastet. »Entschuldigen Sie bitte, aber wir mußten uns noch etwas für die Presse überlegen. Seit die Attacke läuft, haben bei uns die Telefone nicht mehr aufgehört zu klingeln.« Unter dem Arm trug er einen dicken Packen Papiere.

Sie versammelten sich wieder um den großen Tisch. Die Stimmung war gespannt. Der Gouverneur glühte geradezu.

»Also, Gordon, was genau passiert jetzt an der Börse?« wollte der Premier wissen.

»Die Spekulanten haben die Attacke am Termin- und Optionsmarkt begonnen. Und zwar mit einer solchen Wucht, daß wir auch ohne die Vorwarnung des Herrn Kommissionspräsidenten sofort verstanden hätten, daß hier ein Großangriff gefahren wird.« Mit einem sorgsam gebügelten blauen Taschentuch wischte sich der Gouverneur den Schweiß von der Stirn. »Es wird rund um die Uhr und rund um die Welt weitergehen. Sie werden in alle Terminverkaufsangebote einsteigen und alle Put-Optionen aufkaufen, die auf dem Markt sind oder noch auf ihn kommen. Dann werden sie versuchen, den Kassamarkt mit britischen Pfunden zu überschwemmen. Der Markt wird schließlich mitlaufen, meine Experten sind sich da ziemlich sicher.«

»Sollen wir gegenhalten?«

Der Gouverneur zuckte die Schultern. »Das tut die Bank schon intramarginal. Sonst drücken die uns unter den unteren Interventionspunkt im EWS, und damit sehr viel tiefer, als es für das Pfund gut wäre, vor allem, wenn wir jetzt noch den Euro-Beitritt aushandeln wollen.«

»Und wie steht es um eure Reserven?«

»Die sind groß, aber wahrscheinlich nicht so groß wie die von dem Spekulantenpack.«

»Hätte ich mir fast denken können«, kommentierte der Premier mit Galgenhumor.

Der EZB-Präsident hielt es für an der Zeit, seinem britischen Kollegen beizuspringen. »Ich werde versuchen, die EZB zu sofortiger und massiver Hilfe zu bewegen. Das setzt aber voraus, daß die im Europäischen Rat vertretenen Regierungen uns auf jeder Ebene ihre Unterstützung zusagen.«

»Und die wird unter anderem davon abhängen, daß wir die Beitrittsfragen gleichzeitig klären. Nicht wahr, Herr Präsident?« Der Premier schaute Stockmann herausfordernd an.

»So schätze ich das ein. Viel Zeit bleibt nicht.« Stockmann erwiderte ruhig den Blick des Premiers.

»Ein geradezu britisches Understatement.« Der Premier lächelte trotz der angespannten Situation. »Schatzkanzler, was meinen Sie?«

Der Chancellor of the Exchequer machte einen Vorschlag. »Wir sollten die Europäische Präsidentschaft bitten, sofort eine Sondersitzung des Rates in der Besetzung der Finanzminister nach Brüssel einzuberufen. Der Herr EZB-Präsident«, er neigte kurz seinen Kopf in dessen Richtung, »sollte hinzugebeten werden.«

»Gut«, sagte der Premier, »bringen Sie das über Charles Forster auf den Weg.« Abrupt wandte er sich Stockmann zu. »Oder wollen Sie das lieber tun?«

Stockmann lehnte kopfschüttelnd ab. »Ich denke, es wird hilfreich sein, wenn die Initiative von Ihrer Seite ausgeht.«

Der Premier warf ihm einen anerkennenden Blick zu. »Gut. Ich werde jetzt erst einmal die wichtigsten Regierungschefs telefonisch von meiner Initiative unterrichten, vor allem Paris und Berlin.«

*

Patrick Flanagan war seit Stunden mit Ted Cooperider im Trading Room. Er wollte sehen, wie die Finanzmärkten reagierten, welche

Banken mitzogen, wie das Pfund jetzt stand. Seine Anspannung war so hoch, daß er – was er sonst in der Bank nie tat – nicht nur das Jackett auszog, sondern sogar den Schlips lockerte.

Die Neonlampen an der Decke tauchten den Saal in ein bläuliches Licht, das die hellen Hemden und Blusen der Händler leuchten ließ. Es herrschte das totale Chaos. Hastig verteilten Menschen Computerausdrucke im ganzen Raum, aus einer Ecke drangen erregte Schreie, überall wurde geredet und getippt. Vorne flimmerten die aktuellen Wechselkurse über den großen Bildschirm. Mit konzentriertem Gesichtsausdruck starrten die Händler auf ihre Monitore. Sie schauten nur hoch, wenn sie jemand ansprach, tippten fieberhaft und sprachen von Zeit zu Zeit in das Mikrophon ihrer Headsets. Flanagan lehnte sich an eine Säule auf der oberen Plattform des Raumes, von wo aus das schräg nach unten fallende Parkett gut zu überblicken war. Von hinten rempelte ihn ein Händler an, der mit einem genervten Blick zum Wandtelefon griff. Rund um die Säule waren vier Apparate angebracht, die von den Händlern benutzt wurden, die nicht mit Headsets arbeiteten.

Dann spürte Flanagan eine Unruhe, die sich auf dem Parkett ausbreitete wie Kreise auf einer Wasseroberfläche. Geflüsterte Nachrichten wurden laut wiederholt, die Händler blickten über die Monitore fragend zu ihren Nachbarn, an den oberen Plätzen standen sie auf, rissen die Arme hoch und wollten wissen, was los war.

Mason stand plötzlich neben ihm. Trotz seiner zerzausten Haare wirkte er wach und lebendig. »Komm, das mußt du sehen.«

Er ging voran in sein Büro und zeigte auf die grünen Ziffern, die über die Monitore flimmerten. Ein Blick genügte. »Sie haben zur Abwehrschlacht geblasen! Jetzt machen wir sie fertig!«

*

Kurz vor Mitternacht hatte der Gouverneur Anweisung gegeben, das Pfund mit den Reserven der Bank of England offen zu stützen. Vorangegangen waren stundenlange, zermürbenden Krisensitzungen hinter verschlossenen Türen.

Die Beitrittsgegner waren empört über die zögerliche Haltung der Europäischen Union samt EZB, die »aus einer katastrophalen Notlage« Kapital schlügen, sprich den Euro-Beitritt Großbritanniens erzwingen wollten.

Für den aktuellen Handlungsbedarf des Notenbankchefs brachten solche politischen Verlautbarungen nichts. Von der Europäischen Zentralbank war erst einmal nichts zu erhoffen. Die Krisensitzung des Rats war auf den übernächsten Tag anberaumt worden, und – wenn alles gut lief – war erst danach mit einer Unterstützung der EZB rechnen. Die Briten mußten die Schlacht erst einmal selber führen. Das bedeutete, daß dringend die massenhaften Verkäufe des Pfunds gestoppt werden mußten. Das Pfund war in den ersten sechs Stunden der Attacke schon um fünf Cents gefallen.

Die Bank of England öffnete ihre Schatzkammer und ließ über den Londoner Stock Exchange die erste Milliarde Dollar zum Aufkauf britischer Pfund auf den Mark werfen.

In wenigen Minuten wurde die Börse in Tokio geöffnet. Der Gouverneur wollte verhindern, daß neben den amerikanischen und europäischen Händlern nun auch noch die Asiaten in das Spekulationsgeschäft gegen das Pfund einstiegen.

Schon Minuten später zeigte sich die Wirkung der Stützungskäufe. Der Kurs des Pfundes, der in den letzten Stunden rapide nach unten abgesackt war, begann sich wieder zu erholen und zaghaft nach oben zu steigen. Um Mitternacht begann die Bank of England, für eine weitere Milliarde Euro Pfund aufzukaufen. Die Abteilungsleiterin Foreign Exchange verfolgte atemlos die Zahlen, die alle dreißig Sekunden neu auf ihrem Laptop erschienen. Neben ihr stand der Gouverneur, dessen Hemd vollkommen durchgeschwitzt war. Jackett und Fliege hatte er schon vor Stunden abgelegt.

»Der Kurs hat sich in der letzten halben Stunde bei £ 1 /€ 1,27 eingependelt.« Die Abteilungsleiterin rückte den Laptop zur Seite, damit der Gouverneur die Zahlen auf dem Monitor erkennen konnte.

»Das wird nicht lange so bleiben. Das Rudel hat anscheinend enorme Reserven. Ohne Unterstützung ist es nur eine Frage der Zeit, bis das Pfund am untersten Interventionspunkt steht.«

»Aber so schnell wird es ihnen nicht gelingen, uns unter £ 1/€ 1,10 zu drücken. Wir müssen eben durchhalten, bis die EZB einspringt.«

Der Gouverneur nickte müde.

*

Das Führungstrio der Fidelity & Trust hatte die Nacht in der Bank verbracht. Am Morgen des zweiten Tages der Attacke verfolgte Frank Mason auf vier an den Wänden aufgehängten Bildschirmen die elektronischen Börsendienste. Auf dem Kopf trug er ein Headset für das Telefon, und er tippte unablässig Notizen in den Laptop, den er vor sich auf den Knien schaukelte. Ted Cooperider war unten auf dem Trading Floor.

In Flanagans Büro hatte es sich Uncle Sam bequem gemacht. Er hielt eine fleckige Kopie des Genfer Papiers in den Händen. Ein Glas Whiskey hatte er neben sich auf den Tisch gestellt. Als Patrick Flanagan das Büro betrat, schaute der Alte ihn fragend an.

»Läuft alles gut?«

Flanagan nickte zufrieden. »Keine Sorge. Wir sind mit Verkaufsoptionen gut eingedeckt. Und wir finden auch außerhalb unseres Einflußbereichs reichlich Partner. Die Zinsen für das britische Pfund sind immer noch ziemlich hoch. Gestern haben wir britische Pfund im Gegenwert von über einer Milliarde Dollar verkauft, um das Pfund nach unten zu drücken. Und der GMHF hat noch einmal dieselbe Summe an Pfund auf den Markt geworfen.«

»Ich habe diesen Wisch von unseren Beratern noch einmal durchgelesen. Akademisches Kauderwelsch.« Uncle Sam rümpfte angewidert die Nase. Er blätterte in den Seiten. »Erklär mir doch das mal. Was ist denn ein ›Coup de grace‹?«

»Das ist der Gnadenstoß«, antwortete Flanagan.

Uncle Sam schaute ihn durchdringend an. »Und welche Waffe, mein werter Herr Bankdirektor, hältst du dafür bereit?«

Flanagan zögerte. Dann zuckte er mit den Schultern und erklärte: »Wir haben einen ›exotischen Put‹ über eine Milliarden-Pfund-Summe erworben. Die Summe ist so hoch, daß wir bei den Chefhändlern unserer Partnerbanken mit einer nicht ganz kleinen Summe nachhelfen mußten. Sonst hätten wir einen solchen Put nie gekriegt.«

»Ich dachte, ihr handelt strikt legal?!« Uncle Sam lehnte sich in den Sessel zurück.

»Das tun wir auch.« Flanagan lächelte. »Aber gelegentlich muß man einen Partner zusätzlich motivieren. Das weißt du doch am besten.«

»Hm.« Uncle Sam wiegte nachdenklich den Kopf. »Und was ist ein ›exotischer Put‹?«

In diesem Moment trat Mason mit dem Headset auf dem Kopf durch die offene Bürotür. »Ah, hier steckt ihr.«

Dann wandte er sich zu Flanagan und zwinkerte ihm zu. »Es läuft, Pat! Gerade hat die Hongkong Bank am TSE 500 Millionen Pfund angeboten. Damit ist der Trend für Asien gesetzt.«

Flanagan schlug sich mit der geballten Faust in die Handfläche. »Ja!« Er wandte sich zu Uncle Sam. »Wir machen sie alle, Uncle Sam!«

»Nur die Ruhe, Jungs. Ihr könntet auch Chinesisch quatschen, und ich würde genausoviel mitkriegen. Erklärt dem alten Sam doch mal, was jetzt wieder vor sich geht!«

Flanagan atmete tief ein und bemühte sich sichtlich, seine Erregung in den Griff zu kriegen. »Wir haben vor drei Stunden zwei Milliarden Pfund auf dem Spotmarkt angeboten. Das hat die Finanzmärkte ganz schön unruhig gemacht. Ein paar europäische und amerikanische Investmentbanken haben sich der Spekulation sofort angeschlossen. Und jetzt hat die bedeutendste Hongkonger Bank 500 Millionen Pfund auf die Börse in Tokio geworfen. Wir haben eine Spekulationswelle ausgelöst. Bald brauchen wir gar nichts mehr zu tun außer abzusahnen. Das Pfund Sterling wird von ganz allein untergehen.«

Mason beschwichtigte. »Noch ist es nicht ganz so weit. Aber der Anfang ist gemacht. Europa, Amerika und Asien ziehen mit.«

Flanagan nickte. »Ich wollte gerade Uncle Sam erklären, wie unser exotischer Put funktioniert. Aber das kannst du besser, Frank. Du bist schließlich der Devisenhändler«

Mason nahm das Headset ab und lehnte sich auf die Kante von Flanagans überdimensionierten Schreibtisch. »Ein ›exotischer Put‹, das ist eine Verkaufsoption ganz besonderer Bauart. Sie funktioniert so: Als wir vor ein paar Tagen die Option auf über eine Milliarde Pfund erworben haben, stand der Wert des Pfundes auf dem Kassamarkt bei £ 1/€ 1,33 und auf dem Terminmarkt bei £ 1/€ 1,29. Wir haben mit unserer Option auf £ 1/€ 1,25 gewettet. Diese Option war billig. Aber diese spezielle Option kann überhaupt erst dann ausgeübt werden, wenn der Pfund-Kurs während der Laufzeit der Option – in unserem Fall sechs Wochen – einmal unter £ 1/€ 1,15 sinkt. Das ist der sogenannte Knock-in-point.«

»Und was soll daran exotisch sein?« Uncle Sam starrte verständnislos von Mason zu Flanagan.

»Das wirkt auf die angegriffene Währung wie Rizinus. Je mehr sich der Pfundkurs dem ›Knock-in-point‹ von 1,15 € nähert, um so höher wird das Risiko der Gegenseite. Gegen dieses Risiko müssen sie sich absichern, indem sie ihrerseits immer mehr Pfund verkaufen. Auf den Finanzmärkten wird das zu einer Springflut führen, in der das Pfund Sterling untergeht.« Flanagans Stimme zitterte leicht, aber sonst hatte er sich wieder unter Kontrolle.

»Zumal spätestens dann alle ›Börsen-Milchmädchen‹ – zum Beispiel Anleger, die den hohen Pfund-Zinsen nachgelaufen sind – in Panik verfallen werden«, fügte Mason hinzu.

»Das soll kapieren, wer will.« Uncle Sam warf die Arme in die Höhe, wobei die Seiten des Genfer Papiers auf den Boden segelten.

»Du wirst dich wundern, Uncle Sam, wie gut du es verstehst, wenn uns die Riesengewinne ins Haus flattern.« Flanagan lächelte Mason zu.

Der stieß sich von der Tischkante ab und klemmte sich das Headset wieder auf den Kopf. »Uncle Sam, willst du dir nicht einmal ansehen, wie unsere Attacke im Trading Room aussieht?«

*

Während Flanagan, Mason und Cooperider die Spekulationsattacke von der F&T aus führten, tat Catherine Crocker in ihrer Zentrale im Basement des Country Clubs am Long Island Sound ihre Arbeit. Von hier aus wurde die Informations- und Desinformationskampagne organisiert, die die Spekulation publizistisch und anderweitig unterstützte. Im weißen Licht der Halogenstrahler an der Decke arbeitete Crockers Team an den Computern, Telefonen und Fax-Geräten, die den Kellerraum in ein Großraumbüro verwandelten. C^2 saß in einem abgetrennten Kabuff, dessen graue Stahltür immer offenstand. An einem riesigen Schreibtisch arbeitete sie ihren ersten Informations-Coup aus.

Der Chefredakteur eines der bekanntesten europäischen, in Luxemburg erscheinenden Bank- und Börsendienste Europas war ein Geschäftspartner Crockers und stand seit langem auf der Gehaltsliste der »Brotherhood«. In dem Blatt erschien am dritten Tag der Attacke ein knapper Einspalter, gut plaziert auf der ersten Seite:

BANK- UND BÖRSENDIENST LUXEMBURG

13. Mai 04 Seite 1

Der Fall des britischen Pfundes

Das seit Jahren überbewertete Pfund Sterling ereilt nun sein verdientes Schicksal. Obwohl die Bank of England seit Wochen zur Stärkung des Pfund-Leitkurses im EWS II diskret intramarginal interveniert hat, verliert das Pfund Sterling auf den Finanzmärkten jetzt schnell Boden. Nach einem von der britischen Regierung bisher verheimlichten Bericht über die wirtschaftliche Entwicklung im ersten Quartal 2004 droht der britischen Wirtschaft ein Konjunktureinbruch (Anmerkung der Redaktion: Der Bericht liegt uns im Wortlaut vor). Das gibt jenen recht, die wie Soros 1992 mit seinem Quantum-Fonds, heute wieder auf eine Abwertung des Pfundes setzen.

Die Bank of England zögert, die kurzfristigen Zinsen für das Pfund offen und drastisch zu erhöhen, da Großbritannien damit 1992 schlechte Erfahrungen gemacht hat. Außerdem könnte es die Schwierigkeiten für die britische Wirtschaft vergrößern.

Wie die EZB-Währungsspezialistin Nadine LaTour in Frankfurt mitteilte, ist man bei der Europäischen Zentralbank der Meinung, daß das Pfund drastisch abgewertet werden muß, was nicht nur seinen Euro-Beitritt auf absehbare Zeit ausschließen, sondern auch einen erneuten Austritt Großbritanniens aus dem EWS zur Folge haben würde.«

*

In den Promi-Etagen 30 bis 39 des Frankfurter Euro-Towers sorgte die morgendliche Lektüre des luxemburgischen Blattes für helle Aufregung. Nadine LaTour war schon um sechs Uhr von einem befreundeten Journalisten aus dem Bett geklingelt worden, der ihr die schlechte Nachricht überbrachte. Um zehn Uhr ließ der Zentralbankpräsident sie zu einem vertraulichen Gespräch bitten.

Die Währungsexpertin fuhr in den 36. Stock und betrat, nachdem die Sekretärin sie angemeldet hatte, das geräumige Büro des Präsidenten. Auf dem dunklen Schreibtisch war die Ausgabe des luxemburgischen Bank- und Börsendienstes ausgebreitet. Der Holländer begrüßte sie in seiner ungezwungenen Art und fuhr sich mehrmals durch die getönten Locken. Nadine LaTour zupfte verlegen an ihrer grauschillernden Seidenbluse.

»Ich nehme an, Sie wissen, worum es geht?«

Nadine LaTour schlug die Beine übereinander. »Ich habe nie mit dem Börsendienst gesprochen, weder über das Pfund noch über sonstige Dinge.«

»Das hat das Board auch nicht angenommen.« Der Präsident nickte. »An der Sache ändert das aber nichts mehr. Die Nachricht ist draußen, und wir können nur noch Schadensbegrenzung machen.« Er schwieg einen Moment. »Haben Sie eine Ahnung, warum gerade Ihr Name benutzt wurde?«

Nadine schüttelte unsicher den Kopf und zuckte mit den Schultern.

»Ist auch egal.« Der Präsident schlug unwillig die Zeitung zusammen und schob sie zur Seite. »Diese Notiz ist sehr geschickt gemacht. Die britische Regierung kann die Existenz des negativen Berichtsentwurfs in der jetzigen Situation nicht gut dementieren. Verständlicherweise wollen sie ihn aber auch nicht veröffentlichen, während die Attacke noch läuft.«

»Ich habe gerade den britischen Regierungssprecher im n.tv. gesehen. Er hat vage angedeutet, daß der Bericht vielleicht in zwei Wochen vorgelegt wird. Auf die Finanzmärkte wird das keinen großen Eindruck machen, eher im Gegenteil.«

»Richtig. Und die Anleger warten auf ein Zeichen der EZB, weil alle davon ausgehen, daß nur noch unsere Unterstützung das Pfund vor einer drastischen Abwertung retten kann. Na, das Zeichen haben sie jetzt ja bekommen.«

»Mein Name ist mißbraucht worden. Wir müssen eine Gegendarstellung verlangen.« Nadine LaTour warf kämpferisch die schwarzen Locken in den Nacken.

»Ja.« Der Präsident wiegte den ausgeprägten Kopf hin und her. »Uns bleibt nicht viel anderes, als die Notiz zu dementieren und gegen die Verwendung Ihres Namens zu klagen.« Er seufzte. »Das ist ein gefundenes Fressen für die Presse. Wir klagen. Natürlich wird der Börsendienst sich auf seine ›absolut zuverlässigen‹ Quellen berufen und Klageabweisung beantragen. Und schon haben wir einen wunderschönen Rechtsstreit. Damit ist garantiert, daß die Schlagzeile vom ›Fall des britischen Pfundes‹ weltweit Verbreitung findet.«

Trotz des sorgfältig formulierten Dementis aus der Europäischen Zentralbank begannen die Wirtschaftsredaktionen der Medien zu berichten, Großbritannien drohe – »wie von unseren Experten lange vorausgesehen« –, in eine Wirtschaftskrise zu taumeln. Selbsternannte »Börsenspezialisten« und »Anlageberater« in Presse, Funk, Fernsehen, Internet und an den Börsen-Hotlines rieten ihren Kunden, aus dem Pfund auszusteigen.

In Brüssel wurde auch der Pressesprecher der Europäischen Kommission gefragt, ob er das Statement der EZB-Spezialistin im »Pfund-Artikel« des Luxemburger Börsendienstes bestätigen könne. Jan van Driesche antwortete lapidar: »Zur Authentizität des Statements können wir nichts sagen. In der Sache wird die Lage von der Europäischen Kommission wohl ähnlich gesehen.« Auch diese Äußerung lief um die Welt.

*

Karl Stockmann las den Pressebericht mit der Äußerung seines eigenen Pressesprechers morgens zwischen Kaffee und Krisenbesprechung. Erst wurde er aschfahl, dann rötete sich sein Gesicht, und er bekam einen Wutanfall, wie ihn seine Sekretärin noch nie erlebt hatte. Er bestellte seinen Pressesprecher zu sich, sagte ihm auf den Kopf zu, daß er und seine Frau bestechlich seien, suspendierte ihn vom Dienst und leitete ein Disziplinarverfahren gegen ihn ein.

Als er van Driesche aus seinem Büro hinausgeworfen hatte, ließ Stockmann sich entnervt in einen Sessel fallen.

»Moser!«

Der Referent steckte den Kopf durch die angelehnte Tür. »Ja, Herr Präsident?«

»Arbeit für Sie.« Stockmann stand auf und trat zu seinem antiken Schreibtisch. »Sie sind mir ab jetzt für die Pressearbeit zur Währungsspekulation verantwortlich. Ich möchte alles sehen, was in der Presse darüber geschrieben wird, vor allem die Kommentare in den Wirtschaftsblättern. Und – «

Giovanni Moser war inzwischen mit einem Stapel Blätter auf dem Arm in den Raum getreten und hatte den Kugelschreiber gezückt.

» – ich möchte, daß Sie mich genauestens über den Verlauf der Attacke auf dem laufenden halten. Ich will wissen, was auf den Märkten vor sich geht.« Stockmann schaute zu seinem Referenten, der sich Notizen machte.

»Das geht in Ordnung. Wegen der Pressearbeit werde ich mich mit der Pressestelle der Kommission kurzschließen.«

Stockmann nickte.

Der junge Mann zog ein rosa Papier aus seinem Stapel. »Ich würde Sie gerne sofort über den Stand der Spekulation informieren.«

»Sie haben alles schon fertig?« Der Kommissionspräsident setzte sich verblüfft an den Schreibtisch.

Moser nickte mit unbewegter Miene.

»Na, dann schießen Sie los«, lachte Stockmann.

»Das Pfund hat wieder nachgegeben, vermutlich wegen der Notiz des luxemburgischen Börsendienstes. Es steht jetzt auf £ 1/€ 1,24.«

Stockmann war ernst geworden. »Das sind schon sechs Cent weniger als am Anfang der Spekulationsattacke.«

»Richtig. Die Aktivitäten der Fidelity & Trust und des GMH-Fonds werden von den Finanzmärkten rasant unterstützt. Der Internet-Börsendienst hat gerade gemeldet, daß weitere Großanleger aus dem Pfund ausgestiegen sind.«

*

Noch am selben Morgen versammelte Simone van Driesche alle mit ihr mehr oder minder intim befreundeten Journalisten um sich. Dann berichtete sie von »der allen rechtsstaatlichen Grundsätzen hohnsprechenden Willkür des deutschen Kommissionspräsidenten«. Die erinnere an Nazideutschland und sei eine Schande für Europa. Wie sie aus Gesprächen mit Kommissionsmitgliedern wisse, habe ihr Mann die reine Wahrheit gesagt. Einige der Journalisten stellten sie darauf der

Öffentlichkeit als kleine, tapfere Ehefrau vor, die um Gerechtigkeit für ihren Mann kämpfte. Diese Inszenierung gab eine prachtvolle Story für die Medien her – vor dem Hintergrund des fallenden Pfundes.

Danach rief Simone van Driesche Silvio Pestacosta an, der von der Genfer Villa aus das Geschehen an den Weltmärkten verfolgte. Silvio war begeistert. »Ja«, meinte sie daraufhin, »von mir kannst du noch so einiges lernen – und meinen Anteil am Fonds gleich noch einmal verdoppeln.«

Als dann auch noch zwei aus Irland stammende Devisenhändler an der Londoner Börse das Gerücht verbreiteten, die britische Regierung habe sich intern bereits für die Abwertung des Pfundes entschieden, wurde Karl Stockmann klar, daß die Sache schon fast gegen sie gelaufen war. Die Sondersitzung der Finanzminister des Rats, die für den nächsten Tag einberufen worden war, mußte eine klare Entscheidung zur Unterstützung des britischen Pfundes bringen. Das war die einzige Chance.

*

Zwei Tage nach Beginn der Attacke auf das Pfund Sterling griffen die Ermittlungsbehörden in Frankfurt, Brüssel und Zürich zu.

Die Frankfurter GAMMA-Bank hatte sich diesmal allem Anschein nach weder an Pfund-Verkäufen noch an Geldwäsche-Operationen beteiligt. Lutz wurde vor dem Gebäude der Bank vorläufig festgenommen und zum Verhör gebeten. Nach mehreren Stunden deutete er an, daß Silvio Pestacosta bei ihm gewesen sei und versucht habe, auch auf ihn Druck auszuüben. Die Beamten konnten ihn jedoch nicht dazu bringen, eine Anzeige gegen den Amerikaner zu erstatten.

Die Brüsseler Van-Houtten-Bank erstattete sofort nach Beginn der Attacke eine Geldwäsche-Anzeige. Die Unterlagen und die von der F&T-Bank für die Transaktion überwiesenen Beträge wurden von den Ermittlungsbehörden beschlagnahmt. Für Pestacostas Erpressungsversuch brauchte man aber den Bankier selbst als Zeugen. Der war mit seiner Frau, wie ihm Stockmann geraten hatte, vorübergehend an einem Ort untergetaucht, den seine Chefsekretärin nicht kannte und der noch nicht einmal der besten Freundin von Frau van Houtten bekannt war. Die Behörden leiteten deshalb auch gegen van Houtten ein Ermittlungsverfahren ein.

Der Züricher Bankier Hürlimann samt mehrerer Mitarbeiter seines Hauses wurden auf frischer Tat erwischt und in Untersuchungshaft genommen. Die Bank hatte Geldwäsche-Transaktionen in dreistelliger Millionenhöhe vorgenommen und sich in kleinerem Rahmen selbst an der spekulativen Attacke beteiligt. Ein hoher Kredit in Pfund Sterling war der Fidelity & Trust-Bank zwei Tage vor Beginn der Attacke eröffnet worden. Anscheinend stand Hürlimann unter so hohem Druck, daß er auch durch die vorausgegangene Vernehmung nicht von der Zusammenarbeit mit der »Brotherhood« abzubringen gewesen war.

Als erste Folge dieser Durchsuchungen wurden internationale Haftbefehle gegen Silvio Pestacosta und Sean O'Connor ausgestellt. Pestacosta hatte aber bei der ersten Nachricht über die Durchsuchung der Banken die Genfer Villa verlassen und war untergetaucht. Die Frankfurter Kripo entschloß sich, Sean O'Connor, der von Frankfurt aus die Einschüchterungs- und Erpressungskampagne leitete, noch nicht festzunehmen.

*

Am Abend vor der entscheidenden Sitzung des Rats rief Karl Stockmann Kriminaldirektor Döpfner in Wiesbaden an, um sich über den Stand der Dinge aus Sicht der Ermittlungsbehörden unterrichten zu lassen.

Döpfner berichtete Stockmann zunächst über die Bankendurchsuchungen in Frankfurt, Brüssel und Zürich. »Europol und Interpol haben die europäischen Sicherheitsbehörden von der Durchsuchung der drei Banken und deren ersten Ergebnissen unterrichtet. Sie haben das mit der Bitte verbunden, allen Verdachtsfällen sofort nachzugehen.

Das ist inzwischen in Italien und Frankreich schon geschehen. Ich weiß aber noch nicht, was dabei herausgekommen ist.«

»Viel wird es nicht sein«, meinte Stockmann skeptisch. »Die eigentliche Spekulation ist eine nach internationalem Recht legale Angelegenheit. Da enden die Möglichkeiten der Polizei.«

»Das bleibt abzuwarten. Auf jeden Fall stört es das Jahresprojekt der ›Brotherhood‹.«

»Und was macht das FBI?«

»Die Agenten hören zusammen mit dem BKA die Wohnung in Frankfurt ab. Die Anrufer verwenden einen Code. Deshalb verstehen wir nicht alle telefonischen Botschaften von O'Connor. Aber wir haben schon ein ziemlich komplettes Bild der europäischen Helfershelfer der ›Brotherhood‹. Das geben wir laufend an alle Sicherheitsbehörden in Europa weiter. Allerdings mit dem Ratschlag, nicht sofort zuzugreifen, sondern das Netz erst durch Observationen weiter aufzuklären. Gestern abend hat Fabrizio O'Connor die Order gegeben, keine weiteren ›Nachhilfe‹-Aktionen bei europäischen Banken mehr zu unternehmen. Sie würden die Sache über befreundete Offshore-Banken in der Karibik regeln. Seither ist auf O'Connors Apparat Funkstille.«

»Unternehmen die Behörden irgend etwas wegen der Desinformationskampagne? Was ist mit diesem gefälschten Artikel vom Luxemburgischen Börsendienst?« Karl Stockmann hatte noch keine Gelegenheit gehabt, mit Nadine LaTour über die Sache zu telefonieren.

»Mit der angeblichen Aussage von Frau LaTour wird sich ein Gericht befassen. Gegen den Chefredakteur wurde eine einstweilige Verfügung erlangt, aber der Artikel ist draußen und der Schaden nicht mehr gutzumachen. Vor allem die britischen Polizeibehörden sind dabei, den Fluß der Desinformationen zu analysieren. Aber das geht nur indirekt und ist daher ziemlich schwierig. Das FBI vermutet, daß Catherine Crocker von Uncle Sams Country Club aus agiert. Aber es konnte noch keine Leitung anzapfen oder die Gespräche sonst irgendwie mithören. »

»Bestehen dazu Chancen?«

»Das kann ich nicht sagen. Inzwischen kriegt die Polizei Hilfe – beziehungsweise Konkurrenz – von den Geheimdiensten. Manche Regierungen glauben offenbar, daß sich die Geheimdienste schneller ein zuverlässiges Bild der Lage machen können. Aber bei denen weiß man nie, ob sie in die Syndikate oder umgekehrt die Syndikate in sie eingedrungen sind.«

»Das soll sogar bei der Polizei vorkommen«, witzelte Stockmann. »Na gut, da kann ich dem Rat ja einiges berichten. Viel Erfolg, Döpfner, für Sie und Ihre Kollegen.«

»Den wünsche ich Ihnen für die Sondersitzung des Rats. Es wird viel davon abhängen, was Sie morgen erreichen können.«

*

Die FBI-Agenten in New York beschatteten seit nunmehr knapp einer Woche die drei Observationsobjekte im Hartman-Tower in Manhattan, in Chinatown und am Long Island Sound. Sie waren keinen Schritt weiter. Catherine Crocker war einmal aus dem Country Club gekommen und in ihrem roten Jaguar zum Hartman-Tower gebraust. Flanagan hatte das Gebäude zweimal für jeweils knapp eine Stunde verlassen, um in einem nahegelegenen Restaurant der gehobenen Klasse Mittag zu essen. Keiner der Agenten hatte Frank Mason seit dem Beginn der Attacke zu Gesicht bekommen.

Kurzfristig hatten die Fahnder überlegt, ob es nicht möglich wäre, über den Pizza-Service in den 24. Stock zu gelangen. Diesen Plan mußten sie allerdings schnell aufgeben, als sie herausfanden, daß Essen und Getränke nur von einem Nobel-Caterer in die F&T geliefert wurden, der täglich in einem kleinen hellblauen Bus vorfuhr, die Bestellungen in die Lobby trug, wo sie von zwei Mitarbeiterinnen der Bank in Empfang genommen wurden.

Spartaco Fabrizios Einsatzzentrale im Hotel Happy Valley in Chinatown wurde ebenfalls rund um die Uhr beschattet. Hier wurde massenhaft Pizza angeliefert, allerdings gelangte auch hier der Lieferant nur bis in die Eingangshalle, wo die flachen Pakete dann von einem muskelbepackten Mafiosi entgegengenommen und bezahlt wurden.

Den Fahndern fiel aber ein junger, untersetzter Schwarzer auf, der in dem kleinen Hotel unkontrolliert ein- und ausgehen konnte. Offenbar wurde er als Kurier eingesetzt. Mit Hilfe von verdeckt aufgenommenen Fotos konnte das Cosa-Nostra-Team von George Wilson seine Identität feststellen. Es handelte sich um den 24jährigen J. B. Williams, mehrfach wegen Drogenhandel vorbestraft. Erst vor zehn Wochen war er aus dem Gefängnis entlassen worden, wo er wegen seines letzten großen Coups, der versuchten Erpressung eines koreanischen Gemüsehändlers, mehrere Monate gesessen hatte. Er zählte zum weiteren Umfeld der Cosa Nostra.

Als Bill Brady die Fotos von Williams auf einer Besprechung durchsah, rief einer seiner Leute plötzlich: »Moment mal, der war doch damals in der F&T, als uns dieser Saager durch die Lappen gegangen ist.« Auch andere Mitglieder des damaligen Observierungsteams bestätigten die Feststellung des Kollegen.

Brady entschloß sich, Williams festnehmen zu lassen und durch die Mangel zu drehen. Fabrizio würde zwar durch sein Ausbleiben gewarnt, aber vermutlich ahnte der starke Mann der »Brotherhood« bereits, daß das FBI seine neue Bleibe ausfindig gemacht hatte. Schließlich waren auch die Cosa-Nostra-Leute Profis.

Am Abend des zweiten Tages der Attacke verließ Williams nach Einbruch der Dunkelheit das Hotel Happy Valley. Er hatte sein Auto, einen dunkelgrünen Ford, Baujahr 1987, drei Blocks weiter geparkt und marschierte an mehreren asiatischen Läden vorbei, die noch geöffnet hatten. Einen betrat er und kam mit einem Päckchen Zigaretten wieder heraus. Die FBI-Agenten erwarteten ihn am Auto. Als er sich vorbeugte, um im Schein der schwachen Straßenbeleuchtung den Schlüssel ins Schloß zu kriegen, trat ein Agent hinter ihn.

»Okay, dreh dich schön langsam um, ran an den Wagen und Flossen hoch.«

Williams tat, wie ihm geheißen, allerdings hielt er in der linken, schön nach oben gestreckten Hand, einen bläulich glänzenden Revolver. Der Agent hatte auf die rechte Hand geachtet und wurde völlig überrumpelt.

»Laß die Kanone fallen, Mac«, knurrte Williams wütend. Im nächsten Moment spürte er einen heißen Schmerz an seinem Unterarm und ließ die Waffe mit einem Schrei fallen. Der FBI-Agent sprang auf ihn zu, verpaßte ihm eine knallharte Rechte, und dann erinnerte sich Williams nur noch an ein rotes und gelbes Feuerwerksleuchten wie am Independence Day.

Seine Schußwunde, eine glatte Fleischwunde, wurde noch am Ort der Festnahme von einem Polizeiarzt versorgt. J. B. Williams kam, zwischen zwei breitschultrigen Uniformierten eingequetscht in einem Streifenwagen, wieder zu Bewußtsein. Er wurde direkt ins New Yorker FBI-Office zum Verhör gebracht.

»Hallo, J. B.«, begrüßte ihn Brady, der schon seit zwei Tagen in New York war. »Dumm gelaufen. Kaum raus aus dem Bau und schon wieder rein. Und diesmal auf lebenslänglich!«

»Mann, für Widerstand gegen 'ne illegale Festnahme gibt's doch nicht lebenslänglich«, knurrte Williams verunsichert.

»Aber, aber. Ich höre immer illegal. Für den Mord an dem deutschen Bankdirektor im Hartman-Tower bringen wir dich vielleicht sogar auf den elektrischen Stuhl!«

Der junge Kerl starrte den FBI-Mann einen Moment lang total verblüfft an. Dann platzte er heraus: »Das war ich doch gar nicht.«

Im nächsten Moment sagte er: »Scheiße«, und drehte die Augen nach oben. Williams legte die Hände auf den Tisch und klappte den Mund zu, aber Brady ließ nun nicht mehr locker. Er machte Williams die Alternative klar: Entweder auspacken oder mindestens lebenslänglich. Dann ließ er ihn eine Nacht lang durch die Verhörmühle drehen – bis er schließlich sang.

Tom vom Cosa-Nostra-Team nahm J. B.s Geständnis auf.

»Du bist also nicht nur ein Kurier für die ›Brotherhood‹?«

»Nee, ich mach so alles, was anfällt.«

»Alles? Also erledigst du auch die Drecksarbeit, an der sich die großen Bosse die Hände nicht schmutzig machen wollen.«

»Nee, Mann, hab ich doch gesagt. So was mach ich nicht, *schlicht-und-einfach-nicht.* Ich mach Lieferungen, hol Leute vom Flughafen ab, bring irgendwelche Typen wo hin, bestell Hotelzimmer, so Zeug. Ihr habt uns ja beschattet, Ratten, habt ihr gesehen, wo ich überall in der Stadt war, *wie-mit-'nem-Go-cart.*«

Die Protokollantin hatte bei der Aufnahme der Aussage mehrmals das Tippen unterbrochen. Jetzt schaute sie Tom entnervt an. »Was ist denn das?«

»J. B. Williams ist nicht nur ein Ex-Knacki auf Bewährung im Dienste der Cosa Nostra, Susan. Vor dir sitzt der kommende Super-Mega-Star der Rap-Szene in Brooklyn.« Tom zog eine Schachtel Zigaretten aus der Tasche und bot Williams eine an. Der nahm sich eine.

Die Protokollantin starrte den Schwarzen neugierig an, dann zuckte sie mit den Achseln und war wieder tippbereit.

Tom steckte sich die Zigarette an und gab Williams Feuer. »Okay, J. B., dann erzähl uns mal, wie diese Sache mit dem deutschen Bankdirektor abgelaufen ist.«

»Na, da war Fabrizio vielleicht angekotzt, *wie-verrotzt.* Dieser Kerl aus Deutschland hat seine Geheimnummer in der F&T angerufen, also, in der Fidelity & Trust-Bank downtown. Keine Ahnung, woher der die Nummer wußte. Der hatte wohl ein Problem, *extrem-extrem.* Irgendwie war ihm jemand auf die Schliche gekommen bei den heißen Geldgeschäften, die da immer ablaufen, und er hat ihn aus dem Weg schaffen müssen. Und der war alles andere als 'n Profi, *Doofi.* Hat das Muffensausen gekriegt. Und will nach New York kommen und die ›Sache bereinigen‹. Da hat Fabrizio immer wieder gebrüllt, die ›Sache bereinigen will der‹. Na, ich sag dir, wenn der Chef so sauer ist, dann fließt Blut, *rote-Wut.* Kaum war der Deutsche im Hotel, hat Fabrizio ihn in die Bank bestellt. Er muß ihn gleich unten in der Lobby in Empfang genommen und in den Aufzug bugsiert haben. Hat ihn wohl auf Expreßfahrt gestellt, aber nicht hoch zu den Chefs, sondern runter in den Keller, *immer-schneller*. Wir waren unten und haben die Leiche in Empfang genommen. Der Deutsche war schon tot, erdrosselt, Fabrizios Spezialität mit der Drahtschlinge, *besser-als-Schlagringe*.«

J. B. gab eine kurze pantomimische Vorstellung, um zu verdeutlichen, wo Fabrizio sein Mordwerkzeug anlegte und welchen Effekt es hatte.

»Wir mußten den Toten dann ausziehen und in einen von diesen blauen Kleidersäcken packen, *ganz-ohne-Macken*. Die Klamotten hat Fabrizio mitgenommen zum Verbrennen. War 'ne ziemlich edle Kluft, geiler Anzug, Zweireiher, *für-fünf-hundert-Eier*. Mit dem Lieferwagen von 'ner Reinigungsfirma sind wir dann aus der Bank raus, *wie-'ne-Maus-aus'm-Haus*, und haben den Sack am Abend drüben in Jersey in 'nem Güterwaggon versteckt.«

J. B. schaute Tom treuherzig an. »Ich hab nur beim Einpacken der Leiche mitgemacht. Was hätt ich denn tun sollen? Ich häng völlig von der *Famiglia* ab, die haben mir doch echt total geholfen, seit ich aus'm Bau raus bin.«

Nach Rücksprache mit Wilson machte Tom dem poetischen jungen Mann ein Angebot. Wenn er voll auspacke, was er über die »Brotherhood« wisse, seien sie zu einem Deal mit ihm bereit. Außerdem war da noch das Problem, daß das FBI keine Leitung ins Innere der F&T hatte.

J. B. wiegte den glattrasierten dunklen Schädel. »Wer garantiert mir, daß ich euren Deal überlebe? Die Mafia sitzt auch im Knast, darüber weiß ich Bescheid.« Er zog ein paarmal an seiner Zigarette. »Okay, ich überlege mir die Sache. Kann ich jetzt gehen?«

»Was?« Tom starrte Williams entsetzt an. »Bist du übergeschnappt, Junge? Du bist von den Bullen durch die Mangel gedreht worden. Ich muß dir doch hoffentlich nicht erklären, wie die *Famiglia* mit Verrätern umspringt. Du kommst jetzt in Untersuchungshaft. Und ich würde dir raten, das als Schutzhaft vor deinen eigenen Leuten zu betrachten.«

Mit dem protokollierten Geständnis von J. B. Williams erwirkten Brady und Döpfner einen internationalen Haftbefehl gegen Spartaco Fabrizio. Sie ließen seinen Unterschlupf im Hotel Happy Valley aber noch nicht räumen, sondern hielten die Observierung weiter aufrecht. Die Aufnahmen von O'Connors Telefonaten, aber auch die in den Banken in Frankfurt, Brüssel und Zürich beschlagnahmten Unterlagen gaben den Polizeibehörden die Chance, das weitverzweigte Bestechungs- und Erpressungsnetz der »Brotherhood« aufzudecken. Europol und Interpol werteten das Material aus und stellten es den nationalen Ermittlungsbehörden zur Verfügung. Auf ein verabredetes Signal hin sollte dann gleichzeitig zugeschlagen werden.

*

Als die europäischen Finanzminister an einem warmen Frühlingsmorgen in Brüssel zu ihrer Sondersitzung zusammentraten, war das britische Pfund auf den internationalen Finanzmärkten gegenüber dem Euro schon um zehn Cent gefallen. Giovanni Moser hatte die alarmierenden Zahlen – das Pfund stand jetzt bei 1£/1.20 € – Stockmann morgens vorgelegt. Der Kommissionspräsident hielt ein eindeutiges politisches Signal zur Unterstützung des Pfundes für dringend erforderlich, um den Abwärtstrend zu stoppen. Er kannte allerdings auch den Rat: Demokratische Gremien, insbesondere übernationale demokratische Gremien, sind nicht auf schnelle Entscheidungen abonniert.

Die Stimmung im Saal des Justus-Lipsius-Komplexes war gespannt. Draußen regnete es, und das sterile Design der steinverkleideten Wände trug wenig dazu bei, die Atmosphäre aufzulockern. Der deutsche Finanzminister Schlüter hatte vor Beginn der Sitzung ein Grüppchen um sich versammelt. Mit eindringlicher Stimme verbreitete er, daß beim ersten Anzeichen einer drohenden Währungsspekulation Deutschland und Frankreich nicht die Finanzminister, sondern persönliche Beauftragte der Regierungschefs mit der Planung der Abwehr betraut hatten. »Man sieht ja, wohin es führt, wenn Laien finanzpolitische

Entscheidungen treffen sollen. Jetzt stecken wir mitten in einer europaweiten Krise.« Mehrere seiner Zuhörer nickten zustimmend.

Der irische Finanzminister eröffnete die Sitzung, da die Präsidentschaft der Europäischen Union im ersten Halbjahr 2004 bei Irland lag. Er hielt sich nicht lange mit einer Vorrede auf, sondern bat seinen britischen Kollegen, den Antrag der britischen Regierung auf Einberufung der Sondersitzung zu begründen. Der Chancellor of the Exchequer schilderte kurz die Entwicklung und bat dann den Generalsekretär des Rates sowie den Kommissionspräsidenten um Ergänzung seiner Darlegungen. Da die Politiker sich in London schon in etwa abgestimmt hatten, ergab sich aus ihren Ausführungen eine ziemlich einheitliche Beurteilung der Lage.

Doch schon das Verhalten einzelner Minister während der Ausführungen ihrer Kollegen zeigte, daß die Meinung im Rat keineswegs einheitlich war. Mehrere Ratsmitglieder reagierten mit Unwillen auf die Erklärung des britischen Schatzkanzlers, der Wirtschaftsbericht für das erste Quartal werde von seiner Regierung keineswegs mit einem Geheimstempel versehen. Er spreche auch nicht, wie die Desinformationskampagne verbreitet habe, von einem Konjunktureinbruch, sondern lediglich von einer weiteren Abschwächung der Konjunktur.

»Wenn der Bericht nicht so negativ ist, wäre es das Klügste, ihn schnell zu veröffentlichen«, rief der Niederländer dazwischen. »Wir würden ihn auch gerne einmal lesen«, ergänzte die dänische Finanzministerin.

Noch weit heftiger war die Reaktion Schlüters auf den Vortrag, mit dem Karl Stockmann seine Ansicht begründete, warum Großbritannien und die Europäische Union die Attacke auf das britische Pfund und den britischen Euro-Beitritt gemeinsam und im Paket angehen und lösen sollten.

»Würden Sie die Liebenswürdigkeit haben, das uns zu überlassen«, unterbrach Schlüter Stockmann. »Das sind schwierige währungspolitische Fragen, die in unserem Zuständigkeitsbereich liegen.«

»Selbst Ihnen sollte klar sein, daß das Pfund weiter fallen wird, wenn von dieser Sitzung kein positives Signal ausgeht«, konterte Stockmann. »Der Angriff auf das britische Pfund trifft uns alle. Zerstreitet sich Europa über die richtige Reaktion, wird das Pfund kippen, und der nächste Angriff richtet sich dann gegen den Euro – mit einer noch volleren Spekulationskasse.«

Schlüter zuckte mit den Schultern. »Das Pfund ist absolut überbewertet. Bei dem bevorstehenden Konjunktureinbruch der britischen Wirtschaft halte ich einen Euro-Beitritt Großbritanniens nicht gerade für wünschenswert. Das schwächt den Euro nur. Und falls es dann wirklich zu einer Spekulationsattacke gegen den Euro kommen sollte – was ich für sehr unwahrscheinlich halte –, dann wird eine Abwehr noch schwieriger.«

Durch den Raum ging ein Raunen. Der britische Finanzminister stand empört auf und fing an, seine Papiere zusammenzuräumen. Seine Nachbarn redeten leise auf ihn ein und es gelang, ihn zum Bleiben umzustimmen. Stockmann schaute fragend zu Chapelle hinüber. Ein Teil der Ratsmitglieder war über Schlüters Worte empört. Sie mochten ihn ohnehin nicht und solidarisierten sich schon deswegen mit dem Kommissionspräsidenten. Andere fühlten sich durch Schlüters Äußerungen ermutigt, Bedenken gegen jegliche Stellungnahme des Rats zur Lage des Pfundes vorzubringen. Allgemein wurde die Ansicht laut, man solle sich still vertagen und die Meinungsbildung in den nationalen Kabinetten abwarten.

Stockmann war über diese Diskussion mehr als enttäuscht. Sie wurde der gefährlichen Situation auf den Finanzmärkten nicht gerecht. Außerdem war deutlich zu spüren, daß der tieferliegende Grund in einer grundsätzlichen Skepsis gegenüber einem Euro-Beitritt Großbritanniens lag. Schlüter hatte erreicht, daß die nicht geringe Zahl der Gegner des britischen Euro-Beitritts ihn als ihren Fürsprecher ansahen.

»Aber meine Damen und Herren Kollegen.« Stockmann gab sich ruhig und souverän. »Zumindest müssen wir die Öffentlichkeit und die Märkte doch darauf hinweisen, daß die Pfund-Turbulenzen durch eine spekulative Attacke krimineller Konzerne ausgelöst worden sind.«

Schlüter drehte seinen Stuhl in Richtung Stockmanns und ergriff das Wort. »Spielen Sie hier nicht den europäischen Innenminister. Überlassen Sie das doch den nationalen Ermittlungsbehörden. Hier sind Minister versammelt, keine Staatsanwälte.«

Der Ratspräsident tadelte den deutschen Kollegen wegen dieses Zwischenrufs. Doch Stockmann sagte: »Lassen Sie nur, Herr Vorsitzender. Darauf einzugehen lohnt sich nicht.«

Schlüter schaute sich erbost in der Runde um. Von der anderen Seite des runden Tisches gab ihm der italienische Finanzminister ein Zeichen, erst einmal Ruhe zu bewahren. Während der Stellungnahme des EZB-Präsidenten starrte Schlüter still vor sich hin.

»Ich habe nicht vor, mich in die Diskussion des Rates einzumischen. Aus der Sicht der Europäischen Zentralbank erscheint es wünschenswert, daß die Attacke gegen das britische Pfund abgewehrt wird. Unsere Glaubwürdigkeit auf dem internationalen Parkett würde sonst Schaden nehmen. Das Verhältnis des Pfundes zum Euro sollte außerdem nicht weiter Spekulationen ausgesetzt bleiben. Ich plädiere dafür, das Verhältnis Pfund–Euro mit dem Ziel eines Euro-Beitritts des Pfundes neu zu regeln.« Der große Mann schaute auffordernd in die Runde. »Aber dazu braucht die EZB die unzweideutige politische Unterstützung des Rats und der nationalen Regierungen.«

Karl Stockmann atmete erleichtert auf und warf dem EZB-Präsidenten einen dankbaren Blick zu. Der irische Ratspräsident setzte dann eine Erklärung durch, nach der die Finanzminister die durch die spekulative Attacke auf das britische Pfund entstandene Situation mit dem Ziel erörtert hätten, eine gemeinsame Haltung der Mitglieder der Europäischen Union zu erarbeiten. Nach der Meinungsbildung in den nationalen Regierungen werde der Rat, voraussichtlich in Besetzung mit den Regierungschefs, wieder zusammentreten.

In Stockmanns Augen verschlimmerte diese Verlautbarung die Lage des Pfundes nicht, trug aber auch rein gar nichts dazu bei, der Desinformationskampagne der Spekulanten etwas entgegenzusetzen. Außerdem diskutierte Schlüter vor der Tür des Sitzungssaales mit einigen Ministern, und Stockmann überhörte, wie der deutsche Finanzminister den italienischen und den dänischen Kollegen zum gemeinsamen Mittagessen einlud.

Stockmann nahm deshalb Charles Foster zur Seite. »Die Sitzung war ein Trauerspiel, Foster. Uns läuft die Zeit weg. Der Gouverneur der Bank von England benötigt dringend die uneingeschränkte Unterstützung durch die EZB.« Der EU-Kommissionspräsident schaute Foster nachdenklich an. »Aber als Generalsekretär des Rats – und als Brite – können Sie nichts Zusätzliches tun. Ich dagegen kann und werde etwas tun.«

Charles Foster hatte sich nach seiner Verlautbarung auf der Sitzung nicht mehr geäußert, sondern ruhig Notizen gemacht und mit keiner Miene verraten, was er über die angestrengte Diskussion der Minister dachte. Jetzt allerdings schaute er den Kommissionspräsidenten mit einer Mischung aus Erstaunen und Neugier an.

»Ich werde morgen auf einer Pressekonferenz die kriminellen Hintergründe des Angriffs auf das Pfund Sterling darstellen. Das wird die Anleger warnen mitzulaufen. Angesichts der üblen Desinformationskampagne ist zumindest eine solche verbale Intervention zugunsten des Pfundes politisch geboten. Und danach werde ich die Kommission bitten, mein Vorgehen zu billigen.«

Foster nickte nachdenklich. »Es würde dem Pfund auf den Finanzmärkten auf jeden Fall helfen. Aber denken Sie nicht, daß Sie mit einem solchen Vorpreschen die Lage im Rat und in der Kommission weiter komplizieren könnten?«

»Nein«, widersprach Stockmann, »im Gegenteil. Es wird alle dazu zwingen, sich über den Ernst der Situation klarzuwerden und ihre eigene Position zu bestimmen.«

Jacques Chapelle, der während des Gesprächs hinzugekommen war, fragte: »Warum denn nicht erst in die Kommission und dann in die Pressekonferenz?«

Stockmann faßte ihn lachend bei der Schulter: »Andersherum läuft es besser, *mon ami*.«

*

In New York war J. B. Williams am Samstagmorgen von Bill Brady gut instruiert und entsprechend verwarnt wieder auf freien Fuß gesetzt worden. Ihr Deal stand: J. B. sollte eine Abhörwanze in den Räumen der F&T, und wenn möglich, auch im Country Club installieren. Allerdings hatte der junge Schwarze den elitären Club noch nie von innen gesehen. Die Wanze, ein Wunderwerk der NASA-Weltraumtechnik, hatte die Größe einer Amalgam-Zahnfüllung und ließ sich leicht an allen Metallflächen anbringen. Mit einem eindringlichen Hinweis über die astronomischen Entwicklungskosten hatte George Wilson J. B. drei Exemplare in die Hand gedrückt.

Alle zwölf Stunden sollte J. B. sich bei seiner Kontaktperson, einer jungen Agentin aus Harlem, melden. Rief er nicht an oder nahm auch sonst keinen Kontakt auf, würde das FBI noch drei Stunden warten und dann annehmen, daß er aufgeflogen sei. Wenn es so weit kommen sollte, würden sie das Happy Valley hochnehmen.

*

Im Börsenhandel des Londoner Stock Exchange waren die Pfund-Transaktionen inzwischen um das Vielfache der üblichen Menge angestiegen. Britische Aktien wurden geliehen und wenige Sekunden später weiterverkauft. Die *announcements* von Pfund-Verkäufen dominierten den Devisenhandel, von der Bank of England wurden Milliarden Pfund aufgekauft. Ihre Reserven schmolzen dahin. Die zurückhaltende Verlautbarung des Rats der Finanzminister heizte die Spekulation weiter an.

Im Country Club am Long Island Sound feierte man schon kräftig, nachdem die Meldungen über die ergebnislose Sitzung des Rates der europäischen Finanzminister eingetrudelt waren. Das Gelände wurde rund um die Uhr vom FBI überwacht, und auf dem Parkplatz vor dem Club zählten die Agenten über zwanzig Limousinen. Der knallrote Jaguar von Catherine Crocker stach aus dem Meer von schwarzglänzendem Autolack heraus wie ein Killer-Guppie im einem Süßwasser-Aquarium. Uncle Sam war mit seiner Ehefrau schon zum wöchentlichen Lunch in den Club gekommen, und Flanagan und Mason verließen zum ersten Mal seit Tagen den Hartman-Tower und tauchten spät am Nachmittag auf. Nur Spartaco Fabrizio ließ sich nicht blicken.

Die Fahnder ahnten allerdings nicht, daß nicht nur die Ratssitzung der Grund für die Familienfeier war. Ab 22 Uhr war über das Internet ein Artikel abzurufen, der in der Sonntagsausgabe des Deutschen Handelsblatts erscheinen würde. Er war ein weiterer Schachzug in der Desinformationskampagne von C^2.

DEUTSCHES HANDELSBLATT
Frankfurt am Main

Sonntag, 16. Mai 2004

Auch die »Paketlösung« kann das Pfund nicht retten
– schneller Euro-Beitritt Großbritanniens umstritten und problematisch

Wie aus gewöhnlich gut informierten Kreisen der europäischen Finanzwelt zu hören ist, plant der Präsident der EU-Kommission, dem Europäischen Rat und der EZB ein sogenanntes »Paket« zur Lösung der dramatischen Kursverluste des britischen Pfund Sterling vorzuschlagen. Das chronisch überbewertete Pfund soll einerseits massiv mit Mitteln der Europäischen Zentralbank gestützt werden, andererseits soll – sozusagen als Gegenleistung – der sofortige Euro-Beitritt Großbritannien zu angemessenen Bedingungen erzwungen werden.

Das Pfund Sterling muß derzeit dramatische Kursverluste hinnehmen. Die Situation spiegelt die schlechte Lage der britischen Wirtschaft wider, der nach einem geheimgehaltenen Bericht der britischen Regierung im nächsten Quartal ein Konjunktureinbruch droht. Die großen Anleger stellen sich zunehmend gegen das überbewertete Pfund, das so immer mehr in Schwierigkeiten gerät.

In dieser Situation hat der Präsident der EU-Kommission vorgeschlagen, den auf längere Sicht geplanten Euro-Beitritt Großbritanniens massiv zu forcieren.
Aus der Sicht des Euro und der EZB wäre ein Beitritt Großbritanniens mit seinen hochentwickelten Finanzmärkten, mit der Tradition, der Erfahrung und dem alten, wenn auch heutzutage recht verblichenen Glanz des Pfund Sterling und der ›Londoner City‹ eine Bereicherung. Allerdings wäre sein Nichtbeitritt auch kein Unglück.

In Großbritannien selbst ist der Beitritt nach wie vor umstritten. Mit dem erneuten Wahlsieg Tony Blairs vor zwei Jahren hat sich die Waage zum Ja geneigt. Dem Premierminister ist es bisher aber nicht gelungen, die Beitrittskritiker zum Verstummen zu bringen. Murdocks ›Sun‹, die Blair im Wahlkampf 1997 massiv unterstützt hatte, ist ein Jahr später sogar mit einer wilden

Kampagne an die vorderste Front der Beitrittsgegner getreten. Die für Großbritannien negativen Erfahrungen mit der Mitgliedschaft im alten Europäischen Währungssystem (EWS I) – Pfund-Krise und EWS-Austritt von 1992 – geben dem Widerstand gegen den Euro-Beitritt immer wieder Nahrung.

Auch im Europäischen Rat und in den nationalen Regierungen gehen die Meinungen über die Wünschbarkeit eines Pfund-Beitritts und über den Preis, den man dafür zu zahlen bereit ist, weit auseinander. Schon beim britischen Beitritt zum EWS II wurden die unterschiedlichen Interessen und Meinungen innerhalb Europas deutlich. Dieser Streit wird sich verschärfen. Er könnte sogar den Zusammenhalt der Europäischen Union gefährden.

Denn je weiter die Integration Europas fortschreitet, desto erbitterter wird der Kampf der nationalen Regierungen um ihren Vorrang innerhalb des neu gestalteten Europas. Nicht ohne Grund sorgen sich Italien und Spanien, daß sie durch ein deutsch-französisch-britisches Zusammengehen weiter an Einfluß verlieren werden. Die kleineren Mitgliedstaaten befürchten zu Recht, daß ein Euro-Beitritt Großbritanniens die speziellen Interessen ihrer Länder beeinträchtigen wird. Und Dänemark und Schweden, beide wie Großbritannien noch außerhalb des Euro, sind in Sorge, daß ein jetzt vorgezogener britischer Euro-Beitritt sie selber in Zugzwang bringen wird, bevor ihre Wirtschaft und die Bevölkerung zu diesem Schritt bereit sind.

Einer Reihe hochrangiger Experten zufolge muß sich die britische Wirtschaft aus eigener Kraft erneuern. Eine Unterstützung durch die EZB sei kurzfristiges Krisenmanagement, das die der Krise zugrundeliegenden Probleme nur auf die Zukunft verschiebe – zu Lasten Europas.

*

Karl Stockmann hatte für elf Uhr zur Pressekonferenz eingeladen und für den frühen Nachmittag eine Kommissionssitzung anberaumt. Am Abend zuvor hatte er lange überlegt, ob er den Kanzler vorher telefonisch verständigen solle. Das hätte ihm zugleich Gelegenheit gegeben, sich über das Auftreten Schlüters im Rat zu beschweren. Da er befürchtete, der Kanzler werde sich dann nur einmal mehr ihre »kindischen Reibereien« verbieten, ließ er es sein.

Seine Entschlossenheit, alleine vorzupreschen, wurde noch gestärkt, als kurz darauf Kriminaldirektor Döpfner anrief, um eine Information Bill Bradys weiterzugeben: Die »Brotherhood« feiere am Long Island Sound schon den Sieg. Die Fahnder könnten die Champagner-Korken knallen hören.

Kaum hatte Stockmann wieder aufgelegt, klingelte der Apparat im

Zimmer der Sekretärin, und die Faxweiche schaltete sich ein. Die Sekretärin hatte schon seit ein paar Stunden Feierabend. Wenig später hielt Stockmann ein Fax von Chapelle in Händen. Der französische Kommissar hatte ihm den Artikel des Handelsblatts geschickt.

Stockmann war verärgert und gleichzeitig baß erstaunt über die Geschwindigkeit, mit der die »Brotherhood« auf aktuelle Entwicklungen reagieren konnte. Sein Plan einer »Paketlösung« fiel zwar nicht unter die Kategorie »vertraulich«, aber der Artikel konnte ja nicht erst nach der Ratssitzung am Freitag geschrieben worden sein. Überhaupt war Stockmann verblüfft, wie weit der lange Arm von Catherine Crocker reichte.

*

Kurz vor der Pressekonferenz informierte Giovanni Moser Stockmann über den aktuellen Stand des Pfundes.

»Das Pfund ist unter 1,20 gefallen, es steht bei £ 1/€ 1,185. Und dabei ist unklar, ob die Auswirkungen des Handelsblatt-Artikels von gestern sich in dieser Zahl schon niedergeschlagen haben.« Moser warf einen kurzen Blick auf seinen rosa Zettel, bevor er ihn an Stockmann weiterreichte. Der Südtiroler wirkte angespannt.

»Der unterste Interventionspunkt ist irgendwo bei € 1,10, nicht?« Stockmann überflog die Zusammenstellung der gestrigen Kursbewegungen und Aktivitäten auf den Märkten.

»Ja, genau bei £ 1/€ 1,105.«

Stockmann warf Moser einen besorgten Blick zu. »Das wird knapp.«

Der Referent nickte und schwieg.

»Die Presseleute werden Chapelle und mir Löcher in den Bauch fragen, wenn wir sie nicht gleich vorher ausbremsen. Am besten spreche ich die Ratssitzung sofort an, aber konzentriere mich dann voll auf den kriminellen Hintergrund der Attacke.«

»Ja, nehmen Sie ihnen gleich den Wind aus den Segeln. Die Pressekonferenz muß ein Erfolg werden, sonst sieht es ganz schlecht aus für das Pfund.«

Der Pressesaal war schon eine halbe Stunde vor Beginn der Konferenz überfüllt. Alle großen Fernseh- und Rundfunkanstalten hatten ihre Kameras aufgebaut. Vorne am Tisch war im Wald der Mikrophone das Logo des CNN und des japanischen Fernsehens am deutlichsten auszumachen.

Die Medien hatten auf den nur durch einen Formelkompromiß überdeckten, heftigen Streit im Finanzrat einhellig negativ reagiert. Der »Paket«-Artikel im Handelsblatt tat ein übriges. Die Journalisten, die auf die Beratungen und Entscheidungen der nationalen Kabinette warteten, waren gespannt, was der Kommissionspräsident zu sagen hatte.

Stockmann setzte sich hinter den langen Tisch und legte seine Papiere vor sich.

»Guten Morgen, meine Damen und Herren. Ich weiß, Sie werden hier jetzt Kommentare zum Verlauf und zur Tendenz der Sondersitzung des Rates von mir erwarten. Ich habe der Verlautbarung des Rats nichts hinzuzufügen. Ich habe Sie heute hierher gebeten, weil ich Sie über die Hintergründe der Attacke auf das britische Pfund unterrichten will.«

Ein Murmeln ging durch den Saal. In der Reaktion der Konferenz mischte sich Enttäuschung mit Neugier.

»Wie Sie alle wissen, ist das Pfund Sterling auf den internationalen Finanzmärkten vor dem Hintergrund einer sich abschwächenden britischen Konjunktur und eines etwaigen britischen Euro-Beitritts unter Druck geraten. Der rapide Kurseinbruch der letzten Woche ist allerdings durch eine großangelegte Spekulationsattacke von Konzernen des organisierten Verbrechens ausgelöst worden.«

Dieses Statement verwandelte die Pressekonferenz in einen Hexenkessel. Da im Pressesaal selbst Handys nicht erlaubt waren, stürmten die Nachrichtenjournalisten aus dem Saal zu den Telefonen in der Lobby, um ihren Agenturen und Sendern die Schlagzeile durchzugeben.

Die Zeitungsredakteure machten ihrer Überraschung in Zurufen Luft, von »Ruhe« über »Wie bitte?« bis zu »Jetzt aber bitte Tatsachen, Herr Präsident!« Vorn am Tisch wurden von eifrigen Tonleuten die Mikrophone neu gerichtet, damit kein Wort der weiteren Konferenz verlorenging.

Stockmann wartete geduldig, bis sich die lärmende Unruhe einigermaßen gelegt hatte. »Anfang des Jahres wurde in Frankfurt der Chef der Devisenabteilung der GAMMA-Bank ermordet. Sie werden sich vielleicht daran erinnern, daß der in New York ums Leben gekommene Direktor der Bank die Tat gestanden hat. Im Zusammenhang mit diesen Ermittlungen haben FBI und BKA mehrere große Geldwäsche-Geschäfte aufgedeckt.«

Da die Journalisten eifrig mitschrieben, machte Stockmann eine kleine Pause.

»Das gewaschene Geld wurde in der Vergangenheit und wird bei der Attacke gegen das Pfund Sterling zu massiven Währungsspekulationen eingesetzt. In Brüssel, Frankfurt und Zürich sind vor kurzem Banken wegen des Verdachts der Geldwäsche durchsucht und Unterlagen beschlagnahmt worden. Die Ermittlungsbehörden der europäischen Staaten und das FBI arbeiten an der Aufklärung dieser Machenschaften. Mehrere Ermittlungsverfahren sind eingeleitet, zwei Haftbefehle sind inzwischen erlassen worden. Europol und Interpol sind eingeschaltet.«

Im Saal ging ein Dutzend Hände hoch. Ein belgischer Zeitungsmann rief: »Um welche Brüsseler Bank handelt es sich?« Ein Eidgenosse setzte sofort nach: »Und um welche Züricher Bank?« Die Brüsseler Korrespondentin einer Frankfurter Zeitung wollte wissen, ob der New Yorker Mord an Saager schon aufgeklärt sei. Der CNN-Reporter wiederholte ständig die Frage: »*Who's behind it? Who's behind it?*«

»Aber bitte, meine Damen und Herren«, Stockmann hob beide Hände in die Höhe. »Haben Sie Verständnis dafür, daß die Bekanntgabe solcher Einzelheiten Sache der nationalen Ermittlungsbehörden ist.«

Ein britischer Journalist konnte sich in dem Wirrwarr durchsetzen.

»Steht die Suspendierung des Pressesprechers der Kommission im Zusammenhang mit diesen Vorgängen?«

Diese Frage hatte Stockmann sich bestellt. »Zumindest indirekt«, antwortete er. »Die spekulative Attacke auf das Pfund wird von einer großen Desinformationskampagne begleitet. Zu ihr gehört auch der Mißbrauch des Namens einer EZB-Währungsspezialistin. Herr van Driesche hat wahrheitswidrig behauptet, wir wüßten nicht, ob ihr Name mißbraucht worden sei. Außerdem teilt die Kommission keineswegs die in dem Desinformationsartikel geäußerten Behauptungen.«

»Sind Ermittlungsverfahren eingeleitet worden?«

»Es wurden Verfahren wegen des Verdachts der Geldwäsche eingeleitet. Es gibt aber auch Ermittlungsverfahren wegen Bestechung und Erpressung. Mehr kann ich Ihnen dazu nicht sagen. Das bekanntzugeben liegt allein im Ermessen der Ermittlungsbehörden.«

»Wozu haben Sie für heute nachmittag die Kommission einberufen?« Die Fragerin stand in der hintersten Reihe.

Stockmann sprach in sein Tischmikrophon, damit er überall zu verstehen war. »Die Kommission wird ihr Votum in dem von der gestrigen Ratssitzung angestoßenen Verfahren vorbereiten. Zur Abwehr der spekulativen Attacke müssen wir alle unseren Beitrag zu der vom Rat angestrebten europäischen Gemeinsamkeit leisten. Dabei geht es um weit mehr als um das britische Pfund. Es geht um Europas Glaubwürdigkeit und um die Frage, ob sein Geschick, soweit es denn von Menschen bestimmt wird, von den gewählten Repräsentanten der demokratischen Institutionen oder aber von der anonymen Macht des organisierten Verbrechens entschieden wird.«

Eine Journalistin fragte in reinstem Oxford-Englisch: »Wird die Kommission auch währungspolitische Vorschläge machen?«

»Sie wird zur Überwindung der Krise ihren Beitrag leisten. Die währungspolitischen Entscheidungen sind Sache der EZB und des Europäischen Rates.«

Damit schloß der Kommissionspräsident die Pressekonferenz.

»Das war ein Bravourstück, Karl«, lobte Jacques Chapelle anschließend seinen Freund. »Vielleicht hätten Sie auch direkt an die Anleger appellieren sollen, nicht mit der spekulativen Attacke mitzulaufen.«

»Ich war mir nicht sicher, ob das auf den Finanzmärkten nicht kontraproduktiv wirken könnte. Ich habe den Anlegern die Fakten gegeben, jetzt müssen sie selbst ihre Schlüsse ziehen. Manche wird der kriminelle Hintergrund vielleicht gar nicht stören.« Er sah Chapelle an: »Sie können das besser beurteilen als ich. Vielleicht hätten Sie ein Wort in diese Richtung hinzufügen sollen.«

»Ich hätte fast etwas gesagt. Aber ich wollte nicht aus meiner Rolle als bloßer Beobachter und Zeuge heraustreten.« Chapelle lächelte. »Das kann uns nachher in der Kommission vielleicht helfen.«

Stockmann blickte den Franzosen mit einem fragenden Blick an.

»Sehen Sie«, erklärte Chapelle, »mancher in der Kommission wird sich von Ihrer Pressekonferenz bevormundet fühlen, zumal Sie das Ganze in den Lichtkegel einer Grundsatzfrage gestellt haben. Außerdem sind auch in der Kommission die Meinungen geteilt. Sie selbst können dazu eigentlich nur sagen, daß Sie das für Ihre Pflicht als Präsident gehalten hätten, ohne aber die Kommission für Ihre Ansichten in Anspruch nehmen zu wollen. Ich werde dann der Kommission ihre frühe Unterrichtung über die bevorstehende Währungsspekulation in Erinnerung rufen und beantragen, der Tendenz Ihrer Ausführungen zuzustimmen.«

»Das wollen Sie tun?«

»Sicher. Wir waren doch von Anfang an im selben Boot. Ich kann das um so besser, weil ich auf der Pressekonferenz den Mund gehalten habe. Ich war nicht voll involviert, aber mit dabei. Falls Fehlinformationen über den Verlauf der Konferenz aufkommen, kann ich denen so auch besser entgegentreten.«

Stockmann legte Chapelle anerkennend die Hand um die Schulter. In diesem Moment klingelte sein Handy, das er in der dunkelbraunen Aktentasche aufbewahrte.

»Ja, Stockmann?« Der Kommissionspräsident hörte ein paar Sekunden aufmerksam zu, dann sagte er: »Das ist ja wunderbar, Moser.«

Er nickte. »Ja, ich bin mit Kommissar Chapelle unterwegs. Wir gehen zur Kommissionssitzung.«

Stockmann legte mit einem zufriedenen Gesichtsausdruck auf. »Das war Moser. Die Pressekonferenz hat anscheinend sofort Wirkung gezeigt. BBC, CNN und n.tv. haben sofort gemeldet, daß bei der Spekulationsattacke das organisierte Verbrechen mitmischt. Und – «, der Kommissionspräsident hielt die zur Faust geballte Rechte mit dem erhobenen Daumen hoch, » – das Pfund hat schon um fast ein Cent angezogen!«

*

J. B. Williams hatte hin und her überlegt und sich schließlich eine Geschichte ausgedacht, die ihm Fabrizio abnehmen würde. Niemand durfte auch nur den geringsten Verdacht schöpfen, daß die Cops ihn umgedreht hatten. Fabrizio war nicht bekannt für große Freundlichkeit mit Spitzeln, Denunzianten und Undercover-Agenten. J. B. würde den Bullen wohl noch von der kleinen Blonden erzählen müssen, die vor ein paar Wochen von Fabrizios Schlägern auseinandergenommen worden und seitdem spurlos verschwunden war.

Nachdem die Begrüßung durch die *Famiglia* bei seinem Wiederauftauchen im Hotel Happy Valley eher kühl war, gab J. B. lang und breit die Geschichte zum besten, wie er im Poet-Club diese scharfe Braut kennengelernt habe. Die habe ihn zwei Tage lang nicht mehr aus dem Bett gelassen. Er sah entsprechend übernächtigt aus, und bald unterbrach Fabrizio genervt die mit viel Reimen durchzogene Hymne an die Frauen, Sex und Rock-'n'-Roll und schickte ihn los zur Fidelity & Trust. J. B. zog sich um und hoffte, daß niemand seine Festnahme beobachtet hatte und vom FBI keiner auf der Straße plauderte.

Fabrizio hatte J. B. einen Umschlag überreicht, den er im Hartman-Tower abgeben sollte.

Er ging die steilen Treppen hinunter, die durch rote chinesische Lämpchen beleuchtet waren, von denen allerdings nur ungefähr jedes dritte brannte. Vorsichtig befühlte J. B. den Umschlag. Es war eine Diskette darin, dazu noch ein eckiger, flacher Gegenstand, den er nicht erkannte. Offenbar war es keine wichtige Lieferung, denn J. B. mußte den Umschlag nicht bei Mason abgeben, zu dem er sonst immer hinbeordert wurde. Vielleicht konnte er die kleine Schwarze vorne am Empfangs-Desk dazu bringen, ihm einen Kaffee zu machen. Das wäre die Chance.

Für seine Kurierdienste wurde J. B. wie immer ein dunkelblauer, fast neuer Buick zur Verfügung gestellt. Er holte ihn drei Block weiter aus einem bewachten Parkhaus. Der Knabe im Kabuff wußte Bescheid und überreichte ihm ohne Probleme die Schlüssel. Dann fuhr J. B. zur Fifth Avenue und runter Richtung Wallstreet.

*

Nach der erfolgreichen Pressekonferenz und einem kurzen Mittagessen fanden sich Stockmann und Chapelle zur Kommissionssitzung im Palais Berlaymont ein. Die Fenster waren geöffnet, in den Sitzungsraum strömte eine leichte Brise lauer Maienluft. Karl Stockmann schenkte sich Kaffee ein und nahm von der Milch, die ihm Chapelle mit einem Augenzwinkern reichte. Dann eröffnete er die Sitzung.

»Kolleginnen und Kollegen. Ich nehme an, Sie teilen meine Auffassung, daß die Sondersitzung des Rates gestern äußerst enttäuschend verlaufen ist. Sie haben wahrscheinlich schon davon gehört: Heute morgen habe ich auf einer Pressekonferenz einige deutliche Worte gesagt. Leider konnte ich die Kommission nicht mehr vorher benachrichtigen. Aber bei der angespannten Lage auf den Finanzmärkten habe ich den Schritt für notwendig gehalten.«

In der um einen großen, ovalen Tisch versammelten Runde gab es leises Gemurmel. Stockmann fuhrt unbeirrt fort: »Der Rat hat das weitere Verfahren vorgezeichnet, jetzt müssen wir unser Votum in der Sache vorbereiten. Ich halte es für notwendig, mit Großbritannien so rasch wie möglich eine Paketlösung für die Abwehr des spekulativen Angriffs und für seinen Euro-Beitritt zu finden. Wir sollten dafür in Abstimmung mit der EZB und mit dem Generalsekretär des Rates konkrete Sach- und Terminvorschläge ausarbeiten und sie dem Europäischen Rat der Regierungschefs unterbreiten. Der muß dann einen Verhandlungsauftrag erteilen und am Ende über das Ergebnis der Verhandlungen mit Großbritannien entscheiden.«

»Moment mal«, rief die dänische Kommissarin, eine zierliche blonde Frau im hellbeigen Hosenanzug. »Bevor wir hier zur Erörterung von Sachfragen kommen, sollten Sie uns schon einmal erklären, warum Sie mit Ihrer persönlichen Meinung groß an die Presse gegangen sind. Sie hätten das vorher mit der Kommission beraten sollen. Ich wenigstens halte Ihr Vorgehen für nicht ganz korrekt.«

Es gab kritische Zwischenrufe, wie »Was soll das denn?«, aber auch Zustimmung.

»Ich bin gerne bereit, zunächst meine Pressekonferenz zu diskutieren, ich wäre ohnehin auf sie zurückgekommen«, antwortete der Kommissionspräsident freundlich. »Den Beschluß des Rates der Finanzminister habe ich in keiner Form kommentiert. Vielmehr habe ich Tatsachen mitgeteilt, die der Öffentlichkeit von den Ermittlungsbehörden und vom Finanzrat vorenthalten worden sind, obwohl sie zur Beurteilung der spekulativen Attacke auf das britische Pfund von großer Bedeutung sind.«

»Ist das denn Ihre Aufgabe?«

»Ich darf Sie daran erinnern, daß ich diese Kommission als erste Institution der Europäischen Gemeinschaft von meinen Informationen unterrichtet habe. Wir sollten uns den Vorwurf ersparen, sie der Öffentlichkeit vorenthalten zu haben.«

»Das ist akzeptabel«, meldete sich der spanische Kommissar zu Wort. »Aber Sie haben mehr als das getan. Sie haben einen Sachvorschlag gemacht: Einigung mit Großbritannien über die gemeinsame Abwehr der Attacke und gleichzeitig Einigung über Zeitpunkt und Bedingungen eines britischen Euro-Beitritts. Im Deutschen Handelsblatt wird ja heute schon groß darüber berichtet.« Der hochgewachsene Mann klopfte mit der Hand auf die vor ihm liegende Ausgabe der Zeitung.

»Das ist richtig«, erwiderte Stockmann. »Zur Notwendigkeit eines gemeinsamen Vorgehens habe ich aber nur wiederholt, was schon der Rat der Finanzminister gestern erklärt hat.«

»Ja«, antwortete der spanische Kollege. »Und dann haben Sie mal eben hinzugefügt, wie die Gemeinsamkeit im sachlichen Ergebnis aussehen soll.« Es gab Heiterkeit und Zwischenrufe: »Genauso ist es.«

»Liebe Kolleginnen und Kollegen«, Stockmann sprach mit großem Nachdruck. »Wir alle sind in unseren Nationen verwurzelt, dienen aber doch dem einen Europa. Und hier ist ganz Europa betroffen, nicht nur Großbritannien. Wenn wir hier versagen, werden demnächst auch andere europäische Währungen oder der Euro selbst angegriffen.«

»Ihr Engagement für Europa in Ehren, lieber Herr Präsident«, griff die dänische Kommissarin noch einmal ein. »Aber noch ist unsere Meinung doch gar nicht gefragt. Auf der einen Seite ist die unabhängige EZB zuständig, auf der anderen der Europäische Rat der Regierungschefs, nachdem die nationalen Kabinette beraten haben.«

Jetzt ergriff der blondgelockte niederländische Kommissar das Wort, der in der Kommission hohes Ansehen genoß. »Liebe Kolleginnen und Kollegen. Welcher Meinung wir am Ende der Diskussion auch immer in der Sache sein mögen: Bitte bagatellisieren Sie nicht die Rolle und die Verantwortung der Kommission. Wir müssen uns nicht nur eine gemeinsame Meinung bilden, wir müssen sie auch – und voraussichtlich sehr bald – vor dem Europäischen Parlament und der europäischen Öffentlichkeit vertreten. In meinen Augen hat der Präsident im Interesse der Kommission gehandelt.«

Die dänische Kollegin war nicht überzeugt: »Er hätte das vorher mit uns bereden müssen.«

»Liebe Frau Kollegin«, antwortete Stockmann, »wir haben offensichtlich unterschiedliche Auffassungen über die Rolle der Kommission und das Amt des Präsidenten. Wie schon gesagt, die Sondersitzung des Rates der Finanzminister kann angesichts dessen, was sich gerade auf den Finanzmärkten abspielt, nur als enttäuschend angesehen werden. So haben es auch die Medien empfunden. Wir können nicht einfach warten, bis in ein oder zwei Wochen der Europäische Rat der Regierungschefs zusammentritt und dann entscheidet. Inzwischen laufen uns die Märkte davon, und das Pfund stürzt vollends ab. Eine solche Situation erfordert politische Führung. Sie wissen, was ich für notwendig halte. Und nach dieser Diskussion muß ich auf einer Abstimmung darüber bestehen.«

»Junger Freund.« Der italienische Kommissar, der Senior der Kommission, versuchte die Debatte in ruhigeres Fahrwasser zu lenken. »Übernehmen Sie sich nicht. Wir sind nicht in Berlin, sondern in Brüssel. Und Sie sind nicht Bundeskanzler.«

»Was nicht ist, kann ja noch werden«, rief die deutsche Kommissarin, die sich bis dahin zurückgehalten hatte, dazwischen. Ihre Worte lösten allgemeine Heiterkeit aus und lockerten die gespannte Stimmung. Kommissar Chapelle nutzte die Gunst dieser Reaktion.

»Liebe Kolleginnen und Kollegen«, begann er. »Als der für Finanz- und Währungsfragen zuständige Kommissar möchte ich Sie zunächst wissen lassen, daß ich die Position unseres Präsidenten in der Sache wie im Verfahren uneingeschränkt teile.« Chapelle machte eine Pause, um seine Worte wirken zu lassen. Dann fuhr er fort: »Der Präsident hat sich mit mir von vornherein abgestimmt, und seine Pressekonferenz war in meinen Augen ein politisches Meisterstück. Daher beantrage ich, seine Ausführungen auf der Pressekonferenz im Grundsatz zu billigen.« Er machte wieder eine kleine Pause und hängte dann die Bemerkung an: »Die Märkte würden ein solches Signal mit Sicherheit honorieren.«

In die Stille hinein, die Chapelles Worten folgte, rief der niederländische Kommissar mit einem gutmütigen Lachen: »Also gut, wir erteilen dem Präsidenten Absolution. Seine Grundsätze teilen wir ja auch. Hinsichtlich der Einzelheiten ist die Kommission aber in keiner Weise gebunden.«

Die Kommission stimmte für Chapelles Antrag, mit Ausnahme der Dänin und des Spaniers, die sich der Stimme enthielten.

Am nächsten Morgen füllten Stockmanns Pressekonferenz und die Rückendeckung durch die EU-Kommission die Titelseiten der internationalen Presse. Das Medienecho war ganz überwiegend positiv.

Mosers täglicher Bericht über den Stand des Pfundes war ebenfalls erfreulich.

»Das Pfund hat an Boden zurückgewonnen, dank Ihres Alleinganges, Herr Präsident.« In Mosers Stimme schwang Bewunderung. »Die Pressekonferenz hat sich gelohnt.«

»Wo steht das Pfund jetzt?« Stockmann blickte neugierig auf den obligatorischen rosa Zettel.

»Nur noch neun Cent – etwa sieben Prozent – unter dem Leitkurs, bei £ 1/€ 1,21.«

*

Harmony Meyers, die freundliche Dame am Empfangs-Desk der Fidelity & Trust-Bank, war mit siebzehn ein Jahr lang als Kindermädchen in Florenz gewesen. Dort hatte sie gelernt, wie man richtige italienische Espressos, cremige Capucchinos und sahnig-weiche Latte Macchiato macht. Dieses Wissen hatte ihr in ihrer beruflichen Laufbahn mehr Anerkennung verschafft als die gesamten romanischen Sprachkenntnisse, die Harmony Meyers in ihren Bewerbungen herauszustreichen pflegte. Denn die Gelegenheit, am Empfang der Fidelity & Trust einmal einen finanzstarken Kunden auf Italienisch oder Französisch anzureden, ergab sich ungleich seltener, als einem solchen Kunden einen frisch gebrauten Cappucchino anzubieten.

Als J. B. Williams kurz vor Mittag in den 24. Stock des Hartman-Towers kam, hatte Harmony den Chefs schon ein ganzes Tablett voller Latte Macchiato serviert. Der glatzköpfige Kurier gab den Umschlag bei ihr ab und lächelte sie dabei so charmant an, daß Harmony ihm gleich auch noch einen Kaffee anbot. J. B. begleitete sie in die geräumige Büroküche und unterhielt sie mit Rap-Gedichten, während sie sich an der Espresso-Maschine zu schaffen machte. Genüßlich schlürfte er das heiße Getränk, lobte ihre Kaffeekünste und verabschiedete sich wenig später, nachdem er Harmony ihre Privatnummer abgeschwatzt hatte.

Die NASA-Wanze steckte in einer kleinen Vertiefung im Boden einer der drei silbrig glänzenden Kaffeekannen, die neben der Espresso-Maschine ordentlich aufgereiht waren.

Die ersten Töne, die aus der Bank in den Abhörwagen des FBI drangen, waren ein Brodeln, Zischen und Fauchen. Dann folgten Stunden voll belangloser Unterhaltung, und schließlich das laute Kratzen der Kanne auf einem Tablett. Dann wurde die Kanne offensichtlich in das Büro Flanagans getragen, wo das Führungstrio der F&T, Crocker, Fabrizio und Uncle Sam eine Krisensitzung über die Ereignisse in Europa hielten. Der Empfang im FBI-Wagen war klar und deutlich und wurde nur gelegentlich vom Scheppern der Kanne auf dem Tablett unterbrochen.

Patrick Flanagan gab gerade seine Einschätzung der Lage von sich. »Nach dem Streit im Finanzrat halte ich es für ganz unwahrscheinlich, daß dieser Stockmann seine Paketlösung zusammenkriegt. Die britische Öffentlichkeit ist absolut gespalten, was den Euro-Beitritt betrifft. Die Koppelung einer EZB-Unterstützung an den Beitritt ist so ziemlich das Beste, was uns passieren konnte. Der Streit zwischen den Europäern wird sich noch verschärfen, und dann wird sich das Pfund wieder nach unten bewegen.«

»Nach meinen Informationen stehen die Chancen für Stockmann durchzukommen immerhin 50 zu 50«, bemerkte Catherine Crocker spitz. Dann fügte sie hinzu: »Oder hat dir wieder einer deiner geheimnisvollen Informanten etwas anderes ins Ohr geflüstert?«

Flanagan lachte. »Ich weiß jedenfalls soviel: Im EZB-Direktorium wird die Haltung des EZB-Präsidenten bisher nicht geteilt, man will abwarten. Und der Kommissionspräsident selbst scheint sich auch nicht sicher zu sein, ob eine Paketlösung zustande kommt.«

»Wir machen auf jeden Fall weiter.« Uncle Sams heisere Stimme drang leise aus dem Hintergrund. »Die Kings wollen den Einsatz auf drei Milliarden täglich erhöhen und außerdem zusätzlich Frischgeld-Reserven bereitstellen.«

Flanagan schien zu überlegen. »Das ist gut. Wir haben unseren Einsatz nicht erhöht, seit die Märkte bei der Spekulation mitlaufen. Aber jetzt müssen wir zulegen, um das Pfund wieder auf Abwärtskurs zu bringen.«

Ted Cooperider schaltete sich ein. »Es ist euch klar: Wir waren nur noch vier Cent von unserem Knock-in-Point entfernt, bevor dieser Stockmann uns alles mit seiner Pressekonferenz versaut hat. Jetzt sind wir wieder über 1,20.«

»Noch ist überhaupt nichts verloren«, beschwichtigte Mason. »Wir stehen ja erst am Anfang der Attacke. Heute ist gerade mal der neunte Tag, und unsere Reserven reichen weit länger.«

Flanagan stimmte dem Devisenhändler zu. »Wir müssen jetzt vor allem dafür sorgen, daß von der EZB keine Unterstützung für das Pfund kommt. Und das heißt, unsere publizistischen Helfer müssen sich hinter die Gegner des britischen Euro-Beitritts klemmen. Stockmanns Paketlösung darf auf keinen Fall schnell durchkommen.«

»Damit kommen wir zu meiner Spezialität.« Die Stimme von C^2 war schneidend. »Ich werde alle von der Leine lassen, die mit mir im Geschäft sind. Mit gewissen ›sachdienlichen‹ Äußerungen aus dem Mund von wichtigen Persönlichkeiten wird unsere Attacke noch schärfer werden.«

Die Männer von der F&T murmelten Bewunderung angesichts des Arsenals, mit dem Catherine Crocker auffahren konnte.

Nur Spartaco Fabrizio brummte säuerlich: »Noch besser wäre es, wir würden gleich diesen Stockmann umlegen. Er vermasselt uns die Tour!«

Flanagan ging richtig hoch. »Rede keinen Quatsch.«

Und auch C^2 fuhr den Sicherheitschef wütend an.

Uncle Sam sagte offensichtlich kein einziges Wort.

*

Am Donnerstagmorgen, dem 10. Tag der Spekulationsattacke, informierte Kriminaldirektor Döpfner Karl Stockmann telefonisch vom Abhörerfolg des FBI.

»Leider ist es bisher weder den Amis noch den europäischen Polizeidienststellen gelungen, das Informationsnetz dieser Catherine Crocker zu knacken.« In Döpfners Stimme war eine gewisse Frustration nicht zu überhören.

»Die Dame hat ihre Zentrale in dem Country Club außerhalb New York Citys?«

»Ja, das nehmen wir aufgrund der Aussage des Informanten aus dem Hotel Happy Valley an, den das FBI geschnappt hat. Aber der Mann war selbst noch nie in dem Club und konnte uns zu Crocker auch sonst nicht weiterhelfen. Er hat für Fabrizio gearbeitet.«

Stockmann hakte nach. »Und wie wollen Sie jetzt weitermachen, Döpfner?«

»Wie gehabt.« Döpfner seufzte.« Alle Desinformationsäußerungen – einschließlich solcher, bei denen wir nicht hundertprozentig eine Verbindung zur ›Brotherhood‹ nachweisen können – werden in den Computer eingefüttert. Aus dem, was wir jetzt schon haben, läßt sich ein erstes Bild der publizistischen Kampagne und ihrer Hintermänner ablesen. Die Falschinformationen gelangen von der C^2-Zentrale über *anchormen* in den einzelnen europäischen Ländern zu den bestochenen oder erpreßten ›Mitarbeitern‹.«

»Na, das ist doch schon was«, rief Stockmann aus. »Können Sie diese Kerle nicht einfach dingfest machen?«

»Nur langsam, Herr Stockmann, nur langsam.« Döpfner schien sich über den Eifer des Kommissionspräsidenten zu amüsieren. »Wir werden das Netz noch früh genug aufrollen. Es wird eine ganze Flut von Bestechungs- und Erpressungsverfahren geben. Aber Ihre Arbeit – die politische Gegenwehr durch die nationalen und die europäischen Institutionen und in deren Folge durch die Medien – wirkt zur Zeit schneller.«

»Sie haben recht. Ich vergesse immer wieder, daß die Spekulanten mit ihrer Attacke kein einziges Gesetz brechen.« Stockmann überlegte. »Ich hoffe nur, die Mittel der Politik reichen aus, um die Spekulationsattacke abzuwehren.«

»Ich faxe Ihnen jetzt erst einmal das Abhörprotokoll aus der F&T.«

Stockmann legte auf. In diesem Moment klopfte es an der Tür, und Giovanni Moser kam herein, in der Rechten eine dampfende Tasse und in der Linken einen Stapel Papiere. Ganz zuoberst lag das rosa Papier.

»Sind Sie bereit für den Pfund-Bericht, Herr Stockmann?«

»Ja sicher, Moser.« Stockmann räumte die Akten weg, an denen er vor Döpfners Anruf gearbeitet hatte. Als Moser mit dem Fuß die Zimmertür zuschob, klingelte draußen das Faxgerät.

»Einen Moment noch. Das wird das Fax von Döpfner sein.«

Stockmann stand auf und bedeutete dem Referenten mit einer Handbewegung, es sich in der Sitzecke bequem zu machen. Dann trat er ins Vorzimmer und wartete, bis das Abhörprotokoll angekommen war. Mit dem Fax unter dem Arm und ebenfalls einer heißen Tasse Kaffee in der Hand kam er wieder herein und ließ sich auf einem Ledersessel nieder.

Moser hatte die Papiere vor sich auf der Glasplatte des niedrigen Tisches ausgebreitet. Er schaute nachdenklich auf.

»Leider schlechte Nachrichten, Herr Stockmann. Der positive Effekt Ihrer Pressekonferenz und der günstigen Stellungnahme der Kommission sind schneller verpufft, als wir erwartet haben.«

»Ja, das habe ich gestern in den Nachrichten gehört. Die ›Brotherhood‹ hat ihren Einsatz vergrößert, nicht?« Stockmann nippte vorsichtig an dem schwarzen Gebräu.

Moser nickte. »Es scheint so. Einige Hedgefonds laufen wohl mit und manche Anleger scheinen ihre kurzzeitigen Bedenken gegenüber dieser Spekulation wieder über Bord geworfen zu haben.«

»Wo steht das Pfund denn heute morgen?«

»Stand 20.5.04, 7.15 Uhr, das Pfund liegt bei £ 1/€ 1,19.« Mit diesen Worten zog Moser das rosa Papier aus dem Stapel und schob es Stockmann zu.

Der nahm das Papier, warf aber keinen Blick darauf. »Was, wir sind schon wieder unter 1,20!?«

Der Referent nickte und strich sich eine schwarze Strähne aus der Stirn. »Neben dem verstärkten finanziellen Einsatz scheint eine zweite Desinformationskampagne der ›Brotherhood‹ zu laufen. In den letzten Tagen sind in Zeitungen in ganz Europa kleine Notizen, aber auch zwei größere Artikel, einer davon heute morgen im El Pais, zur Währungsspekulation erschienen. Der Grundtenor der Artikel ist überall der gleiche: Das britische Pfund muß abgewertet werden, und Großbritannien ist noch lange nicht reif für den Euro.«

»Nicht zu fassen, was diese C^2 quer durch die europäischen Lande aufzubieten hat. Sie kann doch nicht die Redaktion von jeder großen europäischen Tageszeitung bestochen haben!« Stockmann setzte die Kaffeetasse mit einem Knall auf dem Glastisch ab.

Moser deutete auf den Stapel Papiere. »Sie würden nicht glauben, was ich in den letzten Tagen an Berichten von angeblich objektiven Redakteuren und Chefredakteuren lesen mußte. Da wimmelt es nur so von ›beschlagenen‹ Finanzanalysten und Anlageberatern, ›angesehenen‹ Bankdirektoren, ›besorgten‹ Abgeordneten, ›hohen‹ Beamten und sogar zwei unglaublich ›verantwortungsbewußten‹ Ministern, die ihren Senf zur Attacke auf das Pfund und dem Vorschlag zur Paketlösung auch noch dazugeben mußten.« Er zuckte mit den Achseln. »Es gab ja schon am Tag der Pressekonferenz vereinzelte Kritik an Ihrem Vorgehen. Diese Stimmen sind jetzt lauter geworden.«

»Ja, auch in der Kommissionssitzung danach sind ein paar harte Worte gefallen«, brummte Stockmann.

»Gestern haben dann die belgischen und die Schweizer Ermittlungsbehörden durchblicken lassen, daß sie es begrüßt hätten, wenn der EU-Kommissionspräsident eine offizielle Stellungnahme zu den Ermittlungen ihnen überlassen hätte.«

»Aber damit haben sie meine Ausführungen vor der Pressekonferenz zumindest indirekt bestätigt. Ich kann mir nicht vorstellen, daß das dem Pfund geschadet hat.«

»Und dann«, fuhr Moser fort, »hat man gestern aus Kreisen des einen oder anderen Finanzministeriums verlauten lassen, daß man die indirekte Kritik des Kommissionspräsidenten am Rat der Finanzminister für ›ungewöhnlich‹ halte.«

»Ungewöhnlich, was?« Stockmann verzog den Mund zu einem kurzen Lächeln.

»Ja. Die komplizierten währungspolitischen Fragen, die der Angriff auf das Pfund Sterling aufwerfe, bedürften eingehender fachlicher Beratung und nicht spontaner Rettungsaktionen.«

Stockmann schaute den Referenten aufmerksam an. »Das klingt nach unserem Freund Schlüter. Wissen Sie vielleicht Genaueres über die Quellen zu diesen Meldungen.«

»Nein.« Moser blätterte in den Papieren und zog schließlich eines heraus. »Das war eine Meldung von Associated Press. Um welche Finanzministerien es sich handelt, wird nicht gesagt.« Er schaute hoch. »Ich klemme mich mal dahinter.«

Der Präsident nickte abwesend. »Wie schätzen Sie denn die Lage generell ein, Moser?«

»Ich würde sagen, der Stimmungsumschwung gegen die Attacke, den wir nach der Pressekonferenz und der Kommissionssitzung erreicht hatten, ist wieder ins Gegenteil umgeschlagen.«

»Das ist sehr schlecht. Die entscheidenden Kabinettssitzungen in den europäischen Hauptstädten sind kurzfristig angesetzt worden. Das Kabinett in Berlin tagt ja schon morgen.« Stockmann erhob sich. »Wenn die öffentliche Meinung gegen das Pfund kippt, könnte das fatale Folgen für die Entscheidungen haben.«

*

Am Nachmittag betrat der deutsche Finanzminister das Berliner Verlagshaus einer großen deutschen Tageszeitung. Beim Exklusiv-Interview im luxuriös eingerichteten Zimmer des Chefredakteurs erklärte Schlüter keine 24 Stunden vor der deutschen Kabinettsitzung, der Vorschlag einer Paketlösung mit Großbritannien stamme von jemandem, der für die Beantwortung dieser Fragen weder zuständig sei noch etwas von ihnen verstehe. Er nannte Stockmann einen »übergeschnappten Eurokraten«, den er schon auf der Brüsseler Sondersitzung der Finanzminister habe zur Ordnung rufen müssen. Sein Erfolg im »Global Players«-Fall prädestiniere Stockmann mehr für die Rolle eines Staatsanwalts, der überall kriminelle Machenschaften wittere, als für die eines verantwortlich handelnden Europäischen Kommissionspräsidenten.

Ab 17 Uhr war das Interview in voller Länge auf den Internet-Seiten der Tageszeitung zu lesen. Schon die Heute-Nachrichten um 19 Uhr berichteten über die harten Worte des Finanzministers und sprachen vom »öffentlichen Angriff« des Ministers auf den designierten Kronprinzen des Kanzlers.

Der Bundeskanzler wußte nicht recht, wie er auf das Interview reagieren solle. Einerseits war er maßlos empört über den Alleingang Schlüters, der ihn in eine unerfreuliche Position brachte. Im Berliner Kabinett gab es bei Ministern aus beiden Koalitionsparteien einige Skepsis gegen einen Euro-Beitritt Großbritanniens. Da fehlte ihm gerade noch, daß Schlüter diese Meinungsverschiedenheiten zu einem offenen Konflikt anheizte.

Andererseits war sich aber auch der Kanzler nicht sicher, ob Stockmanns Vorschlag der Koppelung einer gesamteuropäischen Abwehr der Pfund-Attacke an einen sofortigen Euro-Beitritt Großbritanniens wirklich politisch durchzusetzen sei.

Er versuchte mehrmals, seinen Finanzminister telefonisch zu erreichen, aber Schlüter ließ sich offensichtlich sowohl in seinem Büro als auch unter seiner Privatnummer verleugnen. Dann ließ der Bundeskanzler den Pressesprecher der Bundesregierung erklären, er halte den Angriff des Finanzministers auf Präsident Stockmann im Ton und in der Sache für überzogen. Im übrigen werde morgen im Kabinett entschieden.

Während der Kanzler noch Telefonate führte, rief Karl Stockmann bei ihm an. Der Kommissionspräsident war außer sich. »Der macht mit seinem unpolitischen Glatzkopf kaputt, was ich aufbauen will: eine gemeinsame europäische Lösung.«

»Reg dich ab, Karl. Ich habe mit meinen französischen und britischen Kollegen schon darüber gesprochen. Das Interview von Schlüter ist eine Frechheit. Ich werde ihn morgen zurechtweisen.«

»Es ist nicht nur das Interview. Chapelle hat mir gerade berichtet, daß Schlüter versucht hat, den französischen Finanzminister für seine Ansicht zu gewinnen. Vermutlich ruft der Kerl alle Finanzminister in Europa an, wir checken das gerade.«

»Dann werde ich Paris und London gleich noch einmal anrufen und versichern, daß es trotz Schlüter bei der besprochenen Linie bleibt. Die dortigen Kabinette tagen morgen erst am Nachmittag.«

»Vor allem mußt du Schlüter hochkant rausschmeißen.«

Der Ton des Kanzlers ging ins Amtliche über: »Überlaß das bitte mir, hörst du. Und halte dich mir gegenüber und in der Öffentlichkeit besser mit deiner Meinung über Schlüter ein bißchen zurück.« Der Kanzler legte auf.

In Brüssel wurde Karl Stockmann im Laufe des Abends immer klarer, daß Schlüter sich zu einem ernstzunehmenden Kontrahenten entwickelte. Aus allen europäischen Hauptstädten liefen Informationen ein, daß Schlüter seit Tagen geradezu aggressiv für die Ablehnung einer Paketlösung werbe.

Stockmann hatte gerade Chapelle verabschiedet, mit dem er den ganzen Nachmittag über bei den europäischen Regierungen herumtelefoniert hatte, da klingelte das Telefon schon wieder. Zu seiner freudigen Überraschung war es Nadine, die offenbar ebenfalls spät arbeitete und sogar auf einer Amtsleitung anrief: »Na, mein Held, du bist mit der Pressekonferenz und dem Vorschlag einer Paketlösung ja mächtig vorgeprescht. Kommst du denn damit durch?«

»Ich hoffe, daß ich es schaffe, aber der Widerstand ist beträchtlich. Er wird durch unseren Finanzminister nicht gerade direkt organisiert, aber verdammt angeheizt.« Obwohl sie schon wieder Politisches beredeten, war Karl froh, nach all den amtlichen Gesprächen die Stimme Nadines zu hören.

»Tröste dich, Charlemagne. Nach den nationalen Kabinetten will morgen auch die EZB entscheiden. Der Präsident hat ganz ähnliche Probleme wie du. Er findet im Direktorium nicht nur Zustimmung. Manche Direktoriumsmitglieder halten es für klüger abzuwarten, bis der untere Interventionspunkt erreicht wird.«

»Was soll denn das?« Stockmann war alarmiert. »Abzuwarten macht doch keinen Sinn. Die Talfahrt des Pfundes gewinnt dabei nur an Tempo.«

Nadine antwortete rasch. »So denken nicht alle, Karl. Das Pfund ist chronisch überbewertet. Eine Abwertung ist nicht nur negativ zu sehen.«

»Hat Schlüter etwa auch mit dir geredet?«

Er hörte ihr klares Lachen. »Nein, aber mit dem deutschen Direktoriumsmitglied.« Sie zögerte und fuhr dann fort. »Der sieht das übrigens genauso wie euer Finanzminister.« Karl stutzte. Eigentlich hätte Nadine ihm das nicht sagen dürfen.

»Woher weißt du das?«

»So etwas spricht sich herum.« Sie klang zurückhaltend.

Stockmann hatte es plötzlich eilig. »Liebes, ich muß auflegen, auf der anderen Leitung kommt ein wichtiger Anruf.«

»Bei mir daheim steht ein wunderbarer Strauß Rosen. Karl, sie sind bezaubernd, vielen Dank. Aber wann kriege ich endlich einmal wieder mehr von dir zu sehen?« Nadine klang wirklich betrübt.

Leise antwortete Karl Stockmann: »Wenn das alles vorbei ist, fahren wir nach Paris, versprochen – ciao, Nadine!«

Stockmann legte auf, aber er ignorierte den anderen Anruf. Er wollte unbedingt schnell noch einmal den Bundeskanzler in Berlin erreichen und wurde nach kurzer Wartezeit verbunden.

»Hallo Karl. Ich weiß: Ich soll Schlüter feuern.«

»Das solltest du, aber deswegen rufe ich nicht an.« Stockmann holte Luft. »Es ist wegen der Europäischen Zentralbank. Der Präsident hat mich in den Gesprächen in London und im Rat der Finanzminister in Brüssel unterstützt. Aber nun ist mir zu Ohren gekommen, daß es im Direktorium Widerspruch gibt, und zwar auch von unserem Mann, dem Herrn Chefvolkswirt der EZB. Offenbar verwirrt der Finanzminister auch ihn.«

Der Kanzler klang zweifelnd. »Daß Schlüter den beeinflussen kann, glaube ich eigentlich nicht. Und wir dürfen keinesfalls die Unabhängigkeit der EZB in Frage stellen.«

»Wenn die Bank nicht mitzieht, wird nichts aus der Doppellösung, das ist dir doch klar. Hast du die Nachrichten gesehen? Das Pfund ist schon wieder um zwei Cent gefallen. Es ist nur noch sieben Cent vom unteren Interventionspunkt entfernt. Wir müssen schnell eine Lösung finden.«

Am Telefon war Stille. Dann räusperte sich der Kanzler. »Karl, du weißt, ich schätze dein Engagement für Europa und den Euro über alles. Aber jetzt setzt du einfach alles auf eine Karte. Ich kann dir nicht einmal garantieren, daß deine Paketlösung morgen bei der Berliner Kabinettssitzung durchkommt. Und die Skandinavier und Südeuropäer sind mehr als skeptisch. Italien und Dänemark wollen sich dagegen entscheiden, da bin ich mir ganz sicher. Und ...«, der Kanzler zögerte. Dann fuhr er in entschlossenem Ton fort. »Na, vielleicht ist es wirklich nicht so furchtbar, wenn das Pfund abgewertet wird. Die britische Wirtschaft kann sich sanieren, und der britische Euro-Beitritt erfolgt nach der Zwei-Jahres-Frist, genau wie im EWS II vorgesehen.«

Stockmann spürte, wie seine Finger am Hörer feucht wurden. »Das kann doch nicht dein Ernst sein«, entfuhr es ihm. »Tut mir leid. Aber am Telefon kann man so etwas schlecht besprechen. Was hältst du davon, wenn ich heute noch nach Berlin komme?«

»Heute noch? Mitten in der Nacht? Du machst Witze, Karl. » Der Kanzler klang halb entsetzt, halb genervt.

Stockmann blieb eisern. »Kein Witz. Ich fliege heute noch, mitten in der Nacht. Morgen ist es zu spät. Die Kabinettssitzung beginnt um neun Uhr?«

»Ja. Punkt neun«, antwortete der Kanzler. Dann fügte er leise hinzu: »Dramatisierst du die Sache nicht ein bißchen, Karl?«

»Ich denke nicht«, erwiderte Stockmann kühl. »Die Sache ist ernst, bitterer Ernst.«

In der nächsten halben Stunde war der Kommissionspräsident damit beschäftigt, einen Flug nach Berlin zu organisieren. Der Flugdienst der Kommission war nicht in der Lage, ihm so schnell zu helfen. Daher rief er den Generalsekretär der NATO an. Der versprach, ohne nach dem Grund für die Eile zu fragen, zu prüfen, was möglich sei. Eine halbe Stunde später informierte er den Kommissionspräsidenten, ein Lear-Jet des NATO-Hauptquartiers werde um 21.30 Uhr auf dem militärischen Teil des Brüsseler Flughafens für ihn bereitstehen.

Stockmann raste in der Dunkelheit zum Flughafen, wo ihn vier Soldaten in Army-Camouflage begrüßten. Er bestieg den Jet und ihm wurde der Pilot vorgestellt, der ihm aus dem Cockpit zunickte. Zwei Minuten später rollten sie auf die Startbahn, und die Maschine hob ab.

*

Während der Kommissionspräsident durch den nächtlichen Luftraum nach Berlin düste, um die politische Abwehr der Spekulationsattacke voranzutreiben, arbeitete die Frankfurter Polizei daran, die Spekulationsfront mit ihren Mitteln aufzubrechen.

Silvio Pestacosta war in Frankfurt untergetaucht. Er residierte in der nobel ausgestatteten Gästesuite eines befreundeten Industriellen, eines stillen Teilhabers des Global Millennial Hedgefonds. Dort hatte sich Pestacosta mit anderen Fonds-Managern getroffen, und gemeinsam hatten sie die Entwicklungen an den Börsen verfolgt. Am frühen Nachmittag erfuhr der Italo-Amerikaner über befreundete Journalisten von Schlüters Interview. Ohne zu überlegen, rief er Sean O'Connor im Penthouse-Apartment in der City an und gab seiner Genugtuung über den geglückten Medien-Coup, noch dazu »ganz ohne Nachhilfestunden«, lautstark Ausdruck.

Mit diesem Anruf hatte Pestacosta einen entscheidenden Fehler gemacht: Über eine Fangschaltung am angezapften Telefon der Penthouse-Wohnung hatte das BKA innerhalb weniger Minuten seinen Aufenthaltsort ermittelt. Gemeinsam mit den FBI-Agenten beschlossen Döpfner und Bethge, daß jetzt der richtige Moment für die Festnahme von Pestacosta und O'Connor gekommen sei.

Kurz nach Mitternacht umstellte ein Einsatzkommando die herrschaftliche Stadtvilla des Industriellen. Die Polizei klingelte und verlangte vom Hausherrn die Auslieferung des mit internationalem Haftbefehl gesuchten Wirtschaftskriminellen Silvio Pestacosta. Einer der im Haus anwesenden GMHF-Leute kriegte mit, was sich an der Tür tat, und warnte den Amerikaner. Pestacosta flüchtete über die Terrasse seiner Suite. Doch er hatte nicht mit den scharfen Wachhunden gerechnet, die frei im Garten herumliefen. Panisch und völlig außer Atem erreichte er ein kleines Tor an der hinteren Gartenmauer. Dort löste er beim Überklettern der Mauer gellende Alarmsirenen aus. In vom Stacheldraht zerrissenen Kleidern wurde er auf der anderen Seite der Mauer von der Polizei in Empfang genommen.

Sean O'Connor wurde von einem zweiten Kommando im Penthouse-Apartment im Bett überwältigt.

Bei der ersten Vernehmung gab Pestacosta zu Protokoll, daß Nadine LaTour von der Europäischen Zentralbank an allem schuld sei und »diesen grandiosen Artikel« für den Luxemburgischen Börsendienst verfaßt habe. Weiter war nichts aus ihm herauszukriegen. O'Connor saß stumm in seiner Zelle und verweigerte jede Zusammenarbeit mit den Behörden.

Von den Festnahmen in Frankfurt erfuhr Spartaco Fabrizio als erster. Über eine undichte Stelle im New Yorker Police Department war ihm schon am Morgen zugetragen worden, daß das Happy Valley von den Cops überwacht werde und er wahrscheinlich einen Spitzel unter seinen Männern habe.

Fabrizios schlechte Laune, die sich seit der Besprechung im Hartman-Tower nicht gebessert hatte, näherte sich dem absoluten Tiefpunkt. Mit einem Whisky vor sich saß er mürrisch am großen Tisch. Ungefähr alle fünf Minuten ließ er ein Messer auf die harmlos wirkende Dartscheibe an der Wand sausen. Ein Junge mit schweren Akneproblemen trat schnell zur Scheibe, zog die Klinge aus dem harten Kork und legte die Waffe wieder zu den anderen auf den Tisch. Spartaco Fabrizio verfehlte das schwarze Zentrum der Scheibe kein einziges Mal.

Am Abend ließ Fabrizio Mario Celano zu sich kommen, ein Neapolitaner wie er. Er drückte ihm eine Todesliste in die Hand und gab ihm den Auftrag, für deren Abarbeitung in Europa Berufskiller anzuheuern. Aber niemand aus der *Famiglia*, sondern Einzelgänger. Für deren Auswahl dürfe er die Hilfe der *Famiglia* in Anspruch nehmen. Dann solle er Fabrizios Startsignal abwarten.

Döpfner und Brady begannen zu ahnen, daß die Gangart härter werden könnte, als Direktor Lutz von der GAMMA-Bank, der so beflissen mit der Polizei zusammengearbeitet hatte, vor dem Bankgebäude in Frankfurt überfahren wurde und noch im Krankenwagen starb. Der Täter beging Fahrerflucht. Die Kollegen von Lutz, Hürlimann und van Houtten, saßen derweil in Sicherheit, Hürlimann in Schweizer Untersuchungshaft, van Houtten mit seiner Frau in einem Versteck in Andorra.

*

Der EU-Kommissionspräsident kam um 22.40 Uhr bei leichtem Regen in Berlin-Tegel an und wurde sofort ins Regierungsviertel gefahren. Der Kanzler empfing ihn zurückhaltender als sonst.

»Also, Karl«, begann der Kanzler. »Unsere Ansichten über den Ernst der Spekulationsattacke gehen offenbar etwas auseinander. Ich möchte, daß du mir zuerst noch einmal deine Position darlegst.«

Stockmann sprach, ohne ein Blatt vor den Mund zu nehmen. »Zuerst ein paar Worte zu Schlüters Position, und zwar nicht, weil mir der Mann persönlich nicht liegt, sondern weil er offenbar eine Haltung vertritt, mit der er andere – sogar den deutschen Bundeskanzler – beeinflussen und überzeugen kann.«

Der Kanzler hatte sich nach der Begrüßung Stockmann wieder auf dem Sessel hinter seinem Rosenholzschreibtisch niedergelassen. Jetzt zuckte er mit den Schultern und setzte an: »Es geht hier nicht um Schlüter oder dich, Karl ...«

Stockmann unterbrach den Kanzler abrupt. »Da hast du recht, es geht nicht um uns persönlich. Aber wir beide vertreten entgegengesetzte Positionen in bezug auf die Zukunft Europas. Um dir das klarzumachen, bin ich hier bei Nacht und Nebel hergeflogen!« Er holte Luft. Der Kanzler schwieg und schaute ihn abwartend an.

»Die Haltung Schlüters in dieser Sache kommt meiner Meinung nach nicht von ungefähr. Sie wurzelt zum einen in seiner Person, zum anderen aber in seinen allgemeinen politischen Überzeugungen. Sein finanzpolitisches Wissen, auf das du so große Stücke gibst, hat wenig damit zu tun. Du weißt selbst, wie unbeliebt Schlüter im Kreise seiner europäischen Kollegen ist. Er fühlt sich in Europa ständig in der Defensive – und mit seiner auf rein nationale Interessen gerichteten Politik ist er es dann oft auch. Offenbar ist es sein Alptraum, einer französisch-britischen Dauerallianz gegenüberzustehen.«

Der Kanzler hatte Stockmann aufmerksam zugehört. Jetzt murmelte er: »So etwas wie eine neue *Entente cordiale*, meinst du?«

»Ja, so könnte man es nennen. Schlüter befürchtet, daß er nach einem Euro-Beitritt Großbritanniens in Währungsfragen einer geschlossenen britisch-französischen Front gegenüberstehen würde. Er befürchtet einen Machtverlust Deutschlands, ebenso wie die anderen Gegner der Paketlösung einen Machtverlust ihrer Länder innerhalb der EU fürchten.«

»Und du befürchtest eine Beschädigung der Europäischen Union?«

Stockmann nickte ernst. »Wenn die Zentralbank bei der Paketlösung nicht mitzieht, haben wir mit Zitronen gehandelt. Und wenn sich die europäischen Kabinette gegen eine Paketlösung aussprechen, dann rutscht das englische Pfund vollends weg und der Euro-Beitritt Großbritanniens rückt in weite Ferne. Das würde Europa schwächen, und zwar um so mehr, je stärker sich Europa dabei zerstreitet.«

Der Kanzler beschwichtigte. »Es ist noch nicht raus, wie die Kabinette sich entscheiden. Ich habe noch einmal herumtelefoniert. Ich gehe davon aus, daß unser Kabinett morgen mehrheitlich für die Paketlösung votieren wird. Am Nachmittag werden Paris und London folgen, obwohl der britische Premier unter starkem Druck der Beitrittsgegner steht.«

»Und die EZB? Mit unserem Chefvolkswirt, der sich offenbar auf Schlüters Seite geschlagen hat?«

»Die EZB muß in ihrer eigenen Verantwortung entscheiden.«

»Und du?«

Der Kanzler lächelte. »Ich muß noch eine Weile nachdenken, Karl. Aber ich vertraue deinem politischen Gespür. Wenn du dich für eine Sache so einsetzt, dann hast du mich schon fast überzeugt.«

Stockmann überlegte kurz und sagte dann: »Ich schlage dir folgendes vor: Wenn das Kabinett morgen früh für die Paketlösung votiert, dann rufst du den EZB-Präsidenten an und unterrichtest ihn von der Entscheidung. Dabei sagst du ihm, daß du auch den Chefvolkswirt kurz unterrichten wirst. Der EZB-Präsident wird das begrüßen. Dem Chefvolkswirt sagst du dann, daß du zur Grundsatzentscheidung des Kabinetts am Montag im Bundestag eine Regierungserklärung abgeben wirst, daß Paris und London morgen nachmittag ebenfalls für eine Paketlösung votieren werden und daß du ihn davon unterrichtest, damit die EZB vor ihrer eigenen Entscheidung die politischen Rahmendaten kennt.«

Der Kanzler lächelte den jüngeren Mann anerkennend an. »Bei solchen Sachen warst du schon immer ein großer Könner.« Dann fragte er: »Und wenn ich deinem Ratschlag folge, dann kann es in bezug auf Schlüter bei einer öffentlichen Zurechtweisung bleiben?«

Stockmann mußte auflachen: »So fragt man Kinder aus. Von mir kriegst du dazu keinen Kommentar.«

Der Kanzler verabschiedete ihn mit einem Klaps auf die Schulter. Stockmann flog mit dem NATO-Jet, der in Tegel auf ihn wartete, nach Brüssel zurück.

*

Für die beiden Politiker war es spät geworden. Deshalb verpaßten sie am nächsten Morgen die Sieben-Uhr-Nachrichten im deutschen Fernsehen. Damit verpaßten sie auch den großen Auftritt von Finanzminister Schlüter. Der griff nun, nachdem er sich in seinem Zeitungsinterview auf Angriffe gegen den Kommissionspräsidenten beschränkt hatte, das britische Pfund direkt an.

»Den Problemen des britischen Pfundes ist nicht mit politischen Deklamationen beizukommen. Außerdem sind weder die Europäischen Zentralbank noch der Europäische Rat Wohltätigkeitsvereine. Wir sollten die Probleme des Pfundes Großbritannien überlassen, statt einem schnellen Euro-Beitritt das Wort zu reden. An den Briten wird doch nur einmal mehr wahr, was Gorbatschow so richtig gesagt hat: Wer zu spät kommt, den bestraft das Leben.«

Von der Interviewerin gefragt, ob diese Meinung von anderen Kabinettskollegen geteilt werde, antwortete Schlüter: »Aber sicher. Ich bin doch nicht der einzige, der von diesen Dingen etwas versteht. Und auch in den anderen europäischen Kabinetten gibt es viele Gleichgesinnte.«

Als Stockmann eine Stunde später im Büro erschien, drückte ihm Giovanni Moser als erstes die Videoaufnahme des Interviews in die Hand. Dazu überreichte er dem Kommissionspräsidenten den üblichen rosa Zettel. Stockmann nahm die Kassette in Empfang und schaute seinen Referenten fragend an.

»Ein Interview mit Schlüter im Frühstücksfernsehen. Wird Ihnen nicht gefallen.«

Zusammen mit dem Referenten schaute sich Stockmann das Interview an. Er ärgerte sich maßlos. Dennoch beschloß er, zu dem Interview weder Stellung zu nehmen noch den Kanzler anzurufen. So kurz vor den europäischen Kabinettssitzungen war für ihn Zurückhaltung geboten.

Unter seine ausführlichere Zusammenfassung der Entwicklungen auf den Finanzmärkten hatte Moser wie immer am unteren Rand des rosa Papiers den aktuellen Kurs des britischen Pfunds notiert: »Stand 21.5.04, 7.15 Uhr, £ 1/€ 1,16.«

In Berlin ließ sich der Bundeskanzler, als ihm von dem Interview berichtet wurde, eine Bandabschrift vorlegen. Er las sie mit steigendem Blutdruck. Dann dachte er bei einer frischen Tasse Kaffee noch einmal in Ruhe nach und bat anschließend den Chef des Kanzlerbüros, den Finanzminister für ihn ans Telefon zu holen. Schlüter war aber wie tags zuvor nicht aufzutreiben. Vor der Kabinettssitzung kam deshalb kein Kontakt mehr zustande.

Der Kanzler ging etwas vor der Zeit in den Kabinettssaal, in dem die versammelnden Kabinettsmitglieder parteiübergreifend nur über ein Thema sprachen: Schlüters Morgen-Interview.

»Den lasse ich schon seit einer Stunde suchen«, bemerkte der Kanzler gerade, als Schlüter mit einem großen Packen Akten unter dem Arm hereinstürmte und am Kabinettstisch Platz nahm. Der Kanzler setzte sich auf seinen Sessel und wartete, bis alle Platz genommen hatten. Er schaute auf die quadratische Tischuhr, die seit Konrad Adenauers Kanzlerschaft die deutsche Geschichte begleitet, und sagte dann: »Ich eröffne die Kabinettssitzung.«

Anschließend wandte er sich dem Finanzminister zu: »Herr Kollege Schlüter, ich habe vor einer Stunde die Tonbandabschrift Ihres Interviews im Frühstücks-Fernsehen gelesen und anschließend nach Ihnen fahnden lassen. Leider habe ich Sie nicht ans Telefon bekommen. So muß ich Ihnen hier im Kabinett mitteilen, was ich Ihnen zu sagen habe. Ich habe der Frau Bundespräsidentin Ihre Entlassung vorgeschlagen. Sie erwartet Sie in einer Stunde zur Überreichung Ihrer Entlassungsurkunde. Ich danke Ihnen für die bisher geleistete Sacharbeit.«

Schlüter war weiß wie ein Leichentuch. Er erhob sich und wollte zu einer Erwiderung ansetzen. Aber die übrigen Kabinettsmitglieder klopften mit ihren Knöcheln so hart auf den Kabinettstisch, daß ihm klar wurde, seine Kolleginnen und Kollegen unterstützten mit diesem Klopfen nicht den vom Kanzler ausgesprochenen Dank an ihn, sondern bekräftigten vielmehr die Notwendigkeit seiner Entlassung. Mit inzwischen hochrotem Kopf sammelte er seine Unterlagen zusammen und rannte aus dem Kabinettssaal. Die Tür zum Vorzimmer ließ er offen. Der Protokollführer stand auf und schloß sie hinter ihm.

»Danke«, sagte der Kanzler. Er wandte sich dem Kabinett zu. »Ich möchte Ihnen mitteilen, daß ich die Bundespräsidentin gebeten habe, den Kollegen Behrends, bisher Vorsitzender des Finanzausschusses des Bundestages, zum neuen Finanzminister zu ernennen.« Das Kabinett bedachte diese Mitteilung mit Beifall.

Der Kanzler fuhr fort: »Wir haben vor, dem Europäischen Rat die Aufnahme von Verhandlungen mit Großbritannien über die Stützung des britischen Pfunds und über einen Euro-Beitritt des Pfundes zu empfehlen. Ich bitte das Kabinett um Zustimmung.«

Das Kabinett votierte nach einstündiger Diskussion bei sechs Stimmenthaltungen für eine Paketlösung.

Der Kanzler beauftragte den Regierungssprecher, der Öffentlichkeit die Entlassung des Finanzministers, die Ernennung seines Nachfolgers und die Grundsatzentscheidung des Kabinetts bekanntzugeben. »Am Montag werde ich dazu im Bundestag eine Regierungserklärung abgeben.«

Nach der Kabinettssitzung telefonierte der Kanzler kurz mit dem französischen Ministerpräsidenten. Der wußte schon von der positiven Entscheidung.

»Die internationalen Medien haben die Nachrichten aus Berlin im Elektronentempo verbreitet. Ich bin sehr froh, daß die Abstimmung in Deutschland so ausgefallen ist. Die Europäische Kommission in Brüssel und die Regierung in London haben die Entscheidung auch begrüßt.«

»Wie sieht es in Paris aus?«

»Ich bin mir sicher, daß sich in meinem Kabinett eine große Mehrheit für Verhandlungen über eine Paketlösung finden wird.» Der Ministerpräsident zögerte einen Moment. »Es ist erfreulich zu sehen, wie gut Stockmann und Chapelle zusammenarbeiten.«

Der Kanzler stimmte zu.

Anschließend unterrichtete er den EZB-Präsidenten, der für den Anruf ebenso dankbar war wie für die Ankündigung des Kanzlers, er werde auch den Chefvolkswirt kurz informieren.

Schließlich rief der Bundeskanzler den britischen Premierminister an. Der bedankte sich für die Abstimmung und versicherte, er werde am Nachmittag trotz der nach wie vor beträchtlichen Opposition in seinem Lande einen Kabinettsbeschluß für eine Paketlösung über den Euro-Beitritt Großbritanniens durchsetzen. »Das wird wie ein Befreiungsschlag wirken«, setzte er kämpferisch hinzu.

Am Nachmittag entschieden die Kabinette in Paris und London wie erwartet, was praktisch die Linie auch der anderen europäischen Kabinette vorwegnahm. Das Europäische Parlament sprach sich in einer eilends einberufenen Sondersitzung ebenfalls für eine Paketlösung aus.

Noch wichtiger für die Finanzmärkte war die Entscheidung der Europäischen Zentralbank, die intramarginale Intervention der Bank von England für das britische Pfund zu unterstützen. Die EZB gab keine Zahlen bekannt, die erste Tranche ihrer Unterstützung für das Pfund hielt sich in Grenzen. Aber der psychologische Effekt der Interventionsentscheidung drehte die Pfund-Bewegung auf dem Finanzmarkt um. Als die Börsen am nächsten Morgen öffneten, war das Pfund auf dem Weg zurück zum Leitkurs. In den Morgennachrichten wurde bereits davon ausgegangen, daß die spekulative Attacke auf das Pfund Sterling zum Scheitern verurteilt sei.

*

J. B. Williams war nach seinem Kaffeekannen-Coup in der Fidelity & Trust-Bank nicht untätig gewesen. Der junge Mann nahm seine Aufgabe als Undercover-Agent des FBI ernst. Wie ausgemacht, meldete er sich alle zwölf Stunden bei der Agentin. Beim letzten Anruf spät in der Nacht hatte J. B. nervös angedeutet, daß er das Gefühl habe, Fabrizio ahne etwas. Zumindest sei er gestern abend nicht wie üblich in das verrauchte Versammlungszimmer gebeten, sondern einfach an der Tür nach Hause geschickt worden. Dafür sei er dann noch mit einem Mafia-Bruder in eine Bar gegangen, wo er durch geschickte Fragen an weitere Informationen gekommen sei. Der Mann erzählte ihm nach ein paar Bier, daß es unter dem Keller des Country Clubs einen verdeckten und halbvergessenen Tunnel zum Long Island Sound gab.

Bill Brady schickte, als ihm diese Information übermittelt wurde, sofort einen Trupp los, der im Morgengrauen unauffällig das Ufer vor dem Gelände des Country Club absuchte. Über die Agentin ließ Brady J. B. ausrichten, er solle sich bei ihm melden, damit sie ihn in sicheren Gewahrsam nehmen könnten. Der Auftrag im Happy Valley werde zu gefährlich.

Einzelne Spaziergänger, die normalerweise die Einsamkeit des Uferweges am sanft abfallenden Gelände des Country Clubs genossen, wunderten sich über das hektische Treiben. So viele Segler, Paddler und Taucher wie an diesem Morgen waren das ganze Jahr über nicht an diesem idyllischen Fleckchen am Long Island Sound gesehen worden. Die vermeintlichen Freizeit-Wassersportler grüßten die Passanten höflich und wandten sich dann schnell und geschäftsmäßig wieder ihrem Hobby zu.

Um die Mittagszeit fanden die Agenten schließlich den von Büschen verdeckten und von Schlingpflanzen überwachsenen engen Tunnelausgang. Es gelang ihnen, ihn vom Wasser her zu öffnen und im Tunnel bis unter das Haus vorzudringen. Dort konnten sie, ohne gestört zu werden, eine hochempfindliche Abhöranlage installieren – gerade rechtzeitig genug, um am Abend Ohrenzeugen einer verhängnisvollen Besprechung zu werden.

Im Basement des Country Clubs saß erneut die Spitze der »Brotherhood« mit der Leitung der F&T zusammen, um sich über das drohende Scheitern ihrer Spekulationsattacke zu beraten. Von den Leuten vom Global Millennial Hedgefonds hatte auch Flanagan inzwischen von der Festnahme Pestacostas und O'Connors erfahren. Die Stimmung in den sterilen Räumen von Catherine Crockers Einsatzzentrale war entsprechend gedrückt.

Die blonde Frau trat aus ihrem Kabuff und knallte wütend die schwere Stahltür zu. Mason, der mit dem Rücken zu ihr saß, zuckte erschrocken zusammen.

»Was zum Teufel soll das, Catarina?« brummte Uncle Sam.

Catherine Crocker ließ sich entnervt auf einen der grauen Plastikstühle fallen. »Sie reiben unser ganzes europäisches Netzwerk auf. Wir kriegen keine einzige Information mehr unter, weil die Bullen so viel Druck machen!«

»Was ist denn passiert?« Flanagan war erst vor wenigen Minuten im Country Club eingetroffen.

Aus einer dunklen Ecke antwortete Spartaco Fabrizio. »Die Kleine hat ihre Leute nicht mehr unter Kontrolle. Kaum tauchen die Cops bei ihnen auf, fallen sie um wie die Fliegen. Der Job ist eben nichts für eine Frau.« Er spuckte verächtlich auf den Boden.

Flanagan starrte den Sicherheitschef wortlos an. Dann wandte er sich fragend an Crocker.

Die zuckte mit den Schultern. »Die zweite Welle unserer Medienkampagne läuft schon seit Mittwoch –«

»War ja so abgemacht«, unterbrach sie der Bankchef. »Wir bearbeiten die Märkte, du die Medien. Was ist denn jetzt passiert?«

Catherine Crocker blitzte ihn wütend an. »Zuerst ist alles nach Plan gelaufen. Aber dann ist den Bullen ein Trick eingefallen. Den hatten sie bestimmt von den Italienern, die haben Erfahrung mit so was.« Die blonde Frau holte Luft. »Sie haben massenhaft Verfahren gegen Unbekannt wegen Bestechung oder Erpressung eingeleitet. Die Namen der angeblich bestochenen oder erpreßten Bürger haben sie unter der Hand an die Presse weitergegeben. Das waren meine Informanten! Kannst du dir vorstellen, was für hohe Wellen das geschlagen hat? In Italien sind die Namen der meisten Verbindungsleute, die für die ›Brotherhood‹ arbeiten, schon gestern morgen in den Medien veröffentlicht worden. An sehr prominenter Stelle, kann ich dir sagen! Die meisten anderen europäischen Länder haben den Trick heute morgen wiederholt. Und jetzt outen sich natürlich alle die Figuren, die wir so wunderbar an der Leine zappeln hatten und spielen sich als wehrlose Opfer dunkler Machenschaften auf. Und die Knilche, denen wir ein Heidengeld dafür bezahlt haben, daß sie unsere Informationen unters Volk bringen, die bekennen sich plötzlich reumütig zu ihren Taten, weil sie Angst haben, in den eingeleiteten Ermittlungsverfahren überführt zu werden.«

Catherine Crocker war immer lauter geworden. Bei den letzten Worten knallte sie mit der Hand so hart auf den Arbeitstisch, daß eine darauf abgestellte Kaffeetasse umkippte und das kalte Gebräu ihr über die Hose spritzte. Crocker sprang auf und brüllte laut: »So eine Scheiße! Wer hat denn hier seinen verdammten Kaffe abgestellt!?«

Wutentbrannt verschwand sie in der Toilette.

Flanagan hatte sich während Crockers erbostem Bericht neben Frank Mason niedergelassen. Der erklärte: »Dieser kleine Trick hat ziemlich verheerende Auswirkungen auf die Öffentlichkeit. Die Medien haben eine regelrechte Hexenjagd gegen unsere Informanten gestartet. Europa bläst zum Kampf gegen die ›Helfershelfer des organisierten Verbrechens‹. Du kannst es dir ja vorstellen.« Er zuckte mit den Schultern. »Das Netz der ›Brotherhood‹ steht kurz vor dem Zusammenbruch.«

»Auch auf den Märkten zeigen sich die Auswirkungen. Immer mehr Anleger steigen aus der Spekulation gegen das britische Pfund aus«, fügte Cooperider hinzu.

Flanagan war bleich geworden.

Dann drang Uncle Sams knarzige Stimme aus der dunklen Ecke, in der auch Fabrizio Platz genommen hatte. Der alte Mafioso bat den Bankchef um seine Einschätzung der Lage.

Flanagan stellte illusionslos fest, die Europäische Zentralbank interveniere zugunsten des Pfundes. »Nach unseren Informationen machen die Verhandlungen über Zeitpunkt und Modalitäten eines britischen Euro-Beitritts schnelle Fortschritte. Man scheint sich auf einen neuen Umtauschkurs zu einigen, der nur wenig vom EWS-Leitkurs ...«

Fabrizio zischte aus der Ecke. »Was soll das heißen?«

Flanagan schluckte. »Das heißt, das Pfund wird zu einem niedrigeren Umtauschkurs als geplant, nämlich £ 1/€ 1,25, in den Euro-Verbund aufgenommen. Die Europäische Zentralbank wird das Pfund weiterhin stützen. Die europäischen Medien sind eindeutig für diese Lösung.« Der Bankchef fuhr sich durch das rötliche Haar. »Wenn jetzt auch noch die politische Paketlösung mit Großbritannien zustande kommt, dann ist die Operation ›High Noon‹ am Ende.«

Diesmal fragte Uncle Sam: »Und was bedeutet das für uns?«

Flanagan suchte Blickkontakt mit dem Mafia-Boß. Er betonte jedes Wort. »Wir sollten die Aktion sofort abbrechen, damit unsere Verluste nicht noch größer werden.«

»Das werden wir nicht tun!« Spartaco Fabrizio sprang auf und donnerte mit der Rechten auf den Tisch.

»Wir sind keine studierten Kastraten, die einen Kampf aufgeben, bevor er richtig begonnen hat«, fauchte der Sicherheitschef. »Wenn ihr auf mich gehört hättet, dann würden diese Kerle in Europa sich jetzt in die Hosen machen, anstatt sich schon in ihrem Sieg zu sonnen.» Die Narbe an seiner Hand leuchtete rot. Fabrizio wandte sich zu Uncle Sam, von dem er Zustimmung erwartete. Der aber schwieg.

»Gewalt würde uns das eigene Genick brechen«, meinte Crocker, die in diesem Moment wieder zu der Runde stieß. »Schon die Aufdeckung unserer Desinformationskampagne und die Entlarvung unserer Helfershelfer bringt die Öffentlichkeit gegen uns auf. Das schlägt sich sofort auf den Märkten nieder. Gewaltanwendung würde uns vollends isolieren. Nichts gegen einen harten Fight auf den Finanzmärkten, wenn wir dadurch mehr Profit rausholen. Aber alte Mafiamethoden schaden nur dem Geschäft.«

»Uncle Sam!« Der Sicherheitschef appellierte nun direkt an den Alten. »Erzähl diesen blutleeren Akademikern doch einmal, wie unsere Familie groß geworden ist. Und schmeiß endlich dieses Weib raus. Ich werde nie verstehen, warum du die hast so hoch kommen lassen.«

Catherine Crocker zischte Fabrizio an, aber Uncle Sam gab ihr mit einer Geste zu verstehen, daß sie sich zurückhalten solle. Er schwieg immer noch.

Fabrizio war mit seiner Geduld am Ende. »Was meinst du wohl, was die Kings sagen werden, wenn du ihnen erzählst, daß wir anstatt mit ihrem Einsatz riesig zu verdienen, mit Hilfe dieser Klugscheißer mal eben an die 50 Milliarden Dollar in den Sand gesetzt haben?«

Der alte Mann stand auf und trat ins Licht der Halogenlampe. Er blickte zu Catherine, die zu ihm trat. Fast zärtlich fuhr Uncle Sam ihr über das blondierte Haar. »Catarina, meine Kleine, was soll dein Daddy denn jetzt machen?«

Fabrizio starrte das Paar mit offenem Mund an. Auch Flanagan und Cooperider hatten sich halb aus ihren Stühlen aufgerichtet. Der Bankchef brachte ein schwaches »Was?« über die Lippen.

Catherine Crocker, die uneheliche Lieblingstochter Uncle Sams, nahm die Hand ihres Vaters. »Dad, wir müssen die Attacke abbrechen. Es war einen Versuch wert, aber wir waren nicht stark genug. Wir haben es einfach nicht geschafft.«

Uncle Sam blickte nachdenklich auf seine Tochter. Dann drehte er sich zu Fabrizio um, der langsam zurück auf seinen Stuhl gesunken war. Der alte Mann nickte langsam. »Wir drei sind der Vorstand der ›Brotherhood‹. Und wir sind untereinander total uneins. Der Riß unter den Kings wird noch weit größer sein. Aber die ›Brotherhood‹ darf sich nicht spalten. Ich darf die *Famiglia* nicht gefährden.«

Dann wandte er sich mit fast bedauerndem Gesichtsausdruck Catherine zu. »Das verstehst du doch, meine Kleine?«

Catherine Crocker schüttelte mit weit aufgerissenen Augen den Kopf. Sie wollte ihre Hand wegziehen, die Uncle Sam immer noch umfaßte, doch der Alte ließ sie nicht los. Neben ihr stand Fabrizio mit einem leisen Lachen auf. Uncle Sam und der Sicherheitschef tauschten einen schnellen Blick. Fabrizio nickte. »*Si, Padre*«, sagte er und verschwand Richtung Ausgang.

Uncle Sam ließ Catherine los und wandte sich langsam zu den drei Bankleuten. »Jetzt wird Spartaco zeigen, ob er das Blatt noch wenden kann. Die Verluste werden dadurch kaum größer werden, jedenfalls nicht unsere Verluste.« Damit ließ er sie stehen und folgte dem Sicherheitschef.

Zusammen mit der Führungsspitze der F&T verließ Catherine Crocker den Club. Als sie draußen an ihrem Jaguar standen, sagte sie: »Jetzt drehen sie völlig durch. Am liebsten würde ich nach Mexiko abhauen, aber ich kann doch meinen Vater nicht im Stich lassen.«

Die drei Männer erwiderten nichts. Sie fuhren schweigend zurück zum Hartman-Tower. Mason fing an, seinen Laptop und die Unterlagen zusammenzupacken. Eine halbe Stunde später verließ er die F&T. Cooperider ging zehn Minuten nach ihm.

Patrick Flanagan saß an seinem Schreibtisch und brütete eine Weile vor sich hin. Kurz vor Mitternacht rief er Mike Spencer in Genf an. Dort war schon früher Morgen.

Das Genfer Trio war nach Ablieferung des Pfund-Sterling-Papiers von

New York nicht mehr um Rat gefragt worden. Die Operation war ohne sie gelaufen. Trotzdem überraschte Flanagans Anruf Mike Spencer nicht. Er wußte, was in der Politik und auf den Märkten lief.

Flanagan meldete sich mit resignierter Stimme: »Ich wollte Sie fairerweise wissen lassen, daß ich für einige Zeit nicht zu erreichen sein werde. Unsere schöne ›exotische‹ Option wird nicht mehr zum Zuge kommen.«

»Und was läuft statt dessen?«

»Fabrizio.«

»Nein!« entfuhr es Spencer.

»Oh doch!« Damit legte Flanagan auf.

Unmittelbar nach dem Klicken in der Leitung wählte Spencer Zieglers Nummer im »Club Solitude«.

»Ja?« meldete sich Meinhard verschlafen.

»Hier Spencer. Ich muß unverzüglich mit Ihnen unter vier Augen sprechen.«

»Ah, es brennt!« kommentierte Ziegler ruhig und schaute auf den Wecker auf seinem Nachttisch. »Dann kommen Sie doch um halb neun Uhr zu mir zum Frühstück.«

*

Felix Meinhard hörte sich während des Frühstücks, von der Hausdame persönlich serviert, Spencers Bericht über Flanagans Alarmruf und seine eigene Einschätzung der Lage geduldig an.

»Ja«, meinte er dann, »die Attacke dürfte gescheitert sein – im wesentlichen an Stockmanns instinktsicherer und entschiedener Reaktion. Er hat die anderen mit sich gezogen. Und nun?«

»Nun hat erst mal Spartaco Fabrizio freie Hand. Der Sicherheitschef der ›Brotherhood‹. Ein Vertreter der alten Schule.« Spencer schob die unvermeidliche Sonnenbrille hoch und rieb sich die Augen.

»Was bedeutet das für uns?« fragte Meinhard nicht mehr ganz so ruhig. Die unterschwellige Angst, die er seit der Ermordung Constanzes nie mehr losgeworden war, meldete sich in seinem Magen. Für einen Moment wurde ihm übel. Spencer bemerkte die Blässe, die Meinhards Gesicht überzog.

»Auf jeden Fall Gefahr. Fabrizio wird in seinem Wahn, die Welt einschüchtern zu können, nicht bei politischen Gegnern haltmachen, sondern lästige Mitwisser auch gleich miterledigen.«

Meinhard atmete tief durch. Langsam fing er sich wieder. Er mußte das FBI kontaktieren, gleich nachher, wenn dieser bleiche Zyniker weg war. Aber vielleicht konnte er noch etwas herausfinden. »Sie müssen verschwinden, Spencer. Gehen Sie wieder auf Ihre Hütte?«

Auf Spencers Gesicht zeichnete sich Überraschung ab. »Woher wissen Sie …?«

»Pestacosta hat mir davon erzählt. Ein gutes Versteck.«

»Dieser verdammte …« Spencer kniff die Lippen zusammen. »Nein, nicht die Hütte. Ich fliege noch heute mit einem falschen Paß in die USA, da kann ich besser untertauchen.« Meinhard hatte daran seine Zweifel, sagte aber nichts.

»Und was wollen Sie machen?« fragte Spencer ihn.

»Ach, ich bleibe hier im Club.« Meinhard gab sich gelassen. »Als bloßer fachlicher Berater bin ich nicht gefährdet, und von staatlicher Seite kann man mir nichts Ungesetzliches vorwerfen.«

»Da wäre ich mir nicht so sicher«, meinte Spencer und verabschiedete sich.

*

Nachdem der Mann mit der hellen Haut und der dunklen Sonnenbrille gegangen war, schaute Felix Meinhard lange aus dem Fenster auf die leicht vom Wind bewegten Kiefern. Das Grün wirkte beruhigend auf ihn. Er kalkulierte die Wahrscheinlichkeiten der Entwicklung und die eigenen Möglichkeiten und traf schließlich eine Entscheidung.

Erst packte er seine wichtigsten Unterlagen in einen Aktenkoffer, dann verstaute er Toilettensachen, Wäsche und Hemden in einer Reisetasche. Beides stellte er an die Tür seines Apartments. Anschließend verteilte er die restlichen Unterlagen, Zeitschriften und sonstiges Papierzeug über Teppich, Couch, Schreibtisch und Sessel. Darüber streute er drei Packungen Kaminanzünder Marke »Fidibus«. Schließlich goß er ein Fläschchen Waschbenzin, das im Badezimmer gestanden hatte, über das aufgehäufte Holz und Papier im Kamin. Er zog sich Hut und Mantel an, beide seriös dunkel, und stellte seine beiden schwarzen Taschen vor die Tür auf den Flur. Er zog die Tür von innen zu, zündete ein Streichholz an, warf es in den Kamin und ließ die ganze Streichholzschachtel folgen. Mit unbewegter Miene schaute Meinhard zu, wie eine Stichflamme aus dem Haufen schoß und das Feuer sich auszubreiten begann. Er verließ das Apartment. Oben an der Treppenbrüstung brüllte er mit lauter Stimme. »Feuer, es ist ein Feuer ausgebrochen! Holen Sie die Feuerwehr. Feuer, Feuer! »Dann rannte er schnell die Treppe hinunter und trat aus dem Haus.

Das Club-Personal, das wie immer morgens in der Küche zum Kaffee versammelt war, stürzte ins Freie. Trotz der Gefahr für ihre weiße Rüschenbluse warf die Haushälterin noch einen Blick in das in Flammen stehende Apartment. Als todesmutige Detektivin versuchte sie, aus dem brennenden Zimmer einige Dokumente zu retten, doch alles Papier stand längst in Flammen. Inzwischen hatte das Feuer die Vorhänge erreicht, die innerhalb von Sekunden verkohlten. Ein Funkenregen sprühte auf ein über der Couch hängendes Ölgemälde, auf dem eine pastorale Ernteszene abgebildet war. Langsam fraßen sich die Flammenzungen vom leuchtend gelben Kornfeld in den strahlenden Mittagshimmel hoch.

Draußen liefen einige Angestellte zu ihren Autos, um sie vom Parkplatz zu fahren, der direkt an das Club-Gebäude angrenzte. Andere liefen ins Erdgeschoß zurück zu den Feuerlöschern. Ein Kellner des Clubs wollte offenbar mit dem Wagen wegfahren. Meinhard hielt ihn an, drückte ihm hundert Franken in die Hand und fragte, ob er ihn in die Stadt mitnehmen könne. Ohne mit der Wimper zu zucken, steckte der Mann den Geldschein ein und öffnete dem graumelierten Gast geflissentlich die Beifahrertür.

Das junge Team im großen, inoffiziellen Genfer FBI-Büro staunte nicht schlecht, als der ihnen von Washington anvertraute »Monsieur Ziegler« in Hut und Mantel, mit Aktenkoffer und Reisetasche in den Händen, hereinspaziert kam. Auf ihn sei ein Brandanschlag verübt worden, als er gerade zu einer Reise habe aufbrechen wollen, erklärte er die Situation. Das von ihm bewohnte Apartment im »Club Solitude« stehe in Flammen.

»Können Sie mich bitte sofort mit *special agent* Brady in Washington verbinden? Ich habe eine dringende Nachricht für ihn.«

Die FBI-Leute erreichten Brady in seinem Washingtoner Büro. Sie verfolgten Meinhards Bericht an Brady mit wachsendem Interesse. Die Nachricht, daß die »New Yorker« jetzt zum Terror übergehen wollten, schien seinen Gesprächspartner in Washington nicht zu überraschen. Das änderte sich, als Meinhard auf die Frage, was denn konkret zu erwarten sein, antwortete: »Anschläge auf Politiker und Bankiers, die den Erfolg der Attacke auf das Pfund verhindert haben. Anschläge auf Helfershelfer und Mitwisser. Sie werden versuchen, gefährliche Zeugen auszuschalten und andere durch die Gewalttaten einzuschüchtern.«

Brady hatte es plötzlich eilig. »Wir sind Ihnen zu Dank verpflichtet, Ziegler. Gibt es noch etwas? Andernfalls muß ich jetzt Schluß machen«

»Sie haben mir damals Schutz versprochen. Jetzt brauche ich Ihren Schutz.« Ein Hauch von Panik schwang in Meinhards Stimme.

»Wird gemacht«, antwortete Brady ohne Zögern und gab seinen Leuten im Genfer Büro detaillierte Anweisungen. Die waren offensichtlich auf eine solche Situation vorbereitet.

*

Dann gab Brady Döpfner Bescheid. Der Kriminaldirektor war über das abgehörte Gespräch im Country Club und die Information Meinhards wie elektrisiert. Er ließ eine Terrorwarnung als Eilmeldung an alle europäischen Sicherheitsbehörden durchgeben. Helfershelfer und Mitwisser der »Brotherhood« waren allerdings nur sehr begrenzt zu schützen, abgesehen davon, daß man vor allem den Schutz der politisch Verantwortlichen verstärken mußte.

Döpfner rief daher auch Karl Stockmann an und benachrichtige ihn von der drohenden Terrorwelle. »Sie müssen sofort zusätzlichen Objekt- und vor allem Personenschutz anfordern. Die bestehenden Schutzmaßnahmen für die europäischen Institutionen sind, verglichen mit denen auf nationaler Ebene, ziemlich lasch. Wir müssen mit dem Schlimmsten rechnen.«

Moser war nach diesem Anruf rund um die Uhr damit beschäftigt, für die Verstärkung der Sicherheitsvorkehrungen für die Kommissionsmitglieder, den Rat und das Europäische Parlament in Brüssel sowie für die Europäische Zentralbank in Frankfurt zu sorgen. Er bat dafür nicht nur die Polizeien, sondern vereinzelt auch die Geheimdienste europäischer Länder um Unterstützung.

Dann startete Stockmann einen Rundruf an eventuelle Zielpersonen des Mafiaterrors. Denen, die er erreichen konnte, legte er dringend nahe, sich ab sofort stets von Bodyguards begleiten zu lassen. Auf öffentliche Auftritte sollten sie besser überhaupt verzichten, auf Vorträge und sonstige Publikumsveranstaltungen ebenso wie auf Theater-, Opern- oder Restaurantbesuche. Stockmann nahm die von Brady und Döpfner übermittelten Informationen ernst, schließlich hatte er mit dem organisierten Verbrechen schon seine blutigen Erfahrungen gemacht, als Constanze an seiner Seite erschossen worden war. Während er telefonierte, wurde ihm klar, daß er Nadine unter diesen Umständen nicht wiedersehen konnte. Für ihn selbst überraschend, spürte er weder Trauer noch Enttäuschung. Statt dessen ging ihm unablässig Chichi durch den Sinn. Er sah ihr noch in der Bestürzung schönes Gesicht vor sich, als damals auf Rügen die Nachricht von der Ermordung Josef Seurens eingetroffen war.

Die europäischen Sicherheitsbehörden reagierten schnell. Und sie trafen nicht nur zusätzliche Schutzmaßnahmen. Vielmehr gingen sie, nachdem Döpfner das vereinbarte Signal gegeben hatte, schlagartig gegen das von Spartaco Fabrizio und Sean O'Connor in Europa aufgebaute Bestechungs- und Erpressungsnetz vor. Das löste quer durch Europa eine Verhaftungswelle aus und würde zugleich, so hoffte Döpfner jedenfalls, das Angriffspotential der Gangster schwächen. In der Schweiz wurde gegen den vermeintlichen Jakob Ziegler wegen des Verdachtes der Brandstiftung gefahndet. Doch die Eidgenossen konnten weder von Jakob Ziegler noch von Mike Spencer eine Spur entdecken. Beide waren wie vom Erdboden verschwunden.

*

Ganz oben auf der Todesliste von Spartaco Fabrizio stand Karl Stockmann. Für dessen Ermordung hatte Mario Celano zunächst bei italienischen Landsleuten in Frankfurt einen sizilianischen Killer anheuern wollen, der gelegentlich für die Mafia arbeitete, aber – wie sie es ausdrückten – ein »Libero« war. Doch als er den Mann zu Gesicht bekam, überlegte er es sich anders. Sie brauchten jemanden, der von Aussehen und Verhalten, Sprache und Mentalität eine bessere Chance hatte, an den Kommissionspräsidenten in Brüssel heranzukommen. Nach Absprache mit Fabrizio beauftragte Celano über Verbindungsleute in Köln einen etwa dreißigjährigen Belgier, der nach Aussehen und Auftreten auch einen Leibwächter hätte abgeben können. Man nannte ihn den Todesschatten. Der Berufskiller übernahm den Auftrag für das stolze Erfolgshonorar von einer Viertelmillion Euro.

*

Der Schatten hatte nicht viel Zeit, sich in Brüssel umzusehen. Es handelte sich um einen Eilauftrag. Die Zielperson hatte rund um die Uhr drei Leibwächter bei sich. Der Schatten nahm an, daß auch die Zielperson selbst eine Waffe tragen würde. Die ihm von Celano überlassene Akte über die Zielperson war vollständig; die absolvierte Wehrdienstzeit wurde darin erwähnt, ebenfalls die Ausbildung an Schußwaffen und eine Belobigung für gute Leistungen auf diesem Gebiet. Bei seinen Beobachtungen stellte der Schatten fest, daß die Zielperson, begleitet von zwei Fahrzeugen der Sicherheit, in einem gepanzerten Dienstwagen fuhr. Außerdem registrierte er, daß das Team der Leibwächter noch nicht eingespielt und ziemlich nervös war.

Angesichts der Vorsicht der Zielperson und des massiven Schutzes gab es nur zwei Orte, die für eine Liquidation in Frage kamen: Das Domizil der Zielperson und sein Büro. Der Schatten baute auf die Unsicherheit der Leibwächter. Deren Nervosität steigerte sich, als die Medien am nächsten Tag fast stündlich über die sich überstürzenden Ereignisse in Europa berichteten. Der Chefredakteur des Luxemburgischen Börsendienstes war in seinem Büro ermordet worden, ebenso ein britischer Reporter von BBC, eine italienische Fernsehkommentatorin und ein deutscher Journalist. Sie alle hatten keine Leibwächter.

Am Nachmittag kundschaftete der Schatten die Situation am Square du Bois und im Berlaymont-Hochhaus aus. Dann faßte er einen Entschluß. Kurz vor Feierabend rief er im Büro der Zielperson an und meldete sich als eine Buchhandlung. Der Präsident habe ein Buch bestellt, das persönlich in sein Büro geliefert werden solle, ab wann er denn am nächsten Morgen etwa in seinem Büro sein werde. »Ab 8 Uhr«, antwortete die Sekretärin routinemäßig.

Der Schatten fuhr mit dem Wagen in ein Haushaltsgeschäft und kaufte einen Elektroherd, eine Spülmaschine und einen großen Kühlschrank. Er vereinbarte mit dem Verkäufer, daß die Geräte vom Lieferservice des Geschäfts angeliefert werden sollten. Die Lieferpapiere ließ er auf eine Adresse am Square du Bois ausstellen, die dem Apartment der Zielperson schräg gegenüber lag und ihm über die Gärten hinter dem Haus einen guten Fluchtweg bot. Am Nachmittag holte er die Geräte dann mit einem gemieteten Kleinlastwagen selbst ab.

Am nächsten Morgen fuhr er – in der blauen Montur eines Speditionsfahrers – mit dem Lieferwagen gegen 7.15 Uhr zum Square du

Bois. Dem Wachmann an der Zufahrtsschranke zum Platz wies er den Lieferschein vor und sagte: »Es wird etwas dauern, ich muß fürs Abladen auf meinen Kollegen warten.« Dabei zeigte er auf die Haushaltsgeräte unter der Wagenplane. Dann fuhr er zu der Adresse vor, an die die Geräte geliefert werden sollten, parkte und packte am Steuer ein Frühstücksbrot aus. Allmählich gewöhnte sich der Wachmann an den Anblick des Lieferwagens. Als er für einen Moment auf die andere Seite der Schranke trat, stieg der Todesschatten hinten auf die Ladefläche. Im Schutz der Plane baute er sein Präzisionsgewehr zusammen. Durch einen Schlitz in der Wagenplane beobachtete er das Domizil der Zielperson.

*

Karl Stockmann verließ seine Wohnung gegen halb acht Uhr. Am vorangegangenen Abend hatte er noch lange mit Chapelle über die Wirkung der Regierungserklärung des deutschen Kanzlers und die zu erwartenden Attentate der Mafia diskutiert. Danach hatten die beiden Freunde trotz der Besorgnis über die Terrorwelle auf die erfolgreiche Abwehr der Spekulationsattacke angestoßen. Stockmann war spät ins Bett gekommen und hatte deshalb am heutigen Morgen das Joggen ausfallen lassen.

Trotz der frühen Stunde war die Luft schon fast sommerlich warm. Stockmann schaute sehnsuchtsvoll zum Bois de la Cambre hinüber und freute sich auf die Zeiten, in denen der ganze Sicherheitszirkus nicht mehr nötig sein würde. Einer der Leibwächter ging vor ihm aus dem Gebäude. Auf ein Zeichen des Mannes hin trat Stockmann gefolgt von einem zweiten Bodyguard nach draußen, um zu der schon vorgefahrenen, gepanzerten Dienstlimousine zu gehen.

In diesem Moment zerschellte rechts oberhalb der Eingangstür ein Fenster. Stockmann zuckte zusammen und riß die Arme hoch, um sich gegen den splitternden Glasregen zu schützen, der auf den Gehweg herunterprasselte. Das Fenster war sein Arbeitszimmerfenster. Er duckte sich instinktiv und stürzte mit einem langen Satz zu der schwarzen Limousine.

Die Leibwächter rissen ihre Revolver aus den Schulterholstern. Sie drehten sich zum Haus um und starrten erst nach oben, dann auf die gegenüberliegende Straßenseite. Stockmann hörte einen Knall und spürte, wie etwas über ihm vorbeizischte und hinter ihm in die Hauswand einschlug. Gleich darauf knallte es noch einmal. Der Leibwächter, der näher bei ihm stand, schrie auf und wurde zu Boden geschleudert. Die Waffe des Mannes fiel krachend auf das Trottoir. Mit blassem Gesicht drückte der Leibwächter die Hand an seine linke Schultern. Die Finger färbten sich rot.

Stockmann drehte sich vom Wagen weg, um dem Mann zu helfen. Aber der zweite Leibwächter war schon bei seinem Kollegen und winkte Stockmann hektisch zu, ins Auto zu springen. Immer noch in der Hocke öffnete Stockmann die Hintertür des Wagens und warf sich flach auf den Rücksitz. Dabei brüllte er dem Fahrer zu: »Geben Sie Gas, Mann! Nichts wie weg hier!« Im Liegen zog er die Wagentür hinter sich zu, während die schwere Limousine davonbrauste.

*

Nach ihren anfänglichen blutigen Erfolgen mußten auch die anderen Kollegen des Schatten an diesem Tag die Erfahrung machen, daß ein eilbedingter Mangel an Vorbereitung zu Fehlschlägen führt.

In einer gestohlenen belgischen Polizeiuniform gelang es einem Killer zwar, bis in das Vorzimmer von Kommissar Chapelle vorzudringen. Dort wurde er aber gestoppt und im folgenden Handgemenge von den Leibwächtern niedergeschossen. In Frankfurt entging der EZB-Präsident nur knapp einer unter seinem Dienstwagen plazierten Bombe. Nach Stockmanns Warnung war er dazu übergegangen, den Privatwagen seiner Frau zu benutzen – mit Chauffeur, versteht sich.

*

In einer heruntergekommenen Pension in einem Neubauviertel Brüssels schmiedete der Schatten neue Pläne. Nach dem verfehlten Schuß auf die Zielperson hatte er sich schnell die Spediteursmontur vom Leib gerissen, sein Spezialgewehr zerlegt und die Teile in den Koffer geworfen. Geschützt durch den Lieferwagen hatte er das Haus, vor dem er geparkt war, betreten und war durch die Hintertür in die Gärten getürmt. Jetzt überlegte er, wie er in dem nun vollends hysterisierten Umfeld der Zielperson noch einmal zum Schuß kommen könnte. Das war für ihn eine Frage seines professionellen Rufes.

Er mußte näher an die Zielperson herankommen, vom Gewehr zur Pistole wechseln. Also besuchte er am nächsten Morgen ein Kaufhaus und erwarb auf der Etage für Herrenoberbekleidung ein Outfit, wie es Stockmanns Bodyguards trugen: ein schwarzes T-Shirt und einen sportlichen grauen Anzug mit viel Bewegungsfreiheit. Dann durchsuchte er die Spielwarenabteilung und fand schließlich einen Anstecker, der den Marken ähnelte, die die Leibwächter an ihren Revers trugen. So ausstaffiert passierte er am frühen Nachmittag ohne Probleme den Kontrollposten am Berlaymont und begab sich in die Tiefgarage. Dort begann er einen Plausch mit dem Garagendienst. »Wir überwachen die Garage jetzt auch personenunabhängig. Ich habe hier noch keinen Dienst gemacht. Können Sie mich vielleicht kurz einweisen?«

Der alte Mann vom Garagendienst fühlte sich geehrt und erklärte dem Schatten die Struktur der Garage, die Parkplätze des Präsidenten und der Kommissare, die Vorfahrtsregelungen in der Garage und ähnliches.

»In einer Viertelstunde«, bemerkte er dann, »können Sie das gleich einmal selbst beobachten. Gerade haben sie gemeldet, daß der Präsident dann eintreffen wird.«

Der Schatten lächelte erwartungsvoll, schaute sich noch einmal in der Garage um und kehrte dann in das graugestrichene Dienstbüro zurück.

Er stellte es so an, daß die Leibwächter ihn bei Einfahrt der Wagenkolonne in die Garage im Büro mit dem alten Pförtner sprechen sahen. Dann wartete er, bis einer der Sicherheitsleute die Tür der gepanzerten Limousine öffnete und die Zielperson ausstieg. In diesem Moment trat er aus der Bürotür und rief dem Leibwächter etwas Unverständliches zu. Der legte die linke Hand ans Ohr und rief: »Was?«

In dieser Zehntelsekunde warf der Schatten mit der linken Hand eine Nebelkerze zwischen die gepanzerte Limousine und den hinter ihr stehenden Begleitwagen. Sofort war alles von beißendem Rauch erfüllt. Mit der Rechten zog er die Waffe und schoß auf die aussteigende Zielperson. Er brachte einen Schuß an, dann traf ihn die Kugel des Leibwächters in den Kopf. Der Schatten war auf der Stelle tot.

*

Stockmann stützte sich am Wagen ab und glitt langsam zu Boden. Mit schmerzverzerrtem Gesicht preßte er beide Hände auf den rechten Oberschenkel. Seine graue Leinenhose war an dieser Stelle blutdurchtränkt, und kleine rote Rinnsale tropften zwischen den Fingern hindurch auf den staubigen Asphaltboden der Garage. Wenig später wurde er auf eine Bahre gelegt und mit einem Oberschenkeldurchschuß ins Krankenhaus gebracht. Er hatte Glück gehabt.

Charles Foster, der britische Generalsekretär des Rates, hatte weniger Glück. Es entsprach nicht dem Weltbild des konservativen Briten, sich von einer Bande schmutziger Killer in seiner Bewegungsfreiheit einschränken zu lassen. Er hatte Leibwächter immer abgelehnt und nur nach harten Diskussionen mit dem Sicherheitschef akzeptiert, daß ihn zwei bullige Männer begleiteten. Dennoch war er nicht davon abzubringen, sich gegen Stockmanns Rat in der Öffentlichkeit zu zeigen und sich privat in einem Restaurant zum Essen zu treffen. Wenige Stunden nach dem gescheiterten Attentat auf den Kommissionspräsidenten wurde Charles Foster beim Verlassen des Lokals von drei Kugeln niedergestreckt.

Gerade dieser einzig wirklich erfolgreiche Anschlag auf einen der Spitzenleute hatte aber genau die gegenteilige Wirkung, die Spartaco Fabrizio sich erhofft hatte. Die Öffentlichkeit war nicht eingeschüchtert, sondern angewidert und empört. Die Briten stellten sich nach der Ermordung ihres Landsmannes geradezu geschlossen hinter ihren Premier und ihre Regierung, die europäische Öffentlichkeit ebenso entschieden hinter das Pfund und den Euro. Spartaco Fabrizio hatte sein Pulver verschossen.

*

Als sich Uncle Sam, Fabrizio und die Kings wieder am Long Island Sound versammelten, nahm das FBI sie als die Köpfe einer kriminellen Vereinigung fest. Crocker, Flanagan und Mason waren zu diesem Treffen weder eingeladen worden, noch wären sie erschienen. Sie hatten sich schon zwei Tage zuvor ins Ausland abgesetzt.

Die Wachmannschaft und das Personal des Country Clubs leisteten keinen Widerstand. Die engen Mitarbeiter der F&T wurden in der Bank verhaftet, Flanagan zwei Tage später in Kanada festgenommen. Das FBI begann eine viele Tage dauernde Durchsuchung des Country Clubs, der Einsatzzentrale in Chinatown und der Fidelity & Trust-Bank. Von C^2 und Mason fehlte jeder Spur.

*

Die Reaktion der Öffentlichkeit wie die der Finanzmärkte war eindeutig. Beiderseits des Atlantiks erhielt der Kampf gegen das organisierte Verbrechen neuen Auftrieb. Leidenschaftlich wurde diskutiert, wie weit die »globalisierten«, deregulierten Finanzmärkte dessen Machenschaften Vorschub geleistet hätten.

In dieser positiven Stimmung trat drei Tage nach der Ermordung Charles Foster der Europäische Rat der Regierungschefs in Brüssel zusammen. Er besiegelte die inzwischen mit Großbritannien ausgehandelte Paketlösung, den Euro-Beitritt des Pfundes zu einem Umtauschkurs von £ 1/€ 1,25 eingeschlossen.

In Großbritannien galt der britische Premierminister als Sieger. Die europäischen Medien feierten Karl Stockmann. Von den vielen Besuchern, die ihm am Krankenbett die Hand schütteln wollten, empfing er mit Ausnahme seines Freundes Chapelle niemanden. In seinem Krankenhauszimmer standen auf jeder erdenklichen Fläche Blumensträuße und Glückwunschkarten. In der Mitte des Fensterbretts stand ein riesiger Strauß roter Rosen von Nadine. Neben seinem Bett stand ein Sträußchen blauer Feldblumen, die inmitten der ganzen Blumenpracht seltsam bescheiden wirkten. Sie waren von Chichi und machten ihn glücklich.

Schon am dritten Tag ließ Karl Stockmann sich »nach Hause« verlegen. Das zerschossene Fenster war neu verglast, und die Putzfrau hatte alle Scherben entfernt. Der Kommissionspräsident hatte genug von der großen Politik. Er wollte erst einmal ein paar Tage mit sich alleine sein.

*

Mit einem dicken Kissen im Rücken, das verbundene rechte Bein ausgestreckt, saß Karl Stockmann in seinem Dienstdomizil wenig heldenhaft auf der alten Ledercouch. Er schaute die Presse durch, die über den Gang der Ermittlungsverfahren berichtete und ihn immer noch feierte. Er war aber nicht recht bei der Sache. Er dachte an Chichi und Nadine. Während Nadine außer den Blumen ins Krankenhaus nichts von sich hören ließ, rief ihn Chichi schon an seinem ersten Abend im NATO-Haus an.

Als er sich meldete, sagte sie: »Gar nicht leicht, dich an die Strippe zu kriegen, Karl. Erst hat dein Büro gemauert, und dann hatte diese junge Krankenschwester große Zweifel, ob dir Telefongespräche mit fremden Damen gut bekommen würden.« Sie lachte. »Aber nun sag mir erst einmal, wie es deinem kaputten Bein geht?«

»Es geht mir gut, es ist eine unkomplizierte Schußverletzung. Schwester Jacqueline versorgt sie mit Hingabe. Ich kann bald wieder auftreten und in der Gegend herumlaufen.« Karl wurde ernst. »Ach, Chichi, es ist schön, daß du anrufst.«

»Ich habe so oft an Josef Seuren gedacht, an unseren Ferientag auf Rügen, als wir von dem Attentat erfahren haben. Seit diesem Moment habe ich immer Angst gehabt, daß dir das gleiche passieren könnte« – Chichi rang mit den Tränen – »und nun ist es ja fast geschehen.«

Auch Karl war von widerstreitenden Gefühlen überwältigt und schluckte. »Nur fast. Ich muß einen Schutzengel gehabt haben – vielleicht warst du es.«

Er hörte durch die Tränen hindurch ihr Lachen. »Ich würde es gern sein, Karl. Ich will nicht immer Angst um dich haben müssen.«

»Dann mußt du mich entweder vergessen oder wieder mit mir zusammenleben.«

Sie wich aus. »Sei still. Wenn deine hingebungsvolle Jacqueline das hört, wird sie eifersüchtig und läßt dich einfach liegen.«

»Mich? Bei meinem Charme!«

»Mistkerl.« Wie vertraut ihr dunkles Lachen immer noch war.

»Ich glaube, dein Patient würde ich wirklich nicht sein wollen.«

»Weil du nicht auf mich hören willst.«

»Vielleicht will ich dir nur nicht ausgeliefert sein?!«

»Du? Mir? Ihr Politiker verdreht doch alles!«

Karl stellte sich ihre blitzenden grünen Augen vor und wünschte sich die Zeiten zurück, als er sie in solchen Moment fest in den Arm nehmen konnte. »Jetzt bist du endlich wieder bei deinem Thema! Wir haben lange nicht darüber gesprochen. Monika, wann kommst du mich besuchen? Es ist Frühling! Hier ist ein Park, der Bois de la Cambre, in dem ich sonst manchmal morgens jogge. Die Bäume vermissen mich schon. Und ich plane meinen Urlaub.«

Chichi antwortete leise: »Mir geht es wie den Bäumen in deinem Park, Karl.« Ihre Stimme zitterte ein wenig, doch dann schlug sie wieder einen forschen Ton an: »Komm erst mal wieder auf dein Bein, beziehungsweise auf deine Beine, damit du mir nicht hilflos ausgeliefert bist. Und sei lieb zu deiner Jacqueline.«

»Ich werde es versuchen«, antwortete Karl. Aber Monika hatte schon aufgelegt.

*

Karl Stockmann hatte den festen Entschluß gefaßt, in Urlaub zu gehen, sobald er sich wieder einigermaßen bewegen konnte. Aber wohin? Es durfte kein Platz sein, an dem er der gut gemeinten, aber doch lästigen Zudringlichkeit anderer Feriengäste ausgesetzt war – zumal er nicht weglaufen konnte. Er erinnerte sich, mit Josef Seuren einmal aus der Eifel einen Abstecher in die Ardennen gemacht zu haben. Dort waren sie, mitten im Wald, auf einen wunderschönen Ferienplatz mit drei ziemlich großen, modernen Holzhütten gestoßen. Sie gehörten dem Inhaber einer Baufirma aus einer nahegelegenen Kleinstadt. Der hatte damals mit Frau und Kindern dort selbst Urlaub gemacht und sie freundlich bewirtet. Das wäre für ihn und seinen Sicherheitstroß gerade das richtige, zumal die Hütten nur durch einen Waldweg erreichbar waren.

Stockmann kramte zuerst in seinem Gedächtnis, dann in seinen Unterlagen und fand Name und Adresse des Eigentümers heraus. Der ging mit seiner Familie in diesem Sommer an die See und war daher gerne bereit, dem erholungsbedürftigen Kommissionspräsidenten die Hütten für drei Wochen zu vermieten.

Mitten in seinen Urlaubsvorbereitungen – Stockmann humpelte inzwischen durch sein Apartment und ließ sich gelegentlich auch schon in sein Büro fahren – erhielt er einen Brief von Nadine. Sie gratulierte ihm zu seinem großen Erfolg bei der »Operation High Noon«, deren Opfer sie beide geworden seien. Zu seiner Schußverletzung schrieb sie: »Sie scheint geringfügiger zu sein als die Verletzungen, die man mir zugefügt hat.«

Stockmann gefiel der wehleidige Ton ihres Briefes nicht. Sie war schließlich kein kleines Mädchen und wußte sich zu wehren. Andererseits hatte er doch ein etwas schlechtes Gewissen. So rief er sie an, dankte für ihren Brief und fragte, wie es ihr gehe. Als sie klagte, sie werde immer noch von den Ermittlungsbehörden belästigt – »die scheinen Pestacosta, dem Schwein, auch noch zu glauben« –, schlug er ihr vor, zum gemeinsamen Wundenlecken nach Brüssel zu kommen.

»Dazu lassen die mir keine Zeit!« erwiderte Nadine eine Spur zu heftig. Nach einer kurzen Pause fragte sie nach. »Was treibst du denn so auf deinem Wundlager?«

»Ich bastele an meinem Sommerurlaub.«

»Und wohin soll es gehen?«

»Zu einem einsam gelegenen, traumhaften Hüttenplatz mitten in den Ardennen-Wäldern.«

Nadine hatte wohl mit einem »Nach Paris« gerechnet, denn zu Karls Überraschung rief sie wie aufgedreht ins Telefon: »*Mon Dieu, mon Dieu!* Die deutsche Metaphysik des Waldspaziergangs. Damit kann ich nun überhaupt nichts anfangen. Ich liebe den Boulevard und die Piazza. Ich will Leute treffen, nicht dem Wind in den Bäumen lauschen. Dem Hüttenleben habe ich für immer abgeschworen, seitdem mich meine Eltern im Sommer mit Pfadfindern in Berghütten und im Winter mit Wintersportlern in Skihütten abgeschoben haben. Mein Bedarf an Hüttenleben ist für immer gedeckt.«

Nadine hatte das alles so schnell herausgestoßen, daß sie außer Atem war und darum eine Pause einlegen mußte. Karl Stockmann war so verblüfft, daß er mit seinem lädierten Oberschenkel aufsprang. »Au!«

»Was ist, Karl?« Sie klang nun doch ein bißchen besorgt.

»Ach, das war nur mein Bein.« Und dann fügte er, mehr für sich selbst hinzu: »Wir sind eben sehr verschieden.«

»Ja, das sind wir«, antwortete sie nach einer kleinen Pause leise. »Aber ich kann gut verstehen, daß du jetzt nicht unter Leute willst.«

Mit einem »Adieu, Charlemagne« legte sie auf.

Karl goß sich ein Glas Sherry ein und setzte sich zum Nachdenken auf die Couch. Ihm wurde noch einmal klar, daß er Nadine eigentlich gar nicht kannte. Er hatte sich in sie verknallt, und sie war in jener Nacht wunderbar gewesen. Aber miteinander gesprochen hatten sie fast ausschließlich über Fachliches oder Politisches. »Genau umgekehrt wie bei Chichi«, dachte er, »die mit mir über Alltag und Persönliches reden will und die mein politisches Engagement geradezu abschreckt.« Trotzdem war es falsch gewesen, daß sie sich getrennt hatten.

Schließlich rief Stockmann Döpfner an, der ihn schon mehrfach im Büro angerufen, aber nie erreicht hatte. Der Kriminaldirektor gratulierte ihm und wünschte ihm eine schnelle Genesung. Stockmann gratulierte dem Kripomann ebenfalls, immerhin waren ihre Erfolge nur der guten Zusammenarbeit zwischen Politik und Polizei zu verdanken.

»Sagen Sie, Döpfner«, fragte Stockmann schließlich, »was machen die Ermittlungsbehörden eigentlich mit Frau LaTour? Sie ist stinksauer, daß man sie immer noch mit der Desinformationskampagne der ›Brotherhood‹ in Verbindung bringt.«

Döpfner antwortete lange nicht. Als Stockmann fragte: »Sind Sie noch dran?«, sagte er schließlich: »Herr Stockmann, es wird Ihnen nicht gefallen, aber der Fall scheint komplizierter zu sein.«

»Was soll denn das heißen?« fragte Stockmann leicht gereizt.

»Wollen Sie das jetzt wirklich hören, wo Sie gesundheitlich noch nicht wieder ganz auf dem Damm sind?«

»Ja, verdammt noch mal«, antwortete der Präsident unwirsch.

»Nun gut. Der Stand der Dinge ist der: Silvio Pestacosta hat nach seiner Festnahme ausgesagt, daß Frau LaTour den Artikel für den Luxemburgischen Börsendienst mit ihm abgesprochen und dann lanciert habe. Der Mann ist offensichtlich total sauer auf die Frau, und seine Anschuldigungen entstammen sicher dem Bedürfnis, sich an Frau LaTour zu rächen.«

»Na also«, meinte Stockmann erleichtert.

»Das heißt aber nicht unbedingt, daß sie falsch sind.« Döpfner hörte, wie Stockmann den Atem einzog. Er sprach schnell weiter. »Es gibt

Verbindungen von Frau LaTour zur F&T in New York, und zwar zu Patrick Flanagan.«

»Döpfner, was soll denn dieser Unsinn?« Stockmann brüllte fast in den Hörer.

»Vielleicht hören Sie sich erst einmal meinen Bericht an, bevor Sie lostoben.« Der Kriminaldirektor blieb ganz ruhig.

Stockmann entschuldigte sich etwas erschrocken.

»In der Fidelity & Trust-Bank hat das FBI Notizen von Flanagan gefunden, die er sich auf seinem Laptop gemacht hatte. Die entsprechenden Dateien waren gelöscht, aber heutzutage kann man das ziemlich einfach wiederherstellen. Die Notizen enthielten Aufzeichnungen über Telefongespräche mit einer Informantin Flanagans in der Europäischen Zentralbank, in denen es um Internas aus der EZB ging. Alle Anhaltspunkte deuten darauf hin, daß Frau LaTour seine Gesprächspartnerin war.« Döpfner schwieg eine Sekunde, dann setzte er hinzu: »Unter anderem enthalten die Aufzeichnungen auch Informationen, die aus privaten Gesprächen mit dem EU-Kommissionspräsidenten stammen.«

Stockmann war wie vom Donner gerührt. »Aber …? Aber woher kannte sie denn Flanagan überhaupt?«

»Die beiden haben vor vielen Jahren zusammen in der Barclay-Bank in London gearbeitet. Sie waren damals ein Liebespaar. Seither haben sie sich immer wieder getroffen.«

Die Gedanken rasten in Stockmanns Hirn. »Die Barclay-Bank? Nadine war vor ein paar Monaten in New York. Sie hat mir erzählt, daß sie dort einen alten Freund aus ihrer Londoner Zeit besucht. Aber der war verheiratet und hatte zwei Kinder.«

Döpfner wurde hellhörig. »Hat sie Ihnen das erzählt?«

»Nicht direkt«, antwortete Stockmann zögernd. »Sie hat mir nur erzählt, daß sie neulich auf einer kurzen Urlaubsreise in die USA alte Londoner Freunde besucht habe, die inzwischen verheiratet und Eltern zweier Kinder seien.«

»Davon wissen wir nichts. Wir wissen aber, daß Flanagan immer noch Junggeselle ist und daß sie ihn in New York getroffen hat. Er hatte allerdings nur einen Abend Zeit für sie – er war ja mit ›High Noon‹ beschäftigt.«

»Und Frau LaTour war eingeweiht?« fragte Stockmann ungläubig.

»Das wissen wir nicht. Sie bestreitet entschieden, irgend etwas von den Aktivitäten der F&T und Flanagans gewußt zu haben. Ihre Freundschaft zu Flanagan sei rein privat. Bei dem Treffen habe man geplaudert, wie man unter alten Freunden eben so aus Beruf und Familie plaudere. Und mehr wird man Frau LaTour wohl auch nicht nachweisen können.«

Stockmann war schockiert. In erster Linie aber nicht, weil Nadine offensichtlich auch über seine Lageeinschätzung und seine Pläne geplaudert hatte, sondern weil sie nach der himmlischen Nacht mit ihm in Brüssel direkt zu Flanagan gereist war – zu ihrem früheren Geliebten. Gekränkte Eitelkeit nagte an Stockmanns Selbstbewußtsein mehr als die Selbstvorwürfe, als Kommissionspräsident ziemlich leichtsinnig gehandelt zu haben.

Stockmann schwieg, und Döpfner sagte schließlich: »Ich glaube nicht, daß es zu einem strafrechtlichen Ermittlungsverfahren gegen Frau LaTour kommen wird, aber ein Disziplinarverfahren in der EZB halte ich nicht für ausgeschlossen.«

»Danke«, sagte Stockmann. Die Herren verabschiedeten sich.

Stockmann saß fassungslos auf der Couch und starrte auf das Telefon. Aber er konnte Nadine nicht anrufen. Das würde sie in die fatale Lage bringen, zwischen Lügen und peinlichen Erklärungen wählen zu müssen. In eine solche Situation wollte er sie nicht bringen, dafür mochte er sie zu gerne. Und sich wollte er eine gute Erinnerung an ihre gemeinsame Zeit bewahren.

*

In den nächsten Tagen stellte Karl Stockmann sich seine Mannschaft für den Urlaub zusammen. Unter den Sicherheitsleuten sollten ein

Hobbykoch und ein ausgebildeter Sanitäter sein. Er würde in der kleinen Hütte wohnen, die Mannschaft in der großen. Kochen und essen konnte er alleine oder mit seinen Leuten zusammen in der Koch-, Eß-, Trink- und Spielhütte.

Als er sich die Bücher und CDs zusammensuchte, die er im Urlaub endlich lesen oder hören wollte, rief Chichi an: »Würdest du dich freuen, wenn ich dich im Urlaub besuchen komme?«

»Ich würde mich riesig freuen!« Schon bei dem Gedanken an Chichi durchzuckte Karl eine vertraute Welle von Glück und Begehren.

»Und kein Wort über Politik?«

»Kein Wort! Wenn du nicht damit anfängst. Ehrenwort!«

»Gut, dann komme ich zu Besuch.«

»Für die drei Wochen?« Karls Stimme klang hoffnungsvoll.

Aber Chichi zügelte seine Begeisterung sofort. »Du spinnst wohl, doch nicht die ganzen drei Wochen. Ein, zwei Tage erst einmal. Dann sehen wir weiter.«

»Du bist vorsichtig geworden.«

»Ich habe so meine Erfahrungen.«

»Also, ich schicke dir die Adresse und eine Landkarte, damit du mich im Wald finden kannst.«

Zehn Tage später bezog Karl Stockmann mit seiner Begleitmannschaft die Hütten. Sie genossen die herrliche Lage, den nicht enden wollenden Blick über die Baumwipfel das Tal hinunter und die würzige, frische Waldluft. Am nächsten Nachmittag traf Chichi ein. Karl hatte sie mit seinem Wagen am Bahnhof der nächstgelegenen Kleinstadt abholen lassen.

Sie begrüßten sich wie verliebte Teenager. Zärtlich küßte Chichi Karl auf die Wangen und strich vorsichtig über seinen verletzten Oberschenkel. Dann hakte sie sich bei ihm ein und schmiegte sich an ihn. Beide freuten sich, wieder zusammenzusein, aber keiner von beiden wollten das so deutlich zeigen. Karl nahm an, Chichi würde von der langen Anreise müde sein. Darum zeigte er ihr die Hütte. Er hatte für sie das Elternzimmer reserviert, für sich das Kinderzimmer. Chichi hätte es gerne andersherum gehabt, aber Stockmann bestand auf seiner Einteilung. Chichi wollte sich aber auch gar nicht ausruhen. Sie wollte erst einmal den ganzen Platz kennenlernen.

»Hier können wir stundenlang wandern, ohne jemandem zu begegnen«, begann Stockmann. »Und falls ich dir zu langsam bin oder zu langweilig werde: Nur zehn Kilometer von hier ist ein großes Freibad mit einem Becken voll kristallklarem Bergwasser. Hier oben gibt es überall Liegestühle und Hängematten – du hast dir ja bestimmt genug zum Lesen mitgebracht. Kochen können wir entweder für uns selbst in unserer Hütte, oder wir essen in der Hütte da drüben, beim Koch der Sicherheitsleute.«

»Die Sicherheitsleute müssen sein?«

»Natürlich. Sonst hättest du ja wieder Angst um mich.«

Chichi legte wortlos ihre Arme um Karls Nacken, zog seinen Kopf zu sich und küßte ihn lange und leidenschaftlich.

Am zweiten Abend saßen die beiden bei Kerzenschein und einem Glas Moselwein auf der Veranda ihrer Hütte und genossen den Duft der Wälder. Plötzlich gab es auf dem Platz Bewegung. Der Wachposten am Waldweg zur Hütte meldete dem Chef der Sicherungsgruppe über sein Walkie-Talkie, ein Jeep nähere sich dem Platz. Der Chef wies ihn an, hinter einem Stapel Meterholz in Deckung zu gehen und den Wagen mit entsicherter Waffe anzuhalten. »Franz gibt dir Deckung, und Roger sichert nach hinten. Ich bleibe hier an den Hütten beim Präsidenten.«

Nach einer Weile meldete der Posten: »Im Jeep sind drei männliche Personen. Der eine, der Fahrer, hat sich als Kriminaldirektor Döpfner vom BKA, der zweite, Bill Brady, als FBI-Agent ausgewiesen. Der dritte will sich nicht ausweisen und wird darin von den beiden anderen bestärkt.« Der Leiter des Teams gab das an Stockmann weiter.

»Nun wird das große Ehrenwort wahr!« seufzte Chichi.

Stockmann antwortete ihr nicht, sondern stand auf. »Wir gehen am besten ins Zimmer mit dem Kamin.« Er wandte sich an den Chef der Sicherungsgruppe: »Bringen Sie bitte Herrn Döpfner zu mir herein.«

»Döpfner?« fragte Chichi. »Den kenne ich doch!«

»Ja, Du hast ihn damals bei Meinhards am Starnberger See kennengelernt.«

»Ich gehe in die Küche«, brummte Chichi und nahm ihr Weinglas in die Hand. Stockmann sah ihr gedankenverloren nach.

Der Sicherheitsmann führte Döpfner herein. Es gab eine herzliche Begrüßung, dann umarmte Stockmann den Kriminaldirektor sogar. Seit dem gescheiterten Attentat hatte er mit ihm nur einmal telefoniert, und dabei war es um Nadine LaTour gegangen.

»Gut gemacht, Döpfner!«

»Glück gehabt«, antwortete der.

»Aber in Ruhe lassen könnt Ihr mich nicht?!«

Döpfner hatte schon bemerkt, daß der Kommissionspräsident in der Hütte nicht alleine war. Er ging auf dessen Frage nicht ein. »Herr Stockmann, draußen im Wagen wartet Felix Meinhard. Er möchte sich von Ihnen verabschieden, bevor das FBI ihn am Nordpol oder in der Sahara vor der ›Brotherhood‹ versteckt.«

»Ich dachte, die Schweizer Behörden suchen ihn wegen Brandstiftung?«

»Das müssen die mit dem FBI ausmachen.«

Stockmann schaute Döpfner lange an. Dann sagte er zu dessen offensichtlicher Überraschung: »Ich will ihn nicht sehen.«

Döpfner schluckte und suchte nach Worten. »Meinhard hat seinen Drahtseilakt zwischen FBI und ›Brotherhood‹ zu guter Letzt durch einen Absprung nach der richtigen Seite beendet«, gab er zu bedenken. »Wir konnten dadurch Schlimmeres verhindern.«

Stockmann wiederholte sehr bestimmt: »Ich will ihn nicht sehen. Ich will ihn nie wieder sehen.« Da Döpfner immer noch wartete, fügte er schließlich hinzu: »Aber Bill Brady will ich wenigstens die Hand drücken.«

Döpfner ging zum Wagen und schickte Brady, der Stockmann herzlich umarmte und ihm dreimal sanft auf das verletzte Bein klopfte. Stockmann blickte verwundert auf den schweren Karton, den der FBI-Agent neben sich abgestellt hatte. Brady fing den fragenden Blick des Kommissionspräsidenten auf und kicherte leise. »Hier drin sind drei Flaschen süffigen Jack Daniels, für Sie. Ihr Anteil an einer Wette, die der gute Wolf an mich verloren hat.«

Mit diesen Worten verabschiedete sich auch der FBI-Mann, und der Jeep mit den drei Männern verließ den Hüttenplatz. Plötzlich war es wieder ganz still. Karl ging in die Küche. Er nahm Chichi fest in die Arme und drückte sie lange.

»Wer war denn der große Unbekannte, den du nicht sehen wolltest?« fragte sie, als sie nach seiner Umarmung wieder zu Atem kam.

Karl zögerte einen Moment, dann antwortete er heiser: »Felix Meinhard.«

Chichi stieß einen überraschten Schrei aus: »Was hast du denn noch mit dem zu tun? Ich dachte, der sitzt im Gefängnis?«

»Chichi, das ist eine lange Geschichte. Diesmal werde ich sie dir endlich erzählen – und wenn es bis morgen früh dauert.« Er öffnete eine neue Flasche Wein und ging mit Chichi zurück auf die nächtliche Veranda.

ENDE

Ein Thriller, der mit einer Katastrophe beginnt: Bei einer Explosion in der Wall Street fliegen 14 Bankgebäude in die Luft. Dadurch wird eine amerikanische und schließlich weltweite Krise ausgelöst, die den Schwarzen Freitag und seine Folgen zu übertreffen droht.
Archer Carrol, Spezialist für Terrorismusbekämpfung, muß alles versuchen, das Verbrechen aufzuklären und die Terroristen daran zu hindern, weitere Anschläge zu verüben. Ein dramatischer Wettlauf mit der Zeit beginnt. Aber je näher Archer Carrol der Lösung kommt, in um so größere Gefahr gerät er – und nicht nur er, sondern auch die beiden Menschen, die er über alles liebt: seine kleine Tochter und Caitlin Dillon, die Wall-Street-Expertin, die ihn auf seinen Reisen nach Paris, London und Dublin begleitet. Sie gerät in eine tödliche Falle ...

Der Roman Black Market, Bestseller in den USA, wurde in zahlreiche Sprachen übersetzt.

James Patterson

Black Market
Roman

»Eine halsbrecherische Geschichte von außergewöhnlicher Spannung.«
Booklist

Econ | Ullstein | List

B08

Die Droge Hollywood macht ihre Opfer süchtig nach Ruhm, läßt sie auf tückischen Wogen des Erfolgs schwimmen und zieht sie bisweilen in einen Strudel der Verzweiflung. So empfindet die smarte Filmproduzentin Kate Paley die Glitzerwelt, in der sie sich als Frau bestens zu behaupten weiß. Als sie nach acht Jahren ihrem verflossenen Liebhaber, dem Regisseur Adrian Needham, wiederbegegnet, beschließen sie einen gemeinsamen Neuanfang. Basierend auf dem Skript *Besessen*, das von Riley Quinn, dem Freund der jungen Schauspielerin Sylver Cassidy, stammt, starten sie ein ehrgeiziges Filmprojekt, beherrscht von dem Ziel, einen Oskar zu gewinnen. Doch ein brutaler Mord kommt ihnen bei den Dreharbeiten dazwischen.

Elise Title
Todsünden
Roman

»Mit allen Ingredienzen eines Bestsellers.«
Toronto Star

Econ | Ullstein | List

Moskau im Jahr 2015: Rußland hat einen mörderischen Bürgerkrieg hinter sich, und in der Hauptstadt treibt ein unheimlicher Serienmörder sein Unwesen. Inspektor Vadim, aus der Provinz in die Metropole versetzt, soll diese Mordserie aufklären, obwohl seine spektakulärsten Fälle bisher Schwarzmarkthändler und Taschendiebe waren.

»Atemlos vor Spannung folgt der Leser dem Helden durch Moskaus kriegszerstörte Straßen. James ist ein Meister der Spannung, und sein Roman wird hiermit nachdrücklich empfohlen.«
Library Journal

»Der beste Kriminalroman, den ich in den letzten fünf oder sechs Jahren gelesen habe.«
Jack Higgins

Donald James

Moskauer Roulette
Roman

Econ | ULLSTEIN | List

B68

Ganz London ist wie gelähmt: Während eine Hitzewelle brütend auf der Stadt lastet, verbreitet ein grausamer Killer Angst und Schrecken. All seine Opfer sind auf brutalste Weise zugerichtet worden: Anstelle der Zunge steckt ein silberner Löffel in ihrem Mund - die Handschrift eines Psychopathen. Detective Superintendent Red Metcalfe stellt in fieberhafter Eile sein Team zusammen und beginnt mit den Ermittlungen. Da schlägt der Killer wieder zu. Sein Handlungsmuster scheint eng mit der Apostelsymbolik verwoben zu sein, und je klarer Metcalfe dieser Zusammenhang wird, desto entsetzlicher wird sein Verdacht: Besteht eine grausame Verbindung zwischen der Mordserie und seiner eigenen Vergangenheit?

Boris Starling

Messias

Roman

Econ | ULLSTEIN | List

Der neue Krimi von Horst Ehmke über Globalisierung und religiösen Fundamentalismus

Horst Ehmke
Himmelsfackeln
Kriminalroman
304 S. • geb. m. SU
DM 39,80 (öS 291,–/sFr 37,–)
ISBN 3-8218-0876-4

Karl Stockmann steht am Höhepunkt seiner politischen Karriere: Er ist zum Bundeskanzler gewählt worden. Doch zur selben Zeit, als er im Reichstag vereidigt wird, fällt ganz in der Nähe der berühmte Islamwissenschaftler Özakin einem brutalen Attentat zum Opfer.

Die Ermittlungen der SOKO um Wolfgang Döpfner führen über bosnische Drogen- und Waffenhändler zu einem religiösen Prediger an die türkische Küste im Mittelmeer. Und je tiefer die Fahnder in das Wespennest von organisiertem Verbrechen und Fundamentalismus stoßen, desto undurchschaubarer werden die Spuren der Täter.

Eichborn.

Kaiserstraße 66
60329 Frankfurt
Telefon: 069 / 25 60 03-0
Fax: 069 / 25 60 03-30
www.eichborn.de

Wir schicken Ihnen gern ein Verlagsverzeichnis.